Über den Autor

Raoul W. Heimrich wurde 1964 in Berlin geboren. Bevor er Regisseur wurde, war er Fotograf, Stuntman und Regieassistent. Seine Filmografie umfasst Filme und Serien wie *Der Alte, Wasserschutzpolizei Bodensee, Cobra 11, Der Clown, Küstenwache, Ein Fall für Zwei und Aktenzeichen XY ungelöst.*

Seine Kenntnisse der hier im Roman vorkommenden Kampftechniken, sind nicht nur theoretischer Art. Er ist lizenzierter Krav Maga Instructor, trägt den 1. Dan in Karate und den 5. Dan im Bujinkan Budo Taijutsu (Ninjutsu).

Raoul W. Heimrichs Lieblingsautoren sind Tom Clancy, Robert Ludlum und Andreas Eschbach.

Er lebt in seiner Wahlheimat Stralsund und arbeitet überall da, wo ihn die Dreharbeiten hinrufen.

Yersinia ist sein erster Roman.

RAOUL W. HEIMRICH

YERSINIA

EIN STRALSUND THRILLER

Das Werk, einschließlich seiner Teile, ist urheberrechtlich geschützt. Jede Verwertung ist ohne Zustimmung des Verlages und des Autors unzulässig. Dies gilt insbesondere für die elektronische oder sonstige Vervielfältigung, Übersetzung, Verbreitung und öffentliche Zugänglichmachung.

Bibliografische Information der Deutschen Nationalbibliothek: Die Deutsche Nationalbibliothek verzeichnet diese Publikation in der Deutschen Nationalbibliografie; detaillierte bibliografische Daten sind im Internet über dnb.dnb.de abrufbar.

© 2018 Raoul W. Heimrich
Umschlag Entwurf: © Shuto Design
Lektorat/Korrektorat: Stephan Naguschewski
Herstellung und Verlag:
BoD – Books on Demand, Norderstedt

ISBN 978-3-746-00586-7

An dieser Stelle möchte ich mich herzlich bedanken bei meinem Freund Stephan für das Lektorat und bei meiner lieben Silke für ihre endlose Geduld und ihr Verständnis, wenn ich nach dem Schreiben völlig entrückt aus meinem *Yersinia-Universum* zurückgekehrt bin. Auch an Thomas, vielen Dank für deine Mühe!

Prolog

Mit einem sirrenden Geräusch durchschnitt der Schlagstock die Luft und traf auf den ausgezehrten Körper. Das wievielte Mal ihn der Stock erwischte, wusste Wladimir nicht, er hatte längst aufgehört zu zählen. Nur war dieses Mal etwas anders: diesmal krachte es, als zerträte jemand einen dürren Ast. Ein paar Rippen zerbrachen. „Du verdammtes Stück Dreck, hör endlich auf zu lachen!", brachte der Wärter keuchend hervor. „Was ist mit dir nicht in Ordnung, spürst du denn gar nichts?!" Der Aufseher holte erneut aus, durch die blutverschmierten Augen erkannte Wladimir den Schweißfleck unter der Achsel des Mannes. Sein Speichel flog ihm entgegen. „Glaubst du vielleicht, weil du aussiehst wie der letzte Zar, bist du etwas Besonderes?!" Der Stock prallte ein letztes Mal auf den Gefangenen. Nach Luft japsend ließ der Gefängniswärter den Knüppel sinken. Dann wischte er sich mit dem Ärmel des Uniformhemdes den Schweiß aus dem Gesicht. Ihn forderte die Prozedur deutlich mehr als das blutende Bündel Mensch auf dem dreckigen Boden der Zelle vor ihm. „Du wirst Scheiße fressen, wie alle anderen!", wütete der Mann. Völlig erschöpft holte er mit dem Bein Schwung und trat zu. Wladimir sah noch den Fuß auf sich zurasen, dann traf die Stiefelspitze die linke Schläfe; es blitzte vor seinen Augen auf, bevor ihn gnädige Dunkelheit entführte.

Nach Sonnenuntergang wagte sich eine Kakerlake aus ihrem Versteck. Der am Boden zusammengekrümmte Körper erschien ihr nicht gefährlich, bewegte dieser sich doch seit Stunden nicht. Sie kroch über das deformierte Gesicht des Gefangenen, das leichte Zucken der Augenlider beeindruckte die Schabe nicht. Wladimir spürte das Kitzeln, das die Beine des Insekts erzeugten, schaffte es aber erst Minuten später, die Augen zu öffnen. Er vergewisserte sich, dass er, abgesehen von dem sechsfüßigen Mitbewohner, wieder allein in der Zelle war. Dann streckte er die mit Blut verkrustete Hand aus und fasste unter die nach Moder riechende Matratze. Der angespitzte Löffel, mit dem er vor wenigen Stunden zwei Männern die Kehlen aufgeschlitzt hatte, lag noch sicher im Versteck. Wladimirs geschwollenes Gesicht verzog sich zu einer Grimasse, das einem Grinsen nur entfernt ähnlich sah. Die Schließer würden nie herausfinden, dass er es war, der den beiden Verrätern einen kalten Abgang verschafft hatte.

Wladimir betastete die gebrochenen Rippen und schob eine davon wieder an ihren angestammten Platz zurück. Ein animalischer Schmerzenslaut drang aus der Tiefe seines Körpers. Zitternd blieb er liegen, ohne sich zu regen.

Für einen Moment starrte er an die Decke und musterte das weitverzweigte Muster gerissenen Betons. Er kannte jeden einzelnen Riss, hatte ihnen im Laufe der Jahre Straßennamen gegeben. Der Straßen seiner Heimatstadt, Sankt Petersburg, der Zarenstadt. Auf einmal kamen ihm die Worte in den Sinn, die der lächerliche Wärter zu ihm gesagt hatte.

… weil du aussiehst wie der letzte Zar …

Es klang in ihm nach, formte sich zu einer Vision der Zukunft! Wladimir wusste jetzt, wie er seine Rache bekäme. Er musste nur noch die kommenden zwei Jahre hier in der Hölle von Kresty überstehen, dann hätte seine Stunde geschlagen! Die Straßenzüge an der Decke verschwammen und verwandelten sich zu einer Buchstabenfolge:

Y–e–r–s–i–n–i–a.

Trotz der Verletzungen verhärteten sich Wladimirs Gesichtszüge. Für ihn bedeutete Yersinia der Schlüssel zum Triumph, und dieser Schlüssel lag in einer kleinen Stadt im Nordosten von Deutschland: in Stralsund!

Kapitel 1

Fünf Windstärken! Wie geil ist das denn?! John McFerrow stieß sich mit dem rechten Bein vom schlammigen Grund des Bodens ab und zog sich auf das Brett hinauf. Sofort fing sich der Wind im Segel und los ging es! Vor ihm lag der in der Sonne glitzernde Sund, über dem eine beeindruckende Schar lautstark kreischender Möwen kreiste. Wenn er den Kopf drehte, erblickte er am anderen Ufer das malerische Panorama der alten Hansestadt. John sog genussvoll die nach Tang und Meerwasser riechende Luft ein. Er kniff die Augen zusammen und schaute in die Sonne. Dann kam er endlich ins Gleiten.

John hing sicher im Trapez und ließ sich in nördliche Richtung tragen. Der Wind kam geradewegs von Stralsund herüber und er nahm den Geruch der alten Hansestadt wahr. John flog förmlich an Altefähr vorbei, kreuzte zügig die Fahrrinne und hielt auf Parow zu. An der Backbordseite glitt das Ozeaneum vorüber. Obwohl er dort als Praktikant arbeitete, zerbrach John sich immer wieder den Kopf, was die eigenwillige Architektur dieses Gebäudes darstellen sollte. Die davor festgemachte *Gorch Fock* schaute er sich jedes Mal an, wenn er einen Anklang von Sehnsucht nach O'ahu verspürte. Die zweiundachtzig Meter lange Bark gab ihm das Gefühl, nicht mehr so weit weg von zu Hause zu sein.

Auf einmal erwischte ihn eine hohe Welle, sie brachte ihn mit einem Schlag in die Gegenwart zurück. Das Brett hob ab und er segelte ein Stück durch die Luft. Ein Schrei der Verzückung erklang aus seiner Kehle.

Für Thomas Mitscherling gab es im Moment überhaupt keinen Grund, sich zu freuen. Er stand im verfallenen Hinterhof einer ehemaligen Fabrik und versuchte, eine rostige alte Tonne aus dem Boden zu ziehen. Thomas hatte vor lauter Gestrüpp und Unrat schon eine Ewigkeit gebraucht, das Teil zu finden, und zu seinem Verdruss steckte das Mistding auch noch wie einbetoniert fest. Dabei hatte der Auftrag doch so einfach geklungen: Er sollte nur eine Tonne abholen und zum Hafen Saßnitz bringen. Von dort führe sie dann mit der nächsten Fähre nach Sankt Petersburg. Thomas wusste weder, was in dem rostigen Ding drin war, noch interessierte es ihn. Zwar entzifferte er die kyrillischen Buchstaben, die auf der Vorderseite standen, aber die Bedeutung der Wörter, so er sie jemals in der Schule gelernt hatte, hatte er längst vergessen. Thomas' einziges Interesse galt wie immer nur der Bezahlung, und diese war in diesem Fall gut, um nicht zu sagen, ausgesprochen gut!

Seit er aus der Stralsunder Volkswerft entlassen worden war, hielt er sich mit den verschiedensten Jobs über Wasser. In der Schiffswerft hatte er als Schweißer gearbeitet. Er hatte gut verdient, und naiv hatte er geglaubt, dass dies, bis er in Rente ginge, so bliebe. Aber dann kam alles anders. Die Werft ging fast pleite und von den einst knapp zweitausend Arbeitern blieben am Ende nur noch dreihundert übrig. Thomas gehörte nicht dazu.

Zu seinem Glück hatte ihm sein Vater einen alten Barkas-Transporter hinterlassen. So verdingte er sich als Gärtner, Sperrmüllfahrer, Umzugshelfer, machte eben alle Arbeiten, bei denen ein Transportfahrzeug zum Einsatz kam. Mit der Zeit gewöhnte er es sich ab zu fragen, was er transportieren sollte. Was ich nicht weiß, macht mich nicht heiß, wurde seine Devise. So war es auch diesmal, der Auftraggeber wollte die Tonne nach Saßnitz haben, also würde er sie dorthin liefern. Aber dafür musste er sie zunächst aus dem Boden bekommen. Ob es die Angelegenheit vereinfachte, wenn er erst den Inhalt herausnahm? Er packte das Stemmeisen und hantierte damit am Deckel des alten, verrosteten Fasses herum. Er schwitzte vor Anstrengung wie ein Finne in der Sauna, bis der Deckel endlich nachgab. Aber kaum, dass er ihn öffnete, bereute er es auch schon. Ein seltsamer, ekelerregender Gestank schlug ihm entgegen. Hastig brachte er die Abdeckung wieder an. Dabei erhaschte er einen Blick auf ein rotbraunes, silbrig glänzendes Pulver, das den Anschein erweckte, es bewege sich etwas darin. Thomas erinnerte es an einen Horrorfilm, den er in seiner Jugend gesehen hatte. Die Zombies, die dort aus Tonnen gekrochen waren, hatten ihm schlaflose Nächte bereitet. „Da lass mal lieber die Finger von!", ermahnte er sich selbst. „Jetzt denk erst mal nach!" Thomas setzte sich auf die Ladefläche des Wagens und zündete eine Zigarette an. Er grunzte missmutig, es war die letzte Kippe dieser Schachtel. *Wie bekomme ich dieses Scheißteil endlich hochgewuchtet?*, fragte er sich. In der Hoffnung, durch das Nikotin Erleuchtung zu erlangen, saugte er gierig am Glimmstängel, inhalierte tief und blies den Rauch in Richtung der weißen Schäfchenwolken am Himmel.

Kathrin Hillmer rutschte unruhig auf ihrem Stuhl hin und her. Sie hatte ihrer Schwester versprochen, Lydia aus der Kita abzuholen, und nun das. Der Lehrgang an der Heilpraktikerschule fand einfach kein Ende, dabei schloss der Kindergarten in zehn Minuten!

An sich interessierte Kathrin das Thema des Tages enorm, es ging um Blutegel und ihre Anwendung bei verschiedensten Entzündungen im Körper. Nur schlief die Lehrerin beim Reden fast ein und kam einfach nicht zu einem Ende. Kathrin glaubte nicht, was sie hörte: „So, zum Abschluss, setzen Sie sich selber einen Blutegel an! Sie werden fühlen, wie sich der Biss anfühlt, und einige werden vielleicht sogar etwas von der Wirkung mitbekommen. Kommen Sie bitte nach vorn, in jedem Glas sind zwei Würmer für Sie. Und vergessen sie nicht, sich ein Stück Küchenpapier mitzunehmen, sonst gibt es hier eine Riesensauerei!" Kathrin reichte es. Sie sprang auf, lief zu dem Tisch, auf dem die Gläser mit den kleinen, sich im Wasser schlängelnden Blutegeln standen. Sie schnappte sich eins der Behältnisse und stürzte aus dem Zimmer, wobei sie noch ein „Sorry, aber ich hab nen Notfall" in den Raum rief.

Kathrin rannte aus dem Gebäude und warf dabei einen Blick auf die Uhr des Handys. Noch acht Minuten – mit ein wenig Glück würde sie noch pünktlich in der Kita ankommen, um zu verhindern, dass ihre Schwester einen Herzkasper bekam.

John McFerrow behielt den Kurs auf den Funkturm von Parow bei. Der Wind legte noch ein wenig zu, John sprang immer höher über die Wellen, der daraus resultierende Spaß kannte keine Grenzen mehr! Ein Kriegsschiff kam in Sicht. Es lag am Kai der Marinetechnikschule von Parow. Dass er auf eine Militärschule zu fuhr, wusste John allerdings nicht. Bis jetzt hatte er noch nie ein Schiff dort liegen sehen, wenn er im Sund surfen war. Plötzlich hörte er einen kurzen, aber dafür lauten Ton von der Fregatte zu ihm herüberwehen, gefolgt von einem langen, tiefen Tröten, dem gleich noch ein kurzes Signal nachfolgte. John hörte es, verstand aber nicht, dass es ihm galt. Da er seinen Kurs unbeirrt beibehielt, ertönte erneut das Horn des Schiffes. Dann hörte er eine Megafonstimme, der Wind um ihn herum verhinderte allerdings, dass er die Worte verstand, und so fuhr er weiterhin auf das Kriegsschiff zu, nicht ahnend, dass er mittlerweile in militärischem Sperrgebiet surfte. Plötzlich herrschte hektische Betriebsamkeit auf der Fregatte.Die

Mannschaft begann, fieberhaft das Maschinengewehr auf dem Vorderdeck klarzumachen. John erschrak bei diesem Anblick. Er wollte nicht herausfinden, was die Soldaten auf dem Schiff damit vorhatten. John leitete eine schnelle Wende ein und beeilte sich, zurück in Richtung der Rügenbrücke zu kommen.

Thomas starrte minutenlang auf die leere Zigarettenschachtel. Missmutig knüllte er sie zusammen, hob den Arm, um sie wegzuschmeißen, hielt aber abrupt in der Bewegung inne. Er faltete die Schachtel wieder auseinander und starrte auf das Bild darauf. „Oh Mann, da hättest du auch gleich drauf kommen können!", maulte er sich voll. Das Bild der Pyramide auf der Schachtel erinnerte ihn an eine Fernsehsendung der letzten Woche. Darin ging es um diese Grabstätten und darum, wie die Pharaonen sie einst errichteten. Tausende Arbeiter schufteten daran. In der Schule hatte er noch gelernt, dass diese großen Gräber in Ägypten von unzähligen Sklaven gebaut worden waren. Doch die Sendung belehrte ihn, dass diese Vermutung falsch war. In der glühenden Sonne schufteten nicht nur Sklaven. Auch Handwerker und Bauern beteiligten sich und bekamen dafür Geld. Dumm nur, dass gerade diese Arbeitskräfte fehlten, um die Wirtschaft im Zweistromland am Laufen zu halten. Dadurch ging dieses gewaltige Imperium schlussendlich vor die Hunde. „Vor die Hunde gehe ich auch, wenn ich diese blöde Fracht nicht endlich auf den Wagen bekomme!", dachte Thomas laut zu Ende. Er sah deutlich die Bilder vor sich, wie endlose Massen von Menschen unglaublich große Steinblöcke auf Rollen zogen. Zwar besaß er keine Heerscharen, die ihm beistanden, aber einen Barkas! Er ergriff den Verladegurt, wand diesen einmal um die Tonne und befestigte ihn dann an der Abschleppöse. Er stieg in den Wagen und startete ihn.

Zuversichtlich legte er den ersten Gang ein und trat aufs Gas. Thomas' kurze Euphorie verschwand sofort wieder. Außer dass die Vorderräder durchdrehten, tat sich nichts. „Will mich hier einer verarschen, oder was?!", grunzte er. Diesmal legte er den zweiten Gang ein. Vorsichtig ließ er die Kupplung kommen. Er schaute in den Rückspiegel, tat sich da endlich etwas? Ja, etwas geschah, aber aus dieser Perspektive und Entfernung sah er es nicht: Der Gurt begann, sich an einer Scheuerstelle aufzudröseln!

Doch zunächst riss nur Thomas der Geduldsfaden, energisch trat er aufs Gaspedal. Für einen Augenblick schien es, als ob der Gurt in das Fass hineinschneiden würde, dann aber gab es einen Ruck, das Fass sprang endlich heraus und ein lautes, schmatzendes Geräusch drang zu Thomas in die Fahrerkabine. „Herzlichen Glückwunsch, du alter Gauner", beglückwünschte er sich selber ob seiner genialen Idee, die er den altertümlichen Pharaonen abgeguckt hatte. Dann schaute er auf die Uhr und erschrak. *Oh Scheiße, wie soll ich denn jetzt diese verfluchte Fähre noch erwischen?* Gehetzt sprang er hinaus, legte die Rampe an und rollte das Fass auf die Ladefläche. Hektisch befestigte er das Fass mit dem Gurt, mit dem er es eben noch herausgezogen hatte. Zu allem Überfluss klingelte jetzt auch noch das Handy, seine Frau Beate rief ihn an: „Bist du heute pünktlich? Du hast sicher schon wieder vergessen, dass Evelyn und Jürgen heute Abend kommen, oder?" – „Nein, natürlich habe ich das nicht vergessen. Du, ich hab's grade eilig, bis später", würgte er sie ab und legte auf. Abgelenkt von dem Gespräch bemerkte er den Einriss am Spanngurt nicht. Beate hatte er angeflunkert – er hatte die Gäste in der Tat vergessen. Oder, um ehrlich zu sein, er hatte deren Besuch verdrängt, waren es doch die Neufelds, die ältesten und besten Freunde seiner Frau, die er auf den Tod nicht ausstehen konnte. Er fuhr fort, das Fass zu befestigen, da klingelte das Handy erneut. „Ich war noch nicht fertig!", nörgelte Beate. Thomas klemmte sich den Apparat unter das Kinn und klappte die Laderampe hoch. „Bring noch eine, nein, besser zwei Flaschen Wein mit! Und sei rechtzeitig da!", hörte er sie sagen. „Klaro", antwortete er. Dabei quälten ihn im Augenblick andere Sorgen als die Versorgung der beiden überkandidelten Freunde seiner Frau. Und obwohl er diese Laderampe bereits über tausendmal zugemacht hatte, lenkte ihn das Telefonat jetzt doch so ab, dass er nicht bemerkte, wie einer der Riegel nicht ganz einrastete. Thomas stieg ein, startete den Barkas und fuhr los. Gleich beim ersten Schlagloch sprang der Verschluss auf.

Wie eine Buddhastatue saß Kevin auf einem Handtuch im Strandbad von Stralsund. Vor ihm lag ein Buch, aber er starrte nur vor sich hin, im Augenblick hatte er null Bock auf Lesen. Schuld daran trugen zwei Mädchen, die an ihm vorbeigelaufen waren und dabei laut über ihn tuschelten und lachten.

Kevin kämpfte gegen den Impuls an, einfach auf- zustehen und den Frust mit einer doppelten Portion Softeis hinunterzuschlucken. Voller Verachtung starrte er auf seinen dicken Bauch, die fetten Brüste und die Elefantenschenkel und blieb sitzen. Frustriert wanderte sein Blick anschließend aufs Wasser, wo ein drahti- ger Surfer auf einem Brett vorbeiglitt. „Verdammt, so will ich auch aussehen!", flüsterte Kevin leise. In Selbstmitleid zerfließend dachte er daran, dass er nicht immer so viel Speck auf den Rippen gehabt hatte. Sein ehemaliger Fußballtrainer hatte ihm sogar außer- gewöhnliches Talent bescheinigt und ihm eine sport- liche Karriere vorhergesagt.Doch ein Verkehrsunfall hatte alles verändert. Kevins Eltern und seine kleine Schwester waren bei der Tragödie ums Leben gekommen. Einzig ihn hatte die Feuerwehr unverletzt aus dem Wrack des Familienautos gerettet. Zwar nahmen ihn die Großeltern liebevoll auf, sie konnten aber nicht verhindern, dass er depressiv wurde. Sein einziges Heilmittel gegen sein Seelenleid: Essen. Kevin setzte bald so viel Fett an, dass er es nicht mehr schaffte, dem Ball hinterherzulaufen, kurz darauf flog er aus der Fußballmannschaft. Selbst die Kinder in seiner Schulklasse, die wussten, wieso er ständig betrübt war, hackten wegen der Körperfülle auf ihm herum.

Kevin schaute immer noch versonnen auf den Surfer, der inzwischen fast an der Rügenbrücke angekommen war. *Aber wie werde ich so fit?* Er gab sich selbst die Antwort. Obwohl er erst zwölf Jahre alt war, kam ihm in diesem Moment mit absoluter Gewissheit zu Bewusstsein, dass nur er selbst in der Lage war, sich aus der Lethargie zu retten. Er stand auf, zog sich an, schüttelte den Sand aus dem Handtuch und warf einen letzten Blick zu dem Surfer in der Ferne. Was er sah, ließ ihn staunen: Ein Motorboot hielt geradewegs Kurs auf den Windsurfer. Kevin riss sich von dem Anblick los und verließ das Strandbad.

Im Unterschied zu Kevin bemerkte John das Boot nicht, welches auf direktem Kurs auf ihn zu steuerte. Der Führer des Motorbootes, Ralf Semrau, gewahrte ebenfalls nicht, dass er sich auf Kollisionskurs mit dem Surfer befand. Wie sollte er auch, neben ihm saß seine neueste Eroberung, die er mit dem PS-starken Boot zu beeindrucken versuchte. Er hatte die attraktive Blondine gestern Abend im *Black Pearls* aufgerissen. Er bekam einen Ständer, wenn er an die kommende Nacht mit ihr dachte. „Hey Babe, willst du auch mal ans Steuer?", fragte Ralf gönnerisch, wobei er ihr ungeniert auf die Brüste starrte.

Sie antwortete ihm nicht und schaute zum Ufer, dem lüsternen Blick ausweichend. Den Surfer, auf den sie zusteuerten, bemerkte keiner von beiden.

Leider widmete auch John seine Aufmerksamkeit etwas anderem. Fasziniert guckte er zu dem Stau, der sich auf der Rügenbrücke gebildet hatte. Er war froh, nicht da oben zu sein. Für einen Moment stellte er sich vor, er säße mit in einem der Autos und beobachtete, wie der Fahrer so langsam die Nerven verlor. Er hörte die quengelnden Kinder, eine entnervte Mutter und die Musik von Antenne MV. Jäh holte die Realität John ein. Das Motorboot stieß laut krachend mit dem Surfbrett zusammen und rutschte dann mit ungebremster Geschwindigkeit über Johns Brett. Dieser überschlug sich in der Luft und stürzte ins Wasser. Dabei hatte er noch Glück, die Sicherung des Trapezes öffnete sich und so zog es ihn nicht unter das Segel. Die Glückssträhne dauerte aber nicht an. Der Mast des Surfbretts erwischte ihn mit einem dumpfen Schlag am Kopf. Es wurde schwarz vor Johns Augen. Bewusstlos versank er in der Tiefe des Sundes.

Ralf Semrau hatte endlich das Boot aufgestoppt. Mit weit offenen Augen starrte Ralf auf das Brett, über das er soeben gerast war. Sein Machogehabe fiel vollständig von ihm ab und er begann, nervös auf der Unterlippe zu kauen. Die blonde Mitfahrerin stand auf und ergriff ohne zu Zögern die Initiative. „Was für ein Idiot!", zischte sie laut genug, dass er es hörte. Dann sprang sie mit einem beherzten Kopfsprung ins Wasser. Mit kräftigen Bewegungen kraulte sie schnell dorthin, wo die Fluten den Surfer verschluckt hatten.

Was ihr noch immer schockstarrer ‚Aufreißer' nicht wusste: Linda war seit ihrer frühesten Jugend eine begeisterte Rettungsschwimmerin in der DLRG. Seit

Beginn des Semesters studierte sie Psychologie in Greifswald. Weil sie meinte, dass sie solche Typen wie Ralf kennen musste, wenn sie eine gute Psychologin werden wollte, leistete sie diesem Möchtegernplayboy Gesellschaft. Unter keinen Umständen würde sie mit ihm ins Bett steigen!

Linda erreichte die Stelle, an der der Surfer ins Wasser gestürzt war. Sie holte dreimal tief Luft und tauchte ab.

Kathrin hatte es endlich geschafft! Völlig aus der Puste stellte sie ihr Fahrrad, ohne abzuschließen, vor dem Kindergarten ab und rannte hinein. Das Erste, was sie im Vorraum der Kita sah, war der vorwurfsvolle Blick der Kindergärtnerin, die mit ihrem Rucksack auf dem Rücken auf der Stelle trat. Neben ihr stand, ebenfalls fertig zum Abmarsch, ihre Nichte, die sie anstrahlte. Frau Nowak, die Erzieherin, reagierte nicht auf Kathrins Gruß, sondern antworte mit einem Blick auf ihre Armbanduhr gereizt: „Na endlich, das bezahlt mir hier nämlich keiner!" Damit ging sie zur Tür, öffnete diese, trat hinaus und zeigte eine Geste, die bedeutete *raus jetzt!* „Es tut mir wirklich schrecklich leid, aber ich ...", versuchte Kathrin, sich im Hinausgehen zu entschuldigen, aber Frau Nowak fiel ihr ins Wort. „Ich werde auch mit Lydias Mutter sprechen müssen, so geht das nämlich nicht weiter! Auf Wiedersehen!" Damit schlug sie die Tür hinter sich zu, verschloss sie und rauschte davon.

Kathrin schaute ihr bedröppelt hinterher, bis Lydia sie am Arm zog. Diese lächelte sie mit großen Kulleraugen altklug an: „Mach dir nichts draus, der Freund von Frau Nowak hat sie betrogen und jetzt ist sie halt sauer." Kathrin verzog überrascht ihren Mund. „Woher weißt du das denn?" Als wäre es das Normalste auf der Welt, antwortete Lydia: „Ich habe gehört, wie sie es der Ines erzählt hat, heute Mittag im Freien. Die anderen waren alle schon essen und ich hatte noch was in unserem Spielschiff vergessen." Kathrin schmunzelte, die Kleine hatte es geschafft, ihre Stimmung wieder zu heben. Sie fasste sie an der Hand und ging mit ihr zu ihrem Fahrrad, welches zum Glück immer noch da stand, wo sie es abgestellt hatte. Gerade wollte sie Lydia auf den Sattel heben, da klingelte ihr Handy. Sie setzte das Mädchen wieder auf den Boden und holte ihr Telefon aus der Umhängetasche. Dabei entdeckte Lydias neugieriger Blick das Glas mit den Blutegeln in der Tasche ihrer Tante. Gebannt schaute sich das Mädchen die sich im Wasser windenden Lebewesen an. Kathrin nahm derweil das Gespräch an. „Ja, bitte?!" Sie hörte kurz zu und antwortete: „Okay, ja klar doch, dann treffen wir uns dort, bis gleich." Sie legte auf, steckte das Handy zurück und wandte sich an Lydia: „Das war deine Mama, sie möchte, dass wir uns gleich am Kütertor treffen. Da ist ein Spielplatz und ich glaube, ich habe dort vorhin einen Eisstand gesehen. Wär das nicht was?" Bei dem Wort Eis leuchteten Lydias Augen auf. Sie nickte so wild, dass ihre Zöpfe nur so durch die Luft wirbelten. „Na dann, worauf warten wir noch? Auf geht's!" Kathrin hob Lydia auf den Sitz des Fahrrads und schob es los.

Linda kam wieder an die Wasseroberfläche, riss den Mund weit auf und schnappte gierig nach Luft. Noch hatte sie den Surfer nicht gefunden, der vor ihren Augen in der Ostsee versunken war. Auf keinen Fall wollte sie ihn verlieren! Bisher waren alle ihre Einsätze als Rettungsschwimmerin erfolgreich verlaufen. Und sie wollte, dass es so blieb! Sie atmete noch dreimal tief ein, dann tauchte sie wieder ab. Die Sicht unter Wasser war erbärmlich, der Wind wirbelte den Grund des

Sundes gründlich auf. Aber zum Glück war der Sund an dieser Stelle nur fünf Meter tief. Linda kam unten an, wo sie begann, in einer kreisförmigen Bahn den Boden abzusuchen. Ihre Lunge fing bereits an zu brennen und sie wollte gerade auftauchen, da ertasteten ihre Hände den leblosen Körper des Mannes. Beherzt packte sie ihn am Kragen seines T-Shirts und tauchte mit kraftvollen Bewegungen nach oben.

Ralf Semrau erwachte endlich aus der Starre, er befestigte den Rettungsring an einem Seil und warf ihn ins Wasser. Linda tauchte knapp daneben mit dem Bewusstlosen im Arm auf. Schnell packte sie den Ring mit der freien Hand. „Los, zieh!", schrie sie dem Bootfahrer zu. Ralf tat wie ihm geheißen und zog beide zu sich ans Boot. Dort angekommen schob Linda den Surfer an der Bordwand nach oben. „Greif zu!" Laut stöhnend zog der Motorbootfahrer den Mann an Bord. Sich selbst zog sie mit einem kraftvollen Schwung ins Boot, um sich dort sofort um den ohnmächtigen Surfer zu kümmern. Sie beugte sich über ihn, um zu hören, ob er noch atmete, dann fühlte sie den Puls. Nichts! Sie begann mit der Herzdruckmassage. Kaum drückte sie das erste Mal auf den Brustkorb, japste der Mann nach Luft.

John griff mit der Hand an seinen Kopf. „What the fuck ...", war das Erste, was er von sich gab. Er schaute in unbekannte Gesichter. „Was war das?", fragte er mit deutlich amerikanischem Akzent. Linda war erleichtert, wieder hatte sie einem Menschen das Leben gerettet. „Oh, Sie hatten einen Unfall mit ...", dabei schaute sie verächtlich zu dem Fahrer des Motorbootes, „... diesem Herren hier." John drehte sich erschrocken um: „My board, where is it?", fragte er, unbeabsichtigt wieder in seine Muttersprache verfallend. „Your board is over there", antwortete sie und zeigte auf die Stelle, an der

Johns Surfboard trieb. John machte Anstalten, ins Wasser zu springen, um zum Surfbrett zu schwimmen. Doch mitten im Aufrichten überfiel ihn das Gefühl, in einem Karussell zu sitzen. Er krallte sich mit beiden Händen am Rand des Bootes fest. Linda schaute ihn besorgt an. „No problem, we will catch your board and bring you to the shore!" Damit drehte sie sich zu Ralf um. „Was glotzen Sie noch in der Gegend herum? Sie haben mich doch gehört, wir holen sein Board, dann bringen wir ihn ans Ufer. Der Mann muss ins Krankenhaus!" Ralf gehorchte erneut. Dass er noch vor wenigen Minuten davon geträumt hatte, sie flachzulegen, hatte er schon längst vergessen.

Thomas fluchte, die Blinklichter der vor ihm fahrenden Autos gingen an und aus. „Verdammte Scheiße", presste er durch die Lippen. Er überprüfte hastig die Uhrzeit. „Wenn ich mich hier anstelle, schaffe ich es überhaupt nicht mehr! Wie komme ich nur um diesen Scheißstau herum?" Er musste unbedingt nach Rügen gelangen! Die Antwort gab er sich selbst: „Dann durch die Innenstadt!" Thomas setzte den Blinker und fuhr im letzten Moment vom Autobahnzubringer ab, wobei er einem anderen Wagen die Vorfahrt nahm. Diese ruckartige Bewegung gab dem Befestigungsriemen, der das Fass bis dahin noch gehalten hatte, den Rest: der letzte Faden riss. Das Fass, von seinen Fesseln befreit, fing an, auf der Laderampe hin und her zu rutschen.

Kevin war mittlerweile am Hansa-Gymnasium vorbeigelaufen. Da fiel ihm ein, dass morgen eine Arbeit in Englisch anstand. Leise brummelte er die Vokabeln, die er bereits beherrschte, vor sich hin. So in Gedanken bog er gewohnheitsmäßig in die Knieperstraße ein, um sich ein Eis in der Altstadt zu kaufen. Mit einem Mal blieb er stehen. In ihm tobte ein Kampf mit seinem inneren

Schweinhund, der ihm einreden wollte, dass ein Eis nicht schadete, und er morgen mit dem Abnehmen anfangen könne. Kevins Blick ging nach unten. Der Wind hatte eine alte Zeitung an sein Bein geweht. Er wollte das Papier achtlos wegkicken, hielt dann aber einen Moment inne. Ein Artikel fiel ihm ins Auge. „Ninjas in Stralsund", lautete die Überschrift. Neugierig hob er die Zeitung auf. Er faltete das Papier auseinander und las den Bericht. Darin warb eine Sportgruppe für ihr kürzlich eröffnetes Trainingszentrum. Er las etwas von Selbstverteidigung, Körperbeherrschung und Selbstbewusstsein und davon, dass man dies alles durch das Training des japanischen Ninjutsu erlernen konnte. „Ninjutsu", flüsterte Kevin. Er hatte noch nie davon gehört. Er kannte natürlich Karate, Judo und Kickboxen, jene Sportarten reizten ihn allerdings nicht, betrieben diese doch die Mitschüler, die ihn am meisten piesackten. Aber ein Ninja zu werden, das klang spannend! Kevin dachte dabei an die Computerspielfiguren, die in schwarze Anzüge gekleidet ihre Gesichter hinter Masken verbargen. Bewaffnet mit Schwertern und Wurfsternen gewannen sie jeden Kampf. *Warum fliegt die Zeitung gerade jetzt zu mir?* Er trennte den Artikel aus dem Papier und wollte den Rest des Blattes wieder achtlos auf die Straße werfen, doch eine Frau, die mit ihrem Rollator an ihm vorüberschob, starrte ihn mahnend an. Kevin knüllte die Zeitung zusammen und trug sie brav zum nächsten Papierkorb. Dann strich er den herausgerissenen Beitrag glatt und steckte ihn in die Hosentasche. Sobald er zu Hause ankäme, würde er die Telefonnummer anrufen. Er würde ein Ninja werden, davon war er im Augenblick fest überzeugt! Darüber vergaß er völlig, dass er noch einige Sekunden zuvor überlegt hatte, sich ein Eis zu kaufen. Er machte auf der Stelle kehrt, um wieder in Richtung Kütertor zu laufen. Von dort war es nicht mehr weit bis zur Bushaltestelle.

John saß in seinem gebrauchten Fiat. Er verließ gerade die Rügenbrücke und fuhr Richtung Altstadt. Sein Board hatte ihm Linda auf dem Dach befestigt. So sehr sie ihn auch gedrängt hatte, er hatte sich auf keinen Fall ins Krankenhaus fahren lassen wollen. John hatte sie davon überzeugt, dass es ihm gut ging, und ihr versprochen, sich zu Hause auf die Couch zu legen, um sich dort von dem Schlag auf den Kopf zu erholen. Doch da hatte er gelogen: am Nachmittag war er mit Freunden verabredet und von einem kurzen Blackout wollte er sich nicht abhalten lassen. Er fuhr aus dem Kreisverkehr hinter dem Schnellrestaurant raus, da wurde ihm für einen kurzen Moment schwarz vor Augen. Der Aussetzer dauerte zwar nur eine Sekunde, aber als er wieder klar sah, bemerkte er, dass er auf der falschen Fahrbahnseite fuhr. Hektisch riss er das Steuer herum, keinen Augenblick zu früh: ein Sportwagen rauschte an ihm laut hupend vorbei. *Shit, ich glaub, ich muss doch zum Arzt!* Es gab nur ein Problem: John hatte Angst vor Ärzten! Bei der Vorstellung, vor einem Weißkittel zu stehen, sah er sofort seinen toten Freund Ossi vor sich. Dieser war beim Baden mit einem giftigen Hawaii-Feuerfisch in Berührung gekommen und von ihm gestochen worden. Der kleine Ossi war damals zu spät ins Krankenhaus gekommen, wo er trotz der Bemühungen der Ärzte an einem anaphylaktischen Schock starb. John hatte es den Medizinern nie verziehen, dass sie Ossi nicht hatten retten können.

Plötzlich stieg eine Welle von Übelkeit in John hoch. Mit Mühe hielt er den Wagen in zweiter Reihe an und öffnete die Tür, um auszusteigen. Doch kaum, dass John sich zu Seite beugte, übergab er sich auf die Fahrbahn. Sein Schädel schien ihm bei der körperlichen Anstrengung, die das Erbrechen mit sich brachte, zu bersten. Schwer atmend lehnte er sich zurück in den Sitz, fummelte ein Papiertaschentuch aus einer Packung und wischte sich damit den Mund ab. Er schloss für einen Moment die Augen. So schnell, wie der Brechreiz gekommen war, so schnell ging es ihm jetzt wieder gut. John nahm sich allerdings vor, das Treffen mit seinen Freunden abzusagen. Stattdessen wollte er Lindas Rat befolgen und sich auf die Couch legen. Ein lautes Hupen riss ihn aus den Gedanken.

John dreht sich erschrocken um: Ein langer Stau hatte sich hinter ihm gebildet. Gehetzt legte John einen Gang ein und fuhr los.

Thomas freute sich, dass er vom Autobahnzubringer abgefahren war. Wie von ihm erhofft, rollte der Verkehr durch die Stadt flüssig. Inzwischen glaubte er, es doch noch pünktlich zum Hafen zu schaffen. Er setzte den Blinker und wechselte die Spur, um in den Tribseer Damm einzubiegen. Kaum fuhr er auf dem anderen Fahrstreifen, stellte er aber enttäuscht fest, dass es dort nur im Schritttempo vorwärtsging. Ohne auf die Autos zu achten, hüpfte Thomas zurück in die Geradeausspur, was ein kakofonisches Hupkonzert zur Folge hatte. „Toll, ihr habt Hupen", äffte er. „Regt euch doch von mir aus auf. Mich juckt das überhaupt nicht. Wegen euch komme ich doch nicht zu spät!" Mit einem Blick zum Autoradio maulte er: „Was ist das eigentlich für eine Scheißmusik hier?" Er wechselte zu Antenne MV, dort sendeten sie gerade den Wetterbericht. In den kommenden Tagen sollte das herzlichste Sommerwetter herrschen. „Geil, dann kann ich ja angeln gehen …", freute er sich, „… na, falls nicht doch noch etwas reinkommt." Einerseits hoffte er auf einen neuen Auftrag, andererseits hätte er nichts gegen die Ruhe und Einsamkeit auf dem kleinen Motorboot. Das Schrillen des Handys riss ihn aus seinen Gedanken. Er fischte sein Handy aus der Tasche und guckte auf die Anzeige. Beate rief schon wieder an. Bevor er das Gespräch annahm, spähte er, ob er Polizei sah. Er wollte nicht zum dritten Mal in diesem Monat Strafe zahlen müssen. Er entdeckte nichts und so hob er das Gerät ans Ohr. „Ja, Schatz, was soll ich noch mitbringen?", fragte er gespielt erfreut. „Nichts. Evelyn hat angerufen, sie kommen erst morgen. Du brauchst dich also nicht zu beeilen." – „Das ist ja schade", heuchelte er. „Gut, danke! Dann weiß ich Bescheid! Du, ich muss auflegen, da vorn sind Bullen, tschüss!" Ohne auf ihre Antwort zu warten, drückte er das Gespräch weg. Dabei war weit und breit keine Polizei zu sehen. Allerdings sah er, dass der Knieperwall vor ihm frei war. Erfreut darüber fuhr er in ihn ein.

Kathrin und Lydia saßen auf dem kleinen Spielplatz vor dem Kütertor auf einer Bank und leckten genüsslich an einem Eis. Kathrin hatte sich eine Kugel Schokoladeneis gegönnt und sich dabei geschworen, heute noch joggen zu gehen, um die zusätzlichen Kalorien wegzubekommen, die sie mit dem Eis in sich hineinfutterte. Lydia leckte ein schrecklich lilafarbenes Eis, welches ihr die Zunge verfärbte. Diese streckte sie immer wieder ihrer Tante heraus, die daraufhin großes Erschrecken spielte. Dabei kreischte sie: „Oh Hilfe, neben mir sitzt ein Alien, bitte tu mir nichts!" Das amüsierte Lydia dermaßen, dass sie dieses Spiel immer wiederholte. Kathrin laberte den Satz bereits zum zwanzigsten Mal! Langsam verlor sie die Nerven. *Wo bleibt meine Schwester denn nur? Sie müsste doch längst da sein!* Nach der Übergabe des Kindes wollte Kathrin nach Hause. Sich dort umziehen, laufen gehen, um dann im Anschluss noch etwas für ihren Heilpraktikerkurs zu pauken. Sie erhob sich: „Komm, mein Schätzchen, wir müssen." Folgsam stand die Kleine auf, immer noch an ihrem inzwischen tropfenden Eis leckend.

Sie gingen zur Ampel. Dort sah Lydia ihre Mama durch das Kütertor kommen.

Plötzlich riss sich das Mädchen von ihrer Hand los – laut „Mama, Mama ich bin ein Alien!" schreiend rannte sie mit herausgestreckter Zunge auf die Straße.

Immer wieder verschwamm die Umgebung vor Johns Augen. Fast übersah er das kleine Mädchen, das über die Straße rannte. John nahm nur einen verschwommenen Fleck wahr, der, so viel bekam er mit, nicht vor das Auto gehörte. Instinktiv riss er das Lenkrad herum, trat gleichzeitig auf die Bremse und verfehlte so im letzten Augenblick Lydia um wenige Millimeter. Dann rutschte der Wagen laut quietschend quer über die andere Fahrbahnseite, wobei er eine rauchende Bremsspur hinter sich ließ. John riss entsetzt die Augen auf, denn er sah jetzt plötzlich sehr scharf, wie ein Kleintransporter auf ihn zu fuhr.

Kathrin schrie geschockt auf. Nicht, weil ihr das Eis, welches sie vor Schreck losgelassen hatte, auf den Schuh fiel, nein, weil wenige Meter vor ihr ein Auto auf ihre Nichte zu preschte. Dann verschwand Lydia aus ihrem Sichtfeld. Das Auto, in dem Kathrin einen sonnengebräunten jungen Mann wahrnahm, schob sich zwischen sie und Lydia. Sie folgte dem Fahrzeug mit ihrem Blick und bemerkte, wie es quer schleudernd auf einen Transporter zu rutschte, der noch aus alten DDR-Zeiten stammte. Es ertönte ein dumpfer Rums. Sie vermutete, dass die beiden Wagen ineinanderge-kracht waren. Dann rollte ein großes, dunkles Fass in Richtung Knieperteich. Unendlich langsam, als müsste sie das Gewicht einer Dampflok bewegen, drehte sie sich jetzt wieder zurück, um nach Lydia zu schauen, die sie blutüberströmt auf dem Fahrbahnbelag vermu-tete.

Doch sie entdeckte das Mädchen in den Armen ihrer Mutter. Sie sah der Kleinen an, dass sie überhaupt nicht verstand, warum ihre Mama sie ganz fest an sich drückte. Benommen stand Kathrin da, sie sah ihre Schwester Tränen vergießen und fragte sich, was soeben hier vor ihren Augen passiert war.

Thomas hielt erschrocken den Atem an. Er glaubte, aus der Zeit zu fallen, alles lief unendlich langsam ab, jede Bewegung, jeder Gedanke. Gestochen scharf sah er ein kleines Kind, welches in die ausgebreiteten Arme einer entsetzt dreinblickenden Frau lief. Weiter machte er auf der anderen Straßenseite eine hübsche, junge Frau aus, die stocksteif da stand, wobei ihr in diesem Moment ein Eis aus der Hand fiel. Er registrierte einen kleinen dicken Jungen, dem der Mund sperrangelweit offen stand. Und er erkannte die weit aufgerissenen Augen des Mannes, der in einem Kleinwagen mit Surfbrett auf dem Dach auf ihn zu schleuderte. Als wäre er es nicht selbst, beobachtete Thomas, wie er mit voller Kraft auf die Bremse des Transporters trat und wie sich der Barkas daraufhin quer stellte. Er hörte deutlich das laute Poltern hinter sich, als das Fass die Laderampe durchbrach. Mit nüchternen Gedanken wunderte er sich, warum die Sicherung es nicht zurückhielt. Immer noch wie in einem Film sah er das Fass die Böschung hinabrollen. Dann kam sein Wagen endlich zum Stehen und der normale Zeitablauf setzte wieder ein.

Genauso erging es Kevin, der mit offenem Mund nur wenige Meter hinter dem Barkas stand. Alles ging so schnell. Eben noch tagträumte er, wie er, inzwischen ein kühner Ninja, nachts von Hausdach zu Hausdach sprang. Da rissen ihn das Quietschen von Bremsen, lautes Schreien und ein gewaltiger Schlag aus seiner

Fantasie. Nur wenige Meter vor ihm fiel ein rostiges Fass von der Laderampe eines Autos, um weiter unten am See zum Stillstand zu kommen. Dann hörte Kevin nur noch das Weinen einer Frau und die Stimme eines Mädchens, welches anscheinend die Frau zu trösten versuchte: „Mama, ist doch nicht schlimm, ich bin kein Alien, schau, ist nur von meinem Eis." Als Nächstes ging die Tür des Barkas vor ihm auf und ein Mann, etwas älter als sein Vater dieser Tage wäre, stieg aus.

Thomas ging auf das Auto zu, das quer vor ihm stand. Er musste sich dabei an der vorderen Stoßstange des Wagens vorbeiquetschen, sein Unterschenkel passte gerade so noch hindurch. Thomas klopfte an die Scheibe des Kleinwagens.

John erkannte den Mann, der an die Tür pochte, nur unscharf. Sein Kopf fühlte sich völlig blut- leer an. Die Gedanken darin bewegten sich mit der Geschwindigkeit einer sterbenden Schnecke. Was war passiert? War das alles echt gewesen oder halluzinierte er durch den Schlag des Mastbaums auf den Kopf? „Sind Sie in Ordnung?", drang es von außerhalb des Wagens an ihn heran. John schnallte sich ab, dabei spürte er unvermittelt ein intensives Stechen in der rechten Schulter. Er presste die Zähne zusammen, um den Schmerz zu beherrschen. John öffnete langsam die Tür und stieg aus. „Yes, alles in Ordnung, und bei Ihnen?", fragte er zurück. Thomas antwortete: „Mir geht's gut. Wie es scheint, dem Kind genauso. Gut, dass Sie so schnell regagiert haben!" – „Sie aber auch!" Die Männer drehten sich zur Seite, sie hörten die Stimme einer Frau. „Sie sind beide okay, ich meine unverletzt?", fragte Kathrin. Sie war aus ihrer Schockstarre erwacht und lief jetzt in einer Art Notfallmodus. Dieser setzte bei ihr immer ein, wenn es um sie herum drunter und drüber ging. Je stressiger es für die anderen wurde, desto gelassener wurde sie in solchen Augenblicken. Nachdem sie sich vergewissert hatte, dass es ihrer Lydia gut ging, eilte sie sofort zu den Männern, um zu sehen, ob bei ihnen alles in Ordnung war. Sie sah den sonnengebräunten Mann aus dem Kleinwagen steigen und augenblicklich fing ihre Nase an zu jucken – ein sicheres Zeichen, dass sie ihn attraktiv fand. Der offenkundige amerikanische Akzent, mit dem er antwortete: „Ja danke, mir geht es gut!", ließ sie nach einem Taschentuch greifen, um das Jucken unbemerkt unter Kontrolle zu bringen. Doch bevor sie sich weiter ihren aufwallenden Gefühlen hingeben konnte, lenkte lautes Hupen sie ab. Mittlerweile stand gut ein Dutzend Fahrzeuge auf der Straße, deren Fahrer gerne an der vermeintlichen Unfallstelle vorbei wollten. „Wir sollten wohl besser unsere Autos auf den Fußweg fahren", meinte Thomas pragmatisch. Auch er stand noch unter dem Eindruck der letzten Sekunden, es war noch nicht in sein Bewusstsein gedrungen, dass bei Weitem nicht alles in Ordnung war. Die Ladung, die er dringend liefern musste, war nicht mehr auf der Ladefläche, sondern lag unten in einem Gebüsch.

Wenige Minuten später hatten sie ihre Fahrzeuge auf dem Gehweg geparkt. Sie stellten sich jetzt einander vor und einigten sich darauf, keine Polizei zu rufen, es war ja niemand zu Schaden gekommen. Als John und Kathrin Thomas' missmutigen Blick auf das Fass mitbekamen, beschlossen sie, ihm bei der Bergung zu helfen. „Das Ding ist sauschwer!", meinte Thomas zu den beiden, „ich hab eine Ewigkeit gebraucht, um es aufzuladen." Dabei schaute er besorgt auf die Uhr. Nur noch ein Wunder brachte das Fass pünktlich zum Hafen.

Auf einmal fiel jegliche Anspannung von ihm ab. Warum sollte er sich jetzt noch stressen? Es war doch sowieso zu spät!

John versuchte, eine Lösung für das Fassproblem zu finden, aber mittlerweile quoll sein Kopf von Schmerzen über. Einen klaren Gedanken zu fassen, fiel ihm unendlich schwer. Genauso schwer, wie den rechten Arm zu heben; es fühlte sich an, als rammte ihm jemand ein Messer in seine Schulter.

Auch Kathrin überlegte, wie man das Problem lösen könnte. Da hörte sie einen Jungen hinter sich: „Entschuldigung, das haben Sie vorhin verloren." Kevin hielt den Spanngurt in den Händen. Thomas bedankte sich. „Das muss wohl von der Laderampe gefallen sein. Damit ging es vorhin, und damit wird es auch jetzt gehen." Kevin kam den dreien entgegen und übergab den Gurt. „Kann ich irgendwie helfen?", fragte er. Doch Thomas schüttelte den Kopf. „Danke, mein Junge, aber das ist eine Sache für Erwachsene." Kevin nickte enttäuscht. „Na dann, wiedersehen." Er drehte sich um und ging. Thomas kletterte hinab zur Tonne und schlang das Seil herum. John nahm von ihm das andere Ende entgegen, die schmerzende Schulter hinderte ihn aber, es festzuzurren. Kathrin musterte ihn besorgt. „Sind Sie sicher, dass alles okay ist bei Ihnen?" John schaffte schmerzverzerrtes Lächeln. „Hatte heute einen toughen Tag." – „Lassen Sie mal, ich mach das!" Kathrin stellte ihre Tasche auf den Boden, um das Seil anzubinden. Unbemerkt von ihr und den anderen fiel dabei ihre Handtasche um. Das Einweckglas mit den lebenden Blutegeln, welche sie aus dem Unterricht mitgenommen hatte, rollte hinaus und kullerte den Hang hinunter, wo es neben einem kleinen, mit kyrillischen Buchstaben bedruckten Kästchen liegen blieb.Thomas fluchte plötzlich: „Verdammte Scheiße, das Ding ist aufgegangen." Der Deckel des Fasses hatte sich bei dem Aufprall gelöst und ein Teil des seltsamen Pulvers war herausgerieselt. „Was ist das?", wollte John naserümpfend wissen. „Keine Ahnung!", antwortete er wahrheitsgemäß. Unter lauten Hau-Ruck-Rufen schafften sie es zu dritt, das Fass aus dem Gebüsch zu ziehen. Es ging viel einfacher, als Thomas befürchtet hatte, obwohl der junge Amerikaner die ganze Zeit nur mit einem Arm zupackte. Er schöpfte Hoffnung, dass das Fass bald wieder auf der Ladefläche stand. Bevor sie sich aber daran machten, es den restlichen Hang hinaufzubugsieren, schaufelte Thomas das stinkende Pulver mit bloßen Händen zurück in das Fass. „Sollten Sie nicht lieber Schutzhandschuhe anziehen? Ich meine, wenn sie nicht wissen, was das für ein Zeug ist. So wie das riecht. Nicht, dass es ätzend oder giftig ist?!", äußerte sich jetzt eine besorgt klingende Kathrin. „Passt schon, ich hab schon schlimmere Sachen angefasst." Dabei dachte Thomas an einen Auftrag, bei dem er ein gutes Dutzend toter Schweine zur Tierkadaverbeseitigung hatte bringen müssen. Die Kadaver hatten zu diesem Zeitpunkt bereits eine Woche in der Sonne gelegen, sodass er sich fast die Seele aus dem Leib reiherte. Der Gestank des Todes gepaart mit dem Anblick der von Maden zerfressenen, aufgedunsenen Körper war einfach nur widerlich. Zudem hatte es mehrere Wochen gedauert, bis endlich der bestialische Gestank von der Ladefläche verschwunden war.

Thomas wurde aus der Erinnerung gerissen, er hörte ein Geräusch, das er nur zu gut kannte: den Laut eines sich übergebenden Menschen. In diesem Fall war es John, er hatte sich weggedreht und stand mit vorgebeugtem Oberkörper da. Kathrin eilte zu ihm. Sie tätschelte seinen Rücken mit ihrer Hand. „Was ist los, haben Sie sich doch verletzt?", wollte sie besorgt wissen.

John wischte sich peinlich berührt den Mund ab. „No, no. Ich meine nein, ich hatte vorhin nur einen Crash beim Surfen. Es wird schon wieder." Kathrin glaubte ihm kein Wort, denn John kniff schwankend die Augen zusammen. Er sah ihren skeptischen Blick und richtete sich deswegen zu seiner ganzen stattlichen Größe auf, als wäre er wirklich in Ordnung. Dies verhinderte aber nicht, dass er wankte, als er zu Thomas ging, um mit ihm das Fass weiter hinaufzuziehen. Kathrin schüttelte den Kopf über dieses Machogehabe, bevor sie ebenfalls das Seil mit anpackte.

Zehn Minuten später hatten sie es geschafft: Das Fass stand ordentlich verzurrt auf der Ladefläche, die Ladeklappe war fest verschlossen. Thomas hatte, so gut es ging, das Pulver aus dem Fass eingesammelt. Er war der Überzeugung, dass die kleine Menge, die noch fehlte, garantiert niemanden auffallen würde. „Danke für die Hilfe", wandte sich Thomas an John und Kathrin. „Aber ich muss." Er nickte beiden zum Abschied zu, stieg in den Barkas und drehte den Zündschlüssel. Der Motor stotterte und sprang nicht wie erwartet an. Frustriert kletterte er wieder aus und öffnete die Motorhaube. Sein Blick fiel auf die beiden, die ihm geholfen hatten.

Stumm schauten sich John und Kathrin an. Nach einer langen Pause brach Kathrin, sich die Nasenspitze reibend, schweren Herzens das Schweigen: „Na dann." Sie gestand sich ein, dass sie gerne noch mehr Zeit mit John zugebracht hätte, und hoffte, dass es ihm genauso ging. Doch John streckte ihr nur die Hand entgegen, „Na dann ..." Sie ergriff sie und musste noch im selben Moment mit der anderen Hand zupacken. John taumelte und drohte zusammenzubrechen. „Oh, my, oh, ich, hä", stammelte er. „Alles klar! Kommen

Sie, ich bring Sie ins Krankenhaus! Ich arbeite in der Helios Klinik, da wird man sich um Sie kümmern!" Resolut packte sie John unter den Armen und schob ihn zu seinem Wagen, dort verfrachtete sie ihn auf den Beifahrersitz. Dann fiel ihr ein, dass sie ihre Tasche vergessen hatte. Sie lief noch einmal zurück und hob sie auf, ohne in der Eile das Fehlen des Glases zu bemerken. Sie setzte sich ans Steuer und fuhr los.

Thomas fummelte am Motor herum und schaute sich das Schauspiel an. „Da hat es ja ganz schön gefunkt", grunzte er. Und endlich funkte es auch bei dem Barkas. Der Motor lief wieder. Hastig schloss er die Motorhaube, stieg ein und fuhr, so schnell es der Wagen erlaubte, davon.

Stille legte sich über den kleinen Teich gegenüber dem Kütertor. Nur eine Ente paddelte vorbei und warf einen neugierigen Blick zu dem Glas mit den Blutegeln und dem kleinen, in Wachspapier gewickelten Kästchen.

Kapitel 2

Am Ufer des Nebenarms der Newa glotzte das *Hotel Sankt Petersburg* auf das Gewimmel am *Panzerkreuzer Aurora* herab. Im neunten Stockwerk des Gebäudes war ein Vorhang beiseitegezogen. Am Fenster stand General a. D. Wladimir Kostrakowitsch. Voller Verbitterung und Selbstmitleid starrte er auf das altehrwürdige Schiff. Mit größter Freude wäre er bei der Oktoberrevolution dabei gewesen! Auch hätte er liebend gern Berlin erstürmt und mit der Roten Armee das Deutsche Reich in die Knie gezwungen. Der Name Wladimir Kostrakowitsch würde nie auf einem der gewaltigen Gedenksteine prangen, die es überall in Russland gab. Er massierte sich mit der rechten Hand die linke Seite des Brustkorbs mit der schlecht verheilten Rippe und erinnerte sich an den 27. Dezember 1979. Er stürmte noch einmal als Kommandeur der russischen Spezialeinheit Speznas den Tajbeg-Palast in Kabul und tötete Präsident Amin mit einer Handgranate. Dass das Staatsoberhaupt bereits durch ein vergiftetes Frühstück kampfunfähig war, hatte zum Plan gehört.

Die freudige Erinnerung verblasste, statt ihrer spürte er eine weitere Welle beißender Frustration in sich aufsteigen. Der gelungene Einsatz in Afghanistan hätte der Beginn einer außerordentlichen Karriere sein sollen! Für die Verdienste beförderten sie ihn. Aber zu seiner Befremdung zogen sie ihn aus Kabul ab und ernannten ihn zum Leiter einer geheimen Abteilung im Norden Ostdeutschlands, die dem damaligen Geheimdienst der UdSSR, dem KGB unterstand. Wolodjin, der Chef des KGB, wurde damit sein oberster Vorgesetzter – der Wolodjin, der heute Präsident war! Ein galliger Geschmack breitete sich in seinem Mund aus. Sie ließen ihn nicht mehr kämpfen. Dabei wollte er doch mit der Waffe in der Hand für den Ruhm seines Vaterlandes ins Feld ziehen und auch dafür sterben! Nach dem Zusammenbruch der UdSSR unterstützte er dann die falschen Leute. Er legte sich mit Wolodjin an, die Macht, die dieser inzwischen besaß, völlig falsch einschätzend. Bald präsentierte Wolodjin ihm die Rechnung für seinen Fehler: Er ließ ihn mit fadenscheinigen Beweisen anklagen, verurteilen und wegsperren. Erst vor zwei Tagen kam Wladimir aus dem Kresty-Gefängnis frei, in dem er die letzten zwölf Jahre gesessen hatte.

Wladimirs Blick verdüsterte sich bei dem Gedanken an diese Zeit der Erniedrigung. Doch bald würde er seine Ehre und seinen Wohlstand wieder hergestellt haben. Diesmal beging er keine Fehler! Alles, was er dafür benötigte, hielt er in drei Tagen in den Händen: Yersinia!

Thomas wischte sich mit einem Papiertaschentuch die Schweißtropfen vom Gesicht. Er hatte es geschafft!

Die gigantische Heckklappe des Schiffes schloss sich vor seinen Augen. Thomas wartete noch, bis sich die Fähre vom Kai löste und für die Reise über die Ostsee aus dem Hafen glitt. Gewohnheitsmäßig griff er in die Hosentasche, um sich eine Kippe anzustecken. Dass diese leer war, erinnerte ihn daran, dass er im Augenblick keine Zigaretten mehr besaß. Thomas stieg in den Wagen und fuhr los. Schon nach 500 Metern hielt er am Hafenkiosk an, ging in den Laden und kam wenige Minuten später mit einer frischen Packung Zigaretten heraus. Gierig öffnete er die Verpackung, klopfte sich einen Glimmstängel hervor, zündete ihn an und inhalierte tief. Das Nervengift kam in seinem Organismus an und Thomas entspannte sich. Er rauchte die Zigarette, bis nur noch der Filter übrig blieb, den er dann im hohen Bogen wegschnippste. Er öffnete die Tür zum Barkas, um einzusteigen, hielt aber plötzlich inne. „Der Wein!", murmelte er. „Sonst regt die sich bloß wieder auf." Thomas guckte zum Kiosk. Früher oder später musste er den Wein für den Besuch der Freunde seiner Frau kaufen, wenn er es jetzt nicht tat, dann musste er morgen losziehen. Er zögerte noch kurz, ob er nicht besser an einem Supermarkt vorbeifahren sollte? Dort wäre der Wein sicher um einiges günstiger als hier am Kiosk. Aber letztendlich siegte die Bequemlichkeit in ihm. So verschwand Thomas noch einmal in der kleinen Bude, um kurz darauf mit einer Plastiktüte, gefüllt mit zwei Flaschen Weißwein und einem Sechserpack Stralsunder Bier, wieder herauszukommen. Thomas stellte die Tüte vor den Beifahrersitz, stieg ein, ließ den Motor an und fuhr vom Hafengelände.

John hörte Laute, die wie durch Watte zu ihm durchdrangen. „Haben Sie mich verstanden?", kamen jetzt die Worte des Mediziners bei ihm an. John drehte den Kopf und schaute den Mann mit glasigen Augen an. „Hm, wie bitte?", entgegnete er. Der Chirurg atmete tief ein, bevor er John noch einmal alles erklärte. „Sie haben eine Gehirnerschütterung, und hier", er deutete mit einem Stift auf eine Stelle auf der Röntgenaufnahme, „haben sie einen kleinen Haarriss, also einen minimalen Bruch an ihrem Schädel." – „Fuck" war alles, was John dazu von sich gab. Er bemerkte selbst seine Unhöflichkeit und fügte noch hinzu: „Ist das schlimm?" Der Doktor schüttelte den Kopf, „Wie ich schon sagte: Nein, Sie müssen nur ein paar Tage bei uns zur Beobachtung bleiben. Wir müssen sichergehen, dass Ihr Gehirn nicht weiter anschwillt und es dadurch zu Komplikationen kommt." John nickte, bereute seine Bewegung aber sofort wieder. Vor Schmerz stöhnend atmete er langsam aus und hielt sich mit der rechten Hand den Kopf. Auch diese Bewegung tat höllisch weh. „Was ist? Haben Sie noch woanders Schmerzen?", wollte der Arzt wissen, der Johns Verhalten beobachtet hatte. „My shoulder, ich meine Schulter." – „Schwester!", rief der Arzt, „wir sind noch nicht fertig, bitte einmal Schulter rechts!" Die Krankenschwester, welche die ganze Zeit am Schreibtisch Formulare ausgefüllt hatte, nickte und stand auf. „Na, dann bis gleich!" Der Mediziner verließ das Zimmer. Die Schwester lächelte John an: „Also dann, kommen Sie bitte!" John erhob sich schicksalsergeben und folgte der älteren Frau ins Nebenzimmer, in dem die moderne Röntgenanlage stand. Dort bekam er zum zweiten Mal an diesem Tag eine Bleischürze umgelegt, die seine Keimdrüsen vor den negativen Auswirkungen der Röntgenstrahlung schützen sollte. Dann stellte er sich wie angeordnet an den Automaten. Johns Gedanken kreisten dabei nur um einen Wunsch: Er wollte sich hinlegen, die Augen schließen und warten, bis diese verdammten Kopfschmerzen endlich verschwanden!

Kevin saß zappelnd auf dem Bett. Wann kamen die Großeltern denn endlich nach Hause? Sie probten heute, wie jede Woche, mit dem Shanty-Chor. An sich sang nur Großvater Wilhelm, aber seine Frau Ursula begleitete ihn schon seit Jahren. Ihr Mann studierte fleißig Seemannslieder ein und sie saß, zusammen mit anderen Sängerehefrauen, gemütlich im Kaffeehaus und ließ sich das Leben bei einem leckeren Käffchen und einem Stück Torte gut gehen. Wenn man sie sah, erahnte man, woher Kevins Veranlagung kam, jede Kalorie zu viel sofort einzulagern. Normalerweise störte es ihn nicht, wenn sich die Großeltern verspäteten, aber gerade jetzt?! Beim ersten Klappern der Haustür rannte Kevin wie besessen auf Oma und Opa zu. „Hoppla, min Jung, was hat dich denn gestochen?", wollte Wilhelm gut gelaunt wissen. „Na, der Junge wird Hunger haben, ich mach uns schnell was zu essen." Die Großmutter verschwand in der Küche, ohne abzuwarten, ob sie mit ihrer Vermutung überhaupt richtig lag. „Du, Opa? Du sagst doch immer, ich solle wieder Sport machen, nicht wahr?" – „Ja, das wär gut für dich, glaub ich." Er schlüpfte aus den Straßenschuhen raus und in die Filzpantoffeln hinein. Kevin zappelte aufgeregt auf der Stelle. „Ich weiß jetzt, was ich machen will! Ihr müsst es mir nur erlauben." Wilhelm hängte die Jacke an den Garderobenständer. Da Kevin nicht weitersprach, dreht er sich zu ihm um. „Na, schieß los, was willste denn machen?" Kevin hatte sich die Antwort schon lange zurechtgelegt. Er wusste, dass er seinen Großeltern nichts von Ninjas vorzuschwärmen brauchte, davon hatten die garantiert keine Ahnung. „So was wie Judo, nur besser!" – „Das klingt toll, wann soll's denn losgehen?" – „Ich könnte heute schon zu einem Probetraining." – „Heute?" Opa Wilhelm schaute auf die Kuckucksuhr an der Wand. „Aber es ist doch schon fast sieben!" – „Ja, um sieben geht es los, ich müsste gleich los, um es zu schaffen. Also, darf ich?" – „Nun ja, eigentlich … na, warum nicht?! Aber um zehn bist du spätestens wieder da!", versuchte der Großvater, streng zu sein. So recht kaufte Kevin ihm aber die Härte nicht ab. Seit dem Tod seines Vater war er das Einzige, was Opa Wilhelm noch an seinen Sohn erinnerte. Kevin hatte fest damit gerechnet, dass er die Erlaubnis bekam. Schnell sprintete er um die Ecke und kam Sekunden später mit einer gepackten Sporttasche wieder zum Vorschein. Damit rauschte er an seinem Opa vorbei. Die Tür klappte, auf das Geräusch hin kam Oma Ursel aus der Küche, um die Hüfte ihre alte Schürze gebunden. „Wo will er denn hin? Das Essen ist doch gleich fertig!" Sie wedelte mit dem Sieb. „Ich glaube, unser Kleiner ist auf dem Weg der Besserung!" Opa Wilhelm zwinkerte mit dem rechten Auge.

„Was gibt's denn Leckeres?", wollte er wissen, bevor er an seiner Frau vorbei in der Küche verschwand.

Kathrin wollte sich nicht vorstellen, was geschehen wäre, wäre dieser attraktive Surfer nicht mit seinem Auto ausgewichen, sondern hätte er Lydia erwischt. Sie zog eine Decke über sich, es fröstelte sie. Dann fiel ihr ein, dass noch die Selbsterfahrung mit den Blutegeln vor ihr lag. Seufzend stand sie auf, ging in den Flur und öffnete ihre Handtasche. Sie stutzte – wo war das Glas? Einen Augenblick wühlte sie in der Tasche, ließ es aber schnell wieder bleiben. Das Glas war zu klobig, das versteckte sich bestimmt nicht darin. Kathrin setzte sich auf den kleinen Hocker. Wo war es hingekommen? Sie vollzog in Gedanken alle Schritte nach, seit dem Zeitpunkt, an dem sie das Glas aus der Heilpraktikerschule eingepackt hatte. Sie sah sich Lydia abholen, das Eis kaufen, den Unfall. Es kam nur eine Stelle für sie infrage, an der sie das Glas verloren haben konnte. Sie zog sich die Schuhe an, griff ihre Tasche und ein dünnes Jäckchen, dann verließ sie ihre Wohnung.
Keine Viertelstunde später stieg Kathrin von ihrem Fahrrad. Noch spiegelte sich die Sonne im Knieperteich. Es waren nicht viele Spaziergänger im Park unterwegs, nur vereinzelt sah sie Personen, welche die Gesellschaft eines Hundes der von Menschen vorzogen. Kathrin ging an die Stelle, an der sie ihre Tasche abgestellt hatte, um beim Aufladen des Fasses zu helfen. Aber dort fand sie nichts. In der Annahme, dass das Glas die Böschung hinabgerollt war, folgte Kathrin der Falllinie hinunter zum Wasser. Am Ufer angekommen sah sie etwas Glänzendes. Sie bückte sich und fand das Glas völlig unversehrt in einem Gebüsch. Sie nahm es an sich. Den Blutegeln ging es dem Anschein nach hervorragend. Sie klebten am Deckel und schwankten im Rhythmus

des sich hin und her bewegenden Wassers in ihrer Unterkunft. „Na, habt ihr Hunger?", fragte Kathrin, wohl wissend, dass sie keine Antwort erhalten würde. Sie steckte das Glas in ihre Handtasche, dabei wanderte ihr Blick nach unten. Sie hielt inne. Knapp neben der Stelle, an der sie das Glas gefunden hatte, lag ein kleines, in Wachspapier gewickeltes Kästchen. Kathrin hob es auf. Sie vermutete, dass es einem der Männer gehörte, die bei der Bergung des Fasses dabei gewesen waren. „Dich nehm ich auch mal lieber mit!", sagte sie zu sich und hob das Kästchen auf. Kathrin schwang sich wieder auf ihr Fahrrad und verschwand wenige Augenblicke später. Den strengen Geruch, der von dem Kästchen ausging, nahm sie nicht wahr.

Jennifer McFerrow stand in der geräumigen Wohnküche ihres Einfamilienhauses und räumte die Spülmaschine aus. Dabei sang sie lautstark ein hawaiianisches Volkslied mit, welches aus dem Radio dudelte. Sie unterbrach ihren Gesang und stellte die Musik leiser, weil ihr Hund Blacky aufgeregt bellend zu ihr ins Zimmer kam. Jetzt vernahm sie es auch: Das Telefon im Flur klingelte. Sie eilte hinaus, doch bevor sie den Hörer abnahm, verstummte das Schellen. Jennifer grübelte, wer sie um diese Zeit anrufen könnte. Ihre Mutter höchstwahrscheinlich nicht, die rief immer abends an, nie um zehn Uhr vormittags. Sie wollte schon ihren Mann anrufen, er war mit dem Nachbarn zum Hochseeangeln gefahren, da läutete das Telefon erneut. Hastig hob sie ab. „Mein Sohn, das ist aber schön, dass du dich endlich mal wieder meldest! Wie geht's dir? Ist es immer noch so kalt bei dir? Wann kommst du nach Hause?", sagte sie erfreut. „Mama!", unterbrach sie John. Er wusste, wenn er sie jetzt nicht stoppte, bekäme er nie eine Chance, ihr überhaupt etwas zu erzählen. Als Nächstes hätte sie im sicher alle Neuigkeiten aus der

Nachbarschaft und aus dem Leben des Familienhundes erzählt. „Mama, mir geht es gut. Na ja, nicht ganz gut, ich liege im Krankenhaus." Jennifers Gesichtsfarbe wechselte zu einem blassen Grau. „Was ist passiert, mein Kind?" Panik stieg in ihr hoch. „Soll ich deinen Vater anrufen, sollen wir nach Europa kommen?" – „Nein, so schlimm ist es nicht, ich habe nur eine angebrochene Schulter, ich bin beim Surfen gestürzt." John verzog ein wenig das Gesicht bei dieser Lüge. *Ist ja nicht gelogen, ist halt nur nicht alles gesagt.* Er bereute es fast, zu Hause angerufen zu haben. Aber nachdem er endlich in ein Krankenzimmer gebracht worden war und mutterseelenallein auf die weiße Wand gestarrt hatte, kam in ihm ein unendliches Heimweh auf. Dies erzählte er seiner Mutter allerdings ebenso wenig, wie von der Gehirnerschütterung, dem Haarriss am Schädel, dem Zusammenstoß mit der Motorjacht und dem beinah Autounfall. „Ich muss auch nur zwei bis drei Tage hierbleiben, nur zur Sicherheit, die deutschen Ärzte nehmen das hier alles sehr genau!" – „Du bist wirklich in guten Händen?" Skepsis schwang in Jennifers Frage mit. „Ja, ganz sicher! Ich wollte einfach nur deine Stimme hören, Mama, ich habe doch schon ewig nicht angerufen." Jennifer nickte bestätigend. „Dein Vater ist gerade mit Bryn zum Angeln raus, er kommt bestimmt erst am Abend wieder. Wie spät ist es bei dir, es ist doch bestimmt schon Mittag, hast du denn schon was zu essen bekommen im Krankenhaus?" – „Hier ist es schon acht Uhr abends." – „Was, so spät schon, das sind ja genau zwölf Stunden Zeitunterschied!"

Johns Handy piepste, der Akku war gleich leer. „Damned", fluchte er, natürlich lag das Ladekabel zu Hause! „Mom, ich muss Schluss machen, mein Akku macht schlapp. Wenn du mich erreichen willst, ich liege in der Helios Klinik, Zimmer ..."

Doch er kam nicht mehr dazu, die Zimmernummer durchzugeben, das Handy schaltete sich ab.

Jennifer rief noch ein paar Mal in den Hörer, bis sie schließlich einsah, dass die Verbindung unterbrochen war. Sie schrieb sich den Namen des Krankenhauses auf. Dann schaute sie traurig zu Blacky, der sie mit heraushängender Zunge anhechelte. „Immer nur Sorgen mit den Kindern!" Sie tätschelte den Kopf des Hundes. Sie nahm den Hörer wieder auf und wählte eine Nummer aus dem Gedächtnis. „Ja, hallo, ich bin es, weißt du, was passiert ist?"

Kevin bekam langsam eine Vorstellung davon, wie viele Muskeln sich in seinem Körper befinden mussten – er glaubte, jeden einzelnen von ihnen zu spüren. Über eine Stunde lang war er gerollt, gesprungen, hatte versucht, Hebel anzusetzen und mit einem Stock herumzuwirbeln. Noch glichen seine Vorwärtsrollen eher den Bewegungen einer Dampfwalze. Er wagte es einfach nicht, vorwärts über den Kopf zu rollen, von einer Rückwärtsrolle ganz zu schweigen. Seine Sprünge erreichten nur wenige Zentimeter Höhe, der Gravitation der Erde setzte er im Moment noch nicht wieder viel entgegen. Beim Versuch, mit dem einsachtzig langen Stock herumzuwirbeln, traf er sich unzählige Male selbst mit dem Holz. Kevin spürte Frust in sich aufsteigen, so schwer hatte er es sich nicht vorgestellt. In einer kurzen Pause setzte er gierig die Wasserflasche an, da stellte sich eine schlanke, fast hagere Frau neben ihn, die ebenfalls trank. Sie fixierte ihn durchdringend. „Na, willst aufgeben?", fragte sie ihn. Kevin war perplex, er wusste nicht, dass man so leicht seine Gedanken lesen konnte. „Weiß nicht", antwortete er kleinlaut und fügte hinzu, „hätte nicht gedacht, dass es so hart ist!" Sie lächelte: „Du bist aber auch ein

Spezialist, du gehst natürlich gleich in die Vollen und kommst zu den Fortgeschrittenen. Am Nachmittag ist das Anfängertraining." – „Seid ihr hier zum Quatschen oder wollt ihr trainieren?", hörten sie die Stimme des Trainers hinter sich. „Euren Privatkram könnt ihr hinterher betratschen." Kevin zuckte zusammen, freute sich aber, dass er genauso wie die Erwachsenen behandelt wurde. „Das mit dem Anfängertraining hätte ich ihm später noch gesagt!", meinte Wito, der Trainer, zu der Frau, und an Kevin gewandt: „Ich finde, du besitzt Talent, und ich fühle, dass in dir ein echter Ninja steckt. Wir müssen ihn nur noch herauskitzeln!" Kevins Mund blieb offen stehen. Er hatte erwartet, dass man ihm nach der Probestunde nahelegen würde, es doch besser mit Schach oder bestenfalls mit Tischtennis zu versuchen. Er fühlte sich auf einen Schlag wie neu geboren, die Schmerzen in den Muskeln spürte er plötzlich nicht mehr. „Danke!" Er schaffte es sogar, den Trainer anzulächeln. Dieser ging aber nicht weiter auf ihn ein. „So, zum Abschluss wiederholen wir jetzt drei Techniken zur Messerabwehr, wir beginnen mit Ken Nagare!" Mit einem breiten Grinsen im Gesicht schaute Kevin zu, wie ein Schüler den Meister mit einem Holzmesser angriff. Mit einer schnellen Bewegung schlug der Trainer dem Angreifer das Messer aus der Hand, um ihn dann, scheinbar mühelos, mit einem Handgelenkshebel und einer Körperdrehung durch die Luft fliegen zu lassen. Kevins Augen leuchteten vor Begeisterung und die Zweifel verflogen, er war sich jetzt sicher: Das werde ich auch eines Tages können!

„Wie Sie meinen! Richten Sie ihm aus, dass es ein Fehler ist, wenn er mich nicht empfängt. Sie haben ja meine Nummer!" Damit legte Wladimir auf, ging hinüber zum Kühlschrank des Hotelzimmers und öffnete ihn. Er schob die Schnapsfläschchen, die das Hotel in der Minibar bereitstellte, beiseite und griff nach der Literflasche Wodka, die er selbst darin deponiert hatte. Er schraubte den Verschluss auf und goss sich in einem Schwung das Wasserglas voll, welches vor ihm auf dem kleinen Tischchen stand. In einem Zug trank er das Glas leer, um es sofort wieder aufzufüllen. Wladimir setzte erneut zu trinken an, stoppte aber und stierte sinnierend in das Glas. Wie lange hatte er darauf verzichten müssen. Auch für diese Entbehrung wollte er seine Rache! Mit grimmiger Miene setzte er das Glas an den Mund. Im Knast hatte er es sich leichter vorgestellt, Unterstützer zu finden. Der Wodka hatte noch nicht die Lippen erreicht, da klopfte es an der Tür. Ohne zu trinken, stellte er das Glas auf den Tisch und schaute auf die Uhr. Es war kurz vor Mitternacht. Er ging zum Eingang, kniff ein Auge zusammen und spähte durch den Türspion: Ein hünenhafter Kerl füllte sein komplettes Gesichtsfeld aus. Wladimir entspannte sich und öffnete. „Ivan, mein Bruder!" Er umarmte den Russen erfreut. „Komm herein, lass uns gemeinsam trinken!" Ivan erwiderte nichts, zog beim Hereintreten den Kopf ein und folgte Wladimir zum Tisch. Dieser holte ein weiteres Glas vom Bord über der Minibar und schenkte es ebenfalls bis zum Rand mit Wodka voll. Er reichte Ivan das Glas. „Auf uns!", prostete Wladimir ihm zu. Ohne die Miene zu verziehen, goss Ivan das Getränk in sich hinein. Wladimir tat es ihm gleich und goss ihm sofort nach, bevor er sich selbst das Glas zum dritten Mal vollmachte. „Was gibt es Neues?" – „Es läuft alles wie geplant. Das Fass ist unterwegs." – „Gut, sehr gut, lass uns trinken, auf unsere Zukunft und darauf, dass Mütterchen Russland bald wieder die Größe haben wird, die es verdient!"

Die Regenwolken der Nacht hatten sich verzogen und die Vögel kündigten einen traumhaften

Sommertag an. Thomas kniff die Augen zusammen und spendete sich mit einer Hand Schatten, als er zur Sonne hochschaute. Dann schlüpfte er in die Pantoffeln und schlurfte hinüber zur Küche. Dort angekommen drehte er das Radio an. Er hörte die Stimme des Sprechers und verzog angewidert das Gesicht. „Wann gewöhnt die sich das endlich ab?", nörgelte er vor sich hin und stellte den Sender zurück auf Antenne MV. Er hasste es, wenn seine Frau den Kanal wechselte. Nachdem er die vertraute Stimme der Sprecherin hörte, trottete er weiter zur Kaffeemaschine. Der Kaffee darin verströmte noch Wärme und so goss er sich eine große Tasse damit voll. Genüsslich trank er einen ersten Schluck, schwarz und ohne Zucker, wie er es liebte. Dann erst wandte er sich dem Zettel zu, der auf dem Küchentisch lag. „Guten Morgen, bitte denke daran, dass heute Evelyn und Jürgen kommen. Sei nicht zu spät zu Hause! Gruß Beate". Frustriert knüllte er das Papier zusammen, insgeheim wünschte er sich, dass ihm seine Frau endlich wieder etwas Liebes aufschrieb. Er zerknautschte den Zettel so lange, bis dieser einen kleinen Ball ergab. Aus dem Handgelenk warf Thomas ihn in Richtung Mülleimer, den er knapp verfehlte. Verächtlich ausatmend betrachtete Thomas eine Weile den Zettel, ließ ihn aber liegen. *Irgendetwas werde ich später noch in den Müll schmeißen müssen, dann kann ich ihn ja aufheben!*

Mit der Kaffeetasse in der linken Hand ging er in den Flur und kratzte sich dabei mit der freien Hand im Schritt. Der Juckreiz, den er dort verspürte, wollte allerdings nicht gleich verschwinden. So fuhr er sich in seine Unterhose, die er schon seit Tagen trug. Sein Gesicht entspannte sich augenblicklich, das Jucken ließ endlich nach. Thomas zog die Hand wieder aus der Hose und roch daran. Die Nase zog sich angewidert nach oben. „Mhmm. Ich werd mich wohl heute mal duschen, bevor die Arschlöcher kommen", schniefte er missmutig. Er kam am Garderobenständer an. Mit der freien Hand kramte er in seinen Jackentaschen, mit der anderen schlürfte er weiter aus der Kaffeetasse. In der letzten Tasche der Jacke fand er endlich, wonach er suchte. Er zog einen kleinen, abgewetzten Taschenkalender heraus. Auf dem Weg zurück in die Küche blätterte er einhändig darin, bis er die Einträge für den heutigen Tag fand. Drei Aufträge hatte er bereits ausgestrichen, da hatten entweder die Auftraggeber abgesagt oder er hatte sie bereits erledigt. Nur eine Aufgabe stand noch offen und wartete auf Verrichtung: Entrümpelung vormittags, Adresse und eine Telefonnummer daruntergekritzelt. „Das wird ein entspannter Tag", freute er sich. Er brauchte sich also nicht zu beeilen. Noch immer nur in der Unterhose lief er hinaus in das Treppenhaus, schob einen Schuh in den Türrahmen, damit die Tür nicht zufiel, und stieg die Treppe hinab, bis er an der Haustür ankam. Mit einem geübten Schlag gegen die Klappe öffnete er seinen Briefkasten. Darin war aber nichts, nur gähnende Leere starrte ihn an. Thomas schaute sich unauffällig nach allen Seiten um, er vergewisserte sich, dass ihn niemand beobachtete. Im Hausflur herrschte Ruhe. Dann schlug Thomas erneut gegen den Kasten. Nur, dass er diesmal nicht seinen eigenen aufmachte, sondern den vom Nachbarn. Darin lagen Briefe, die interessierten ihn nicht, nur die Tageszeitung, die ihm entgegenrutschte, nahm er mit einer flüssigen Handbewegung an sich. Wenn er zur heutigen Arbeit aufbräche, wollte er die Zeitung wieder zurückstecken. So, wie er es immer tat. Da der Nachbar erst spät am Abend nach Hause kam, bekam dieser nichts davon mit. Thomas fand, dass er mit der Ausleihe sogar etwas für die Umwelt tat, schließlich musste dadurch eine Zeitung weniger gedruckt werden und es starb somit eine geringere Menge an Bäumen. Thomas zuckte zusammen, er hörte Schritte im Haus, die schnell näher kamen. Er klemmte die Zeitung unter den Arm und eilte die Treppe hinauf. Als er erkannte, wer ihm entgegenkam, entspannte er sich. Es war der kleine polnische Junge, der zusammen mit seiner Familie im letzten Monat eingezogen war. „Na, kommst du zu spät zur Schule? Schön Deutsch lernen, dann wird was aus dir!" Oleg guckte ihn überrascht an und antwortete ihm in einwandfreiem Deutsch: „Danke für den Tipp, Sie sind nämlich mein großes Vorbild!" Thomas bekam vor Überraschung den Mund nicht zu, mit solch einer Schlagfertigkeit hatte er nicht gerechnet. Doch bevor er etwas entgegnete, verduftete Oleg. „Tsss … Ausländer …", murmelte er dem Jungen hinterher. Dann verschwand er mit der ‚geborgten' Zeitung in der Wohnung.

Kevin kickte einen kleinen Stein beiseite. Er bereute dies allerdings sofort, jeder Muskel im Körper brannte. Er hatte einen Muskelkater wie noch nie in seinem Leben. Beim Fußball hatten ihm schon ab und zu die Beine wehgetan, aber was er im Augenblick spürte, übertraf alles. „Was ist dir denn passiert?", hört er jetzt eine Stimme hinter sich. Oleg, sein neuer Schulfreund, grinste ihn an. „Ach nichts, was soll los sein?", log Kevin. „Du läufst, als hättest du einen Stock im Hintern!" – „Wirklich, ist es so auffällig?" Er blickte sich geheimnistuerisch nach allen Seiten um. „Okay, ich erzähl's dir, du musst mir aber schwören, niemanden auch nur ein Wort davon zu sagen! Schwörst du?!" – „Oh Mann, du machst es aber spannend." – „Also, schwörst du?", fragte Kevin fordernd. „Okay, ich schwöre", grinste Oleg ihn an. „Nun komm schon, schieß los!" Kevin atmete gewichtig ein, ging dicht an Oleg heran und flüsterte ihm ins Ohr: „Ich bin seit gestern ein Ninja." – „Ein was?", entgegnete Oleg überrascht und voller Unverständnis. „Mensch, ein Ninja! Soll ich etwa schreien?" Oleg lachte los: „Jetzt verarschst du mich. Sei mir bitte nicht böse, aber du ein Ninja?! Kannst du jetzt etwa fliegen? Wuh-ah katscheng", dabei fuchtelte mit den Händen, die er kerzengerade ausstreckte, als wollte er damit die Luft zerschneiden. Kevin verzog enttäuscht die Schnute, zumindest von seinem Freund hätte er etwas anderes erwartet. „Nein, natürlich kann ich nicht fliegen", ergänzte er aber nach einer kurzen Pause: „Noch nicht. Ich habe ja auch erst gestern mit dem Training angefangen!" – „Du meinst es wirklich ernst?", fragte Oleg jetzt. „Und wo bitte lernst du Ninjaitis?" – „Das heißt Ninjutsu, nicht -itis, und ich lerne es im Bujinkan Stralsund." – „Oh Mann, mein Freund, der Ninja", frotzelte Oleg. Kevin ging nicht weiter darauf ein und entgegnete: „Du kannst gerne mitkommen, es macht Riesenspaß, nur der Muskelkater ist, na ja, wohl ein notwendiges Übel." Oleg schüttelte den Kopf, „Nee, lass mal, ich hab genug zu tun mit meiner Ausbildung zum Rettungsschwimmer. Dreimal die Woche Training reicht mir!" Kevin grinste ihn an. „Verstehe, und es ist nicht wegen deiner hübschen Übungsleiterin?" Oleg errötete wie ein Mädchen, sein Freund schien einen wunden Punkt getroffen zu haben. „Nö, mit Linda hat das überhaupt nichts zu tun!", log er. In Wirklichkeit träumte er davon, sie zu heiraten, wenn er alt genug dafür wäre. Diesmal wieherte Kevin. „Mir brauchst du nichts zu erzählen, die ist ja auch wirklich scharf!" Dabei vollzog er mit den Händen die Rundungen eines weiblichen Körpers nach. Oleg schubste ihn freundschaftlich und fing an, ihn zu boxen. „Komm, verteidige dich, Ninja …" Doch Kevin hob die Hände, „Hör auf, mir tut wirklich alles weh!" Bevor Oleg etwas erwidern konnte, klingelte es zum Unterricht.

Oleg spurtete sofort los und rief: „Erster!" Unter lautem Schimpfen rannte Kevin seinem Freund hinterher.

Linda ging es gut. Sie saß auf ihrem Moped und genoss es, den warmen Fahrtwind auf ihrem Körper zu spüren. Sie war auf dem Weg ins Ostsee-Center, um noch ein paar Kleinigkeiten für den Abend zu besorgen. Ihre Eltern waren im Urlaub und so hatte Linda Freunde eingeladen, sie wollten gemeinsam im Garten grillen. Sie kam an der Helios Klinik vorbei, ihr Blick fiel zufällig auf den Parkplatz des Krankenhauses. *Moment, das ist doch ...* Auf dem Platz stand ein Auto mit einem Surfbrett auf dem Dach. Linda setzte den Blinker und bog auf das Gelände des Klinikums ein. Sie fuhr näher an den Wagen heran und war sich jetzt sicher: Es war das Auto des jungen Mannes, den sie am Vortag aus dem Wasser gefischt hatte. Linda spürte, wie Unruhe in ihr aufstieg. *War es doch ein Fehler gewesen, den Surfer gestern mit dem Auto alleine wegfahren zu lassen?* Neugierde ergriff sie. Sie stellte ihr Moped ab, betrat die Klinik durch den Haupteingang und schlenderte zur Information. Wie käme sie am besten an die Zimmernummer des jungen Mannes? Sollte sie behaupten, dass sie eine Verwandte war? Sie verwarf diesen Gedanken sofort, sie wusste ja noch nicht einmal seinen Namen. Stattdessen beschloss sie, es mit der Wahrheit zu versuchen. Vor ihr standen noch zwei afrikanische Frauen, die mit Händen fuchtelnd und in einer ihr unverständlichen Sprache versuchten, ihr Anliegen vorzubringen. Linda sah das genervte Gesicht der Frau hinter dem Tresen und stellte sich auf eine längere Wartezeit ein.

Der Oberarzt hatte die Visite beendet und Kathrin wollte schnell etwas essen, bevor sie wieder auf Station musste. Sie ging durch die Lobby und sah drei Frauen am Infostand stehen. Die Mitarbeiterin, die in diesem Augenblick mit einer ihr unbekannten Sprache kämpfen musste, beneidete sie in keiner Weise. Sie blickte auf ihre Uhr. Ob die Zeit noch ausreichte, um nach dem jungen Mann zu schauen, den sie gestern Nachmittag hier abgeliefert hatte? Ob er sich über einen Besuch von ihr freute? In ihrem Bauch kribbelte es und die Nase juckte, beim bloßen Gedanken daran, ihn wiederzusehen. Dabei war die Zeit, die sie gestern mit ihm zusammen verbracht hatte, doch nur kurz gewesen. Sie blickte ein weiteres Mal auf die Uhr. Wenn sie sich beeilte, hätte sie wenigstens zehn Minuten Zeit für einen Besuch. Johns Zimmernummer kannte sie, die hatte sie sich gleich zu Arbeitsbeginn besorgt. Sie richtete sich die Frisur und lief los.

Linda kam endlich an die Reihe. „Und, was kann ich für Sie tun?", fragte die Frau hinterm Tresen. Linda ging gleich aufs Ganze. Sie griff in ihre Tasche und holte ihren DLRG-Ausweis hervor. Sie folgte damit einer spontanen Eingebung. „Guten Morgen, mein Name ist Linda Wagner und ich bin von der DLRG." *Oh Mann, ich haue hier aber ganz schon auf die Kacke. Ich hätte ja auch gleich sagen können: Hallo, mein Name ist Wagner, Linda Wagner, und ich nehme den Drink geschüttelt und nicht gerührt.*
Die Frau an der Auskunft betrachtete den Ausweis und hob dann die Augenbrauen. „Ja, und?" Es war deutlich hörbar, dass sie mit dieser Information nicht viel anfangen konnte. „Ich habe gestern einen jungen Mann vor dem Ertrinken gerettet und wollte ihn heute besuchen, um mich nach seinem Ergehen zu erkundigen", lächelte Linda sie an. Jetzt verstand die Frau: „Ach so, wie heißt der Mann denn?", wollte sie wissen und wendete sich ihrem Computermonitor zu. „Das ist ja das Problem, es ging gestern alles so schnell und

er war ja auch nicht wirklich ansprechbar", log Linda. „Ich fürchte, da kann ich wenig für Sie tun", antwortete die Frau vom Computer aus und schüttelte den Kopf. In Linda machte sich Enttäuschung breit, sie startete aber noch einen letzten Versuch. „Ich weiß nur, dass er Amerikaner ist." Skeptisch schaute die Frau sie an: „Sie wissen, dass ich das eigentlich nicht darf." Nach einer Pause, die Linda wie eine Ewigkeit vorkam, fuhr sie fort. „Aber da sie ja Rettungsschwimmerin sind, na ja, da sind wir ja fast so was wie Kollegen." Sie tippte behände etwas in ihren Rechner. „Zimmer 203, zweiter Stock, Unfallchirurgie. Viel Glück!" Damit wandte sie sich an ein altes Ehepaar, welches sich in der Zwischenzeit angestellt hatte. Linda strahlte über das ganze Gesicht. „Danke, vielen Dank!", rief sie noch und rauschte los. Die Frau hinter dem Tresen schaute ihr belustigt hinterher.

John war völlig fertig. Erst ließen ihn in der Nacht die Kopfschmerzen und das Pochen in der Schulter nicht schlafen und dann weckte ihn die Nachtschwester am Morgen genau in dem Augenblick wieder auf, da er ein wenig einzudämmern begann. Der zweite Versuch, in Morpheus' Arme zu sinken, wurde gegen acht jäh durch einen Pulk unterbrochen, der sich durch das Zimmer wälzte. Er bestand aus dem Oberarzt, dessen Gefolgschaft von Studenten und Krankenschwestern. Kurz darauf verhinderte das Frühstück jeden weiteren Versuch, die Augen zu schließen. Aber jetzt herrschte endlich Ruhe! John drehte sich vom Fenster weg und schloss die Lider, um sie sofort wieder zu öffnen. „Was denn jetzt schon wieder?!", stöhnte er genervt vom erneuten Klopfen. Er riss sich jedoch augenblicklich zusammen, denn herein kam die junge Frau, die ihn gestern Nachmittag ins Krankenhaus gefahren hatte. Sie sah in ihrem weißen Kittel umwerfend aus! „Guten

Morgen", hauchte Kathrin mit sanfter Stimme, „ich weiß, dass Sie lieber schlafen wollen, aber ich hab nun mal leider nur jetzt Zeit und da ..." – „Ist schon okay!", unterbrach sie John. „Mir geht es ausgezeichnet!", log er sie an. Kathrin lächelte, sie freute sich, dass er kein wehleidiges Weichei war. „Was hat der Doktor gesagt? Gehirnerschütterung?" John nickte mit dem Kopf, bereute diese Bewegung allerdings augenblicklich. „Ja, Sie hatten recht, die rechte Schulter ist auch angeknackst." Kathrin verzog mitfühlend das Gesicht. „Oh, dann wird das wohl erst mal eine Weile nichts mit Surfen." „Yeah, sieht ganz danach aus." Sie schaute auf ihre Uhr. „So, ich muss leider. Wenn ich es schaffe, komme ich morgen wieder. Natürlich nur, wenn das für Sie okay ist?", dabei schaute sie ihn fragend an. John lächelte, „Auf alle Fälle! Ich freu mich!" Kathrin stand, ebenfalls lächelnd, noch einen Moment unschlüssig herum. Sie musste den Drang unterdrücken, sich bei ihm mit einem Kuss auf die Wange zu verabschieden. Sie dreht sich um und griff den Türknauf, da hörte sie John hinter sich sagen. „Wenn ich wieder raus bin, gehen wir dann mal was trinken?" Kathrin fühlte, wie ihr die Röte ins Gesicht stieg, verlegen drehte sie sich über die Schulter. „Sehr gerne!" Damit öffnete sie die Tür und stieß direkt mit einer jungen Frau zusammen, die die Tür von außen öffnen wollte. „Entschuldigung", sagten beide fast gleichzeitig, dann verschwand Kathrin aus dem Raum und Linda stand im Zimmer. „Hallo! Das ist ja eine Überraschung!", blickte John sie verwundert an. Sie lächelte ihn an. „Ich wollte nur mal sehen, wie es Ihnen geht. Ich hatte so ein schlechtes Gefühl, weil ich Sie einfach so habe fahren lassen." Sie legte ihren Kopf schief. „Na, mein Gefühl hat mich ja wohl nicht getrogen!" John kam nicht dazu, etwas darauf zu entgegnen. Linda fuhr gleich fort. „Lassen Sie mich raten, Gehirnerschütterung und ...", sie sah sich den Verband an seiner Schulter an. „… und die Schulter hat auch etwas abbekommen." – „Schuldig im Sinne der Anklage!", kam jetzt John endlich zu Wort. Ihm gefiel die selbstsichere Art der jungen blonden Frau. „Na, wenigstens haben Sie auf meinen Rat gehört und sind in die Klinik gefahren." Sollte er ihr die Wahrheit beichten? Dass er nicht ganz freiwillig ins Krankenhaus gekommen war? John ließ es, denn Linda sprach schon wieder weiter. „Sie hätten sich noch das Geheule anhören sollen, von dem Typen, in dessen Motorboot Sie gekracht sind. Er hat doch tatsächlich überlegt, Sie anzuzeigen, weil sein Boot eine kleine Schramme abbekommen hat. Na, dem hab ich erst mal klar gemacht, dass er ja wohl selber schuld ist. Der hat doch überhaupt nicht aufgepasst, dieser Gockel!" – „Reden Sie immer so viel?", fragte John grinsend dazwischen. Für einen Augenblicklich verstummte Linda. Dann gab sie rot werdend zu, „Nein, eigentlich nur, wenn ich aufgeregt bin." John runzelte die Stirn, „Sie sind aufgeregt? Wieso das denn?" Linda wäre am liebsten im Boden versunken. Da lag dieser gut aussehende Typ vor ihr im Bett und sie hatte nichts anderes zu tun, als ihn zuzutexten. Doch ihr Schutzengel beschützte sie, denn bevor die Peinlichkeit ihren Höhepunkt erreichte, klingelte ihr Handy. „Entschuldigung", murmelte sie in Johns Richtung. „Ja? Oh nein, verdammt, das habe ich total vergessen, bin gleich da!" Sie legte hastig auf und blickte zu John. „Sorry, ich muss los! Tschüss!" Sie drehte sich zur Tür und wollte gerade hinausgehen, da stoppte John sie. „Sehen wir uns noch mal?" Wieder schoss ihr das Blut ins Gesicht, welches gerade erst wieder die normale Farbe angenommen hatte. Rasch wollte sie etwas antworten, hielt sich aber zurück. Es war sicher besser, wenn sie nicht zu viel Interesse an ihm zeigte. „Mal sehen. Wenn ich Zeit hab, komme ich mal wieder vorbei. So, ich muss. Tschüss!" John lächelte ihr hinterher. Er musste noch eine Menge über deutsche Frauen lernen.

Linda lehnte an der Wand im Krankenhausflur und starrte vor sich hin. Was, verdammt, war mit ihr da drinnen los gewesen? Normalerweise war sie doch absolut souverän, wenn es um Männer ging. Bisher hatte sie den Kerlen einfach den Kopf verdreht, mit ihnen gespielt und sie dann eiskalt abserviert, wenn sie anfingen, sie zu langweilen. Aber diesmal gelang es ihr nicht, ihre innere Distanz zu wahren. *Dabei kenn ich ihn doch erst wenige Minuten ...* Durch die Schritte einer Krankenschwester, die ein Bett an ihr vorbeischob, erwachte Linda aus ihrer Trance. Sie löste sich langsam von der Wand und schlenderte den Gang hinunter, öffnete die Glastür und warf einen Blick zurück. Morgen käme sie wieder, egal was passierte!

Thomas stand im Wohnzimmer einer Frau, die im hohen Alter von neunundneunzig Jahren vor zwei Wochen das Zeitliche gesegnet hatte. Die Arbeit ging bereits dem Ende entgegen. Viel hinterließ der Mensch hier nicht. Normalerweise besserte Thomas mit Gegenständen, die er bei der Entrümpelung fand, sein bescheidenes Einkommen ein wenig auf. Doch zu seinem Leidwesen fand er diesmal nichts Wertvolles. Die Möbel waren alt, aber nicht alt genug, um als Antiquitäten durchzugehen. Das letzte Möbelstück, das Thomas noch entsorgen musste, war der alte Wohnzimmerschrank. Das Teil stammte aus einem Volkseigenen Betrieb der DDR und bestand mehr aus Presspappe denn aus Holz. Thomas fackelte nicht lange. Er holte mit einem Vorschlaghammer aus und ließ ihn von der Seite auf den Schrank krachen. Doch der Kasten bewegte sich zu seinem Erstaunen keinen Millimeter, er schien Wurzeln geschlagen zu haben und wollte nicht aus der Wohnung gehen, in der er über vierzig Jahre lang zum Inventar gehört hatte. Thomas ließ sich davon nicht beeindrucken, erneut schlug er mit dem Hammer zu. Beim dritten Schlag brach letzten Endes der Widerstand des Schranks. Mit einem lauten Ächzen beugte er sich zur Seite, zögerte noch einen Moment, um wenige Augenblicke später in alle einzelnen Platten, aus denen er bestand, zu zerfallen. Thomas legte grinsend den Hammer beiseite. Er musste jetzt nur noch die Überreste hinunter zum Wagen bringen, diese dann zum Abfallhof fahren und im Handumdrehen könnte Thomas sich zu Hause auf die Couch fläzen und Sport gucken. Er hob die erste Platte an und ging zur Tür, da fiel sein Blick auf einen glänzenden Gegenstand, der unter dem Stapel hervorlugte. Thomas stellte das Schrankteil ab und ging mit leuchtenden Augen zu den Trümmern des Schranks. „Na, wer sagt's denn?", murmelte er vor sich hin. Er schob ein paar Pressspanteile beiseite und erkannte, worum es sich bei dem glänzenden Ding handelte. Vor ihm lag eine kleine Schatulle mit Messingbeschlägen und Klavierlacküberzug. Thomas wischte das Kästchen mit dem Ärmel sauber. Er schüttelte es und hörte deutlich, wie sich etwas darin bewegte. Er hielt es sich vor seine Augen. „Dann wollen wir doch mal sehen, was du Hübsches in dir hast." Damit wollte er die Schatulle mit beiden Händen öffnen. Der Deckel gab aber nicht nach und die Kassette behielt ihr Geheimnis für sich. Thomas überlegte kurz, ob er die Kiste mit Gewalt öffnen sollte, aber am Ende war die kleine Box mehr wert als ihr Inhalt. Er ergriff einen alten Putzlappen und wickelte das Kästchen darin ein. Anschließend verstaute er sie in der Werkzeugkiste. Später, bei sich zu Hause, hätte er genug Zeit, um sich darum zu kümmern. Wesentlich besser gelaunt als zuvor packte er das angelehnte Schrankteil und trug es hinaus.

„Das ist das Verrückteste, was ich je gehört habe!", versicherte Alexander Belutschin. Wladimir nickte. „Sind es nicht immer die verrückten Dinge, die unsere Welt verändern?", fragte er zurück. „Das ist wahr. Und ich komme in der Tat nicht umhin, die Ähnlichkeit zu bewundern, die Sie mit Nikolaus Alexandrowitsch Romanow haben", dabei bekreuzigte er sich. „Meine Gesellschaft wäre bereit, bei Ihnen einen DNA-Test durchzuführen, und für den Fall, dass Sie tatsächlich ein regulärer Nachfolger unseres Zaren sind, werden wir auch Ihren legitimen Anspruch auf die Krone unterstützen." Er räusperte sich, „Aber wir können und wollen nicht gutheißen, was Sie da planen! Wie können Sie nur auf solch eine Idee kommen?!" Wladimir wollte widersprechen: „Aber ich habe ..." – „Nein, es geht nicht darum, ob die Mitglieder unserer Gesellschaft dank Ihres Impfstoffs die Seuche überleben. Wir wollen keine Mitverantwortung tragen an den Gräueltaten, die sie ausgeheckt haben. So sehr ich auch Präsident Wolodjin verabscheue. Dies ist in meinen Augen nicht der richtige Weg, um an die Macht zu kommen!" Er stand auf. Mit einem ruckartigen Kopfnicken zeigte er Wladimir, dass das Gespräch vorüber war. Dieser verstand und erhob sich ebenfalls. In seinem Gesicht bewegte sich kein Muskel. Am liebsten wäre er über den Schreibtisch gesprungen und hätte seinem arroganten Gegenüber den Schädel mit dem Briefbeschwerer eingeschlagen. Aber er blieb regungslos. Er wollte dem Mann keine Genugtuung geben, indem er sich seine Enttäuschung anmerken ließ. Dabei hatte er sich so viel von diesem Gespräch erhofft! In der Gefängniszelle war er sich noch absolut sicher gewesen, dass die zaristische Gesellschaft ihn mit Kusshand empfangen und ihn dank seiner Ähnlichkeit mit dem Zaren und seines brillanten Planes feiern würde.

Hinter Wladimir fiel die mächtige Tür ins Schloss. Er trat auf den Gehweg und holte mehrfach tief Luft. Ohne sich umzudrehen, wechselte er die Straßenseite, in dem Bewusstsein, dass sie ihn mit großer Wahrscheinlichkeit beobachteten. Er bog um die nächste Hausecke, blieb stehen und begann, laut vor sich hin zu fluchen. So laut, dass Passanten sich ängstlich nach ihm umdrehten. Wladimir ärgerte sich über die Ignoranz, die sie ihm entgegenbrachten, aber am meisten zürnte er über sich selbst. Wie naiv er doch gewesen war! Er spuckte aus. Die frische Luft kühlte Wladimirs Temperament allmählich auf ein normales Maß herunter.

Langsam fing er wieder an, klar zu denken. Noch hielt er ein paar Asse im Ärmel, noch war das Spiel nicht vorüber!

Vorsichtig, mit einer im Licht glänzenden Pinzette bewaffnet, fasste Kathrin in das Glas und packte einen der kleinen Würmer, die sich am Deckel festgesaugt hatten. Er war flach, sah glitschig aus und wand sich unter dem Griff des kalten Metalls. An der einen Seite sah sie die Mundöffnung, die sich langsam öffnete und wieder schloss. Kathrin war sich auf einmal nicht mehr sicher, ob sie genug Mumm dafür aufbrachte, sich das Tier auf die Haut zu setzen. Es stand aber immer noch die Selbsterfahrung mit den Egeln aus. Außerdem schmerzte seit ihrem letzten Joggingausflug ihre Achillessehne ein wenig. Mit einem „Ach was soll's" schob sie ihr Bedenken beiseite. Sie krempelte mit der freien Hand ihr rechtes Hosenbein hoch und zog das Söckchen aus. Dann hielt sie vorsichtig den sich windenden Wurm an ihren Knöchel. „So, komm, hier gibt es was zu futtern!", ermunterte sie es. Doch das Tierchen dachte nicht daran, sich festzusaugen. „Was ist los mit dir? Du musst doch hungrig sein!" Der Egel drehte sich mit der Mundöffnung kurz zu ihr hin. Sie bildete sich ein, er nickte ihr zu. Doch dann wendete er sich zu ihrer nackten Haut und begann, sich darin festzusaugen. Kathrin schaute zu, wie das kleine Ding an ihrem Fuß hing. „Na, das hab ich mir aber schlimmer vorgestellt." Dann wiederholte sie das Prozedere mit dem zweiten Egel. Froh darüber, dass es überhaupt nicht wehtat, legte sie die Pinzette beiseite und griff zum Lehrbuch, welches sie sich auf ihrem kleinen Beistelltischchen zurechtgelegt hatte.

Doch ihre Gedanken schweiften ab und sie sah das Gesicht von John vor sich, wie er vor ihr im Krankenhausbett lag. Sie rieb ihre Nase, um das Jucken zu unterdrücken, welches unweigerlich auftrat, wenn sie sich sein Lächeln vorstellte und sie an die Einladung zum Kaffee dachte. Kathrin schloss die Augen und stellte sich vor, wie es wäre, mit ihm zu schlafen. Langsam rutschte ihre Hand hinab zu ihrem Schoß, doch bevor sie dort ankam, schrie sie auf! „Auu! Oh Scheiße, tut das weh!"

Die Blutegel zeigten jetzt ihr wahres Gesicht und fingen an, sich durch ihre Haut zu raspeln. Wie kleine elektrische Schläge durchzuckte es sie. Die Tierchen begannen, konvulsivisch zu zucken, und schwollen langsam immer mehr an. Dabei tropfte durchsichtige Flüssigkeit an ihnen herab. Kathrins romantische Gedanken verschwanden auf einen Schlag. Immer wieder zuckten die Stromschläge an ihrem Fuß, wenn die kleinen Viecher sich etwas fester an sie saugten.

Nach fast einer Stunde fielen die Egel, mittlerweile dick wie ein Finger, ohne ihr Zutun vom Fuß ab. Kathrin wollte sie aufheben, doch da bemerkte sie, dass sie etwas vergessen hatte. Aus den winzigen Bissstellen am Knöchel lief ein kleiner, roter Faden hinab. „Du bist aber auch …", maulte sie sich voll. Die Egel produzieren einen Stoff, der die Blutgerinnung verhindert. Darum sollten sie, wenn sie die Egel bei ihren Patienten einsetzten, unbedingt Verbandsmaterial bereithalten! Doch weder ein Pflaster noch eine Unterlage lagen bereit. Ihr Blut tropfte mittlerweile aufs Sofa. „Scheiße", fluchte sie und humpelte in ihre Küche. Dort angekommen griff sie nach der Rolle Küchenkrepp, riss sich gleich mehrere Blätter davon ab und drückte sie auf die Bisslöcher. Dann ging sie gebückt den Weg ins Wohnzimmer zurück und wischte den Fußboden und die Couch ab, auf denen sie eine blutige Spur hinterlassen hatte. Sie wollte das Küchenpapier wieder zurückbringen, da stutzte sie. „Wo habt ihr euch denn hin verkrümelt?", wunderte sie sich laut. Sie entdeckte die kleinen Ungeheuer, welche eben noch an ihrem Fuß gehangen hatten, nicht auf dem Sofa. Sie bückte sich und fand die dicken Würmer hinter dem rechten vorderen Sofabein – als hätten sie versucht zu entkommen. Kathrin machte sich nicht erst die Mühe, sie mit der Pinzette anzufassen, sondern packte sie mit einem Stück Küchenpapier und flitzte zurück in die Küche. Sie öffnete den Mülleimer, um die mit Blut vollgesogenen Egel hineinzuwerfen, doch plötzlich empfand sie Mitleid mit ihnen. Schließlich hatten sie eben noch, wenn auch nicht bewusst, versucht, sie zu heilen. Sie ließ den Deckel des Mülleimers zurückfallen. Nach einer kurzen Überlegung griff sie nach einem Becher, den sie mit Wasser füllte. Dort setzte sie vorsichtig die Viecher hinein. Sie wollte den Egeln die Freiheit schenken und noch am gleichen Abend im Moorteich freilassen. Kathrin wusste nicht, ob sie dort überlebten, aber so gab sie den Tierchen wenigstens eine Chance.

„Liebe Kunden, unser Markt schließt in wenigen Minuten, bitte begeben Sie sich zur Kasse. Wir freuen uns, Sie auch morgen wieder bedienen zu dürfen. Ihr

Baumarkt-Team", klang die automatische Ansage aus den Lautsprechern. Doch Kevin blieb wie angewachsen stehen. Verzweifelt zählte er die Centstücke seines Taschengelds. *Zweiundzwanzig, zweiunddreißig, fünfunddreißig.* Missmutig schnaufte er durch die Nase. Er trat von einem Fuß auf den anderen und starrte auf das Regal, in dem Rundhölzer verschiedenster Länge aus unterschiedlichstem Material standen. Er hatte sich in den Kopf gesetzt, sich heute noch einen Stock zu kaufen, um bei sich zu Hause üben zu können. Doch der bescheidene Reichtum in seinem Portemonnaie schien ihm einen Strich durch die Rechnung zu machen. Mit zusammengekniffenen Augen und hochgezogener Unterlippe starrte er auf die kleine, leider viel zu leere Geldbörse. Da schreckte er hoch. Eine Hand lag auf seiner Schulter. Erschrocken fuhr er herum. Oleg stand grinsend vor ihm. „Du bist mir vielleicht ein Ninja, dich hätte sogar meine Großmutter überfallen können!" – „Ach, du nervst!", entgegnete Kevin. „Ich hab doch schon gesagt, ich hab erst gestern damit angefangen. Wäre ja auch zu schön, wenn ich gleich nach dem ersten Training perfekt wäre." – „Was machst du überhaupt hier?", wollte Oleg von ihm wissen. „Ich brauche einen Bo." – „Einen was?", starrte ihn Oleg mit hochgezogener Nase an. „Na, einen Stock, einsachtzig lang und ungefähr so dick." Er zeigt Oleg mit Daumen und Zeigefinger, die er zu einem Kreis formte, den Durchmesser. „Ach so. Da stehn doch ganz viel. Warum nimmst du nicht einen?" – „Ach", stöhnte er, „ich hab nicht genug Kohle dabei." – „Verstehe, wie viel brauchst du?", fragte Oleg und griff in seine Tasche, aus der er zwei zerknitterte Zehneuroscheine herausholte. Kevin schluckte beim Anblick des Geldes. „Mir reichen zwei Euro, den Rest hab ich." – „Okay, ich geb dir den Zehner, gib ihn mir wieder, wenn du kannst." Damit streckte er ihm einen Schein entgegen. „Cool! Danke, du hast echt was gut bei mir!" Er breitete die Arme aus, um Oleg zu umarmen, dieser zuckte jedoch erschrocken zurück. „Was wird das? Die Leute glauben noch, dass wir schwul sind." Kevin schaute sich um, „Welche Leute denn?" – „Komm, lass es gut sein, ich steh nicht so auf Männergefummel." – „Ich wollte doch nur …" Doch Oleg winkte ab. „Ist schon gut. Ich muss los. Und du solltest dich auch beeilen, sonst sperren die dich hier noch ein und du musst die Nacht im Baumarkt verbringen." Wie aufs Stichwort hörten sie die Stimme von Olegs Mutter: „Oleg, wo du bist? Oleg wir gehen müssen jetzt." – „Tschau, bis morgen!" Und schon verschwand Oleg in der nächsten Regalreihe. Kevin ließ nun auch nichts mehr anbrennen. Eifrig griff er nach dem Stock, mit dem er bereits die ganze Zeit liebäugelte, nahm ihn in die Hand und wirbelte ihn herum. In diesem Moment krachte es mörderisch. Kevin hatte hinter sich in ein Regal mit Holzleim geschlagen und die Dosen fielen im hohen Bogen hinunter. „Oh Scheiße!", murmelte Kevin vor sich hin. Hektisch schaute er sich in alle Richtungen um. Es schien noch niemand bemerkt zu haben, welches Chaos er soeben angerichtet hatte. Leise vor sich hin pfeifend schlug er den Weg zur Kasse ein.

Kathrin stand am Ufer des Moorteichs, das Glas mit den vollgesogenen Blutegeln in der rechten Hand. Auch sie schaute sich vorsichtig in alle Richtungen um. Sie wollte nicht, dass ihre kleine Freilassungsaktion missverstanden wurde und sie Ärger bekam, weil jemand glaubte, sie verschmutze die Umwelt. Sie sah aber weit und breit niemand, so schraubte sie das Glas auf und ließ die Blutegel langsam ins Wasser gleiten. „Macht's gut und viel Glück!" Die Würmchen wanden sich hin und her, eines tauchte ab und verschwand, das andere saugte sich an einer Binse fest und nur noch die Wogen des Wassers bewegten es leicht. Kathrin erhob sich und steckte das Glas wieder in ihre Umhängetasche. Dann ging die Fantasie mir ihr durch und sie malte sich aus, was mit den Egeln geschähe, wenn sie durch irgendwelche Chemikalien mutierten. Vor ihrem geistigen Auge sah sie plötzlich riesige Würmer aus dem Moorteich auftauchen und sich zu ihr hindrehen. Sie schlenderte langsam zurück, dabei die Geschichte für sich weiterspinnend. Die Würmer schauten zu ihr und rissen die Mäuler auf, um sie zu fressen. Doch da kam, auf einem Surfbrett, ihr Retter John angeflogen, er packte sie, Tarzan gleich, und schwang sie mit auf das Brett, um dann mit einem gewagten Sprung über die Würmer zu entkommen. „Du hast echt zu viele Filme gesehen!", lachte sie laut über sich selbst und erregte damit die Aufmerksamkeit einer jungen Frau, die an ihr vorbeilief und telefonierte. Kathrin kam diese Frau bekannt vor, sie wusste aber nicht, woher.

Linda war unterwegs zum Schwimmtraining. Auf dem Weg zum Bus spazierte sie an einer Frau vorbei, die lautstark Selbstgespräche führte. Sie selbst unterhielt sich flüsternd mit ihrer besten Freundin am Handy. „… nein, er ist wirklich süß! Nein, er hat keine blöden Sprüche gemacht! Wenn ich es dir doch sage!" Linda blieb an der Bushaltestelle stehen und lauschte ihrer Freundin. „Ja, wenn ich es dir doch sage. Er ist nicht von hier. Nein! Kein Wessi, der kommt von viel weiter her, ich denke Amiland oder so. Ja, morgen seh ich ihn wieder. Na ja, ich hoffe, dass bis dahin mein Moped wieder ganz ist. Was? Das hab ich dir noch gar nicht erzählt? Nein, heute früh war es noch ganz und dann plötzlich ..." In diesem Moment fuhr der Bus ein. „Du Gerit, ich muss Schluss machen. Der Bus. Ja, ich halt dich auf dem Laufenden! Bis dann, tschüss!"

Linda beendete das Gespräch und stieg in den Bus in Richtung Hansedom.

Thomas saß in einer Kellerecke, in der er sich eine kleine Werkstatt eingerichtet hatte. Leise sang er vor sich hin: „Du hast den Farbfilm vergessen, mein Michael, alles grün und rot und später nur schwarz-weiß ..." Er unterbrach den Gesang, um einen kräftigen Schluck aus einer Flasche Korn zu nehmen. Er stellte die halb leere Pulle vor sich und wendete die Aufmerksamkeit wieder dem Kästchen zu, das er auf seinem Schoß mit einem Schraubendreher bearbeitete. „Du kleines Mistding, ich krieg dich schon noch auf!", sprach er mit dem Teil, das sich bisher jeglichen Zugriffsversuchen widersetzte. „Wie du willst, ich wollt dich ja am Leben lassen, aber wer nicht hören will ..." Thomas griff nach einem größeren Schraubenzieher und setzte ihn am Deckel an, um das Kästchen jetzt mit brachialer Gewalt zu öffnen. Er horchte auf – kam da nicht jemand die Treppe hinunter? Er irrte sich nicht, er vernahm die Stimme seiner Frau: „Thomas, bist du hier?" Instinktiv hielt er den Atem an, dann fiel sein Blick auf die Schnapsflasche. Hektisch kippte er sie um und warf einen dreckigen Putzlappen darüber; keine Sekunde zu früh. Beate kam um die Ecke und entdeckte ihn. „Hier bist du, warum antwortest du nicht, wenn ich dich rufe?!" Thomas suchte noch nach einer passenden Ausrede, da fiel ihm auf, wie Beate angezogen war. Sie trug eine festliche, mit Blumen bestickte Bluse und einen einfarbigen Rock dazu. Verdammter Mist! Sie erwarteten ja die scheiß Neufelds. „Ach Schatz, ich hab dich doch gar nicht gehört, du siehst aber chic aus, trägst du die Klamotten zur Probe für morgen?" – „Was faselst du da, wieso für morgen?" Thomas lächelte sie unschuldig an, „Na, für unsere Freunde morgen, ich freu mich schon richtig auf sie!"

Beate runzelte die Stirn. „Wie kommst du denn auf so was, Evelyn und Jürgen kommen heute und sie sitzen sogar schon oben im Wohnzimmer!" Thomas spielte perfekt die Überraschung. „Aber du hast mir doch gestern gesagt, dass sie erst am …", er hielt kurz inne und schlug sich an die Stirn. „Oh nein, du hast mir gesagt, dass …" – „Ja, dass sie heute kommen!" – „Es tut mir wirklich leid", log er sie weiter an, „ich zieh mich gleich um!" Damit stand er auf und wollte nach oben. Dabei kam er ganz dicht an ihr vorbei. Beate verzog plötzlich angewidert ihr Gesicht, dann brach es aus ihr heraus. „Schwein, du elendes Schwein, du hast wieder gesoffen! Ich hab dir fast geglaubt. Aber du hast einfach nur gesoffen, du hast mir versprochen, nicht mehr zu trinken!" Thomas stand betroffen da, diesmal fiel ihm keine Ausrede ein. „Schatz ich …" – „Halt dein verlogenes Maul, ich mach das nicht mehr mit!" Dann ließ sie ihn stehen, stoppte aber an der Treppe kurz und drehte sich zu ihm: „Zieh dich um, wir warten mit dem Abendbrot!" Dann raste sie davon. Thomas lehnte sich an die Wand und atmete tief ein und aus. Er musste unbedingt verhindern, dass ihn Beate vor die Tür setzte, er landete unweigerlich bei Hartz IV, wenn er ihre Unterstützung nicht mehr bekäme. Noch auf dem Weg nach oben überlegte er fieberhaft, wie er aus dieser Klemme wieder herauskäme. Na ja, mit etwas Glück enthielt das kleine Kästchen einen Schatz, mit dem er sich die Liebe Beates oder wenigstens ihre Nachsicht erkaufen konnte. Mit diesen Gedanken stieß er beinahe mit Oleg und dessen Mutter zusammen, die schwer bepackt zur Haustür hereinkamen. Ohne sie zu grüßen, eilte er jetzt die Treppe hinauf, hoffend, dass alles wieder ins Lot käme.

„Das klingt faszinierend!", kam es aus dem Mund von Michael Antonow, dabei rutschte er ein wenig im

Ledersessel nach vorn, um an das Wodkaglas zu gelangen. Wladimir nickte. „Ich wusste, dass Sie ein Mann von großen Visionen sind!", log er diesen eingebildeten Oligarchen an. „Präsident Wolodjin ist ein Idiot, dass er das nicht erkennt!", fuhr Wladimir nach einer kurzen Pause fort. Michael Antonow nickte: „Ist er, aber das wird ja bald vorbei sein. Wie viel brauchen Sie?" – „Ich denke, zehn Millionen Euro sollten reichen." Antonow verzog keine Mine. „Und mir wird ganz sicher nichts zustoßen dabei?" Das ist typisch für ihn, er fragt nicht nach den Kindern oder seiner Frau, dachte Wladimir mit Ingrimm, sagte aber: „Auf keinen Fall, Sie bekommen das Gegenmittel für Sie und für alle, die Sie für wertvoll erachten." Antonow nickte: „Gut, sehr gut! Sobald ich das Mittel habe, bekommen Sie das Geld." Wladimir erhob sich und schüttelte ihm die Hand. „Auf eine große Zukunft für Mütterchen Russland." – „Ja, auf eine große Zukunft!", antwortete Antonow, der dabei nur die eigene Perspektive im Auge hatte.

Später im Taxi verlor sich Wladimirs Blick aus dem Fenster. Er betrachtete die Menschen, die sich überall tummelten und die er dem Tode preisgeben wollte. Doch was war das? Ein leichtes Unwohlsein breitete sich in ihm aus. Wladimir verdrängte das Gefühl, das von den Resten seines Gewissen auszugehen schien. Er zwang sich, an etwas anderes zu denken, und Antonows Gesicht erschien vor ihm. Wladimirs Laune besserte sich dadurch nicht, ganz im Gegenteil, es stieg ein galliger Geschmack in ihm auf. Aber er konnte den Plan ohne das Geld nicht ausführen, und somit musste er diesen Egomanen einfach ertragen. Wladimir schlang die Arme um sich, es fröstelte ihn. Antonow war ein Scheusal, aber nichts gegen die Leute, mit denen er sich noch treffen wollte!

John starte an die Decke. Er brütete über sein Leben nach, vor allem darüber, wie er nach Stralsund gekommen war.

So gut wie jeden Tag fuhr John in der Kindheit mit seinem großen Bruder Steve morgens ans Meer. Erst wenn die Sonne im Pazifik versank, gingen sie nach Hause. Sie waren stolz, auf O'ahu geboren zu sein, einer kleinen Insel nördlich von Hawaii, berühmt für ihre perfekten Wellen.

Johns Leben schien bestens zu laufen, er verliebte sich in die bildschöne Britney Williams, die aus dem Nachbarort stammte und mit ihm Ozeanografie studierte. Doch die Beziehung ging überraschend in die Brüche und John wollte nur noch weg, so weit weg wie möglich! Alle Versuche Steves und seiner Mutter, ihn davon abzuhalten, blieben erfolglos. Am schwarzen Brett der Uni fand John den Hinweis, dass das Ozeaneum in Stralsund ein Auslandspraktikum anbot.

Damals wusste er nicht einmal, wo Stralsund überhaupt lag, aber es war in Europa und damit ausreichend weit weg von Britney, die ihn verlassen hatte.

John war in tiefe Traurigkeit verfallen, als er im Januar bei drei Grad unter null auf dem Provinzflughafen von Rostock-Laage landete. Er fror jämmerlich, wie überlebten Menschen bei solch tiefen Temperaturen überhaupt? Zu Hause fror John bereits, wenn das Thermometer im Winter einmal unter zwanzig Grad Celsius fiel. Nur der herzliche Empfang durch die Mitarbeiter des Ozeaneums hinderte ihn daran, direkt wieder nach Hause zu reisen. Etwas später teilten sie John aufgrund seiner Tauchausbildung für das große Aquarium des Meeresmuseums ein, erst damit verschwand das Heimweh *endgültig*.

John drehte sich auf die Seite und schloss die Augen. Da er aber den ganzen Tag gelegen hatte, wollte der Schlaf einfach nicht kommen. So dachte er zurück an den kalten Winter und wie er es letztlich geschafft hatte, sich an die Temperaturen zu gewöhnen. Es lag sicherlich an seinen keltischen Vorfahren.

Die McFerrows waren nicht immer auf der warmen Insel im Pazifik gewesen. Sein Ururgroßvater hatte sich im neunzehnten Jahrhundert von Schottland aus aufgemacht, um das Glück bei der Goldsuche in Amerika zu finden. Doch der Erfolg war leider ausgeblieben, sodass er sich als Seemann hatte verdingen müssen. Jahre später war er dann auf der Pazifikinsel O'ahu gestrandet, wo er sich in eine einheimische Frau verliebte. Mit ihr gründete er dann den Haiwaii-Clan der *McFerrows*.

John richtete sich auf. Er griff nach dem Handy und checkte seinen Facebook- und Instagram-Status. Zum Glück hatte ihm Schwester Anne-Marie ihr Ladegerät geliehen. Er freute sich über die Genesungswünsche seiner Freunde. Die Ablenkung hielt aber nur kurz an, das Gefühl der Langeweile kam zurück und beunruhigte ihn. Nur herumzuliegen, das war ganz sicher nichts für ihn! Die Tür ging auf und Schwester Anne-Marie kam herein. „Ich hoffe, ich hab Sie nicht geweckt. Aber ich wollte mein Ladegerät holen." – „Kein Problem, ich kann sowieso nicht schlafen." – „Das geht vielen so. Aber wenn Sie Glück haben und die Werte stimmen, kommen Sie morgen raus, hab ich gehört." Er reichte ihr das Ladekabel: „Halleluja! Da hoffe ich mal das Beste!" – „Das wird schon. Versuchen Sie zu schlafen, dann stimmen morgen auch die Werte! Tschüss!" Die Tür klappte hinter ihr zu. John war durch die erfreuliche Mitteilung hoch motiviert zu schlafen, er schloss die Augen. Er atmete ruhig ein und aus und stellte sich vor, am Strand seiner Heimatinsel zu liegen. Es funktionierte! John begann wegzudämmern. Doch kaum, da er anfing abzudriften, klingelt das Handy. Er öffnete die Augen und verfluchte sich, weil er vergessen hatte, es auszuschalten. Er griff danach. „Yes?" Auf einen Schlag war er hellwach. „Hi John, wie geht es dir? Deine Mama hat mir gesagt, was passiert ist." John hörte eine Stimme aus der Vergangenheit. Die Stimme seiner Exfreundin Britney Williams! John vergaß zu antworten. Damit hatte er überhaupt nicht gerechnet. Seit sie vor gut einem Dreivierteljahr Schluss gemacht hatte, war kein Wort mehr zwischen ihnen gewechselt worden. „Hallo John, bist du noch dran?", quäkte es aus dem Smartphone. John merkte, dass er die ganze Zeit nichts gesagt hatte, er räusperte sich und versuchte möglichst ungezwungen zu erscheinen. „Britney, hi, wie geht's dir? Lange nichts gehört." – „John, es tut mir leid. Das wollte ich dir schon die ganze Zeit sagen, aber jetzt, wo du im Krankenhaus liegst und schwer verletzt bist …" John verzog sein Gesicht. „Ich bin nicht schwer verletzt", protestierte er. „John, ich weiß, dass ich alles falsch gemacht habe! Aber wenn du mir noch eine Chance gibst. Ich verspreche dir, dass …" Das war zu viel für John, plötzlich drehte sich alles um ihn herum, er hörte nicht mehr, was Britney noch von sich gab, er glitt einfach hinüber in einen schweren, traumlosen Schlaf.

Hoch peitschten die Wellen, durch die sich die Fähre *Petersburg* kämpfte. Für den erfahrenen Kapitän Mälzer stellte diese Nacht keine Besonderheit dar. Er war quasi auf der Ostsee geboren und auf ihr wollte er auch sterben. Allerdings noch nicht heute – die See war viel zu harmlos, um sich deswegen den Kopf zu zerbrechen. Gedanken machte er sich eher um seine Kapitänsstelle. Es kursierten Gerüchte, dass in der Reederei demnächst

Veränderungen anstanden. Mälzer befürchtete, dass auch hier der Jugendwahn ausbrach und sie ihn durch einen jüngeren Kapitän ersetzten. Er kramte in der Tasche und zog eine Pfeife heraus, sie sollte ihm helfen, auf andere Gedanken zu kommen.

Dass der Schiffsführer genüsslich seinen Tabak schmökte, interessierte den ersten Maat nicht. Er inspizierte den Laderaum, um sicherzugehen, dass die Fracht noch fest verzurrt war. Fred leuchtete mit einer Handlampe die Reihen ab, in denen die Autos standen. Moment, bewegte sich da nicht etwas?! Langsam ging er auf einen Mittelklassewagen zu, dessen Fenster beschlugen – das war ungewöhnlich. Mit einem Ruck öffnete er die Fahrertür. Doch da war niemand. Er wollte die Tür wieder zuschlagen, da entdeckte er sie. Auf der Rückbank trieb es ein Pärchen miteinander. Fred leuchtete der Frau direkt ins Gesicht. „So, das war's, rausziehen, abschütteln, anziehen! Das ist hier nicht die Titanic und ihr seid nicht DiCaprio und ..." In diesem Moment fiel ihm der Name der weiblichen Hauptrolle einfach nicht ein. „Sie meinen sicher Kate Winslet?", kam es aus dem Auto. „Wie auch immer, der Spaß ist vorbei, Sie verstoßen gegen wichtige Sicherheitsauflagen!" Mühsam ihre Blöße bedeckend stiegen die beiden aus dem Wagen. „Da geht's lang", zischte Fred und leuchtete in Richtung Ausgang. Kate und Leonardo machten, dass sie davonkamen, froh darüber, nicht noch eine Strafe zahlen zu müssen.

Nachdem die Tür hinter den Turteltäubchen zugefallen war, setzte Fred den Rundgang fort. Die nächsten Schritte führten in den Raum für nicht in Container beförderte Ladung. Dort erschien alles in Ordnung. Das letzte Frachtgut, welches Fred begutachtete, war eine rostige Tonne mit kyrillischen Schriftzeichen, die aber teilweise nicht mehr leserlich waren. Fred entzifferte nur noch: „Achtung Gef..." Er zuckte mit den Schultern. Was soll's, morgen sind wir den Schrott wieder los. Seine Runde ging zu Ende und es war endlich an der Zeit für ihn, sich in der Koje auszuruhen. Die Tür fiel zu und die Dunkelheit kam zurück, nur das knarzende Geräusch der sich mit dem Rollen des Schiffes bewegenden Ladung erklang durch die Finsternis.

Thomas richtete sich auf und knallte mit vollem Schwung gegen die Stehlampe neben dem Sofa. Er rieb sich den Kopf und erinnerte sich an den gestrigen Abend: Nachdem er sich umgezogen hatte, war er ins Wohnzimmer gekommen. Dort saßen sie, die bescheuerten Freunde seiner Frau. Wie geklont kamen sie ihm vor, wie sie so nebeneinander auf der Couch thronten. Fast gleichzeitig sagten sie: „Hallo Thomas, schön dich zu sehen." Bei dem Singsang ihrer Stimme wäre er am liebsten gleich wieder aus dem Zimmer gerannt. Aber Beate schob ihn vor sich her und entschuldigte das Zuspätkommen mit einer Lüge: „Thomas hat so viel zu tun, er hat glatt vergessen, dass ihr heute bei uns seid." Wieder nickten diese Klone, oder sollte er lieber sagen Clowns, synchron. Als ob sie nicht genau wüssten, wie es um ihn bestellt war. Den restlichen Abend saß er dann brav neben Beate und tat, als sei er am Geschwafel der Neufelds interessiert. Zum Glück tranken die anderen alle Wein, sodass er das Sixpack Bier, das er viel zu teuer am Hafenkiosk erstanden hatte, für sich allein hatte. Jedes Mal, wenn er eine weitere Flasche aufmachte, warf ihm Beate einen finsteren Blick zu. Ansonsten ließ sie ihn in Ruhe. Kaum aber, dass ihre Freunde durch die Tür verschwunden waren, drehte sie sich zu ihm um und fuhr ihn giftig an: „Glaub ja nicht, dass du diesmal so einfach davon kommst! Entweder du hörst auf, heimlich zu saufen, oder du suchst dir bald eine neue Bleibe!" Beate stampfte wütend aus dem Raum, um kurz darauf mit seinem Bettzeug wieder vor ihm zu stehen. „Damit du gar nicht erst auf den Einfall kommst, in meinem Bett zu schlafen!" Sie knallte die Wäsche vor seine Füße und verschwand. Thomas wusste, dass es aussichtslos war, mit ihr darüber zu diskutieren, dass es rechtlich gesehen sein Bett war. Schließlich hatte er es gekauft, zu einer Zeit, als er noch vom Schweißen gutes Geld nach Hause brachte. Thomas ergriff wortlos das Bettzeug und bereitete sich ein Lager auf der Couch. Es war nichts Neues für ihn, dass sie ihn, wenn sie verärgert war, nicht in ihrem gemeinsamen Bett haben wollte. In der Regel kriegte sich Beate dann nach drei bis vier Tagen wieder ein. Er musste jetzt einfach nur aufpassen, dass sie ihn nicht bei einer weiteren Saufattacke erwischte! Dabei hatte er geglaubt, dass Kornschnaps nicht zu riechen wäre, doch da hatte er sich getäuscht. Das nächste Mal wollte er es mit Wodka versuchen, auch wenn er den nicht so mochte, der roch bestimmt weniger.

Thomas verscheuchte die Gedanken an den gestrigen Abend, er musste sich entscheiden, wie er den heutigen Tag über die Runden brachte. Dummerweise standen keine Aufträge für heute an, und auch nicht für den Rest der Woche. Erst am kommenden Montag fuhr er wieder etwas durch die Gegend. Thomas erhob sich langsam, es wäre taktisch unklug, wenn er noch auf der Couch läge, wenn Beate von ihrem Halbtagsjob nach Hause käme. Er musste etwas Sinnvolles tun! Da fiel ihm ein, dass er seine Alte am besten wieder für sich gewönne, wenn er etwas Leckeres zu Essen mit nach Hause brächte. Er wollte angeln gehen! Gut gelaunt und voller Zuversicht verließ er die Wohnung, um sein Glück als Petrijünger zu versuchen.

John hatte in der Nacht hervorragend geschlafen und fühlte sich jetzt wie neu geboren. An das Telefonat vom Vorabend erinnerte er sich lediglich dunkel. War es nur ein Traum, in dem ihn seine Verflossene angerufen hatte? Selbst das trockene Krankenhausfrühstück schmeckte ihm. Jetzt hoffte er nur noch, dass der verantwortliche Arzt ihn heute aus dem Krankenhaus entließe. Da klopfte es an der Tür. Überrascht, dass die Visite so früh stattfand, sagte er schnell: „Ja!" Doch Johns Überraschung wuchs, da es nicht der Doktor mit Entourage, sondern die attraktive Krankenschwester Kathrin war, die zur Tür hereinkam. „Guten Morgen, ich hoffe, ich störe nicht?" Ein schelmisches Lächeln strahlte über ihr Gesicht. „No, auf gar keinen Fall, schön Sie wiederzusehen!" – „Ja, ebenso!", entgegnete sie. Danach trat Stille ein. Die beiden lächelten sich an, aber keiner wusste, was er sagen sollte. Kathrin traute sich. „Wie geht's der Verletzung?" John fasste mit der linken Hand an die kaputte Schulter und rieb sie ein wenig. „Die Schulter ist noch da, das ist die Hauptsache. Und mein Kopf auch, der brummt endlich nicht mehr so!" – „Dann werden Sie heute sicher entlassen, das ist doch toll!" Auch wenn sie versuchte, Begeisterung darüber auszudrücken, John glaubte, ein wenig Trauer bei ihr zu sehen. Lag es daran, dass sie ihn dann nicht mehr so einfach besuchen könnte? „Da fällt mir ein, ich hab noch nicht Ihre Nummer, wir haben doch eine Verabredung offen." Kathrins Mine hellte sich schlagartig auf, er hatte es also nicht vergessen! Eifrig schnappte sie sich den Stift, der an ihrer Brusttasche befestigt war, und suchte nach einem Stück Papier, fand aber nichts in ihrer Kitteltasche. „Hier, nehmen Sie das, ich habe sie auch nicht benutzt, garantiert." Damit hielt er ihr die Serviette hin, die vom Frühstück übrig geblieben war. Kathrin kam an sein Bett heran und griff nach dem Stück Zellstoff, dabei passierte es: ihre Finger berührten sich für einen kurzen Moment. Sie blieb erstarrt stehen, ein elektrischer Schlag schoss durch ihren ganzen Körper, zumindest fühlte es sich so an. John musste es genauso ergehen, auch er bewegte sich nicht mehr. Beide schauten sich tief in die Augen. Langsam beugte sich Kathrin zu John hinunter, ihre Lippen trafen sich. Doch bevor es zu einem leidenschaftlichen Kuss kam, öffnete sich ohne Ankündigung die Tür und der diensthabende Arzt samt Gefolge kam herein. Kathrin zuckte zurück, auf einmal flammend rot im Gesicht. Hastig drehte sie sich um und eilte, ohne ein Wort zu sagen, aus der Tür, wobei sie sich durch die Gruppe von Studenten und Assistenzärzten drängelte. Verwundert schaute Dr. Dombrowski ihr hinterher. Er kannte die Krankenschwester nicht und fragte sich, warum sich eine Schwester aus einer anderen Abteilung bei ihm auf Station aufhielt. Dann drehte er sich zum Patienten. „Na, ich sehe schon, Ihnen geht es heute wieder besser!" Er warf einen kurzen Blick auf die Befunde, die ihm eine Untergebene hinhielt. „So, da bleibt mir nichts anderes übrig, als Sie gehen zu lassen. Die Schwester wird Ihre Papiere fertig machen, damit gehen Sie dann zu Ihrem Hausarzt, der wird alles Weitere mit Ihnen besprechen." Er gab John die Hand. „Danke, Herr Doktor!" – „Danken Sie nicht mir, danken Sie Ihrer Versicherung!" Dr. Dombrowski schien diesen Scherz oft zu bringen, die Entourage lachte ein wenig gekünstelt. Auch wenn John nicht wusste, was daran so komisch sein sollte, rang er sich zumindest ein Lächeln ab. Die Gruppe um den Arzt verließ den Raum. Da fiel ihm ein, dass er keinen Hausarzt kannte. „Entschuldigung, Entschuldigung", rief er dem Ärzteteam durch die geschlossene Tür hinterher. Er schien gehört worden zu sein, denn die Tür ging wieder auf. „Entschuldigung …" John unterbrach den

Satz, Linda stand in der Tür. Sie lächelte spitzbübisch: „Warum wollen Sie sich entschuldigen, war der Patient nicht artig?" Das brachte John völlig aus der Fassung. „Nein, ich, äh, ich wollte dem Doc nur sagen, dass ich keinen Hausarzt habe, aber das wird Sie sicher nicht interessieren." – „Kein Problem, gehen Sie einfach zu meiner Hausärztin, die ist spitze! Frau Pasko, da brauchen Sie nicht einmal einen Termin." Langsam fand John die Fassung wieder, die Kleine verwirrte ihn. „Danke für den Tipp. Nice, dass sie mich noch erwischt haben. Ich darf nämlich heute nach Hause!" Linda grinste ihn an. „Das hab ich mir fast gedacht, ich wollte Ihnen auch nur meine Telefonnummer vorbeibringen. Sie wissen, der Kaffee!" Damit griff sie in ihre Jeanstasche und holte einen vorbereiteten Zettel heraus. Sie reichte ihn John, auch ihre Finger berührten sich. John erstarrte: *Verdammt, das kann doch alles nicht wahr sein, wieso passiert mir so etwas gleich zweimal am Tag?*

Linda schluckte, auch sie empfand ein Kribbeln um ihren Bauchnabel herum. So etwas hatte sie seit ihrem ersten Kuss, damals auf dem Schulhof, nicht mehr erlebt! Sie spürte, wie ihr das Blut in die Lendengegend floss. Eilig zog sie ihre Hand zurück. Nein, das ging ihr jetzt entschieden zu weit, sie wollte nicht die Kontrolle über die Situation verlieren. „Okay, das war's auch schon." Und so schnell sie gekommen war, so schnell war sie wieder aus dem Zimmer verschwunden. Was war das denn? John schaute auf Lindas Zettel. Um ihre Nummer herum hatte sie liebevoll bunte Blumen gemalt. John öffnete die andere Hand, in der er noch immer die Serviette hielt, auf der Kathrins Telefonnummer stand. Das gäbe Ärger! Sein Blick schweifte aus dem Fenster. Wie manövrierte er sich wieder heraus, ohne einer der beiden Frauen wehzutun? Die Tür flog auf und die Stationsschwester stand im Raum. „Fass ich's? Sie liegen ja immer noch im Bett, wollen wohl gar nicht heim? Raus aus den Federn, das Zimmer ist schon anderweitig vergeben. Also, dalli, dalli." Das sagte sie allerdings in einem so netten Ton, dass er ihr auf keinen Fall böse war. „Jawohl, Mam", entgegnete John und erhob sich. „So gefällt mir das, ,Mam' … Das sollten sich mal die anderen Patienten von Ihnen abgucken!" Sie wedelte mit einem Umschlag. „Hier sind Ihre Papiere, damit gehen Sie noch heute zu Ihrem Hausarzt, der macht dann die Nachsorge! Sie haben doch einen Hausarzt?" John grinste. „Klar hab ich, ist Dr. Pasko." – „Dann ist ja gut." Die Schwester ging Richtung Tür, dort drehte sie sich noch einmal um. „Sagen Sie vorne Bescheid, wenn Sie fertig sind, ich möchte mich dann noch von Ihnen verabschieden!" John lächelte: „Jawohl, Mam!" Lachend verschwand die Schwester aus dem Raum und John begann, sich die Straßenkleidung anzuziehen.

Ivan Petrakov schaute dem Hafenarbeiter zu, der ihm geholfen hatte, das Fass ohne Zoll und Einfuhrkontrolle ins Land zu bringen, und es momentan mit einem Gabelstapler auf einen Hänger verlud. Zur Belohnung drückte Ivan dem Mann fünf Zweihundertrubelscheine in die Hand. Der Arbeiter nickte ihm zu. Dieser Obolus sorgte dafür, dass er sofort an Gedächtnisschwund litt, zumindest, was das Fass betraf. Der Arbeiter fuhr mit dem Gabelstapler durch das Loch im Zaun zurück und verschloss es anschließend mit ein paar Drähten unauffällig. Ivan schmiss die Kippe weg, stieg in den Wagen und gab Gas.

Eine knappe Stunde später fuhr er auf ein verlassenes Werksgelände. Nur drei verwilderte Hunde kläfften ihn an. Er verscheuchte die Köter mit lautem Hupen. Ivan hielt an, stieg er aus dem Wagen, langte auf den Beifahrersitz und zog sich nagelneue

Arbeitshandschuhe an, die er extra für diesen Einsatz gekauft hatte. Er kletterte auf den Hänger und öffnete die Laderampe. Ohne Vorsicht walten zu lassen, schob er das Fass zum Rand, um es dann mit einem Fußtritt hinunterzustoßen. Es landete auf der Seite, der verrostete Deckel fiel ab und das Fass verteilte den gesamten Inhalt auf dem Boden. Ivan sprang hinunter, er hatte keinen Blick für das silbrig glänzende, stinkende Pulver, das jetzt überall herumlag. Er suchte nach etwas Bestimmtem! Angewidert verzog er das Gesicht beim Herumwühlen. Wenig später hielt er eine kleine Plastiktüte in den Händen, klopfte sie ab und steckte sie in einen Aluminiumkoffer. Er suchte aber noch nach mehr. Doch auch nach einem zweiten Durchwühlen des gesamten stinkenden Haufens blieb er erfolglos: Das, was er suchte, lag nicht darin! Ivan erhob sich, zog die Handschuhe aus, die inzwischen die Farbe und den Gestank des Pulvers angenommen hatten, und warf sie achtlos zu Boden. Er holte das Mobiltelefon aus der Jacke und drückte eine Kurzwahlnummer. Nach wenigen Augenblicken hörte er die Stimme des Auftraggebers Kostrakowitsch, dieser fragte nur: „Hast du es?" Ivan schluckte. Er wusste, dass die jetzt zu übermittelnde Nachricht keinen Freudensturm bei Wladimir entfesseln würde. „Nein, nur einen Teil. Das Wichtigste fehlt!" Er lauschte in den Hörer, doch statt des Schreianfalls, den er erwartet hatte, trat plötzlich Totenstille in der Leitung ein. Nach einer gefühlten Ewigkeit hörte er nur: „Komm her!" Dann legte Wladimir auf. Ohne sich um den Dreck zu kümmern, der auf den Boden lag, stieg Ivan wieder in den Wagen und fuhr los. Er verspürte keine Angst vor Wladimir. Angst hatte er sich bei den Speznas-Einsätzen abgewöhnt, dennoch kroch ein leichtes Kribbeln seine Wirbelsäule empor, bei dem Gedanken, was jetzt auf ihn zukam.

John hatte nicht berücksichtigt, dass er mit der ange-
knacksten Schulter nicht in der Lage war, ein Auto zu
steuern. Frustriert stieg er aus dem Fahrzeug. Er musste
mit dem Bus fahren. Doch wo war die Bushaltestelle?
Eine ältere Dame wollte in diesem Moment zügig
an ihm vorbeilaufen, er stoppte sie: „Entschuldigen
Sie, Mam, wo fährt hier der Bus?" Entgeistert blieb
die Frau stehen, „Mam? Was soll das denn heißen?
Ich bin nicht ihre Mutter!" Damit stampfte sie weiter.
John guckte verdutzt, was hatte die denn für ein
Problem? Da zuckte er zusammen. In die Zufahrt des
Krankenhausparkplatzes fuhr ein laut knatterndes
Moped. Linda! Ihr langes blondes Haar hing aus ihrem
Helm und wehte im Fahrtwind. Sie hielt kurz vor ihm
an, setzte ihren Helm ab und lächelte ihn an. „Puh, das
war ja knapp, ich dachte schon, ich komme nicht mehr
rechtzeitig. Mein Moped wollte einfach nicht, wie ich
wollte. Na ja, ich bin ja jetzt hier!" – „Ja, das sind Sie.
Dann können Sie mir sagen, wo der Busstopp ist", sagte
er ebenfalls lächelnd. „Sie wollen mit dem Bus fahren?
Und was ist mit Ihrem Auto?" Sie grinste ihn an, „Was
glauben Sie eigentlich, warum ich noch mal hergefah-
ren bin? Ist doch klar, dass Sie in Ihrem Zustand kein
Auto fahren können!" John nickte, sagte aber nichts.
„Wir lassen den Wagen nicht hier, am Ende klaut sonst
noch jemand das schöne Board. Ist eh ein Wunder, dass
es noch da ist." Mit diesen Worten schob sie ihr Mofa
in eine freie Parklücke und schloss es ab. „Ich fahre Sie
nach Hause! Mein Moped kann ich mir später abholen.
Es ist erst mal wichtig, dass Sie gut heimkommen."
Linda hielt ihm ihre offene Hand hin. John verstand
nicht gleich, was diese Geste bedeuten sollte. „Die
Schlüssel, wenn ich bitten darf." John zögerte kurz,
dann reichte er ihr die Autoschlüssel hinüber und
ging zur Beifahrertür. Linda packte ihren Helm auf die
Rückbank und rückte sich den Sitz zurecht. Dabei fiel

ihr auf, dass dieser beinahe perfekt für sie eingestellt war. „Na, Sie sind damit aber nicht zuletzt gefahren", bemerkte sie mit einem Augenzwinkern. John nickte. Es ist seltsam, innerhalb von wenigen Tagen kutschierten ihn zwei schöne Frauen durch die Gegend. Oh Mann, das würde noch aufregend werden! Linda startete den Motor und fuhr los.

An einem Fenster des Krankenhauses stand Kathrin, sie beobachtete, wie John mit der blonden Frau in seinem Wagen wegfuhr. Was bedeutete das? Wer war diese Frau? In welcher Beziehung stand sie zu John? Kathrin fühlte, wie eine Spur von Eifersucht in ihr aufstieg. „Halt die Klappe!", raunte sie sich an. „Du hast gar kein Recht, eifersüchtig zu sein! Er kann fahren, mit wem er auch immer will!", hörte sie sich sagen. Aber so sehr sie auch versuchte, dieses ungute Gefühl zu unterdrücken, es blieb ein dumpfes Unbehagen in ihr.

Missbehagen empfand auch Ivan, der sich dem durchdringenden Blick von Wladimir ausgesetzt sah. „So, es war also eine dumme Idee von dir, nicht gleich selber nach Deutschland zu fahren. Nein, wir erregen zu viel Aufsehen. Nein, wir sollten das jemanden erledigen lassen, der uns nicht kennt. Nein, nein, nein. Was glaubst du, was mir das hier nutzt?" Damit hielt er die Plastiktüte hoch, die Ivan mitgebracht hatte. Dieser zuckte mit den Schultern. „Dies ist der Impfstoff, das Gegenmittel. Es ist sinnlos, das zu haben, wenn man den Erreger dazu nicht hat! Einleuchtend, oder?" Ivan nickte. „Es tut mir leid, ich bringe die Angelegenheit in Ordnung, es ist sicher nur ein Irrtum!" – „Das hoffe ich für dich!", entgegnete Wladimir und blickte Ivan vielsagend an. „Es wäre wirklich schade …"

Er ließ den Satz offen, aber Ivan wusste, dass sein Leben vom Ausgang dieser Operation abhing. Ivan nickte Wladimir zu, dann ging er aus dem Hotelzimmer.

Gleich im Gang des Hotels holte er ein Mobiltelefon heraus. Er wog es in der Hand. Der Gefahr zum Trotz, dass jedes Gespräch abgehört werden konnte, entschied er sich für den Anruf. Er suchte im Speicher des Handys nach einer Nummer, die er vier Tage zuvor gewählt hatte. Es dauerte nicht lange und eine Frauenstimme meldete sich auf Russisch. „Da, was gibt es?" – „Ist Wolodja da?", fragte Ivan, ohne seinen Namen zu nennen. „Nein, und ich weiß auch nicht, wann er wieder da ist. Soll ich etwas ausrichten?" – „Ja, ich brauche eine Telefonnummer, er hat mir einen Kontakt in Deutschland gemacht, aber leider ist nicht alles planmäßig gelaufen." Die Frau am anderen Ende stöhnte: „Kann er denn gar nichts richtig machen? Warten Sie, ich glaube, ich weiß, wovon Sie sprechen." Ivan hörte, wie die Frau mit Papieren raschelte. „Ja, ich hab's, das ist die einzige Nummer aus Deutschland, die er die letzten Tage angerufen hat. Kann ich Sie Ihnen gleich sagen?" Ivan fasste in die Jackentasche und holte eine Schachtel Zigaretten und einen Stift hervor. „Ich höre!"

Thomas saß tiefenentspannt im Stralsunder Hafen, gleich neben der Gorch Fock, und schaute der Pose dabei zu, wie sie mit den Wellen hin und her trieb. Zwei stattliche Barsche schwammen schon im Eimer. Da zuckte es wieder an der Angel, gleichzeitig klingelte aber auch sein Handy. „Verdammt!" In der einen Hand hielt er die Angel, den Fisch wollte er sich nicht durch die Lappen gehen lassen, und in der anderen das Handy. Er schaute hektisch auf das Display und las überrascht eine ausländische Vorwahl. „Ja, bitte?"

Ivan stand mittlerweile auf der anderen Seite des kleinen Nebenarmes der Newa und schaute zum Panzerkreuzer hinauf. „Hallo", sagte er auf Deutsch, ohne dabei auch nur die Spur eines Akzents erkennen zu lassen. „Spreche ich mit Thomas Mitscherlich?"

„Ja das bin ich. Der Name ist Mitscherling, macht aber nichts, wie kann ich Ihnen helfen? Mein Terminplan ist zwar wahnsinnig voll, aber ich finde sicher noch eine …" Er beendete den Satz nicht, Ivan kam gleich zur Sache und unterbrach ihn.

„Wo ist meine Kiste?"

Bei diesen Worten kribbelte es in Thomas' Magen. Also enthielt das Kästchen einen Schatz! Sofort ging er in Angriffshaltung. Den Fisch, der am Angelhaken hing, vergaß er schlagartig. „Ich habe keine Ahnung, wovon Sie sprechen. Ich habe alles so gemacht, wie Sie verlangt haben." Dabei dachte Thomas nicht im Traum daran preiszugeben, was er hinter dem Schrank der alten Dame gefunden hatte.

Ivan atmete tief durch die Nase aus. „Hören Sie, ich will es wieder haben! Ich bin auch bereit, Sie für den zusätzlichen Aufwand zu entlohnen. Sagen wir, ich gebe Ihnen tausend Euro und Sie schicken mir mein Kästchen."

Wow, tausend Euro! Auf Thomas' Gesicht machte sich ein gieriger Gesichtsausdruck breit. Wenn der Mann ihm einfach so tausend Euro geben wollte, dann musste das Ding um ein Vielfaches mehr wert sein. „Wie schon gesagt, ich habe kein Kästchen. Lassen Sie mich in Ruhe!" Damit legte er auf. Der Fisch hatte es mittlerweile geschafft, sich von der Angel loszureißen. Thomas juckte das nicht. Er wollte nur so schnell wie möglich nach Hause und endlich herausfinden, um welchen Schatz es sich in der Schatulle handelte. Fahrig packte er die Angelsachen zusammen, dann beeilte er sich, aus dem Hafen zu kommen.

Ivan schniefte wütend. Dieser Thomas Mitscherling musste ein gewaltiger Dummkopf sein, wenn er glaubte, damit durchzukommen. Ivan schaute nach der Zeit. Wenn er sich beeilte, bekam er heute noch einen Flug nach Berlin. Dann erreichte er morgen Mittag Stralsund. Dieser Thomas Mitscherling sollte erfahren, was es bedeutete, sich mit einem russischen Mafiamitglied anzulegen!

Der Wagen, der vor Wladimir fährt, explodiert mit einem grellen Kawumm. Er hört nur noch ein hochfrequentes Pfeifen, sonst nichts. Die Körper der im Auto sitzenden Kämpfer zerfetzen vor seinen Augen in kleinste Teile und fliegen wie in Zeitlupe an ihm vorbei. Der Kopf eines jungen Soldaten zischt dicht an ihn heran, bleibt in der Luft stehen, schaut ihm ins Gesicht und kreischt, mit nach oben gedrehten Augen, sodass Wladimir nur das Weiße davon sieht: „Du bist schuld, du bist an allem schuld!" Daraufhin zerbirst der Kopf vor seinen Augen und überschüttet ihn mit Blut. Wladimir rüttelt am Türgriff, doch der Wagen öffnet sich nicht. In einiger Entfernung legt ein feindlicher Fallschirmjäger eine Bodenluftrakete auf ihn an. Der Soldat feuert und die Rakete schwirrt unaufhaltsam auf ihn zu. Mit letzter Kraft gelingt es ihm doch noch, die Tür aufzudrücken. Er ist draußen vor dem Wagen, er will weglaufen, doch er kommt keinen Schritt weit, er zwingt seinen Blick nach unten. Wladimirs Beine sind gefangen, eine endlos erscheinende Anzahl von Armen krallt sich an ihm fest, Arme ohne Körper! Verzweifelt versucht er, die Gliedmaßen abzuschütteln, es gelingt ihm nicht. Er sieht das Geschoss immer näher auf sich zufliegen, da erkennt er, was die Spitze der Rakete ist: Wolodjins Gesicht! Und je dichter die Rakete kommt, umso deutlicher gewahrt er, dass Wolodjin lacht. Er lacht ihn aus! Die Visage des Präsidenten ist jetzt überlebensgroß beim ihm. Wolodjin öffnet den Mund und verschlingt ihn.

„Haaaaaa!" Schreiend setzte sich Wladimir im Bett auf, schweißnass, die Augen geweitet. Nur langsam kam er wieder zu sich. Zäh stellte sich die Erkenntnis ein, dass er im Hotelzimmer lag und dass er nur geträumt hatte. Lethargisch stand er auf und ging zum kleinen Kühlschrank. Darin lag lediglich eine halb volle Flasche Wodka. Ohne sich die Mühe zu machen, den Inhalt in ein Glas zu gießen, setzte er an und leerte sie. Langsam hörten seine Hände auf zu zittern. Wladimir riss das Fenster auf. Tief atmete er die kühle Nachtluft. Er stierte nach unten, auf der Straße parkte ein großer Lkw, mit einem überlebensgroßen Abbild von Russlands Präsident Wolodjin auf der Plane. Wladimirs Augen verengten sich. Düster und voller Hass sprach er zum Lastwagen, als wäre es Wolodjin persönlich: „Auch dafür wirst du bezahlen, das garantiere ich dir!" Er spuckte aus und schloss das Fenster. Dann schaute er auf die Uhr: kurz nach zwei. Keine zwölf Stunden mehr, dann begann sein Rachefeldzug! Wladimir legte sich wieder ins Bett. Auch wenn er die restliche Nacht keinen Schlaf mehr fände, störte es ihn nicht, er würde die Zeit nutzen und den Plan erneut durchgehen, so, wie er es unzählige Male in der Gefängniszelle getan hatte. Doch er gestand sich ein, dass er es längst nicht mehr so einfarbig empfand, wie im Knast. Dort, isoliert von der Welt, war es ihm leicht gefallen, sich auszumalen, unendlich viele Seelen in den Himmel zu schicken. Jetzt war er wieder unter Menschen und der Gedanke, die Schuld am Tod aller auf sich zu laden, bereitete ihm zunehmend Unbehagen. Nur das Bild von Präsident Wolodjin vor seinen Augen ließ den Hass wieder siegen und sämtlicher aufkeimender Skrupel verschwand.

Kathrin stand vor dem Eingang der Heilpraktikerschule mit zwei weiteren Frauen zusammen und lauschte ihnen ohne Interesse, wie sie sich über ihren Tag unterhielten. Sie selbst sagte kein Wort. „Es ist Zeit", hörte sie plötzlich eine der Frauen sagen. Sie nickte und wollte hineingehen, da klingelte ihr Handy. Die angezeigte Nummer kannte sie nicht. Das Blut schoss ihr ins Gesicht. John! Hastig ging sie ran. „Hallo, Hillmer" – „Hi, it's John, wie geht's?", hörte sie ihn sagen. Sie presste das Handy an die Brust, ballte mit der anderen Hand eine Faust und zog den Ellenbogen nach hinten. *Ja!* „Hallo, bist du noch da?", rief es jetzt aus dem Hörer. Kathrin atmete tief ein, dann sprach sie zu ihm: „John, ich hab schon …", sie biss sich auf die Lippe. Bloß nicht anmerken lassen, woran sie den ganzen Tag gedacht hatte. „Schön, dass du anrufst. Wie geht's der Schulter?"

John saß auf dem Sofa in seinem spartanisch eingerichteten Zimmer. Er rieb sich die selbstverständlich noch schmerzende Schulter. „Danke, geht." – „Schön. Ich könnte dir anbieten, dich mit Blutegeln zu behandeln." – „Blutwas?", entfuhr es John.

Kathrin wollte sich in diesem Moment am liebsten selbst in den Hintern treten. Da ruft er endlich an und sie hat nichts weiter zu tun, als ihm anzubieten, ihm kleine beißende Tierchen anzusetzen. „Ach, nicht so wichtig, erklär ich dir ein anderes Mal." Sie vernahm, wie er erleichtert ausatmete, dann hörte sie endlich: „Was ist mit unserem Drink?" Kathrin wollte spontan zusagen, aber sie wusste, wenn sie herausfinden wollte, ob er es ernst mit ihr meinte, musste sie ihn noch ein bisschen zappeln lassen. „Ja, was ist damit?", fragte sie deshalb scheinheilig. „Ich möchte dich auf einen Drink einladen, wann passt es dir?" *Heute, jetzt, sofort!*, wollte sie losschreien. Antwortete aber: „Ach, die nächsten Tage hab ich echt viel zu tun. Wie wäre es am

Montag?" Sie hörte ein wenig Enttäuschung in Johns Stimme: „Okay, sorry, dann rufe ich dich am Sonntag an, ja?" – „Sonntag klingt super! Du, ich muss, meine Schule fängt an. Bye!" Ohne eine Antwort abzuwarten, legte sie auf. Sie hatte es wahrhaftig getan und ihn auf die nächste Woche hingehalten. „Oh Gott, wie soll ich es bis dahin nur durchhalten?", murmelte sie im Hineingehen.

John starte noch auf das Handy. Was war da eben passiert? Wieso hatte sie ihn vertröstet? Dabei war er sich doch so sicher, dass sie, zumindest ein wenig, in ihn verknallt war. „Gut, dann halt bis nächste Woche, bis dahin schau ich, was die kleine Blonde von mir will." John beendete das Selbstgespräch, holte Lindas Zettel heraus und wählte ihre Nummer. Es dauerte keinen Augenblick und er hörte ihre aufgeregte Stimme. „John? Bist du das? Ich hab mich schon gefragt, wann du dich endlich meldest. Ich hab grade mein Moped vom Krankenhaus abgeholt, weißt du was, seit es dort stand fährt es wieder, ohne Probleme. Wann gehen wir Kaffee trinken? Mist, heute kann ich nicht, wie sieht's morgen bei dir aus?" John grinste, es wurde Zeit, dass er auch endlich etwas sagte. „Gut, morgen klingt gut."

Linda stand auf der Straße neben ihrem Moped, sie hielt den Helm in der Hand, der Mopedschlüssel hing noch an der Maschine. Sie freute sich so über den Anruf, dass sie über das ganze Gesicht strahlte. Als sie ihn heimfuhr hatte sie es vermieden, ihn auf die versprochene Verabredung anzusprechen. Aber jetzt war es raus: Sie sahen sich morgen! „Super, ich hab auch schon eine Idee, wo wir hingehen können. Ich glaube, es ist besser, wenn ich dich abhole. Du kannst ja noch nicht Auto fahren. Wie viel Uhr passt es dir denn?"

John rieb sich die schmerzende Schulter, plötzlich nicht mehr sicher, ob es eine gute Idee war, sich gleich für morgen zu verabreden. Sollte er nicht erst einmal die Verletzung zur Ruhe kommen lassen? Dennoch erwiderte er: „Vier ist gut!" – „Toll, ich bin dann um vier da!", hörte er Linda antworten, „bis morgen, ich freu mich!" John legte das Mobiltelefon beiseite, ging zum Fenster und schaute hinaus. Was geschah hier auf einmal? Seine Ex meldete sich und er fing etwas mit zwei gut aussehenden Frauen parallel an. *Ich bin doch sonst nicht so.* Er atmete tief ein und aus, John wollte niemanden verletzen und hoffte, dass sich alles von alleine klärte. Was, wenn nicht? Wie kam er dann aus dem Schlamassel wieder heraus?

Thomas lief hinunter zum Keller. Wie er erhofft hatte, ging der Plan auf: Beate war nicht mehr ganz so sauer auf ihn! Sie freute sich über die Fische, besonders, weil er sie bereits fertig zubereitet hatte. Als Nächstes musste er sie nur noch dazu bringen, sie wieder ins gemeinsame Bett zu lassen. Der Schatz, den er in dem kleinen Kästchen vermutete, sollte ihm dabei helfen. Die Neugierde darauf, was sich in der Schatulle verbarg, war durch den dubiosen Anruf enorm gestiegen. Besonders nachdem er die Vorwahlnummer gegoogelt hatte und nun wusste, dass der Anruf aus Russland gekommen war. Kurz bevor er die Kellertür aufschloss, hörte er die Stimmen von zwei Kindern. Thomas schreckte völlig irrational zusammen. Aus Furcht, die Jungs könnten erahnen, was er vorhatte, wartete er mit dem Öffnen der Tür, bis die beiden an ihm vorbeigelaufen waren.

Kevin und Oleg schauten ihrerseits perplex auf den alten Mitscherling, der sie finster von der Kellertreppe aus anstarrte. Ein wenig eingeschüchtert murmelte Oleg: „Guten Tag."

Thomas wiederum reagierte nicht darauf. Er wartete, bis die beiden verschwunden waren, erst dann betrat er den Keller. Er öffnete den Verschlag, schaltete das Licht an und holte die kleine Schatulle hervor.

Kevin stand zusammen mit Oleg vor dem Haus. „Ist der immer so mies drauf?" Oleg grinste. „Der hat nicht mehr alle Tassen im Regal. Der spinnt doch nur rum, weil ich aus Polen bin. Du hättest ihn mal hören sollen, als wir hier eingezogen sind." Damit kickte er einen Stein mit dem Fuß über die Straße. „Ich glaub, ich habe den gestern am Moorteich gesehen, da hat er fast einen Unfall gehabt", dachte Kevin laut nach. Oleg schniefte durch die Nase. „Das hätte er verdient, der alte Stinksack!" Dann schwiegen beide für einen Moment. „Und, was machen wir jetzt?", wollte Kevin von Oleg wissen. „Keine Ahnung, lass uns ans Wasser gehen, uns fällt schon was ein." Kevin nickte. „Ich hab noch eine Stunde Zeit, dann will ich zum Training." – „Dann beweg dich schneller! Sonst lohnt es sich nicht mehr, oder willst du warten, bis die Sonne untergegangen ist?" Oleg schubste Kevin freundschaftlich vor sich her, bis beide anfingen zu rennen.

In Sankt Petersburg brach die Nacht bereits herein. Wladimir saß, ein weißes Handtuch um die Hüfte geschwungen, auf der Holzbank der Hotelsauna. Noch zeigte sich kein einziger Tropfen Schweiß auf seiner Haut. Die Tür öffnete sich und ein dunkelhaariger Mann in einem schwarzen Anzug steckte den Kopf herein, sah Wladimir, nickte ihm zu, dann verschwand er wieder. Einen kurzen Augenblick später öffnete sich die Tür erneut, der Ankommende hatte sich des Anzugs entledigt und trug ebenfalls nur ein Handtuch um die Lenden. Die dunklen, fast schwarzen Haare des Mannes waren militärisch kurz geschnitten. Überhaupt nicht soldatisch wirkte dagegen der lange, leicht gekräuselte Bart. Von seinen dunklen Augen ging eine Glut aus, die es mit der Hitze in der Sauna aufnehmen konnte. Der Mann setzte sich Wladimir gegenüber. Mehrere Minuten schauten sie sich schweigend an. „Es gibt eine kleine Verzögerung, die Lieferung ist noch nicht eingetroffen", durchbrach endlich Wladimir die Stille. Der Bärtige erwiderte nur: „Mhm." Kostrakowitsch fuhr fort: „Ich denke aber, dies wird unserem Plan keinen Abbruch tun." Sein Gegenüber hob die Augenbrauen. „Unserem Plan?", fragte er ironisch. „Ich denke, es ist immer noch mein Plan!" Wladimir nickte: „Ja, natürlich." – „Wann?" – „In spätestens zwei Tagen sollte das Problem aus der Welt geschafft sein. Mein bester Mann hat sich der Sache angenommen." Wladimir wirkte selbstsicher und souverän, er ließ keinen Zweifel zu. Der andere stand auf und ging zur Tür. Dort drehte er sich noch einmal um. „Eins habe ich noch immer nicht verstanden. Wieso wollen Sie, dass wir Ihre Landsleute töten? Sie behaupten doch, ein Patriot zu sein?" Diese Frage traf Wladimir wie ein Eimer mit Eiswasser. Er spürte auf einmal nicht mehr die Hitze im Raum. Er holt tief Luft und entgegnete: „Weil ich ein Patriot bin, muss ich das tun! Sie müssen es aber nicht verstehen! Ihr Tschetschenien wird unabhängig, wenn ich an der Macht bin, ob wir dann gemeinsame Beziehungen haben, das überlasse ich ganz allein Ihnen. Mein Russland wird wieder im alten Glanze erstrahlen und dafür müssen Opfer gebracht werden!" Der dicke Bart verhinderte, dass Wladimir erkannte, ob, und wenn ja, welche Wirkung diese Worte auslösten. Der Mann nickte kurz, dann verschwand er. Kostrakowitsch schaute ihm stumm nach. Er hatte sich mit dem Teufel eingelassen und traute Ramsan Achmed Bassajew nicht über den Weg. Aber er hatte A in dem Moment gesagt, als er aus dem Gefängnis heraus Kontakt mit der Terrorvereinigung aufgenommen hatte. Der Zug rollte, es war zu spät zum Aussteigen! Doch was, wenn Ivan versagte und Yersinia nicht pünktlich aus Stralsund lieferte?

Kathrin wunderte sich über den seltsamen Geruch in ihrem Flur. Dass dieser von der kleinen, in Ölpapier gewickelten Schachtel ausging, ahnte sie nicht. Sie hatte sie neben ihre Flurkommode gestellt und vergessen; jetzt stand eine Tasche davor und eine Bluse war ebenfalls darauf gefallen. Selbst wenn sie noch daran denken würde, für sie gab es andere Probleme. Sollte sie John nicht einfach anrufen und sich spontan auf ein Date verabreden? „Verdammte Verabredungsregeln", fluchte sie. Sie griff nach ihrem Mobiltelefon und ging die Anrufliste durch. Dabei fiel ihr auf, dass sie kein Netz hatte. Sie hielt das Handy über ihren Kopf und lief damit durch die gesamte Wohnung, auf der Suche nach Empfang. Nach drei Minuten, sie stand inzwischen auf der Wohnzimmercouch, klappte es, das Handy loggte sich wieder ein. Wie zur Bestätigung piepste es und meldete drei entgangene Anrufe. Kathrin wollte aufgeregt die Mailbox abhören, da klingelte es an der Tür. Sie ließ das Handy sinken, hüpfte vom Sofa herab und lief, die Tür zu öffnen. „Tante Kathrin, Tante Kathrin!" Ihre Nichte Lydia sprang sie an. Gleich darauf kam auch Kathrins Schwester Ina herein. „Gott sei Dank, du bist da! Ich hab dir schon ein paar Mal auf den AB gesprochen, in meiner Firma geht grad die Welt unter. Kann Lydia bitte für heute Nacht bei dir bleiben?"

Ohne eine Antwort von der völlig überrumpelten Kathrin abzuwarten, gab Ina ihr einen Kuss. „Du bist ein echter Schatz, ich wusste, dass ich auf dich zählen kann!" Dann küsste sie ihre Tochter ebenfalls. „Sei nett zu Tante Kathrin! Ich hole dich dann morgen Vormittag wieder ab!" Kaum hatte sie dies gesagt, verschwand sie auch schon. Lydia flitzte ihr hinterher, kam aber gleich wieder herein, einen kleinen Koffer vor sich herschiebend. Ohne zu fragen, marschierte sie mit diesem zielstrebig ins Wohnzimmer. Von dort rief sie: „Was machen wir jetzt?" Kathrin schloss die Tür und warf einen wehmütigen Blick auf ihr Handy. So löst sich wieder Mal alles von alleine. Sie legte das Telefon auf die Ablage und eilte zu ihrer Nichte. „Das werden wir gleich sehen!", beantwortete sie deren Frage.

Thomas saß völlig frustriert im Kellerkabuff. Er hatte es immer noch nicht geschafft, das Kästchen zu öffnen. Er stand auf, dann bückte er sich und kam mit einem Kuhfuß wieder hoch. „Dann hoffe ich mal, dass die Kiste nicht mehr wert ist als ihr Inhalt!", murmelte er. Gedankenverloren legte er das Nageleisen vor sich hin, griff hinter das Regal und holte eine volle Flasche Wodka hervor. Er schraubte sie auf, setzte sie an den Mund, hielt dann aber inne, als er sich klar wurde, was er da abzog. Thomas atmete mehrmals tief durch, verschloss die Pulle und versteckte sie wieder. Mehr als fünf Minuten lang starrte er regungslos vor sich hin, bis sich auf einmal sein Gesicht aufhellte. Er holte das Handy heraus und machte damit ein Foto vom Schloss der Schatulle. Dann verbarg er das Kästchen unter einem Stapel alte Putzlappen. Er löschte das Licht, verriegelte das kleine Kellerabteil und ging nach oben.

In der Wohnung angekommen rief er seiner Frau zu: „Schatz, ich bin wieder da." Beate legte ihr Strickzeug beiseite, stand auf und trat misstrauisch dicht an ihn heran. „Hast du wieder getrunken?", fragte sie. Thomas öffnete entrüstet den Mund. „Natürlich nicht! Ich habe dir doch gesagt, dass es eine Ausnahme gewesen war. Ich schwöre!" Beate kniff die Augen zusammen, sie war nicht davon überzeugt, dass er die Wahrheit sagte. Er hauchte sie an. „Na, glaubst du mir jetzt endlich?" Ihr Gesichtsausdruck begann, etwas freundlicher zu werden. Thomas lächelte sie an, dann wollte er sie umarmen. Doch Beate hob abwehrend die Hände mit gespreizten Fingern und drehte sich weg. „Vergiss es, so schnell kriegst du hier kein schönes Wetter wieder!" – „Nun sein mal nicht so", entgegnete er, „du siehst so verführerisch aus, da kann ich einfach nicht anders", versuchte er es mit Schmeichelei. Beates Mund zuckte, sie zwang sich, nicht zu lächeln und ihm nicht nachzugeben. Thomas spürte, dass nicht mehr viel fehlte und er sie wieder rum hatte. Er setzte an, weiter Süßholz raspeln, da klingelte das Telefon seiner Frau und der Überzeugungsversuch erstickte im Keim. Beate nahm den Anruf an und lief in die Küche, um ungestört zu telefonieren. Thomas betrachtete sich enttäuscht im Flurspiegel. Dann lief er ins Wohnzimmer, griff nach der Fernbedienung und schaltete den Fernseher an. Er suchte nach einer Sportsendung, fand aber nichts außer Werbung. Genervt machte er den Apparat wieder aus. „Das war Evelyn." Beate kam zurück ins Wohnzimmer. Thomas spürte, wie sich bei diesem Namen sofort schlechte Laune in ihm breitmachte. Dennoch versuchte er, neutral zu klingen: „Ach, Evelyn, und, wie geht's ihr, sind sie gut nach Hause gekommen?" – „Alles gut, sie hat mich gefragt, ob ich übers Wochenende nicht mit ihnen nach Heringsdorf fahren will, in ihre Ferienwohnung." Thomas schluckte, er befürchtete, mitfahren zu müssen. „Sie haben dich gefragt, und ich, was ist mit mir?" – „Ach, ich habe ihr gesagt, dass du sicher keine Lust hast und lieber hierbleibst. Ich hab zugesagt, du hast also sturmfrei am Wochenende", dabei deutete sie ein Lächeln an. Thomas riss es hin und her, er wusste nicht, ob er sich jetzt darüber freuen oder ob er sauer sein sollte. Einen Vorteil gab es auf jeden Fall: Beate käme sicher entspannt zurück und dann wäre der Krieg zwischen ihnen endlich Geschichte. Er lächelte sie an: „Da hast du wieder absolut recht!" Er küsste sie auf die Wange. Fast liebevoll schubste sie ihn von sich. „Holst du mir meinen Koffer hoch?" – „Natürlich, mein Schatz", antwortete er, ging aus dem Wohnzimmer und freute sich über die geschenkte Freiheit am Wochenende.

Kevin gefiel das Training diesmal überhaupt nicht! Ohne Rücksicht darauf, dass er erst zum zweiten Mal trainierte, wurde er getreten, geschlagen und mit schmerzhaften Hebeln zu Boden geworfen. Er kam sich vor wie beim Sportunterricht, wo ihm seine Mitschüler auch immer nur zeigen wollten, wie toll sie selbst waren und was für ein Schwächling er war. Er überlebte die Stunde als Prügelknabe. Danach zog er sich nicht wie die anderen um und ging nach Hause, sondern wartete, bis die Fortgeschrittenen eintrafen. Kevin lief, sich dabei die schwitzenden Hände an der Hose abwischend, auf den Trainer zu, der sich gerade den Gürtel umband. „Ich kann nicht mit den Anfängern trainieren!" Wito zog verwundert die Augenbrauen hoch: „So, und warum nicht? Wenn ich fragen darf." – „Da lerne ich nichts, die sind einfach nur gemein zu mir, weil ich so fett bin." Der Trainer ging nicht auf die Anspielung mit dem Gewicht ein. „Das kann ich mir nicht vorstellen, Dennis ist auch ein Schüler von mir und ich weiß, dass er so etwas nie durchgehen lassen würde!" – „Dennis war nicht da, ein anderer Schüler hat ihn vertreten." – „Na bitte, wenn er das nächste Mal wieder das Training leitet, wird alles okay sein!"

Kevin schluckte. „Ich gehe da nicht mehr hin! Wenn ich nicht bei euch trainieren kann, dann ...", er holte noch einmal tief Luft, „dann kann ich gar nicht mehr kommen." Plötzlich schossen ihm Tränen in die Augen. Er drehte sich um, rannte aus der Hallentür und hielt erst in einem dunklen Gang an. Er biss sich auf die Faust, wieso verlor er nur so schnell die Fassung? Er biss stärker zu, um endlich mit dem Heulen aufzuhören. In diesem Moment kam eine Frau um die Ecke des Gangs; Kevin hatte nicht bemerkt, dass er vor dem Eingang der Frauentoilette stand. Es war die, die ihm beim ersten Training Mut zugesprochen hatte. Sie blieb stehen und schaute ihn fragend an: „Stimmt was nicht? Oder bist du nur hungrig und willst dich selber auffressen?" Kevin merkte, wie blöd es aussehen musste, wie er mit der Hand im Mund da stand. Hastig senkte er die Hand und versteckte sie hinterm Rücken. „Nein, nein, ist alles okay", log er. Johanna schaute ihn spöttisch an. „Tut mir leid, da muss ich dich jetzt enttäuschen, mein Job ist es, Lügner zu entlarven, und du hast gerade gelogen und das ausgesprochen schlecht." Neugierig fragte Kevin: „Was bis du denn von Beruf?" Johannas Blick schien ihn zu durchdringen, dann erklärte sie übertrieben ernst: „Ich bin bei der Kripo." Kevin erschrak, schlagartig stellte sich ein schlechtes Gewissen bei ihm ein, obwohl er nichts ausgefressen hatte. Johanna fing an zu lachen, es machte ihr immer Spaß, Leute zu erschrecken, und diesmal gelang es ihr wieder einmal hervorragend. „Jetzt entspann dich. Also, wo ist dein Problem?" Im Hintergrund grüßte die Gruppe auf Japanisch an. Kevin drehte den Kopf in die Richtung. „Ich kann nicht mehr trainieren, in die Anfängergruppe will ich nicht und bei euch darf ich nicht." – „Wer sagt das?" – „Niemand, aber Sie haben mir doch selbst letztens gesagt, dass das Training für mich zu schwierig ist." Johanna seufzte. „Pass auf, du machst jetzt erst mal die Tür frei, damit ich pieseln kann. Danach rede ich mit Wito, er wird sicher nichts dagegen haben, wenn du bei uns mitmachst. Auch wenn ich dich dann wahrscheinlich an der Backe habe. Und noch was, hör auf mich zu siezen, wir sind hier alle Sportler, also ich bin Johanna, okay?" Sein Gesicht strahlte vor Freude. „Ich bin Kevin." – „Gut, nachdem das nun auch geklärt ist, lässt du mich jetzt bitte aufs Klo, oder muss ich dich erst k. o. schlagen?" Er sprang rasch zur Seite. Johanna verschwand in der Toilette, der Junge schaute ihr erleichtert nach. Er trainierte nicht nur weiter, nein, wie es schien, hatte er auch eine neue Freundin gefunden!

In Sankt Petersburg ging die Sonne auf, der Wetterbericht kündigte einen lauen Frühsommertag an. Wladimir wäre es allerdings auch egal gewesen, hätte es in Strömen gegossen, sein einziger Gedanke galt der Zukunft. Wenn die Regierung von seinem Plan erführe, käme er nicht mit Gefängnis davon, diesmal würde sie ihn gleich vor ein Erschießungskommando stellen. Wladimir rieb sich die brennenden Augen. Sich mit den Tschetschenen einzulassen, bedeutete Gefahr, doch damit konnte er umgehen. Aber war es richtig, alles auf eine Karte zu setzen? Sein Blick schweifte aus dem Fenster und er erinnerte sich, wie er an den Inhalt der Kiste gekommen war.

Wladimir traf an einem düsteren Wintertag im Februar des Jahres 1980 in der DDR ein. Die dort herrschende Kälte störte ihn nicht, der Umstand, dass er nicht in Uniform, sondern in ziviler Kleidung unterwegs war, dagegen schon! Der KGB befahl ihm, die Entwicklung einer neuen Waffe zu überwachen, die den Codenamen „Yersinia" trug. Dafür bekam er vom Geheimdienst einen gefälschten Doktortitel der

Genforschung. Arbeiten sollte er auf der Insel Riems, das Direktorium 15, dem er unterstand, führte dort Forschungen an biologischen Waffen weiter, die vierzig Jahre zuvor Wissenschaftler der Nazis begonnen hatten. Wladimir lebte in einer kleinen Wohnung in Greifswald, die Kontakte zu den Einheimischen beschränkten sich anfangs nur auf das Notwendigste, um nicht aufzufallen. Die erste Zeit glaubte Wladimir, dass er eine wichtige Aufgabe erledigte, nach einem Jahr änderte er dann diese Meinung. An der Sicherheit der Anlage konnte man schlechthin nichts aussetzen; die Bevölkerung der angrenzenden Ortschaften glaubte seit Jahren die Deckgeschichte, dass man auf der Insel Riems nur Tierseuchen untersuchte. Diese Legende erhielten sie rücksichtslos aufrecht, indem sie in unregelmäßigen Abständen Tiere in den umliegenden LPGs infizierten und damit Seuchen auslösten.

Wladimir war in die Wüste geschickt worden! Obwohl er sich mit allen ihm zur Verfügung stehenden Mitteln bemühte, er fand nicht heraus, warum Wolodjin ihm das antat. Aus Frust, Rachegedanken und Langeweile fing Wladimir im Jahr darauf mit kriminellen Geschäften an.

Die mangelhafte Versorgung in der DDR ausnutzend, handelte Wladimir erst mit russischem Wodka, später auch mit anderen Delikatessen, die er im Magasin, dem Supermarkt der Offiziere, einkaufte. Er baute sich bald einen soliden Kundenstamm auf, dabei kam es auch vor, dass eine Kalaschnikow mit passender Munition auf der Wunschliste seiner Klienten stand. Die Beschaffung der Handelsware fiel ihm kinderleicht, den Versorgungsstellen, bei denen er sich die Sachen besorgte, reichte es, wenn er den KGB-Ausweis vorzeigte.

Wladimir arrangierte sich für den Augenblick, und Wolodjin in Moskau schien ihn vergessen zu haben.

Dennoch brannte ein Gefühl in ihm, das er nicht unter Kontrolle bringen konnte, oder besser gesagt, nicht unter Kontrolle bringen wollte! Der Abscheu auf den Leiter des KGB, der ihn in Norddeutschland verrotten ließ, wuchs ins Unermessliche. Auch seine deutsche Freundin Andrea änderte nichts an der Sehnsucht nach der Heimat.

Dann kam das Jahr 1987 – tief in seiner Seele spürte Wladimir, wie die Welt, die er kannte, vor die Hunde ging: Gorbatschow hatte angefangen, das Land auf den Kopf zu stellen.

Wladimirs Gesuche, zurück nach Russland versetzt zu werden, lehnten die Vorgesetzten jedoch immer wieder ab. Obwohl fast ohnmächtig vor Wut, war er geschäftstüchtig genug, mithilfe von Andrea sein gesammeltes Vermögen in Immobilien umzuwandeln. Er spekulierte darauf, dass deren Wert bei einer Veränderung des Gesellschaftssystems enorm stiege.

1989, mit dem Fall der Mauer, lösten sie seine ,Arbeitsstelle' in großer Hektik auf. Die Direktion 15 wollte auf jeden Fall vermeiden, dass ihre Forschungsergebnisse in die Hände des Klassenfeindes gerieten. In einer Nacht-und-Nebel-Aktion verpackten sie alles in große Kisten und verluden es auf Transporter. Wladimir nutzte das Chaos und ließ unbemerkt ein Päckchen in seinem Mantel verschwinden. Erst später in seiner Wohnung packte er das Diebesgut aus. Vor ihm lagen Ampullen in zwei verschiedenen Farben: Grün und Rot. Bevor er die Beschriftung darauf entzifferte, las er gespannt das beiliegende Infoblatt: Die Flüssigkeit in den roten Ampullen musste vernebelt werden, dann konnte sie eine enorme Reichweite erzielen. Die Inkubationszeit betrug drei Wochen, dies garantierte eine hundertprozentige pandemische Verbreitung. Nur durch Injektion der Flüssigkeit aus den grünen Ampullen vermied man eine Eigeninfektion. Zitternd griff er eine der Phiolen.

Dann wurde im klar, was er da vor sich hatte: Projekt Yersinia – einen genetisch veränderten und gegen Antibiotika resistenten *Lungenpesterreger*.

Lydia erwachte lange vor Kathrin. Wie üblich krabbelte sie gleich zu ihrer Tante ins Bett und versuchte, sie zu wecken. Aber Kathrin schlief so fest, dass alle Bemühungen der Kleinen, sie aus dem Bett zu bekommen, fruchtlos blieben. Gelangweilt ging Lydia auf Entdeckungstour durch die Wohnung. Im Wohnzimmer fand sie es eine Weile spannend, den CD-Spieler ein- und wieder auszuschalten. Es begeisterte Lydia, wie sich die silberglänzende Scheibe raus- und rein- und rein- und rausbewegte. So lange, bis sich die Anlage, nach dem Versuch, ein kleines Legomännchen mit in den CD-Slot zu schicken, sich nicht mehr bewegte. Anschließend pilgerte sie in die Küche, holte sich Milch aus dem Kühlschrank, goss sich ein Glas ein, verschüttete dabei die Hälfte und vergaß, die Kühlschranktür wieder zu schließen. Sie rüttelte vergebens an der Balkontür, Kathrin hatte sie besonnenerweise verschlossen. Vom Balkon führte eine kleine Treppe nach unten und Lydia war schon einmal darüber abgehauen.

Das nächste Ziel des Mädchens war der Flur. Lydia entdeckte eine Bluse, die hinter einer großen Tasche lag. Sie zog die Bluse über und posierte damit vor dem Spiegel. Dann durchsuchte sie den Inhalt der Tasche. Zu Lydias Enttäuschung enthielt sie aber nur leere Flaschen und Gläser, bereit zur Entsorgung. Lydia wollte sich schon gelangweilt das Badezimmer vornehmen, da sah sie es: ein kleines Päckchen. Es lag hinter der Tasche und wartete schier darauf, von Lydia in Augenschein genommen zu werden. Das Paket klemmte ein wenig fest und nur mit Anstrengung gelang es dem Mädchen, es hinter der Tasche hervorzuholen. Für ihre Kinderhände war es zu groß, um es festzuhalten. Darum legte Lydia es vor sich auf den Boden. Das Ölpapier der Verpackung löste sich bereits an einer Seite. Dass das Päckchen unangenehm roch, störte die Kleine in ihrer Neugierde nicht im Geringsten. Sie erfasste den Zipfel und zog daran. Das Papier hielt nur kurz ihrem Angriff stand, dann fiel ein kleines Kästchen heraus. Lydia wollte den Deckel öffnen, doch der war fest verschlossen. Wie ein neugieriges Kätzchen legte sie sich auf den Fußboden und beäugte die Kiste genauer. Ein schmaler Schlitz verlief an der Seitenwand. Lydia wieselte zur Küche und kam mit einem Brotmesser zurück. Natürlich hatte ihr ihre Mutter verboten, mit Messern zu spielen, aber hier lag der Fall anders! Sie spielte nicht damit, sie brauchte es ganz im Gegenteil für eine wichtige Erforschungsaufgabe! Ihre kleine Zunge wuselte nervös über ihre Oberlippe, sie versuchte, das Messer in den winzigen Schlitz zu stecken. Lydia begann, ungeduldig zu zappeln, da die Klinge einfach zu dick war. Jetzt versuchte sie es mit Gewalt, prompt rutschte sie ab, die Schneide traf die Kommode und hinterließ eine hässliche Schramme. Doch Lydia ließ sich davon nicht entmutigen, erneut versuchte sie es und diesmal hatte sie Erfolg. Das Messer steckte in der Kiste! Sie rüttelte es hin und her, da sprang das Kästchen auf. Lydias Augen weiteten sich beim Anblick der Schätze, die bisher vor ihr verborgen gewesen waren. Im Licht der Morgensonne glänzten zehn Glasphiolen wie Diamanten vor ihr. Behutsam nahm sie einen der kleinen roten Glasbehälter in die Hand und führte ihn vor ihre Augen. Die Flüssigkeit schillerte in den verschiedensten Farben. Die Tür zum Schlafzimmer ihrer Tante knarzte, als sie sich öffnete, gleich darauf rief Kathrin: „Lydia, Mäuschen, wo bist du?" Lydia fuhr zusammen, erschrocken steckte sie die kleine Phiole in die Hosentasche, klappte das Kästchen wieder zu und schob es hinter die Tasche. Das Ölpapier stieß sie zusammen mit dem Messer mit dem Fuß unter die Kommode. „Ich bin hier. Ich hab so Hunger, können wir was essen?" Dann rannte sie zu ihrer Tante, sprang an ihr hoch und umklammerte sie wie ein Äffchen. Kathrin wuschelte durch ihr Haar. „Klar doch, was möchtest du? Müsli?" Die Kleine nickte und lachte sie an. Kathrin schnupperte an ihrer Nichte. „Hast du dich gestern nicht geduscht?" Lydia schüttelte energisch den Kopf. „Doch, na klar!" Sie ließ sich an Kathrin hinabsinken, sie wollte auf keinen Fall, dass ihre Tante herausfand, was sie soeben gefunden hatte. Diese hakte nicht mehr nach und trottete in die Küche, wo sie erschrocken stehen blieb. Der Kühlschrank stand weit offen, so wie Lydia ihn zurückgelassen hatte. Am Boden glänzte die verschüttete Milch. Kathrin setzte an, Lydia dafür auszuschimpfen. Doch diese blickte sie mit großen Kulleraugen von unten an, sie konnte ihr einfach nicht böse sein. Auf die rechte Hand der Kleinen, die sie in der Hosentasche versteckt hielt, achtete sie nicht. Dort streichelte Lydia ihren Schatz. Um keinen Preis der Welt wollte sie ihn wieder hergeben!

Ivan trat telefonierend aus dem Eingang des Stralsunder Hauptbahnhofs, über der Schulter trug er einen kleinen Rucksack. Er sprach leise ins Handy: „Ja, mein Zug ist pünktlich neun Uhr einundfünfzig eingefahren, alles läuft nach Plan!" Er hörte Kostrakowitsch kurz zu, dann beschwichtigte er: „Das ist doch klar, Wladimir, ich werde nicht ohne die Ware zurückkommen! Bei meinem Leben und dem meiner Großmutter! Ich gehe jetzt offline, ich melde mich, wenn ich mich auf den Rückweg mache."

Er beendete das Gespräch und schaute sich um. Vor ihm auf dem Platz standen zwei Taxis, deren Fahrer an ihren Wagen lehnten und sich unterhielten. Aus dem kleinen Bioladen kamen zwei sandwichfutternde, uniformierte Polizisten. Ohne Notiz von Ivan zu nehmen, stiegen sie in den Streifenwagen, der auf dem Behindertenparkplatz stand. Hätten sie allerdings etwas genauer hingeschaut, wäre ihnen die Ausbuchtung an seiner linken Brustseite aufgefallen. Ivan hatte sich am gestrigen Abend in Berlin bei der russischen Mafia mit Waffe und zugehöriger Munition eingedeckt. Im Schulterholster steckte eine Sig Sauer P 226. Auch wenn er die Jarygin PJa, mit der er in der Regel zu Hause unterwegs war, nicht schlecht fand, so liebte er doch die präzise Verarbeitung dieser in Deutschland hergestellten Waffe. Er bedauerte es bereits, dass er sie nach der Beendigung des Auftrages für immer verschwinden lassen musste.

Ivan holte die Zigarettenschachtel aus der Jacke, auf der die Adresse dieses Thomas Mitscherling geschrieben stand. Er widerstand der Versuchung, einfach in ein Taxi zu steigen und sich dorthin fahren zu lassen. Aber dies wäre keine gute Idee, der Taxifahrer erinnerte sich womöglich, wenn es nach dem Einsatz zu einer Untersuchung käme. Ivan öffnete eine Navigationsapp auf dem Smartphone und gab Mitscherlings Adresse ein. Der Weg dahin schien nicht kompliziert und die Entfernung nicht zu weit, um sie zu Fuß zu erreichen. Er prägte sich die Route ein, dann schaltete er das Handy komplett aus. Ivan wollte der Polizei keine Chance geben, ihn über die gespeicherten Funkdaten zu ermitteln. In diesem Augenblick kam eine Frau mit einem Baby auf den Bahnhof zu; die Rampe war durch eine Baumaßnahme versperrt und die Frau versuchte, den Kinderwagen mühsam die

Treppe hochzuwuchten. Ivan lief zu der jungen Mutter und packte, ohne ein Wort zu sagen, mit an. Zum Dank bekam er ein herzliches Lächeln. Ivan blickte ihr noch einen Moment nach, dann schlug er den Weg zu Thomas Mitscherling ein.

Dieser genoss das Dasein eines Strohwitwers. Beate war früh am Morgen von ihren Freunden abgeholt worden. Sie hatte ihn noch nicht einmal geweckt, um sich von ihm zu verabschieden. Sich zwischen den Beinen kratzend stand er vor dem Angelrucksack und betrachtete den Inhalt. Es schien alles darin zu sein, was er für einen langen Tag auf See benötigte. Bis auf eins! Thomas ging zur Schrankwand und zog ein dickes Buch heraus. Er beabsichtigte allerdings nicht, sich die Angelzeit mit Lesen zu verkürzen. Nein, hinter dem Buch hielt er eine Pulle Korn versteckt. Zufrieden betrachtete er die Flasche, der Verlockung, sofort daraus zu trinken, widerstand er. Den Führerschein zu verlieren, wäre das Schlimmste, was ihm widerfahren könnte. Thomas schaute auf die Uhr, es war jetzt kurz nach zehn. Er schlurfte in die Küche und schaltete die Kaffeemaschine an. „So viel Zeit muss sein", grummelte er. Durch die Wohnungstür hörte er die polnische Familie, die lautstark im Hausflur nach unten lief. Sofort stieg Verdrossenheit in ihm auf – wie konnten die es wagen, solch einen Krach zu machen? Sie waren schließlich keine Einheimischen! Die hatten sich einfach mehr zusammenzureißen! Thomas erhob sich ein paar Zentimeter, um aufzustehen und diesen Menschen eine Standpauke über ihr Benehmen zu halten, ließ sich aber wieder zurücksacken. „Wenn ich euch das nächste Mal sehe, dann könnt ihr was erleben!", maulte er nur in Richtung Tür.

Kathrins Laufsachen klebten verschwitzt an ihrem Körper. Sie war viel zu schnell losgejoggt, nachdem ihre Schwester Lydia abgeholt hatte. Sie wollte fit bleiben und vor allem wollte sie blendend aussehen, wenn sie sich am Montag mit John traf. Nun lief sie bereits die zweite Runde um den Moorteich. Kathrin kam an einem großen, umgestürzten Baum vorbei, der vor ein paar Jahren einem Blitzschlag zum Opfer gefallen war, da sprach sie ein Mann mit fremdländischem Akzent an. Zuerst sah Kathrin nur, dass er die Lippen bewegte, sie zog die Stöpsel ihrer Kopfhörer raus, um zu hören, was er sagte. „Entschuldigen Sie höfflich, ich glaube, ich verloren habe Weg." Kathrin schmunzelte ein wenig über die seltsame Satzstellung, fragte dann aber nach: „Wo möchten Sie den hin?" Dabei sprach sie langsam und laut, wie man mit Schwerhörigen spricht. Der Mann lächelte daraufhin seinerseits. „Sie müssen nicht reden so laut, meine Ohren sind noch sehr gut." Kathrin spürte, wie ihr das Blut in den Kopf stieg. Es war ihr peinlich, diesen Fehler wie so viele andere zu machen, die sich mit Ausländern unterhalten. „Sorry! Also, wo möchten Sie hin?", fragte sie erneut, diesmal aber in normalem Tempo und angemessener Lautstärke. „Ich suche Vogelsangstraße, ich glaube, ich bin falsch abgebogen." – „Nicht so schlimm, wenn Sie hier weiterlaufen, kommen Sie irgendwann am Zoo raus, dort gehen Sie links auf die Hauptstraße. Das ist die Barter Straße, der folgen Sie einfach, die wird dann zur Vogelsangstraße." – „Vielen Dank, und nun möchte ich Sie nicht abhalten von Sport!", dankte er freundlich. Kathrin nickte ihm zu: „Keine Ursache." Sie steckte ihre Kopfhörer wieder an und sprintete los. Ivan warf ihr noch einen Blick nach, es gefiel ihm, wie sie ihre Hüften bewegte. Schnell wischte er die Gedanken beiseite, wie es mit ihr im Bett wäre, und die Verärgerung über sich selbst, dass er den Weg nicht richtig im Kopf behalten hatte, übernahm wieder die Oberhand. Zur Zeit bei der Spezialeinheit hätte er für solch einen Fehler mindestens eine Woche die Latrinen mit der Zahnbürste gereinigt. Der Blick auf die Uhr verriet ihm, dass es kurz nach halb elf war. Wenn der Plan aufginge, schaffte er es, die letzte Fähre heute Abend nach Hause zu besteigen. Sein Blick fiel auf die verkohlten Überreste der einst so mächtigen Eiche. Ja, du kannst stark wie ein Baum sein, es gibt immer etwas, was stärker ist!

Linda hielt es nicht mehr aus, nur faul herumzuliegen. Ein Rad schlagend sprang sie aus dem Bett. „Das muss als Schönheitsschlaf reichen!" Sie rannte unter die Dusche und drehte kaltes Wasser auf. Es hielt die Haut straff und es härtete sie für die Einsätze in der Ostsee ab. Lindas Haut begann, blau zu werden, sie kreischte vor Begeisterung. Sie drehte das Wasser ab und sprang aus der Dusche. Dabei rutschte der Vorleger weg, Linda verlor das Gleichgewicht und schaffte es gerade noch, sich am Duschvorhang festzuhalten, der dabei allerdings abriss. Die Befestigungsklammern zerlegten sich in tausend kleine Teile und flogen durch das Bad. „Mist, verdammter, so ein Mist!" Linda rubbelte sich mit einem Handtuch trocken, dann begann sie, die kaputten Klammern einzusammeln. Ich hoffe, dass das Treffen mit John heute nicht genauso katastrophal endet!

John stand vor dem Fenster und betrachtete das Leben auf der Straße. Dabei drehte er vorsichtig die Schulter hin und her, so wie es ihm die Physiotherapeutin im Krankenhaus gezeigt hatte. Sein Gesicht verzog sich zu einer schmerzhaften Grimasse. Er fühlte sich im Augenblick überhaupt nicht sexy und schaute dem heutigen Treffen mit Linda eher skeptisch entgegen. Unten auf dem

Gehweg schlenderte ein dicker Junge vorbei. John glaubte, ihn zu kennen, es fiel ihm aber partout nicht ein, woher. Er grübelte noch eine Weile, schob das schwache Gedächtnis aber auf die zurückliegende Gehirnerschütterung. Vermutlich bildete er sich nur ein, den Jungen zu kennen. John schaute nach der Zeit: kurz vor elf. Noch fünf Stunden, bis Linda ihn abholte. Er strich sich mit dem Handrücken über die Wangen.

Wenn er sich jetzt gleich rasierte, dann wuchs der Bart in den kommenden fünf Stunden noch etwas nach und er sähe nicht zu bubihaft aus.

Kevin kam bei Olegs Haus an. Der Mann, dessen Beinaheunfall er miterlebt hatte, verlud einen Angelrucksack auf die Ladefläche eines Barkas, stieg ein und fuhr weg. Er starrte ihm gedankenverloren hinterher und stieß geradewegs mit einem Mann zusammen, der offensichtlich auch ins Haus wollte. „Tschuldigung", murmelte Kevin. Der Mann nickte, dann trat er an das Klingelschild, suchte einen Namen und klingelte. Kevin stellte sich hinter ihn, auch er wollte klingeln. Dabei kam er nicht umhin zu sehen, dass der Mann den Klingelknopf drückte, der unter Olegs Wohnung lag. „Den haben Sie, glaube ich, gerade verpasst, der ist mit diesem alten DDR-Auto weggefahren." Der Mann drehte sich freundlich zu ihm um. „Zu dumm, er ist Freund von mir. Ich bin nur heute in Stadt." – „Wenn Sie Glück haben, finden Sie ihn vielleicht am Hafen, ich habe nämlich gesehen, dass er Angelzeug dabei hat. Sie können ihn nicht übersehen, ich glaube, er ist der Einzige hier in der Stadt, der noch so einen alten DDR-Barkas fährt", gab er dem Mann einen Tipp. „Oh, danke, wie komme ich am schnellsten zum Hafen?" – „Entweder Sie laufen oder Sie nehmen den Bus." Er zeigte mit der Hand in die Richtung, aus welcher der Mann gekommen war. „Dort ist eine Haltestelle." Der Mann bedankte sich. „Du hast mir sehr geholfen, danke!"

Ungefähr hundert Meter entfernt von dem kleinen dicken Jungen, drehte sich Ivan noch einmal um. Stellte dieser eine Gefahr für ihn dar? Ivan schüttelte leicht den Kopf. Die Begegnung war zu kurz, der Kleine erinnerte sich gewiss nicht an ihn.

Einige Minuten später kam der Bus. Ivan stieg ein und bezahlte beim Fahrer. Dann ging er in den hinteren Teil des Wagens, setzte sich auf einen Einzelplatz und überprüfte die Uhrzeit. Wenn er diesen Mitscherling nicht bald fand, musste er eine Nacht in Stralsund verbringen

Kevin stand mit enttäuscht nach unten hängenden Schultern vor dem Haus. Obwohl er Sturm klingelte, kam niemand an die Gegensprechanlage. „Oh Mann, ich bin aber auch …" Kevin schlug sich gegen die Stirn: Natürlich, Oleg hatte ihm doch erzählt, dass sie am Sonnabend häufig nach Polen zum Einkaufen fuhren und meist erst am späten Nachmittag, wenn nicht erst am Abend zurückkamen. „So ein Scheiß!" Bekümmert begann er, nach Hause zu schleichen. Da fiel ihm etwas ein und seine Stimmung änderte sich schlagartig: Er wollte den Bo-Stock holen und damit am Wasser trainieren. Mit dem Fahrrad würde er nach Altefähr auf die andere Seite des Sunds fahren. Dort kannte er am Strand ein wunderschönes Versteck in den Binsen, wo er ungestört üben könnte. Kevin beschleunigte den Schritt, in einer Stunde wollte er am Ufer ankommen.

John schaute aufs Wasser und atmete tief die frische Ostseeluft ein. Da erweckte der alte Barkas, mit dem er kürzlich beinahe zusammengestoßen wäre, seine Aufmerksamkeit. Vor Johns Augen blitzte die

Situation noch einmal auf: der durch den Unfall mit dem Surfbrett getrübte Blick; die Schrecksekunde, als er plötzlich das Kind vor dem Auto sah; und letztlich auch die Hilfsaktion, um dieses alte Fass wieder auf den Transporter zu wuchten. Der Barkas gab beim Anhalten seltsame Geräusche von sich. Der Fahrer stieg aus und schlug wütend gegen das Blech der Karosse. Johns Aufmerksamkeit richtete sich aber auf etwas anderes. Ein mobiler Espressostand öffnete an der Promenade.

Thomas fluchte laut vor sich hin. So hatte er sich den freien Tag nicht vorgestellt! Keine fünf Minuten von zu Hause entfernt fing der Barkas plötzlich an, Geräusche von sich zu geben. Thomas öffnete die Motorhaube und versuchte, den Fehler zu finden. „Komm schon, welcher Stecker ist es denn diesmal?", fragte er das Fahrzeug. Dieses schwieg wie erwartet. Thomas knallte die Motorhaube wütend zu. „Warum tust du mir das an? Jetzt muss ich dich schon wieder in die Werkstatt bringen, was glaubst du eigentlich, woher ich ständig das Geld für dich nehmen soll?" Er kratze sich am Kopf und warf einen Blick zum Himmel. „Bitte lass es nicht den Motor sein! Dann kann ich einpacken." Thomas schloss die Augen, dann drehte er sich zum Wasser und sog den Geruch des Meeres tief ein. Er streichelte den Barkas. „Weißt du was, ich gehe jetzt angeln, du ruhst dich ne Runde aus, und wenn ich wiederkomme, bist du wieder fit, okay? Komm, lass mich nicht im Stich!" Thomas holte das Angelzeug von der Ladefläche und begab sich zum Bootsverleih. Darüber grübelnd, wie er ohne Auto seinen Lebensunterhalt verdienen sollte, bemerkte er nicht, dass ein Mann ihn beobachtete.

Ivans Mund verzog sich zu einem schiefen Grinsen. Noch vor ein paar Minuten hatte er die Hoffnung, die

Zielperson heute noch zu finden, fast aufgegeben. Er kam zwar zügig am Hafen an, entdeckte dort aber keine Spur von dem beschriebenen Fahrzeug. Enttäuscht wollte er sich eine Bleibe für die Nacht suchen, da bog der Barkas knatternd auf den Parkplatz ein. Das Glück ist auf der Seite der Fleißigen!

Aus sicherer Entfernung sah Ivan, wie Thomas in ein kleines Boot stieg, das man ohne Führerschein fahren durfte. Auch hier stand das Schicksal auf Ivans Seite. Auf See gäbe es keine lästigen Zeugen. Ivan schaute sich um. Er fiele auf, wenn er ohne Angelausrüstung nach einem Boot fragte, daher eilte er in den nächsten Angelladen und kaufte sich ein nagelneues Angelset inklusive einer Angelerlaubnis für Touristen. Mit diesem Equipment ausgestattet lieh Ivan sich beim selben Verleih wie Thomas ein kleines Boot. Um sich auszuweisen, benutzte Ivan einen gefälschten Pass, ausgestellt auf den Namen Jurij Gregorowitsch.

Er sprang ins Boot, verstaute das Angelzeug und startete den Motor, dann schlug er die gleiche Fahrtrichtung ein wie zuvor Thomas.

John trank den Cappuccino aus. Er wollte sich gleich noch einen gönnen, die inzwischen angewachsene Schlange am Stand hielt ihn aber davon ab. John erhob sich, er hatte noch genug Zeit, um entspannt nach Haus zu gehen und sich dort zu erfrischen, bevor Linda ihn abholte. Langsam stieg Aufregung in John auf, ihm stand das erste Date in Deutschland bevor! Er warf noch einen letzten Blick auf den Sund. Ob es nicht höllisch langweilte, unentwegt aufs Wasser zu starren und nur ab und zu einen Fisch herauszuziehen, überlegte John beim Anblick der vielen Angler, die bei diesem herrlichen Wetter nach Beute lechzten. John schüttelte belustigt den Kopf: Ein Mann, der nicht einmal

Angelkleidung trug, fuhr mit voller Ausrüstung auf den Sund hinaus. Touristen! Die waren überall auf der Welt gleich, immer unpassend gekleidet. John drehte sich um und verließ das Hafengelände.

Kevins Gesicht strahlte wie die untergehende Sonne, völlig außer Atem erreichte er das Ufer von Altefähr. Er stieg ab, den Rest des Weges ging es schiebend weiter. Er lief den Strand entlang und stockte entsetzt: Er hatte nicht mit so vielen Menschen gerechnet, die hier versuchten, ein paar Sonnenstrahlen zu erhaschen. Kevin suchte eine Viertelstunde, bis er eine Bucht fand, in der noch niemand lag. Das Schilfgras um ihn herum wuchs hoch genug, um unbeobachtet zu üben. Er zog das verschwitzte T-Shirt aus und griff energisch nach dem Stock. Kevin schloss die Augen, um sich zu erinnern, was der Trainer gestern vorgemacht hatte. Dann fing er langsam an, den Bo vor dem Körper im Kreis zu drehen.

Jawoll! Wieder zappelte ein Fisch am Haken. Thomas' schlechte Laune wegen des defekten Barkas hatte sich mit steigender Anzahl von Fischen verflüchtigt. Denn kaum, dass er die Angel auswarf, zappelte etwas daran. Auf der anderen Seite lag es auch an dem Kornschnaps, den er sich bei jedem erfolgreichen Anbiss genehmigte. Der Fisch wanderte in den Eimer zu den anderen, die inzwischen nur noch lethargisch zuckten. Erneut führte er die Flasche zum Mund. Da schrak er zusammen – er hörte, wie ein Boot auf ihn zukam! Flugs versteckte er mit zitternden Händen die halb leere Flasche in der Angelbox. Falls es die Wasserschutzpolizei war, wollte er jeden Ärger vermeiden. Die Entfernung zum Boot schrumpfte. Thomas erkannte, dass es sich nur um ein Anglerboot handelte und der Mann darauf keine Uniform trug. Er entspannte sich. Vielleicht wollte der andere Angler lediglich ein paar Köder schnorren. Das hatte er selbst einmal gemacht, an dem Tag hatte er im Dusel die Köderbox zu Hause stehen gelassen. Das Boot kam langsam längsseits. Ohne ein Wort zu sagen, warf ihm der Mann eine Festmachleine hinüber. Thomas fing sie auf, bückte sich und knotete sie mit einem geübten Griff am Boot fest. Kurz darauf richtete er sich wieder auf und zuckte zusammen. Der Mann stand plötzlich hinter ihm.

Obwohl sein Verstand durch den Alkohol nicht richtig arbeitete, dämmerte es ihm, dass dieser Typ sicher nicht nach Ködern fragen wollte!

„Wollen Sie was trinken?", fragte Thomas den Mann und überraschte sich damit selbst. Er hatte den ersten Impuls unterdrückt, dieses Typen anzuschreien und ihn vom Boot zu jagen. Aber etwas in seinem Unterbewusstsein sagte ihm, dass er besser die Situation anders anging und nicht auf Konfrontation setzte.

Ivan schaute Thomas mit zusammengekniffenen Augen an, mit allem hatte er gerechnet, aber nicht damit, dass der ihm etwas zu trinken anbot. Er atmete einmal tief ein und kam gleich zur Sache. „Wo ist das Kästchen?!"

Thomas hielt in der Bewegung inne, er hatte die Flasche Korn bereits in der Hand, da erkannte er die Stimme des Mannes: der Anrufer von gestern! Verstohlen schielte er auf das Fischmesser in der Angelbox. Auf einen Schlag nüchterte er aus und verstand, was der Typ von ihm verlangte. Er wollte das Kästchen aus der Wohnung der verstorbenen Frau! Was verdammt Wertvolles beinhaltete diese Kiste, wenn der Mann dafür solch einen Aufwand betrieb und ihn bis hier auf das Wasser folgte? Nein, Thomas übergäbe es nicht kampflos! Daher fragte er scheinheilig: „Was für ein Kästchen? Brauchen sie Angelhaken? Die hab ich hier in der Box." Dabei bemerkte er, wie seine Stimme zitterte. Langsam drehte er sich von Ivan weg. Thomas hörte plötzlich einen lauten Schrei. Sein Verstand benötigte eine Weile, bis er begriff, dass er es selber war, der schrie. Der Kerl hatte ihm mit einem kurzen Haken in den Rücken geschlagen und genau die linke Niere getroffen. Der Schmerz breitete sich wie ein glühender Feuerstrom in Thomas' Körper aus. „Wo ist das Kästchen?", wiederholte Ivan die Frage. „Ich habe keine Ahnung, wovon Sie reden", japste Thomas, das Gesicht vor Qual verzerrt. Diesmal traf der Schlag die andere Niere. Für einen Moment verdunkelte sich sein Blick, dann rastete er aus. Den Schmerz ignorierend drehte er sich um, hob die Flasche hoch und schlug Ivan damit auf den Kopf. Zumindest versuchte er es, aber die Attacke lief ins Leere. Ivan bewegte den Kopf nur ein Stück beiseite, um dem für ihn vorhersehbaren Angriff auszuweichen. Thomas startete einen zweiten Versuch, doch es blieb bei dem Versuch. Diesmal packte Ivan seinen Arm und schlug ihm die Flasche aus der Hand. Sie flog in hohem Bogen in die Ostsee. Ihren Inhalt ins Meer verschwendend, versank die Pulle in der Tiefe. Thomas starrte dem Korn hinterher, mit ihm versank auch die Hoffnung, gegen diesen Mann zu bestehen. Die Schmerzen, die von seinen Nieren ausgingen, steigerten sich ins Unerträgliche, Schüttelfrost stieg in ihm auf, mühsam presste er durch die Lippen: „Was wollen Sie von mir?" – „Wo ist das Kästchen?" Hektisch überlegte er, ob er nicht vielleicht doch einen Handel mit diesem Mann abschließen konnte. „Mal angenommen, ich wüsste, von was Sie sprechen. Was hätte ich davon, wenn ich es Ihnen verrate?", quetschte er mühsam hervor. Ivan packte ihn am Kragen der Angeljacke und zog in zu sich heran. „Vielleicht lasse ich dich dann am Leben", hauchte er fast. Die Hoffnung, aus der Situation doch noch etwas Geld zu schlagen, verschwand. Thomas fühlte, wie sein Körper eiskalt wurde, die Panik übermannte ihn. „In meinem Keller, die Kiste ist in meinem Keller, hinter einem Haufen alter Putzlappen, ich habe sie noch nicht mal aufgemacht, ich schwöre es!" Ivan lockerte den Griff etwas. „Wie finde ich deinen Keller?" Thomas schluckte, „Meine Adresse haben Sie ja sicher, es ist das Abteil Nummer sechzehn." Ivan ließ ihn los. Er schien mit dieser Antwort zufrieden, dann fragte er. „Wie hast du sie gefunden, sie war doch gut versteckt in dem Fass?" Thomas verstand überhaupt nichts mehr. „In dem Fass?" Da fiel es ihm wie Schuppen von den Augen. „Wenn Sie das Fass meinen, das ich letzte Woche zur Fähre gebracht habe: Da habe ich nichts rausgenommen." Diesmal schlug ihm Ivan mit der Rückseite der Hand ins Gesicht. Thomas' Unterlippe platzte auf und er schmeckte den metallischen Geschmack des Blutes. „Ich schwöre! Bei allen guten Geistern, ich habe nichts herausgenommen!" Der nächste Schlag traf die Schläfe. Thomas sah einen grellen Blitz, dann griff die Finsternis nach ihm. Das gleißende Licht der Sonne weckte ihn wieder. Stille umgab ihn, bis Möwen kreischend diese Ruhe zerstörten. Hatte er alles nur geträumt? Doch er schmeckte das Blut im Mund und fühlte ein anschwellendes Pochen an der Schläfe. Ein Schatten schob sich vor die Sonne, sein Peiniger beugte sich über ihn. „So, noch mal von vorn, wie hast du es gefunden? Du hattest doch nur den einfachen Auftrag, deine Ladung zum Hafen zu bringen, warum hast du darin rum…" Ivan suchte nach dem passenden Wort. „Ich habe nicht rumgeschnüffelt!", schrie Thomas verzweifelt.

Ivan nickte: „Danke, das Wort war mir entfallen." Er schob Thomas ein Stück zur Seite, um an dessen

Angelbox zu gelangen. Mit einer Handvoll Angelhaken richtete er sich kurz darauf wieder auf. Er wühlte darin herum und hielt dann einen Haken hoch, der ihm besonders interessant erschien. „Wofür ist der hier? Wieso hat er gleich zwei Widerhaken?" Thomas wusste nicht, wie er diesen Stimmungswechsel deuten sollte. „Der ist für Zander." – „Hast du dich jemals gefragt, was Fische empfinden, wenn sie so was im Maul haben?" Thomas schluckte, langsam stieg die Angst in ihm auf, dass der Russe es nicht bei Schlägen beließe. „Nein, hab ich nicht. Es sind doch nur Fische." Ohne eine Regung zu zeigen, packte Ivan erneut zu. Er hielt ihn den Angelhaken direkt vor Thomas' rechtes Auge. „So, nur Fische. Hat der Haken auch Namen?" Thomas starrte mit zuckenden Lidern auf das kleine, spitze Metall vorm Gesicht. „Angsthaken, das Ding heißt Angsthaken." Ivan fing an zu lachen. „Angsthaken. Das muss ich mir merken. Ihr Deutschen habt einen seltsamen Humor!" Ivan hielt kurz inne, sein Gelächter verstummte: „Und, hast du Angst?" Thomas nickte, soweit es der unerbittliche Griff zuließ. „Das ist gut, dann wirst du mir jetzt sagen, was du mit dem Fass gemacht hast!" – „Ich habe gar nichts …" Weiter kam Thomas nicht, Ivan packte ihn im Gesicht und bohrte den Angelhaken durch seine Unterlippe. Thomas brüllte aus tiefster Seele, doch nur der Wind und die Möwen hörten ihn. „Du musst mir dankbar sein, jetzt weißt du, wie sich deine Fische fühlen. Du hast sehr viele Haken und ich bin bereit, jeden einzelnen an dir auszuprobieren. Verstanden?" Thomas nickte, aus der frisch gepiercten Lippe lief Blut herunter und er war jetzt bereit, alles zu erzählen, wusste aber nicht, was. Verzweifelt schrie er: „Ich schwöre bei dem Leben meiner Frau, ich habe nichts aus dem Fass genommen!" Ivan schüttelte den Kopf und griff nach dem nächsten Angelhaken. „Nein, halt, bitte, ich, ich hatte einen

Unfall mit dem Fass." Ivan hielt in der Bewegung inne. „Einen Unfall?" – „Ja, ich hätte fast einen Zusammenstoß mit einem jungen Amerikaner gehabt und dabei ist das Fass von der Laderampe gefallen. Ich schwöre, ich habe alles wieder eingesammelt, ich habe keine Kiste gesehen!" Ivan reichte diese Auskunft noch nicht, aber die Erwähnung eines Amerikaners weckte Neugierde in ihm. Mit einer blitzartigen Bewegung stieß er den nächsten Haken in Thomas' Mund, diesmal durchbohrte er die Oberlippe. Thomas jaulte auf. „Ich habe nichts genommen. Aber ich weiß nicht, ob die anderen etwas weggenommen haben." – „Die anderen?", fragte Ivan überrascht. „Ich hatte Hilfe, als das Fass im Graben lag, haben mir eine Frau und der junge Ami geholfen." Ivan nickte. „Gut, du wirst mit jetzt alles genau berichten! Jede Kleinigkeit, und wenn ich dir glaube, befreie ich dich von deinen Schmerzen." Thomas blieb nichts anderes übrig, am ganzen Körper schlotternd schilderte er alles.

So erfuhr Ivan von John McFerrow, dessen Wagen mit dem Surfboard auf dem Dach und dass dieser nach dem Unfall ins Klinikum gefahren worden war. Er bekam eine exakte Beschreibung der beiden jungen Leute und obendrauf den Namen des Krankenhauses, in das Kathrin Hillmer John bringen wollte, also alles, was Thomas mitbekommen hatte, als sein Barkas nicht angesprungen war. Er behielt nichts für sich und endete mit den Worten: „So war es!" Ivan schaute ihn lange an. „Ich glaube dir!" Thomas entspannte sich, jetzt würde die Tortur enden. Ja, sie war vorbei, aber auf eine Art, die er sich in seinen fürchterlichsten Träumen nicht hätte vorstellen können. Ivan griff in die Angelkiste und schnappte sich das Fischmesser. Mit der anderen Hand packte er Thomas am Kopf, schnitt ihm, ohne zu zögern, die Kehle durch und schubste ihn ins Wasser. Thomas spürte nicht mal

Schmerzen, er bekam plötzlich nur keine Luft mehr, die Welt fing an, sich um ihn zu drehen, ein Feuer, das von der Lunge ausging, breitete sich unaufhaltsam aus und verbrannte ihn. Das Letzte, was Thomas sah, war die Kulisse seiner Heimatstadt. Wie wunderschön sie doch ist ... Dann verschlang ihn die Dunkelheit.

Auch wenn die Boote weit weg von ihm dümpelten, erkannte Kevin es deutlich: Ein Mann stieß eine andere Person ins Wasser. Und dieser Mensch tauchte definitiv nicht wieder auf! Er trat aus der Einbuchtung und schaute sich am Strand um, es musste doch noch jemand mitbekommen haben, was da gerade auf See passierte?! Doch die anderen rekelten sich nur faul in der Sonne. War er der einzige Zeuge, der den Mord gesehen hatte? Dass es sich um ein Verbrechen handelte, da bestanden keine Zweifel für ihn. Was sollte er jetzt machen? Wenn er zur Polizei ginge, hielten die ihn bestimmt für einen Spinner. Er ließ sich schwer in den Sand plumpsen und schaute wieder auf die zwei Boote, die nebeneinander auf dem Sund schaukelten.

Ivan verfolgte, wie der tote Körper von Thomas Mitscherling im Wasser versank. Bis Fäulnisgase ihn wieder an die Oberfläche trieben, bliebe er am Grund, verborgen vor der Welt. Ivan schaute sich auf dem Boot um, da gab es nichts, was einen Wert darstellte. Ivan suchte sich einen Lappen aus der Angelbox und wischte alle Stellen ab, die er berührt hatte. Dann zog er die Zigarettenschachtel hervor und notierte auf ihr alle Informationen, die Thomas ihm gegeben hatte: die Namen von John und Kathrin und die Bezeichnung des Krankenhauses. Anschließend löste er die Verbindung zwischen den Booten, hielt aber noch einmal inne.

In einer Welle von Tierliebe griff er nach dem Eimer mit den Fischen und entließ sie in die Freiheit.

Ivan stieg auf sein Mietboot, schubste das andere Boot mit einem Tritt aufs Wasser und gab Gas. Auch wenn er jetzt noch eine Nacht in dieser Stadt verbringen musste, entspannte ihn die Zuversicht, den Auftrag zur Zufriedenheit Kostrakowitschs erfüllen zu können. Er rieb sich die Hände, Wladimir zeigte sich ganz gewiss erkenntlich für diese Dienste, wenn es später an die Verteilung des Landes ginge. Etwas an einer seiner Hände störte Ivan. Er drosselte die Fahrt und schaute sich die linke Handfläche genauer an. Ein winziger Riss zog sich vom kleinen Finger bis hinüber zum Ballen. Etwas Blut war daraus hervorgetreten und bereits geronnen. Ivan schloss die Augen. Woher kam diese Verletzung? Schlagartig sah er es vor sich: In dem Moment, da er Thomas den Hals aufschlitzte, hatte er die linke Hand gewohnheitsmäßig über dessen Mund gelegt. Dabei hatte er nur eins übersehen: die Angelhaken, die er zur Folter verwendet hatte! Kein Zweifel, Ivan hatte sich die Hand an einem der Haken aufgerissen. Er fluchte vor sich hin, gehörte es doch zur Berufsehre, niemals Spuren zu hinterlassen. Vor seinem geistigen Auge sah Ivan, wie ein winziger Tropfen seines Blutes an dem Angelhaken klebte, der im Mund des toten Mitscherlings steckte. Die Leiche wog am Boden des Sunds hin und her und der kleine Blutstropfen löste sich auf. Ivan entspannte sich. Bis der Kadaver zurück an die Oberfläche trieb, verdünnte das Wasser alle DNA-Spuren bis ins Unendliche! Ivan beschleunigte die Fahrt wieder. Das nächste Ziel hieß Kellerverschlag Nummer sechzehn, mit etwas Glück steckte dort doch die Kiste!

Kevin verfolgte aus der Ferne alles mit. Dass der Mann das andere Boot einfach nur wegstieß, bestätigte ihn noch einmal in der Vermutung, Zeuge eines Mordes zu sein. Doch was fing er damit an? Eigentlich musste er zur Polizei gehen. Eigentlich! Aber diese Option kam für Kevin nicht infrage, er erinnerte sich nur zu gut daran, was nach dem tödlichen Unfall seiner Familie passierte, als er, der einzige Überlebende des Unglückes, ausgesagt hatte. Er sah die skeptischen Gesichter der Polizisten wieder vor sich, die bei seiner Beschreibung des Unfallhergangs nur mitleidig nickten. Die Beweislage sprachen eindeutig gegen seinen Vater und so suchten sie nie nach dem wahren Unfallverursacher!

Kevins Familie war am ersten Weihnachtsfeiertag zu den Großeltern unterwegs. In der Nacht hatte es geschneit und der Winterdienst kam nicht damit hinterher, die Autobahn zu räumen. Im Auto herrschte schöne, weihnachtliche Stimmung, aus dem Radio klangen Weihnachtslieder. Sie waren spät dran, aber niemand störte sich daran. Sein Vater war ein erfahrener Autofahrer, der wusste, dass es nichts brachte zu rasen, besonders nicht bei diesem Wetter. Sie überholten gerade ein Wohnmobil, da fuhr plötzlich ein schwarzer BMW rasant zu dicht auf und blinkte hysterisch mit der Lichthupe. Kevins Vater ließ sich davon aber nicht aus der Ruhe bringen, er überholte das Wohnmobil in dem für ihn angemessenen Tempo. Der BMW raste an ihnen vorbei, die Scheiben des Wagens waren mit Folie abgedunkelt, darum erkannte Kevin niemanden darin. Er wunderte sich ein wenig, warum der Fahrer des BMW erst gewaltigen Druck machte und jetzt auf einen Parkplatz einbog. Etwa fünf Minuten später schoss der schwarze BMW plötzlich neben sie. Hielt dort eine Weile die gleiche Geschwindigkeit wie der Wagen seiner Familie, dann zischte er an ihnen vorbei, aber nur, um sich wenige Meter vor ihnen auf dieselbe Spur zu setzen. Kevins Vater trat auf die Bremse, um nicht aufzufahren, und scherte nach links aus. Doch der BMW zog ebenfalls nach links und blieb, immer wieder bremsend, vor ihm. „Was soll das?", rief sein Vater, die Hupe bedienend. Da passierte es: Der Raser vor ihnen geriet ins Schleudern und begann sich zu drehen. Kevins Mutter schrie noch: „Pass auf!" Doch zu spät. Ihr Fahrzeug fing ebenfalls an zu schleudern. Es prallte gegen die Leitplanke, diese warf es zurück und schleuderte es auf die andere Seite. Das Auto hob ab, flog über die Planke, drehte sich in der Luft und knallte mit dem Dach voran gegen einen Baum. Dann wurde es still. Das Radio hörte auf zu spielen. Das Letzte, woran Kevin sich noch erinnerte, waren die leisen Worte seiner sterbenden Mutter: „Caro, Kevin seid ihr okay?" Kevin antwortete noch: „Ja, Mama", von seiner kleinen Schwester kam keine Antwort *mehr*.

Später erfuhr er, dass Caro und sein Vater auf der Stelle starben. Seine Mutter folgte ihnen nur wenige Minuten darauf. Einzig Kevin passierte, wie durch ein Wunder, nichts! Von dem BMW fehlte jede Spur, der frisch gefallene Schnee überdeckte alles. Die Polizei schlussfolgerte schnell: Fahren mit unangepasster Geschwindigkeit. Auch wenn ihnen der Junge leidtat, so etwas kam vor. Die Aussage des kleinen Kevin werteten sie als Schutzbehauptung des Kindes, es wollte nicht, dass man seinem Vater die Schuld an dem Unfall gab.

Nur Kevins Großeltern glaubten ihm, richteten bei der Polizei aber auch nichts aus. Und so fuhr da draußen immer noch ein Mörder mit einem schwarzen BMW durch die Gegend, unbehelligt von der Justiz.

Kevin schüttelte die Erinnerung ab. Nein, er ginge nicht zur Polizei. Noch einmal wollte er sich nicht von denen wie ein Dummerchen behandeln lassen!

Es musste einen anderen Weg geben, den Mann zu schnappen, der vor wenigen Minuten jemanden auf der offenen See ins Wasser gestoßen hatte. Kevin zog das T-Shirt wieder über und verstaute den Kampfstock am Fahrrad. Er atmete bekümmert ein und begab sich auf den Heimweg.

Kapitel 3

Wladimir trommelte ungeduldig auf den Schreibtisch. Es war bereits Viertel vor sechs und er hatte noch immer nichts von seinem Bluthund gehört. Dabei wusste er: Wenn es einen Menschen gab, auf den er sich verlassen konnte, dann war es Ivan. Seit er ihm bei einer Schlägerei im Gefängnis beigestanden und ihm das Leben gerettet hatte, war dieser ihm absolut treu ergeben. Und dennoch durchfuhr Wladimir Nervosität, es hing einfach zu viel daran! Für den unwahrscheinlichen Fall, dass Ivan erfolglos bliebe, hatte er bereits Vorsorge getroffen und zwei Söldner engagiert. Wladimir verachtete diesen Menschenschlag, aber schwierige Zeiten erfordern schwierige Maßnahmen! Er gab den Männern konkrete Anweisungen, für den Fall, dass Ivan versagte. Dann wäre Ivan ein Sicherheitsrisiko. Fürs Erste sollten die Gromov-Zwillinge Ivan aber nur helfen, alles Weitere ergäbe sich von ganz allein.

Kostrakowitschs Mobiltelefon summte auf dem Tisch vor ihm. Es zeigte keine Rufnummer an und so meldete sich Wladimir zurückhaltend. „Ja?" Er entspannte sich, es war Ivan. „Ich bin's. Es läuft alles nach Plan. Ich habe meinen Freund getroffen, er hatte leider wenig Zeit für mich, er wollte unbedingt tauchen gehen." – „Hat er dir dein Geschenk da gelassen?", fragte Wladimir, ebenfalls nicht Klartext redend. Die Gefahr, dass der FSB sie abhörte, zwang sie zu dieser Sicherheitsmaßnahme. Ivan antwortete ihm: „Er hat es für mich hinterlegt, ich weiß, wo ich es finde." – „Sehr gut!", entfuhr es Wladimir. Ivan holte Luft, bevor er weitersprach. „Es kann jedoch sein, dass er das falsche Geschenk gekauft hat. Für den Fall hat er mir aber verraten, wo ich es umtauschen kann, falls es mir nicht gefällt." Wladimirs Nackenhaare stellten sich auf. Ivan war also auf Schwierigkeiten gestoßen. „Ich schicke dir auf alle Fälle deine Lieblingscousins, sie sollen dir beim Einkaufen helfen!" – „Das ist nicht nötig, ich bin doch schon groß. Aber danke für das Angebot, ich komme drauf zurück, wenn es Probleme beim Umtausch gibt." – „Das ist leider zu spät, ich will, dass du dich morgen mit den Zwillingen triffst!" Ivan verstummte für einen Moment, dann fuhr er wenig begeistert fort: „Gut, Onkel, ich habe verstanden, es wird so sein, wie du es dir wünschst! Ich melde mich wieder, Onkel Wlad, sobald ich etwas Neues weiß." Wladimir nickte. „Gut, pass auf dich auf und mach unserer Familie keine Schande!" Damit beendete er das Gespräch. Er starrte einen Moment vor sich hin. Ein bisschen tat es ihm leid, dass er auf solche Weise mit seinem treuen Anhänger verfuhr. Es hing aber einfach zu viel vom Erfolg dieses kleinen Ausflugs ab. Er erinnerte sich an ein altes Sprichwort, welches sein Großvater immer verwendet hatte: Der kluge Bauer transportiert nie alle Eier in einem Korb! Wenn Ivan erfolgreich war, bekam er so eine eigene Leibgarde für die Reise zurück. Und wenn nicht … Nun, daran wollte Wladimir im Moment nicht denken. Er wählte eine Nummer. „Es geht los, euer Cousin erwartet euch, alles Weitere, wenn ihr dort ankommt!"

John warf einen zufriedenen Blick in den Spiegel. Dafür, dass er die letzten Tage im Krankenhaus zugebracht hatte, fand er sich okay. Linda musste jeden Augenblick klingeln. Da schellte es auch schon. Obwohl er neben der Tür stand, wartete er noch einen kleinen Moment, er wollte nicht, dass sie gleich merkte, wie sehr er sich auf dieses Treffen freute. Dann lächelte er schelmisch. Er öffnete die Tür und spielte verschlafen. „Ja, bitte?" John unterdrückte ein Gähnen. Doch Linda fiel nicht auf diese Vorstellung herein. Sie grinste ihn an. „So? Der feine Herr schläft in den besten Klamotten …" John richtete sich auf. „Erwischt. Dir kann man aber auch gar nichts vormachen." Damit umarmte er sie und gab ihr einen Kuss auf die Wange. Linda löste sich langsam aus der Umarmung, dabei blieb ihr Kopf dicht vor seinem stehen. Sie schauten sich in die Augen, es war der eine Moment zu lange, der letztendlich dazu führte, dass aus der zaghaften Umarmung ein leidenschaftlicher Kuss wurde. Ihre Hände begannen, ihre Körper gegenseitig zu erkunden, da störte Johns Vermieterin diese Zweisamkeit, sie kam die Treppe herunter. Verlegen lösten sie sich voneinander. „Hello, Frau Sonneck, wie geht es Ihnen?", rief er der Frau freundlich entgegen. „Danke, alles gut. Sie haben endlich mal Besuch, ich hab schon gedacht gehabt …" Sie biss sich auf die Zunge; ihr Mann und sie meinten, dass der junge Mann schwul war. Er sah so gut aus, hatte aber bisher noch nie ein Mädchen mitgebracht. „Es wurde ja auch mal Zeit, ich hab gedacht, Sie wollten bei dem schönen Wetter ganz alleine bleiben." Linda nickte der Frau lächelnd, aber ein wenig zurückhaltend zu. „Hallo." Frau Sonneck lief an den beiden vorbei. „Na, dann habt noch einen schönen Tag, ich hab ja gedacht, dass es heute noch regnet, aber wie es aussieht, hat heut mal mein Mann recht gehabt." Sie verschwand um die Ecke. John und Linda schauten sich an, die kurze Erregung war abgeklungen. „So, komm, ich zeig dir heute ein paar Ecken von Stralsund, die du sicher noch nicht kennst!" Sie bückte sich und hob einen Motorradhelm auf. „Ich hab ich einen für dich dabei. Ich hoffe, das geht mit deiner Schulter und du hast keine Angst, bei mir mitzufahren?!" John übernahm den Helm und lächelte sie an. „Warum, du bist doch meine Lebensretterin!" Er gab ihr noch einen Kuss auf den Mund, zog die Wohnungstür zu und lief mit ihr nach unten.

Ivan stand vor dem Kellerverschlag mit der Nummer sechzehn. Er lauschte, ob irgendwer die Treppe herunterkam, außer dem leisen Summen eines Stromzählers hörte er aber nichts. Nur ein billiges Vorhängeschloss sicherte den Kellerverschlag von Thomas Mitscherling. Ivan zog die Waffe aus der Jacke, und nach zwei Schlägen mit dem Griff der Sig Sauer gab das Schloss nach. Ivan entdeckte das Kästchen sofort, hinter einem Haufen alter Putzlappen, genau, wie Thomas es gesagt hatte. Ivan schnaubte enttäuscht: Es war nicht das, wonach er suchte. Dennoch wollte er wissen, was es enthielt. Ohne Rücksicht auf die kunstvolle Verzierung des Kästchens schleuderte er es mit Wucht zu Boden, wo es sofort in viele kleine Teile zerbrach. Ivan bückte sich und hob den Inhalt auf. Ein mit einer Kordel verschnürtes Paket alte Briefe. Ohne jedes Interesse daran ließ er es wieder fallen und verließ den Keller.

Ivan rannte geradewegs in Oleg hinein, der die Haustür öffnete, um einen überdimensionierten Koffer hindurchzubugsieren. Oleg bedankte sich mit einem Kopfnicken dafür, dass Ivan ihm die Tür aufhielt, schenkte dem Mann aber sonst keinerlei Aufmerksamkeit, nicht zuletzt, weil seine Mutter von oben rief: „Oleg brauchst du Hilfe, soll ich Papa noch mal runterschicken?" – „Nein, nein, das schaffe ich schon." Oleg schaffte es endlich durch die Tür und begann, Stufe für Stufe den sichtlich schweren Koffer die Treppe hochzuwuchten.

Ivan trat auf die Straße, ohne einen Blick zurückzuwerfen. Er ging zum Bus, der ihn zu dem Krankenhaus bringen sollte, in dem der junge Amerikaner lag.

Kathrin starrte mit hängender Unterlippe auf ihr Telefon. „Warum bin ich nur rangegangen?" Natürlich wusste sie, warum: Sie hoffte, John riefe sie an.

Stattdessen bekniete die Klinik sie, für eine erkrankte Kollegin einzuspringen. Kathrin ahnte, worauf das hinauslief: Sie ackerte die nächsten beiden Nächte durch, um am Montag direkt in die Tagschicht zu wechseln. Zum Dank dafür bekäme sie einen feuchten Händedruck. Wehmütig schaute Kathrin auf ihr Heilpraktikerlehrbuch. Wenn ich doch nur längst mit der Ausbildung fertig wäre! Noch zwei Jahre, dann würde sie endlich ihre eigene Praxis eröffnen. Aber bis dahin hieß es für sie, im Krankenhaus zu schuften. Kathrin schloss die Augen. Verdammt, die Verabredung mit John werde ich verschieben müssen. „Oh Mann, warum habe ich ihn bloß auf Montag vertröstet? Warum muss ich nur immer diese dämlichen Spielchen mitmachen?", jammerte sie sich voll. Da klingelte ihr Telefon erneut. *John*, fuhr es ihr durch den Kopf, sie dachte so intensiv an ihn, das musste er einfach empfangen haben! Das Leuchten ihrer Augen verlosch augenblicklich wieder. Es war erneut das Krankenhaus: „Tut mir echt leid, aber können Sie bitte sofort kommen? Hier brennt die Luft und wir können nicht warten, bis die Nachtschicht anfängt." – „Ja, ich mach mich auf den Weg", erwiderte sie lakonisch. Kathrin legte auf und feuerte das Mobilteil aufs Bett. Dann atmete sie tief durch, schloss die Lider und entspannte sich, wie sie es einmal bei einem Lehrgang gelernt hatte. Sie öffnete ihre Augen wieder, zwang sich zu einem Lächeln und lief hinaus in den Flur, um sich anzuziehen, kurz darauf hörte man ihre Tür schlagen.

Ursula und Wilhelm schauten Kevin besorgt an. „Was hast du denn, mein Junge? Du isst ja gar nichts!" Die Oma strich ihm mit der Hand über die Haare. Opa schüttelte den Kopf. „Der Junge ist groß genug, er wird uns schon sagen, wenn ihn was bedrückt, wirst du doch, oder?" Jetzt war es an Kevin, den Kopf zu schütteln. „Nein, es ist nichts, ich muss nur mal denken." Er stand auf. „Darf ich auf mein Zimmer?" – „Na klar", kam es vom Opa. „Aber dein Essen ...", wollte Oma Ursula protestieren. Wilhelm legte ihr die Hand auf den Arm. „Er wird schon essen, wenn er Hunger hat, du kannst es ja in den Kühlschrank stellen." Nachdem der Junge aus der Küche gerannt war, blickten sich die Großeltern bekümmert an. Ursula runzelte die Stirn. „Meinst du, er hat wieder so eine Phase? Dr. Eichborn hat ja gesagt, dass es immer mal wieder vorkommen kann." – „Jetzt male mal nicht gleich den Teufel an die Wand", entgegnete Wilhelm. „Kevin ist in der Pubertät, da kann es schon mal vorkommen, dass er schlechte Laune hat. In einer Viertelstunde kann es schon wieder ganz anders aussehen!" – „Ach, ich weiß nicht." Ursula schaute ihn skeptisch an. Wilhelm fuhr sich mit den Fingern durch sein weißes Haar. „Ich denke, wir sollten morgen was unternehmen mit dem Jungen. Das Wetter soll durchwachsen sein. Was hältst du davon, wenn wir mal wieder ins Meeresmuseum gehen?", fragte er dann seine Frau. „Ach, da war der Kleine doch erst mit der Schule." – „Dann halt ins Ozeaneum. Da waren wir beide auch schon lange nicht mehr. Also, was sagst du?", dabei schaute er Ursula so eindringlich an, dass ihr nichts anderes übrig blieb, als ihm bestätigend zuzunicken.

Kevin warf sich aufs Bett. An der Decke drehte sich ein X-wing-Fighter um eine große Todesstern-Deckenlampe. Wie einfach es doch für die Jedis ist. Die mussten nur mit ihrer Hand auf das Böse zeigen und schwupps, flog es davon. Und wenn das nichts half, dann besaßen sie immer noch ihre Laserschwerter. Wenn er wenigstens schon ein Ninja wäre. Er hätte dann einfach übers Wasser laufen und den Mörder überwältigen können. Zumindest konnten das die Ninjas in den Computerspielen. Beim Ninjutsu-Training war Kevin allerdings bereits klar geworden, dass so etwas leider ins Reich der Märchen gehörte. Er erinnerte sich an das letzte Training. Natürlich! Seine neue Freundin von der Kriminalpolizei, sie würde ihm ganz sicher zuhören und sich nicht über ihn lustig machen! Kevins schlechte Stimmung verwehte mit dieser Erkenntnis und er spürte, wie sein Magen knurrte. Er stand auf, öffnete die Tür und rief nach unten: „Ist noch was zu essen da?"

Wilhelm legte den Stift beiseite, mit dem er gerade ein Kreuzworträtsel löste, und schaute Ursula lächelnd an, er gab sich keine Mühe, seinen Triumph zu verbergen. „Siehst du."

Ivan stand vor dem Empfangstresen der Klinik. Die Angestellte dahinter richtete ihre müden Augen auf ihn. Der Tag hatte sich für sie lang gezogen, wie ein alter Kaugummi unter der Fußsohle; die Besucher trieben sie heute fast in den Wahnsinn. „Was kann ich für Sie tun?", leierte sie ihren Spruch her. Ivan hielt ihr einen Umschlag entgegen, „Ich habe hier eine dringende Lieferung für Herrn John McFerrow. Die Ware wurde extra per Privatkurier verschickt und ich muss sie ihm persönlich übergeben." Den Umschlag hatte Ivan kurz zuvor aus einem Mülleimer an der Bushaltestelle gefischt. „Moment, ich schaue mal nach", erwiderte die Frau, ohne sich die Mühe zu machen, den Umschlag anzuschauen.

Hinter Ivan öffnete sich die Eingangstür und Kathrin kam herein, sie ging ein wenig schleppend, den Blick nach unten gerichtet.

Kathrin ging am Infostand vorbei, da hörte sie, wie die Angestellte dem Besucher vor ihr mitteilte: „Tut mir leid, ein John McFerrow ist kein Patient in unserm Haus." Sie blieb stehen, drehte sich langsam um und studierte den Mann, der offensichtlich nach John fragte. Sie kannte ihn, es fiel ihr aber nicht ein woher.

Ivan spielte den Überraschten: „Das kann nicht sein! Die Bestellung ist am Donnerstag hier aufgegeben worden!" Die Frau hinter dem Tresen stöhnte leise vor sich hin. „Ja, das kann ja alles sein, aber jetzt gibt es keinen McFerrow hier." Ivan erkannte, dass er eine andere Schiene fahren musste, wenn er an Johns Adresse kommen wollte. „Mein Chef bringt mich um, seine Devise ist es, dass alle Sendungen an den Empfänger gebracht werden, wie auch immer. Er hat den Film *Verschollen* mit Tom Hanks gesehen, seitdem meint er, was der kann, können wir schon lang. Kennen Sie *Verschollen*?" – „Ja, das ist doch der, wo der immer mit dem Ball redet, nicht wahr?" Ivan nickte, „Genau der! Da wissen Sie ja, wie mein Chef tickt." Die Angestellte legte ihren Kopf schief und schaute ihn mitleidig an. „Ich kann verstehen, wie das mit so einem Chef ist. Bevor ich hier anfing, hatte ich auch so einen Idioten. Aber ich kann Ihnen nicht helfen." Ivan nickte verstehend. „Schon klar, ich will ja auch nicht, dass Sie Ärger bekommen." Er ließ seine Schultern hängen und drehte sich langsam um, als wollte er geschlagen davonziehen.

Kathrin beobachtete die Situation aus einer Ecke hinter dem Fahrstuhl. Der Mann drehte sich um und sie erkannte ihn: Er hatte sie heute Vormittag beim Joggen im Park nach dem Weg gefragt. Wieso erkundigte der sich jetzt nach John und gab sich als Kurier aus? Und hatte er da nicht noch mit einem starken Akzent gesprochen? Kathrins Stirn legte sich in Falten. *Da stimmt was nicht!* Gespannt verfolgte sie mit, wie sich die Sekretärin verschwörerisch nach allen Seiten umschaute.

„Einen Augenblick, ich darf Ihnen zwar nicht sagen, ob dieser McFerrow hier ein Patient ist oder war", sie scrollte durch die Patientenliste der letzten Tage und entdeckte etwas. „Aber ich kann Ihnen sagen, dass ein John McFerrow im Ozeaneum arbeitet." Ivan strahlte sie mit dem schönsten Lächeln an, das er hinbekam. „Sie sind ein Schatz, wenn ich das nächste Mal in der Stadt bin, lade ich Sie auf einen Kaffee ein!" Die Frau errötete, „Das wird nicht gehen, ich bin verheiratet!" Ivan nickte ihr geheimnisvoll zu, „Das ist dann unser zweites Geheimnis!" Er warf ihr einen Luftkuss zu, drehte sich um und verschwand. Die Frau hinter dem Tresen schaute ihm fasziniert hinterher, ihre Lethargie verflog und sie musste einen Knopf ihrer Bluse öffnen: Hitze stieg in ihr auf, bei dem Gedanken, sich mit diesem Mann zu treffen.

Auch Kathrin guckte dem Mann hinterher, instinktiv spürte sie, dass er eine Gefahr für John bedeutete! Sie kramte ihr Handy aus der Handtasche, stellte aber gleich fest, dass der Akku leer war. Sie schniefte genervt, das passierte ihr in letzter Zeit häufig. Die Fahrstuhltür öffnete sich und eine ältere Dame schob ihren Rollator hinaus. Kathrin nutzte die offene Tür und huschte hinein. Auf der Station lag ein Ladegerät bereit. Nur kurz das Handy anstecken, dann könnte sie John von ihrer seltsamen Beobachtung berichten und bei dieser Gelegenheit gleich dessen Stimme wieder hören.

John dachte in diesem Augenblick an alles andere, nur nicht an Kathrin. Er stand eng umschlungen mit Linda vor dem Eingang des Hauses und beschäftigte sich damit, ihre makellosen Zähne mit der Zunge zu erforschen. Sie fühlte ganz deutlich seine Erregung in der Hose. Sie stand kurz davor, ihren Vorsatz aufzugeben, nicht gleich beim ersten Mal mit ihm zu schlafen. „Oh, John", stöhnte sie. John schnappte kurz nach Luft und erwiderte ein gehauchtes: „Linda." Ob er überhaupt genug Kondome in der Wohnung hatte?

In diesem Augenblick klingelte sein Telefon. „Ahr", knurrte er missmutig und ignorierte das Klingeln.

Da der Anrufer aber nicht aufgab und nach einer kurzen Pause wieder anrief, löste er sich von ihr und schaute auf das Display: eine Nummer aus O'ahu. „Sorry", stammelte er und nahm den Anruf an.

Linda ihrerseits war nicht böse über diese Unterbrechung. Sie sah es als ein Zeichen, sich jetzt besser auf den Heimweg zu machen.

John lauschte in den Hörer, verstand allerdings nichts, es rauschte und knackste nur. „Hello? Hello? Sorry, I can't hear you! Hello, please try again!" John legte auf und drehte sich zu Linda. Diese setzte, zu seiner Verwunderung, ihren Helm wieder auf und startete den Motor. „Was …?" Sie lächelte ihn spitzbübisch an. „Wir sehen uns morgen, ich ruf dich an!" Sie gab ihm noch einen flüchtigen Kuss, schwang sich auf ihr Moped und verschwand. John verstand überhaupt nichts mehr. Er war sich so sicher gewesen, dass sie eben noch mit ihm ins Bett wollte. Woher kam dieser plötzliche Stimmungsumschwung? Kopfschüttelnd schloss er die Haustüre auf und ging nach oben.

Kurz vor der Wohnungstür blieb er stehen, klang da nicht Musik aus seiner Wohnung? John grübelte, hatte er vergessen, das Radio auszuschalten? Verunsichert schloss er die Tür auf und schlich vorsichtig hinein.

Er lief ins Wohnzimmer. Er hatte sich nicht geirrt, die Musikanlage spielte leise seine Lieblingsmusik. John ging zum Receiver und schaltete ihn aus. „Gefällt dir die Musik nicht mehr?", hörte er eine Stimme hinter sich sagen. Überrascht drehte er sich um. Vor ihm stand ein hübsches, braun gebranntes, dunkelhaariges Mädchen: Britney Williams, seine Ex! Sie hielt eine Dose Cola in der Hand und schaute ihn vorsichtig lächelnd an. John verschlug es für einen Moment die Sprache, dann schluckte er. „Wie kommst du, ich meine, was machst du hier?" Britney antwortete nicht, sondern lief auf ihn zu und umschlang ihn mit ihren Armen. „Ich hab mir Sorgen um dich gemacht! Als ich von deinem Unfall hörte, ist mir fast das Herz stehen geblieben." John löste sich aus ihrer Umarmung. „Das ist wahnsinnig nett von dir, aber muss ich dich daran erinnern, dass wir nicht mehr zusammen sind?" Britney versuchte, ein unschuldiges Gesicht zu machen. „Ja, ich weiß, aber als ich mir Sorgen um dich gemacht habe, da hab ich erst gemerkt, wie sehr du mir fehlst." John verstand überhaupt nichts mehr. „Britney, *du* hast mit *mir* Schluss gemacht, hast du das vergessen?" Britney kam erneut auf ihn zu, sie schaute ihn von unten mit großen Kulleraugen an. „Ja, und es tut mir wirklich leid! Ich bin hier, um alles wieder in Ordnung zu bringen." John drehte sich um, lief in die Küchenecke, goss sich ein Glas ein und trank es in einem Zug aus. Dann füllte er die Hände mit Wasser und kühlte sich ab, langsam drehte er sich zu Britney. „Willst du sagen, dass du wieder etwas mit mir anfangen willst?" Sie nickte. „Kannst du mir verzeihen?" John wischte die feuchten Hände in den Haaren ab. „Das glaub ich jetzt nicht!", sagte er dabei mehr zu sich selbst. Britney bekam es mit. „Doch, du kannst es mir glauben! Ich …" Das Klingeln von Johns Handy unterbrach sie. Er warf einen kurzen Blick drauf und sah, dass es die Nummer von Kathrin war. In jedem anderen Augenblick hätte er sich über ihren Anruf gefreut, nur jetzt passte es ihm nicht in den Kram. Hastig drückte er ihre Nummer weg.

Kathrin hörte die Ansage von Johns Anrufbeantworter. Enttäuscht, dass sie ihn nicht an den Apparat bekam, hinterließ sie eine Nachricht auf dem AB. „Hi, John, ich bin's, Kathrin. Du, ich wollte dir nur sagen, dass sich hier im Krankenhaus ein komischer

Typ nach dir erkundigt hat. Ich hab keine Ahnung, was der von dir will, aber ich hab da so ein seltsames Gefühl. Na, ich dachte, ich sag dir mal lieber Bescheid, vielleicht hast du ja eine Idee, was das bedeutet." Sie atmete einmal tief durch. „Ach, und noch was, ich weiß nicht, ob ich es am Montag schaffe, du bist mir doch nicht böse, wenn ich unser Date verschieben muss? Ich sag dir aber noch Bescheid, okay? Du kannst mich jederzeit zurückrufen, ich bin im Krankenhaus und schiebe eine extra Nachtschicht. Tschüss. Hier war Kathrin." Sie drückte den roten Knopf, der das Gespräch beendete. Dann steckte sie ihr Handy wieder ans Ladekabel. Sie pickte sich eine Zeitschrift aus einem großen Stapel auf ihrem Tisch und lehnte sich zurück, um es sich auf dem Schreibtischstuhl gemütlich zu machen, doch da blinkte auf dem Computerbildschirm vor ihr eine Zimmernummer auf. „Na super!", maulte sie vor sich hin und verließ den Raum, um nach dem Patienten zu schauen.

Ivan streckte die Arme und Beine aus, er lag auf einem etwas zu kleinen Bett und schaute aus dem Fenster auf die Rückseite des Ozeaneums. Die freundliche Vermieterin der Pension hatte er zum Schein nach den Sehenswürdigkeiten von Stralsund ausgefragt. Besonders horchte er sie über das Ozeaneum aus, die Frau gab ihm bereitwillig Auskunft und freute sich darüber, dass Ivan gleich für drei Tage im Voraus zahlte. Ob dieser John McFerrow morgen überhaupt arbeitete, wusste Ivan nicht, aber er wollte auf alle Fälle einen Versuch wagen.

Ivan wendete den Blick vom Ozeaneum ab und langte nach der Zigarettenschachtel auf dem Nachtisch. Darauf stand jetzt nicht nur der Name von Thomas, sondern es waren noch die von zwei weiteren Personen dazugekommen: John McFerrow und Kathrin Hillmer

– die Namen, die Thomas Mitscherling unter der Folter ausgespuckt hatte. Sollte er in den kommenden zwei Tagen bei dem Mann zu keinem Ergebnis kommen, wäre die Frau das nächste Ziel. Der Gedanke, diesen John auf dessen Arbeitsstelle zu treffen, bereitete Ivan ein wenig Unwohlsein. Aber seit dem Telefonat mit Kostrakowitsch vor zehn Minuten wusste er, dass ihm die Zeit davonrannte. Wladimir hatte bereits seine Ablösung in Gang gesetzt. Die Zwillinge waren Ivan in der Vergangenheit schon ein paar Mal über den Weg gelaufen. Ivan musste um jeden Preis verhindern, dass die beiden den Ruhm einheimsten, nachdem er die ganze Vorarbeit leistete. Ivan stieß es sauer auf bei dem Gedanken, dass Wladimir ihm die Schuld dafür gab, dass die Lieferung nicht ordnungsgemäß eingetroffen war. Warum hatte dieser Mitscherling seine Nase in Angelegenheiten stecken müssen, die ihn in keiner Weise etwas angingen?!

Ivan wollte sichergehen, dass er nichts übersah, was die Zwillinge dann finden konnten. Er erhob sich vom Bett und ergriff ein weißes Blatt, das auf dem kleinen Schreibtisch lag. Auf diesem prangte der aufgedruckte Briefkopf der Pension mit der Losung *Grüße aus Stralsund, der Urlaub der besseren Art*. Ivan schnaubte verächtlich, er hatte noch nie im Leben Urlaub gemacht. Er öffnete den billigen Plastikstift, auf dem ebenfalls der Name der Pension stand, und begann alles, was ihm Thomas Mitscherling vor dem Tod gesagt hatte, aufzuschreiben. Ivan vollzog den Weg nach, den das Fass genommen hatte, die beteiligten Personen und eine ungefähre Zeitlinie. Als er fertig war, wollte er den Zettel zusammenfalten, doch er hielt kurz inne. Was, wenn Thomas die Wahrheit gesagt und er, jener John und diese Kathrin nichts mit dem Verschwinden der Ladung zu tun hatten?

Dann bestand auch die Möglichkeit, dass das Kästchen auf dem Schiff oder sogar erst im Hafen von Sankt Petersburg verschwunden war.

Genau so gut konnte es jemand auf dem alten Betriebsgelände entwendet haben, hatte das Fass doch eine Ewigkeit dort in der Erde gesteckt.

Ivan stand auf und goss sich ein Glas Wasser ein, er steckte in einer Zwickmühle. Wenn er in den drei Tagen keinen Erfolg hatte, wäre es töricht, nach Sankt Petersburg zurückfahren, dort wartete nur der Tod auf ihn. Hastig trank er das Glas aus, dann fing er an, sich einen Plan B auszudenken, für den Fall, dass er verschwinden musste. Denn Wladimir hatte den Zwillingen garantiert auch genaue Anweisungen erteilt, wie sie verfahren sollten, falls er versagte. Selbst wenn Ivan es schaffte, die Gromov-Brüder zu eliminieren, Wladimir würde neue Killer schicken und früher oder später wäre er fällig. In der Vergangenheit war er selbst häufig genug Teil der anderen Partei einer solchen Menschenjagd und er wusste, dass es für die Opfer nur eine Richtung gab: den Weg auf den Friedhof, vorausgesetzt die Leichen wurden gefunden.

Ivan wischte diese Gedanken beiseite, er musste morgen erfolgreich sein! Er starrte auf den Zettel, dann zündete er ihn mit einem Streichholz an, schmiss ihn lodernd ins Waschbecken und betrachtete in sich versunken, wie er sich in Asche verwandelte, las noch einmal *Grüße aus Stralsund, der Urlaub der besseren Art*, bis auch das den Flammen zum Opfer fiel. Dann spülte Ivan den Rest hinunter.

Britney lag enttäuscht mit offenen Augen auf der Couch. In ihrer Vorstellung war das Wiedersehen mit John anders abgelaufen. So verzweifelt, wie er bei ihrer Trennung gewesen war, hatte sie sich der Illusion hingegeben, dass er sie sofort dankbar in seine Arme nähme, wenn sie vor ihm stünde. Stattdessen sagte er ihr nur, dass es nicht so einfach wäre. Und dafür reiste sie eine Ewigkeit an einen Ort, der für sie am Arsch der Welt lag? Was war mit John passiert? Gab es eine andere Frau? Selbst wenn, Britney hätte nicht einmal das Recht, es ihm vorzuwerfen, schließlich war sie es gewesen, die ihn damals in den Wind geschossen hatte.

Britney wollte nicht gleich mit dem Mann zusammen bleiben, mit dem sie das erste Mal in ihrem Leben Sex hatte. Sie fürchtete sich, so zu werden wie ihre Mutter. Diese war mit dem ersten Mann zusammengeblieben und war so unglücklich! Nach John trieb Britney es dann hemmungslos, aber so oft sie auch mit einem anderen Mann schlief, ohne Liebe fehlte ihr der letzte Kick. Sie vermisste etwas oder besser gesagt: jemand, und dieser jemand, glaubte sie, war John. Dumm nur, dass John das Land verlassen hatte und in Europa untergetaucht war. Die Hoffnung, ihn wiederzu-sehen, entschwand langsam, bis Johns Mutter völlig hysterisch anrief und ihr erzählte, dass ihr Junge nach einem schweren Unfall im Krankenhaus lag. Britney ließ sich sofort seine Adresse geben, angeblich, um ihm Genesungswünsche zu senden. Sie beantragte Urlaub und buchte den nächsten Flieger nach Deutschland.

Da John nicht zu Hause war, gab sie sich vor dessen Vermieterin als seine Cousine aus, was diese ihr auf-grund der Sprache auch sofort abgekaufte. So weit, so gut, doch dann der Reinfall beim Wiedersehen mit *John!*

Britney schnaufte vor sich hin: Sie würde nicht nach Hause fahren, bevor John ihr verzieh und sie wieder zusammenkamen – sie wollte ihn unbedingt zurück!

Auf Lindas Gesicht lag ein Lächeln. Sie war verliebt, daran gab es für sie keine Zweifel mehr. Ein wenig bedauerte sie es, dass sie nicht gleich mit ihm auf seine Wohnung gegangen war. Aber so war es sicher besser für sie beide.

Viele ihrer vorherigen Beziehungen waren sofort wieder zerbrochen, und das nur, weil sie beim ersten Date mit den Typen ins Bett sprang.

Linda starrte auf ihr Handy, sie zwang sich, John nicht gleich noch einmal anzurufen. Nur eine SMS tippte sie mit zitternden Händen: „Schlaf gut, ich träum von dir! Herzchen smile." Stellvertretend für John küsste sie ihr Telefon, dann schaltete sie die Nachttischlampe aus. Sie schloss die Augen, umarmte ihr Kissen und stellte sich vor, es wäre John. Ein Lächeln umspielte ihre Lippen, als sie einschlief.

Kathrin dachte nicht an Schlaf. Jedes Mal, wenn sie sich für einen Moment ausruhen wollte, rief sie ein Patient aufs Zimmer. Sie reimte sich langsam zusammen, warum sich die Kollegin, die sie vertrat, krankgemeldet hatte. Völlig gestresst von den Einsätzen fiel ihr plötzlich auf, dass John sich noch nicht auf ihren Anruf zurückgemeldet hatte. Entweder interessiert es ihn nicht oder er hat die Mailbox noch nicht abgehört, grübelte sie. Was, wenn ich nur einfältig bin und es nichts Ungewöhnliches gab an dem Mann, der sich an der Rezeption nach John erkundigt hat? Weiter kam sie nicht in ihren Überlegungen, denn diesmal leuchtete die Rufanzeige von gleich zwei Zimmern auf. Tief durchatmend rannte sie aus dem Schwesternzimmer.

John, um den sich im Moment alles zu drehen schien, lag derweil entspannt im Bett. Nachdem er Britney gesagt hatte, dass es nicht einfach für ihn sei, war er gegangen, ohne ihr etwas von den anderen Frauen zu berichten. Dass sie ihn zurückwollte, irritierte ihn und schmeichelte ihm gleichzeitig. Er verdrängte den Gedanken an sie und ging, mit dem Blick auf die Schattenspiele des Mondlichts an der Wand, durch, was er für die nächsten Tage plante. Er hatte vor, sich mit Kathrin zu treffen, und er wollte auch Linda wiedersehen. Mit der Einsicht, ein glücklicher Mann zu sein, der gleich zwischen drei Frauen wählen konnte, verabschiedete er sich in Morpheus' Arme.

Langsam wanderten die Schatten durch den Raum. Das Fensterkreuz zeichnete ein Abbild auf Johns Bettdecke, wie ein Unheil kündender Vorbote der kommenden Tage.

Kapitel 4

Sverre Fischer machte seinem Namen alle Ehre. Es gab keinen Tag im Jahr, an dem er nicht mit der Barkasse rausfuhr, um die Netze einzuholen. Auch heute, an diesem Sonntagmorgen, fischte er seit vier Uhr. Gegen elf wollte er dann wie immer nach Barhöft fahren, um dort die Fische direkt vom Schiff zu verkaufen. Der Lehrling, Fink Polzin, hatte sich wegen einer Grippe krankgemeldet. Sverre glaubte allerdings nicht, dass Fink arbeitsunfähig war. Der junge Bursche hatte es nur wieder richtig krachen lassen und feierte deswegen blau. In Sverres Jugend war es nicht anders gewesen, nur dass sich nicht so oft die Chance dazu ergeben hatte. Er war Matrose bei der DDR-Fischfangflotte gewesen. Auf dem Trawler, auf dem er lernte, musste man schon mit dem Kopf unter dem Arm ankommen, um vom Schiffsarzt ein oder zwei Tage krankgeschrieben zu werden. Damals hieß es immer: „Wer saufen kann, der kann auch arbeiten!", und an diese Devise hielt er sich bis heute.

Die Netztrommel stockte. Sverre stoppte den Motor, er wollte nicht, dass das Netz zerriss, nur weil sich wieder mal ein großes Stück Treibgut darin verfangen hatte. Er ging nach achtern, um zu sehen, was diesmal die Arbeit sinnlos verlängerte. Er kiekte über die Reling und fluchte sofort los: „Verdammte Scheiße! Oh Mann, ich könnt kotzen! Jetzt darf ich meinen ganzen Fang wegschmeißen. Warum passiert so was immer nur mir?!" Denn in dem Netz hingen nicht etwa ein Baumstamm oder die Überreste eines gesunkenen Schiffes. Nein! Er blickte auf den ausgestreckten Arm eines Menschen und daran, da war Sverre sicher, hing noch der Rest des Toten!

Wladimir ließ das eiskalte Wasser der Dusche solange an sich herablaufen, bis er seine Haut nicht mehr spürte. Doch so sehr er auch versuchte, zurück in die Gegenwart zu kommen, es gelang ihm nicht. Ein schrecklicher Traum, aus dem er schweißgebadet erwacht war, verfolgte ihn gnadenlos. Wieder und wieder kamen die grausamen Bilder in ihm hoch. Straßen verstopft mit toten Menschen; Abertausende Leichen starrten ihn mit gebrochenen Augen an; Ratten, die an den Gesichtern der verwesenden Körper nagten. Besonders der Anblick eines kleinen Mädchens, das sich verzweifelt an eine Puppe klammerte, fraß sich in sein Gehirn. Wladimir brüllte unter der Dusche: „Hör auf, hör auf! Es muss sein, es muss doch sein!" Er schlug auf den Hebel der Mischbatterie, um das Wasser zu stoppen, dann rutschte er langsam an der Verkleidung der Duschabtrennung hinab. Wladimir schlug die Hände vor die Augen und schüttelte verbissen den Kopf. War er überhaupt bereit, das größte Ungeheuer zu werden, das die Menschheit je gesehen hatte? Wladimir fing an, vor Kälte zu zittern. Langsam erhob er sich und trocknete sich ab. Immer noch frierend zog er seine Hose an. Das Handy fiel aus der Tasche und begann noch im Fallen zu klingeln. Im Aufheben checkte er das Display, es zeigte keine Nummer an. Wladimir zögerte, bevor er schließlich doch den Anruf annahm. „Da?", meldete er sich auf Russisch. Bei der Stimme von Ramsan Achmed Bassajew versteinerte sich sein Gesicht. „Wie lange muss ich noch warten?", fragte dieser. „Keine Sorge, ich stehe zu meinem Wort." – „Da bin ich mir sicher!", gab der Tschetschene scharf zurück. „Wir könnten uns der Sache auch selbst annehmen! Vielleicht wäre es wirklich das Beste, wenn ich ein paar meiner Männer nach Stralsund schickte!" Wladimirs Augen verengten sich, das Geheimnis, wo sich seine Trumpfkarte befand, war keins mehr. Ramsan musste spüren, was in ihm vorging, denn er sagte: „Wladimir, mein Freund, es sollte doch keine Geheimnisse zwischen uns geben. Die Zwillinge zu schicken, war, wie soll ich sagen, zu offensichtlich. Die beiden kennt nun mal jeder." Wladimir schniefte verächtlich des Fehlers wegen, den er begangen hatte. „Gut, damit ist ja alles klar, ich bin sicher, die Gromows gehen die Sache richtig an! In zwei Tagen starten wir!" – „Ganz bestimmt, so oder so!", Ramsan legte auf.

Obwohl es noch früh am Morgen war, ging Wladimir zum Kühlschrank und goss sich ein Glas Wodka ein. Er trank es in einem Zug leer, dann blieb er regungslos stehen: Er hatte sich mit dem Teufel eingelassen und brauchte sich jetzt nicht zu wundern, dass er seine Seele verlor. Mit der Faust schlug er sich gegen die Stirn. Er wollte doch nur der Heimat, die Wolodjin so schmählich verriet, zu alter Pracht verhelfen. Bei dem Gedanken an den Präsidenten fand er die Fassung wieder. Doch diesmal war Wladimir sich nicht mehr sicher, ob er es noch schaffte, Wolodjin leiden zu sehen.

Johanna Sophia Elisabeth von Windheim schlug wütend nach ihrem Telefon. Sie hatte das erste Mal seit langer Zeit einen schönen Traum und ausgerechnet jetzt riss es sie an diesem Sonntag aus dem Schlaf. Sie schaute auf die Anzeige ihres Smartphones und erkannte die Nummer des Reviers. „Ja, was ist los?", raunzte sie missmutig in den Apparat. „Moin, tut mir echt leid, dich aus den Federn zu holen, ich weiß, dass du heute eigentlich freihast, aber ich erreiche den Polzin nicht." Johanna schniefte verächtlich, das sah Hauptkommissar Hannes Polzin ähnlich. Es war nicht das erste Mal, dass der einfach nicht ans Telefon ging, obwohl er Bereitschaft hatte. Erst vor zwei Monaten hatte der beim Saufen seinen Job vergessen.

„Okay, ich mach mich auf den Weg. Was is es denn?", fragte sie, während sie sich aus dem Bett hievte. „Ne Wasserleiche, du kannst sie dir in Barhöft angucken. Vermutlich mal wieder ein Angler, der zu viel gesoffen hat." – „Okay, das brauche ich echt am Sonntag. Bis später!" Damit legte sie auf und fing an, in ihre Kleider zu schlüpfen. Ihr Blick fiel auf den Wecker und sie verdrehte die Augen: erst drei viertel sieben! Johanna stellte sich unter die eiskalte Dusche, bis das Gefühl eintrat, wach genug zu sein. Tropfnass huschte sie aus der Kabine, um sich abzutrocknen, erinnerte sich aber nicht, wo das Handtuch abgeblieben war. Sie fand es schließlich unter ihrem schwarzen Trainings-Gi, den sie achtlos ins Bad geschmissen hatte. Aus ihrem Vorhaben, den Anzug heute zu waschen, wurde nichts.

Kevin verspürte gute Laune, obwohl er gegen die Müdigkeit ankämpfte. Der Verdacht, einen Mord beobachtet zu haben, hatte ihn schlecht schlafen lassen. Doch morgen, beim Training, würde er all seine Beobachtungen Johanna, der Polizistin, anvertrauen. Zudem hatte Oma ihm Pudding zum Frühstück gekocht, den er genussvoll spachtelte. Vanillepudding war Kevins absolute Lieblingsspeise, am liebsten ließe er sich eine Badewanne davon volllaufen, um darin zu baden. Er grinste bei dem Gedanken, wie er in der gelben Masse untertauchte und sich den Bauch vollschlug. Die Großeltern schauten ihm beim Schlemmen zu und tauschten verstohlene Blicke. Großvater Wilhelm tippte sich leicht an die Nasenspitze, was so viel bedeutete, wie: Siehst du, ich hab doch gesagt, dass alles wieder in Ordnung kommt, du machst dir einfach zu viele Sorgen. Ursula ging aber nicht darauf ein. „Möchtest du noch ein Schälchen Kevin? Ich hab extra mehr gekocht." Der Junge nickte erst, schüttelte dann aber zur Überraschung seiner Oma den Kopf, obwohl er gerne einen ganzen Topf davon verdrückt hätte. Ihm fiel sein Vorhaben ein, die alte Form wiederzubekommen, um nicht mehr als dickes Marshmallowmännchen das Gespött der Klasse zu sein. „Nein, danke Omi, ich kann nicht mehr, es ist total lecker und ich esse es ganz sicher später! Wann wollen wir los?" Kevin war zwar bereits ein Dutzend Mal im Ozeaneum gewesen, aber es gefiel ihm so gut dort, dass er überhaupt kein Problem damit hatte, schon wieder zu gehen. Wilhelm schaute auf die alte Küchenuhr. „Es ist grad mal halb neun, die Ausstellung macht erst halb zehn auf. Wir machen uns also alle entspannt fertig, und wenn ich dann meine Morgensitzung beendet hab, gehen wir", legte er fest. Kevin stand auf: „Dann verschwinde ich besser als Erster im Bad!", sagte er grinsend. Nach dem Opa wäre es aussichtslos, ins Bad zu gehen, ohne an einer Gasvergiftung zu sterben. Oma Ursula schloss sich ihm an: „Und dann ich! Kammerjäger spielst du bitte nach mir!" Wilhelm lachte: „Na gut, immerhin hast du bestimmt noch nie Ungeziefer in unserm Bad gesehen!" Kevin verließ die Küche, Ursula räumte das Geschirr weg und Wilhelm widmete sich dem Zahlenrätsel aus der Sonntagszeitung. Es versprach, ein schöner Tag zu werden.

Johanna betrachtete die Leiche des toten Mannes. Wie es schien, hatte die Zentrale mit ihrer Aussage ins Schwarze getroffen. Es wäre nicht das erste Mal, dass ein Angler vergessen hatte, das Meer mit Respekt zu behandeln, und stattdessen das Boot in eine Kneipe verwandelt. Johanna empfand allerdings kein Mitleid, für sie war es angewandter Darwinismus: die Fortführung der natürlichen Auslese.

Der Leichnam konnte noch nicht allzu lange im Wasser gelegen haben. Aber wieso trieb der Körper, trotz fehlender Verwesungsgase, bereits wieder oben? Johanna fasste den Toten noch nicht an, sie wartete der Form halber ab, bis der diensthabende Arzt den Totenschein ausfüllte. Ein Auto fuhr vor, eine Ärztin stieg aus dem Wagen des Fahrdienstes, guckte herüber und ließ ihre Arzttasche gleich im Auto. Frau Doktor Fest nickte Johanna grüßend zu, sie kannten sich. „Na, heute auch die A-Karte gezogen?", fragte Johanna sie. „Gibt Schlimmeres. Am Tag Dienst zu haben, ist noch erträglich, nachts ist es scheußlicher!" Damit bückte sie sich zur Leiche. Sie zog sich Gummihandschuhe über und berührte den Mann am Hals, da, wo die Halsschlagader verlief. Mit Galgenhumor verkündete die Ärztin: „Tot ist er!" Johanna nickte. „Bestimmt ersoffen, nachdem er zu viel geso…", sie verschluckte den Rest des Wortes, denn sie hatte sich gewaltig geirrt! Frau Doktor Fest kippte den Kopf des Anglers etwas nach hinten: Die Todesursache war mit an Sicherheit grenzender Wahrscheinlichkeit nicht Alkohol! Der Mund des Toten war mit Angelhaken durchbohrt und am Hals des Mannes verlief ein langer Schnitt von einer Seite zur anderen. Die Ärztin verzog ihr Gesicht. „Die Todesursache wird wohl massiver Blutverlust sein, aber Genaues werden die Kollegen in Greifswald rausfinden müssen." Johanna nickte, die letzte Hoffnung, noch ein wenig den Sonntag genießen zu können, löste sich gerade in Luft auf. Hier handelte es sich um Mord, und der beschäftigte sie sicher die nächsten Tage, wenn nicht Wochen. Sie verfluchte ihren Kollegen Polzin, es wäre sein Fall gewesen!

John war geduscht und fertig angezogen. Er stand im Wohnzimmer und betrachtete Britney, die tief und fest schlief. Das bliebe mit Sicherheit auch noch eine Weile so. Er hatte selbst unter den Auswirkungen des Jetlags gelitten und wusste, dass Britney bestimmt erst am

Nachmittag aufwachte. Sollte er sie wecken? So hätte sie eine Chance, den Jetlag schnell zu überwinden. John verspürte allerdings kein Verlangen danach, sich auf eine erneute Diskussion mit ihr einzulassen, und ließ sie schlafen. Und um ganz sicher zu gehen, ihr nicht über den Weg zu laufen, wollte John ins Ozeaneum, obwohl er erst in zwei Wochen wieder gesundgeschrieben war. John zweifelte nicht daran, dass man ihn auch am Sonntag herzlich willkommen hieße, kamen doch am Wochenende die meisten Besucher.

Leise zog John die Tür hinter sich zu und lief direkt in die Arme von Frau Sonneck, die ihn anstrahlte, als hätte sie soeben sechs Richtige im Lotto gehabt. „Na, ist die Überraschung gelungen? Ihre Cousine ist aber auch eine Nette!" Jetzt ging John ein Licht auf, wie Britney in seine Wohnung gekommen war. „Sie ist nicht …", setzte er an, unterbrach sich aber sofort, es ging die Vermieterin überhaupt nichts an, in welchem Verhältnis er zu Britney stand. „Ja, danke!" John drehte sich um und ließ die Frau stehen. Diese schaute ihm verwundert hinterher, ließ sich aber ihre gute Laune nicht nehmen. Sie wartete, bis sie das Klappen der Haustür vernahm, dann legte sie vorsichtig ein Ohr an Johns Wohnungstür und lauschte. Da sie aber nichts Interessantes hörte, drehte sie sich ein wenig enttäuscht um und ging die Treppe weiter hinunter, um die Sonntagszeitung für ihren Mann aus dem Briefkasten zu holen.

Ivan lag in einer Liegestützposition, dabei berührten nur die Daumen und die Zeigefinger den Boden und nur die großen Zehen hielten das Gewicht des schweren Mannes über dem Teppich. Langsam, kaum sichtbar, bewegte er sich auf und ab. Ivan trainierte seit einer halben Stunde, sein Körper glänzte von dem Schweißfilm darauf. Zum Abschluss drückte sich Ivan in einen Handstand, aus dem er mit einer geschmeidigen Rolle aufstand. Dann verschwand er im Bad des Pensionszimmers.

Frisch geduscht und angezogen griff Ivan fünfzehn Minuten später in den Rucksack und holte die Sig Sauer P226 heraus. Mit schnellen, geübten Handbewegungen baute er sie auseinander, begutachtete alle Teile und setzte sie ebenso zügig wieder zusammen. Im Anschluss schraubte er einen Schalldämpfer auf den Lauf. Ivan hasste Schalldämpfer, anders als in Filmen gezeigt, fiel die Dämpfung eher mager aus, außerdem verschlechterte sie die Zielgenauigkeit der Pistole. Ivan blieb aber keine Wahl, sollte er die Waffe in der Öffentlichkeit einsetzen müssen, war es so immerhin leiser. Er legte die Sig Sauer vor sich auf den Tisch und beförderte drei weitere Gegenstände aus dem Rucksack zutage. Zuerst ein imposantes Kampfmesser wie aus den *Rambo*-Filmen und dann ein zweites Messer, welches dagegen lächerlich klein wirkte. Es war ein Neck Knife, das er nach einem kurzen Test der Klinge wie ein Medaillon um den Hals hängte. Dem großen Messer widmete er etwas mehr Zeit. Er legte einen kleinen Schleifstein vor sich und strich mit der Klinge unzählige Male darüber. Erst als es ihm ohne jeden Widerstand gelang, die Schneide mit einem schnurgeraden Schnitt durch die Sonntagszeitung gleiten zu lassen, war er zufrieden. Er steckte das Messer zurück in die Scheide, dann wanderte es wieder in den Rucksack. Wenn alles gut ging, würde er keine der Waffen nötig haben, aber Ivan wollte sich auf alle Eventualitäten vorbereiten. Plötzlich fror er mitten in der Bewegung ein. Er drehte sich langsam um und warf einen Blick aus dem Fenster, da entdeckte er sie: Die Gromov-Zwillinge standen hinter dem Ozeaneum. Warteten sie auf ihn? Ivan runzelte die Stirn, er hatte niemandem seinen Standort durchgeben, nicht einmal Wladimir wusste, wo er übernachtet hatte! Ivan entspannte sich wieder. Die Zwillinge lungerten keineswegs seinetwegen da unten herum. Sie liefen geradewegs auf das kleine Imbissschiff zu. „Die feinen Herren wollen es sich gut gehen lassen", dachte Ivan laut. Früher oder später musste er Kontakt zu ihnen aufnehmen. Aber er würde diesen unvermeidlichen Schritt erst gehen, wenn er das Kästchen in seinen Besitz gebracht hatte. Bis dahin wollte er alleine arbeiten, wie sonst auch. Im Falle, dass er den Auftrag nicht erfolgreich beendete, musste Ivan zusehen, wie er aus der Schusslinie der Geschwister kam. Ivan streifte den Ärmel über der Uhr hoch: kurz nach neun. Bevor es losging, wollte er noch ein kräftiges Frühstück einnehmen, denn mit vollem Bauch tötete es sich besser. Leise vor sich hinpfeifend ging er hinunter zur Vermieterin der Pension, die ihn bereits erwartete.

Kathrin schlich müde nach Hause. Die Patienten hatten sie die ganze Nacht wach gehalten. Ihr graute es bei dem Gedanken an die nächste Nachtschicht, aber besonders Bammel hatte sie vor dem Montag, an dem sie dann in die Tagschicht wechseln musste. In ihrem müden Geist tauchte das Abbild von John auf und löste ein flaues Gefühl in ihr aus. Wieso hatte er nicht auf ihren Anruf reagiert? Hatte sie mit ihrer blöden Taktik, ihn hinzuhalten, etwa alles vermasselt? Doch sie war einfach zu müde, um einen klaren Gedanken zu fassen. Endlich zu Hause angekommen fiel sie todmüde ins Bett. Statt aber einzuschlafen, starrte sie mit offenen Augen wie ein Opossum an die Decke. Nach gefühlten Stunden gewannen dann doch Schlafhormone in ihrem Körper die Oberhand und Kathrin glitt in einen unruhigen, von Albträumen gepeinigten Schlaf.

Linda strahlte über das ganze Gesicht. Sie fuhr mit ihrem Fahrrad auf der Sundpromenade zum DLRG-Vereinsgebäude. Der Vorsitzende hatte eine Versammlung einberufen, da es noch organisatorische Fragen für das kommende Sundschwimmen zu klären galt. Aber diese Probleme waren das Letzte, womit Linda sich im Augenblick beschäftigte. Ihre Gedanken kreisten allein um John. Verdammt, sie hatte sich in den Typen verliebt und das gefiel ihr nicht! Sie ängstigte der Kontrollverlust durch die Gefühle für John.

Linda bremste und hielt vor dem Stadtbad an. Es lagen bereits Badegäste auf ihren Decken, in der Hoffnung, von den ersten warmen Sonnenstrahlen etwas Farbe zu bekommen. Sie winkte den zwei Jungs zu, die heute auf dem Rettungsturm den Dienst verrichteten. Linda schloss ihr Fahrrad ab und betrat das Vereinsgebäude.

John hatte sich nicht geirrt: Sie empfingen ihn mit offenen Armen im Ozeaneum. Bei den Pinguinen fehlte es an Personal, er zog ein orangefarbenes Poloshirt an und begab sich auf den Weg aufs Dach. John fuhr die Rolltreppe hinauf und betrachte den langen Riemenfisch, der wie eine Kreatur aus einer Fantasiewelt an der Decke hing. Da quäkte es „John, bitte kommen" aus dem Funkgerät am Gürtel. Er ergriff es, drückte die Antworttaste und sprach hinein. „Ich bin ja schon on my way." – „Darum geht's nicht, schau mal hier runter John, da will dich jemand sprechen, er sagt, es sei dringend." John stieg von der Rolltreppe, ging zur Seite und spähte hinab in die Eingangshalle. Dort winkte ihm Daniel Buder zu, der an der Kartenkontrolle arbeitete. Neben ihm stand ein hoch gewachsener Mann, den John allerdings nicht kannte. Daniel zeigte mit dem ausgestreckten Arm in Johns Richtung. Der Unbekannte bedankte sich bei

Daniel, stieg die Treppe herauf, ging am gigantischen Walherz vorbei und bestieg letztlich die Rolltreppe. John hoffte, dass er den Mann erkannte, wenn er näher kam, wurde aber enttäuscht. Das Einzige, was er erkannte, war die Beule an der Jacke des Mannes. Dieser Typ trug eine Waffe bei sich! Sofort schrillten die Alarmglocken in Johns Kopf, er sah so etwas nicht zum ersten Mal. In der Kindheit war er einmal Zeuge bei einem Banküberfall gewesen. Die Räuber hatten damals genau solche Ausbuchtungen unter ihren Jacken, bevor sie ihre Knarren hervorholten. John unterdrückte den Impuls wegzulaufen. Er lebte schließlich im sicheren Deutschland. Noch besser: in der gemütlichen Stadt Stralsund. Hier trieben sich keine Verbrecher herum wie bei ihm auf Hawaii. Der Mann war sicherlich Polizist oder durfte aus einem anderen Grund eine Waffe tragen.

Ivan grinste innerlich. Das war zu einfach gewesen! Er hatte sich darauf eingestellt, diesen John stundenlang zu suchen, stattdessen servierte der sich ihm geradewegs auf einem silbernen Tablett. Das einzige Problem waren die Besucher des Ozeaneums, von denen es hier nur so wimmelte. Ivan wendete sich absichernd um. Hinter ihm stand ein kleiner, dicker Junge, der anscheinend mit den Großeltern einen Sonntagsausflug machte. Überrascht drehte Ivan sich zurück: Er kannte diesen Jungen! Deutlich sah er vor sich, wie er, auf der Suche nach Thomas Mitscherling, diesen Jungen nach dem Weg zum Hafen fragte. Er wagte noch einen zweiten Blick über die Schulter, doch der Junge zeigte keinerlei Anzeichen, ihn wiederzuerkennen.

Doch da irrte er sich! Kevin war der Mann bereits beim Betreten der Empfangshalle aufgefallen. Er dachte sich jedoch nichts dabei, warum auch, das Ozeaneum war beliebt, viele Besucher Stralsunds kamen hierher. Außerdem spielte er im Moment den Ausstellungsführer für Oma und Opa. Gerade klärte er die Großeltern darüber auf, was da für Geschöpfe über ihnen an der Decke hingen: „Mit einer Länge von sieben bis elf Metern sind diese Fische die längsten Knochenfische der Welt!", dozierte er souverän. Wilhelm und Ursula hörten ihm erstaunt und mit Stolz zu. Wenn er so gescheit daherredete, erinnerte er sie immer an ihren Sohn, der ebenfalls ein schlaues Kind gewesen war. Sie hofften inständig, dass Kevin eines Tages studierte, um dann ein berühmter Wissenschaftler zu werden.

John schaute dem Mann gespannt entgegen, der nach einer Fahrzeit von knapp einer Minute von der Rolltreppe herunterstieg und freundlich die Hand ausstreckte. „Guten Tag, Sie sind John McFerrow?" John ergriff die Hand. „Ja, der bin ich, und wer sind Sie, wenn ich fragen darf?" Ivan hielt die Hand immer noch fest, sodass John dessen stahlharten Griff spürte. „Mein Name ist Oleg Popov", log er ohne mit der Wimper zu zucken. Wäre John in Deutschland aufgewachsen, hätte er sich spätestens jetzt gewundert, denn jeder kannte den berühmten russischen Clown, dessen Namen Ivan unverschämterweise missbrauchte.

Und auch Kevin, welcher im Moment aus dem ausladenden Panoramafenster auf den Sund guckte, der im Sonnenlicht glänzte. Als der Name Oleg Popov zu ihm herüberklang, begann er aufmerksam zu werden. Zwar hatte er den Clown noch nie gesehen, aber er erinnerte sich, dass seine Mitschüler Oleg häufig damit aufzogen, den Namen eines Zirkusclowns zu tragen. Kevin kniff die Augen zusammen, um sich besser konzentrieren zu können und das Gespräch der beiden Männer deutlicher zu verstehen. Dabei fiel ihm auf, dass er auch den anderen Mann schon einmal gesehen hatte. Kevin erinnerte sich genau: Dieser wäre beinah mit dem Transporter des Nachbarn von Oleg zusammengestoßen, und dabei war ein Fass durch die Gegend gerollt. Kevin näherte sich langsam den beiden Männern. Seine Großeltern bemerkten unterdes nicht, dass er sich entfernte, sie beschäftigten sich damit, über die einzelnen Städte zu sprechen, deren Namen sie auf der Panoramascheibe lesen konnten. Sie erwähnten in diesem Augenblick Sankt Petersburg, welches 1.216 Kilometer von Stralsund entfernt lag. Hätte Kevin gewusst, dass einer der Männer ein Profikiller aus eben jener Stadt war, er hätte unter Umständen anders gehandelt, so aber rutschte er unmerklich immer dichter an die beiden heran und hörte, wie der eine sagte: „Ich freue mich, Sie gefunden zu haben! Ich glaube, Sie haben etwas, das einem Freund von mir gehört!"

John wurde die Situation unangenehm. Der Fremde, der sich Oleg Popov nannte, hielt seine Hand immer noch fest im Griff. „Ich habe keine Ahnung, wovon Sie reden, ich denke, Sie verwechseln mich mit jemandem. Und jetzt lassen Sie bitte meine Hand los!" Doch Ivan ließ nicht locker. „Sagen Sie mir, wo das Kästchen ist, und es wird niemandem etwas passieren!" John versuchte verzweifelt, die Hand zu lösen, er besaß zwar Kraft, hatte sich aber nie mit Selbstverteidigung beschäftigt. Zudem konnte er durch den Unfall im Moment seinen rechten Arm nicht gebrauchen. „Lassen Sie los, oder ich schreie das ganze Ozeaneum zusammen." – „Das lassen Sie lieber bleiben, Sie wollen doch sicher nicht, dass irgendjemandem hier etwas passiert!" Damit deutete Ivan mit der anderen Hand auf die Ausbuchtung seiner Jacke. Kevins Kinnlade klappte nach herunter. Unter der Jacke dieses ‚Oleg' steckte eine Waffe!

Ivan begann, John von der Balustrade wegzuziehen, um mit ihm in die Dunkelheit des Ausstellungsraums zu gelangen.

John versuchte verzweifelt, sich aus dem eisernen Griff des Mannes zu lösen, blieb aber erfolglos. Da meldete sich das Funkgerät und John hörte, wie er gerufen wurde: „Wo bleibst du denn, John? Hier ist die Hölle los und ich könnte echt Unterstützung gebrauchen!" Für den Bruchteil einer Sekunde lenkte der Funkspruch Ivan ab und John nutzte die Chance! Mit aller ihm noch zur Verfügung stehenden Kraft riss er die Hand aus dem jetzt leicht gelösten Griff, wobei ein heftiger Stich durch seine Schulter schoss.

Ivan schnappte sofort nach Johns Arm. Da geschah etwas, womit er trotz der hervorragenden Ausbildung beim Militär nicht rechnen konnte. Gerade, als er John zu fassen bekommen hätte, stieß ihn jemand von der Seite. Der Stoß war zwar nicht kräftig genug, um ihn aus dem Gleichgewicht zu bringen, reichte aber immerhin aus, um John knapp zu verpassen. John schaute ebenfalls verdutzt zu dem kleinen dicken Jungen, der ihm zur Hilfe geeilt war.

Kevin glaubte selbst nicht, was er da eben abzog. Es kam unvermittelt über ihn. Als er erkannte, dass der Bewaffnete versuchte, den jungen Mann gegen dessen Willen wegzuziehen, rannte er einfach los. Er prallte gegen eine Mauer, zumindest fühlte sich der Zusammenstoß mit dem Mann so an, und landete auf dem Hosenboden. John stammelte ein „Thank you", dann spurtete er los.

Ivan warf Kevin einen beängstigenden Blick zu, fluchte etwas auf Russisch und rannte dem Flüchtenden hinterher.

Ursula und Wilhelm kamen zu ihrem Enkel gelaufen und halfen ihm auf die Beine. „Was war das denn?", wollte Opa von ihm wissen. „Der Mann hat eine Waffe und wollte den anderen Mann wegziehen, da hab ich geholfen." Oma Ursula schüttelte über diese Antwort den Kopf. „Jetzt geht aber deine Fantasie mit dir durch. Du solltest wirklich nicht so viel Computer spielen!" – „Nein, ihr müsst mir glauben!", versuchte Kevin, die Großeltern zu überzeugen. Dann verstummte er: *Es hat ja sowieso keinen Sinn, keiner wird dir glauben, lass es lieber!*, flüsterte eine Stimme in seinem Kopf – die jedoch auf ein Mal vom lauten Bass Wilhelms übertönt wurde: „Wenn der Junge sagt, dass der Mann eine Waffe hat, dann wird das so sein!" Damit griff er nach dem Mobiltelefon. „Was hast du vor?", wollte Ursula wissen. Wilhelm schaut sie verwundert an, dann erwiderte er mit der Inbrunst tiefster Überzeugung: „Wenn hier einer mit einer Knarre rumrennt, muss die Polizei herkommen und das Ozeaneum räumen. Das ist doch selbstverständlich!" Jetzt war es Kevin, der stolz auf seinen Großvater war, der war ein Mann der Tat, und so wie er wollte er auch einmal werden.

John hetzte durch die Ausstellung *Weltmeere*. Normalerweise verweilte er dort immer für ein paar Minuten, wenn ihn das künstliche Rauschen des Meeres empfing. Jetzt hörte er weder das Rauschen, noch blickte er auf die majestätische Staatsqualle in der Vitrine; er wollte einfach nur weg von dem Mann mit der Knarre! Doch die dicht gedrängten Besucher hinderten ihn.

Ivan dagegen ließ sich nicht beeindrucken. Er bahnte sich brutal einen Weg und holte John ein. Er packte ihn am Rücken und schubste ihn gegen eine Vitrine. Die Scheibe der *Verborgenen Schätze* zerbarst und John krachte in die zerbrechenden, gläsernen Ausstellungsobjekte. Der präparierte Körper einer Krake ergoss sich über sein Gesicht. Für einen Moment sah er aus wie Davy Jones, der Tintenfisch-Kapitän aus *Fluch der Karibik*. Angewidert riss er die Krake herunter und schleuderte sie weg. Das tote Tier schlitterte über den Boden und landete vor einer sofort laut kreischenden Frau. Kaum von dem Getier befreit, griff John nach einem anderen zerbrochenen Präparat und schüttete die Brühe ins Gesicht des nach ihm greifenden Ivan. Die Flüssigkeit, in welcher zuvor der gepunktete Flitterfisch eingelegt war, war reines Ethanol: für den Augenblick war Ivan vollständig geblendet. John nutzte die Chance, befreite sich aus der Vitrine und gab Ivan einen Stoß, der ihn in die inzwischen versammelten Gaffer schleuderte.

Ivan brüllte vor Schmerz auf, der Alkohol brannte höllisch in den Augen. Rasend vor Wut griff er in seinen Rucksack und holte das monströse Kampfmesser heraus.

Jetzt begriffen auch die Zuschauer des absurden Spektakels, dass es hier gefährlich wurde, und rannten davon.

John hämmerte auf den Fahrstuhlknopf ein, doch es tat sich nichts! Ein Stockwerk tiefer beschäftigte sich eine ältere Dame damit, ihren Rollator hinauszuschieben. John guckte gehetzt über die Schulter. ‚Oleg Popov' schwang ein Messer hin und her und kam bedrohlich näher, obwohl es schien, dass er immer noch nichts sah. John rannte los, er wollte die Treppe hinunter zur Ostseeausstellung nehmen. Er wusste genau, wie viele Treppenstufen er jetzt laufen musste, hatte er sie doch jedes Mal gezählt. Das Wissen nützte ihm aber nichts, er stolperte nach vierundzwanzig Stufen, überschlug sich und rutschte auf dem Rücken in den

Ausstellungsraum. Die übergroßen Plastikexemplare des Planktons an der Decke glitten wie in Zeitlupe über ihm dahin. „Schaut euch den Loser an", kommentierte laut ein Junge aus einer Gruppe Halbwüchsiger, die seinen Sturz mitbekamen. Im Hochrappeln schoss ihm ein scharfer Schmerz durchs linke Knie. Hinkend lief John bis zu einem Schauglas voller ausgestopfter Robben; eine riss ihr Maul auf und versuchte eine ebenfalls präparierte Scholle zu erhaschen. Sinnloserweise ging es John, trotz der Gefahr, in der er schwebte, durch den Kopf, dass die Robbe den Fisch niemals mehr fangen würde. Hastig drehte er den Kopf, im Unterschied zu der ausgestopften Scholle würde er heute noch das Opfer eines Angreifers werden, wenn er sich nicht beeilte! Wie er befürchtete:

Der Mann mit dem Messer hetzte in diesem Moment die Treppe herunter, und er sah wieder! Den Schmerz im Knie verdrängend hinkte John weiter.

Ivan konnte in der Tat wieder sehen, wenn auch nur wie durch einen dichten weißen Nebel. Er verfluchte sich dafür, das Messer gezogen zu haben und sich so vollständig in der Öffentlichkeit zu verraten. Jetzt blieb ihm nicht mehr viel Zeit, bis die örtlichen Behörden eintrafen. Er musste diesen McFerrow vorher erwischen und die Information, wo das verdammte Kästchen war, aus ihm rausprügeln. Verschwommen erkannte er, wie sein Opfer, ein Bein leicht nachziehend, aus der Ausstellung rannte. Ivan hatte die Schnauze voll von diesem Katz-und-Maus-Spiel, er steckte das Messer weg und griff nach der Sig Sauer. Er würde John noch nicht töten, vorerst wollte er ihm nur einen Schrecken einjagen, in der Hoffnung, ihn zur Vernunft zu bringen und dieses unsägliche Rennen durch das Museum zu beenden. Ivan legte an und schoss.

John schrak zusammen, er spürte, wie etwas knapp an seinem Kopf vorbeizischte. Dann zerplatzte der Kopf eines Kormorans, der über der Nachbildung des Stralsunder Hafenbeckens thronte. Adrenalin schoss in John hoch, für einen Moment vergaß er den Schmerz und sprintete die Treppe hinab. Er wollte einen der Personaleingänge erreichen, dort hätte er eine Chance, den Verfolger abzuhängen. Ängstlich wagte er einen Blick nach hinten. Der Schuss hatte unter den Besuchern Panik ausgelöst, sodass es dem Verfolger schwerfiel, ihm durch die Menge zu folgen. John nutzte den Vorsprung. Er bog vor der *Kreideküste* links ab und landete vor dem erhofften Personaleingang. John griff gewohnheitsmäßig an seinen Hals, wo er immer den Schlüssel an einem Band trug, aber er fasste ins Leere. Er hatte völlig vergessen, dass er heute nur als Aushilfe arbeitete und deswegen auch keinen Schlüssel bekommen hatte. „God damn, Jesus, what the fuck …", fluchte John. Er spähte vorsichtig um die Ecke, vom Verfolger entdeckte er noch nichts. Der Frust über den Schlüssel ließ den Schmerz im Knie wieder aufflammen, mit schmerzverzerrtem Gesicht hinkte er weiter.

Ivan fluchte ebenfalls, nur auf Russisch. Es schien heute nicht sein Tag zu werden. Er war falsch an die Sache rangegangen: John in der Öffentlichkeit anzusprechen war einfach nur dumm gewesen! Und dann auch noch in der Gegend rumzuballern. Der Knall war trotz des Schalldämpfers noch laut genug, um alle zu erschrecken! Überall hingen Überwachungskameras, wenn er diesen Tag heil überstand, musste er untertauchen, so tief es ging!

Die nach dem Warnschuss in Panik geratene Menge drängte Ivan mindestens fünfzig Meter zurück. Nur mit Mühe schaffte er es endlich die Treppe hinab, über die John kurz zuvor geflüchtet war. Gut durchtrainiert und anders als John unverletzt, verringerte er den Abstand zur Zielperson in kurzer Zeit. Ivan blieb für einen Moment suchend stehen, da hinkte John hinter einer Ecke hervor. „Sehr geehrte Gäste, da wir zurzeit technische Probleme haben, möchten wir Sie bitten, die Ausstellung zügig zu verlassen. Bitte bleiben Sie ruhig und begeben Sie sich umgehend zu den Notausgängen!", hörte Ivan aus den Lautsprechern. Okay, jetzt war es nur noch eine Frage von wenigen Minuten, bis die Bullen eintrafen! Da schwappte es wie eine Welle über ihn, die Massen strömten zu den Ausgängen.

John hatte die Ansage ebenfalls gehört, in ihm breitete sich Hoffnung aus. Doch fürs Erste fiel es ihm ebenso schwer wie Ivan, sich durch die nach außen strömende Menge zu bewegen. Für einen Moment keimte in ihm das Verlangen auf, sich zwischen den Leuten zu verstecken und mit ihnen an seinem Verfolger vorbeizulaufen. Unverzüglich verwarf John diese Schnapsidee wieder, so etwas gelang vielleicht in einem Film, hier aber wurde scharf geschossen! Er wollte ganz sicher nicht schuld sein, wenn der Irre auf ihn schösse und dabei Unschuldige träfe. John behielt die Richtung bei und kämpfte sich hinter die nächste Ecke.

Ivan hatte John für einen kurzen Moment in der Masse gesehen, dann aber wieder aus den Augen verloren. Selbst wenn ihn das Leben der Besucher herzlich wenig interessierte, er wollte nicht das Risiko eingehen und Kollateralschäden verursachen. Bisher hatte er nur ein bisschen Schaden an ein paar Exponaten angerichtet, falls man ihn wider Erwarten schnappte, fiele die Strafe dafür vergleichsweise gering aus. Ivan kam an den runden Heringsaquarien vorbei. Die Ausstellung hatte sich mittlerweile geleert und die Sicht durch die Halle war frei. Von John fehlte jede Spur! Ivan schlich zu dem kleinen Kino, blitzartig sprang er hinein: Es war leer, nur ein Film flimmerte vor sich hin. Da hörte Ivan ein Rascheln, er schnellte herum und sah das orangefarbene Poloshirt aufblitzen. Ohne zu zögern, drückte Ivan ab, auf die Höhe des Bauches zielend. Er wusste aus Erfahrung, dass sein Opfer nicht gleich abkratzte, wenn er es dort traf. Auf den Schuss folgte ein gellender Schrei – doch nicht John schrie, Ivan hörte die hohe Stimme einer Frau. Ivan rannte zu ihr und verzog das Gesicht, er hatte eine Angestellte des Ozeaneums angeschossen. „Blin!", fluchte er auf Russisch. Er betrachtete die Frau ungerührt, wenn sie in den nächsten Minuten Hilfe bekam, hatte sie gute Chancen zu überleben. Völlig unerwartet knallte etwas in Ivan hinein, er verlor das Gleichgewicht und stürzte zu Boden.

John hatte sich hinter der Ausstellungsvitrine vom Kattegat versteckt. Er musste mit ansehen, wie seine Kollegin Sonja in die Schusslinie des Wahnsinnigen geriet. Mit dem Mut der Verzweiflung stürzte er sich auf den Mann und brachte ihn zu Fall. John hörte, wie die Waffe über den Boden rutschte. Er ließ keine Zeit verstreichen und nutzte die Gelegenheit, den Abstand zu vergrößern.

Kaum, dass Ivan die Pistole wieder in den Händen hielt, sprintete er los. Die vor sich hin wimmernde Angestellte würdigte er keines Blickes.

Johns Verzweiflungsaktion brachte ihm einen beachtlichen Vorsprung ein. Außer Atem stoppte er vor dem Sandtigerhai, den er unzählige Male gefüttert hatte.

Wenn er je wieder in diesem Becken tauchen wollte, musste er jetzt die richtige Entscheidung treffen. Vom Aquarium gingen zwei Wege ab, einer nach unten, der zügig zum Ausgang führte, und ein weiterer nach oben, der ihn noch tiefer ins Museum hineinbrächte. John blickte den Hai hilflos an, doch von ihm war natürlich keine Hilfe zu erwarten. Dann humpelte John die Treppe nach oben weiter und betete, dass der Verfolger glaubte, er nehme den kürzeren Weg.

Nur wenige Sekunden später stand Ivan vor dem Hai. Er sah die zwei Treppen und versuchte, sich in die Gedanken seiner Beute zu versetzen. Auch wenn die Logik ihn nach unten schickte, sein Instinkt wollte, dass er nach oben ging. In den Jahren der Speznas-Ausbildung hatte er gelernt, auf seinen Bauch zu hören, und so nahm er, unter dem teilnahmslosen, kalten Blick des Hais, denselben Weg wie John. Als hätte Ivan die Nase eines Jagdhundes, folgte er John auch an der nächsten Abzweigung in Richtung der *Riesen der Meere*. Auf der oberen Balustrade angekommen entdeckte er John, wie dieser, nicht mehr weit entfernt vom Notausgang, die unterste Treppe auf der anderen Seite hinabhinkte. Ivan legte auf John an, senkte aber sofort wieder die Waffe. Um einen sauberen Treffer zu landen, war die Entfernung für die Pistole zu hoch. Da er nicht noch mehr Zeit verlieren wollte, sprang Ivan über die Brüstung und landete auf dem Mantarochen, wobei er ein großes Loch in der Haut des Ausstellungsstückes riss.

John hörte es über sich krachen. Panisch bemerkte er, wie der Verfolger von dem Rochen sprang und jetzt nur noch ein Stockwerk sie voneinander trennte. Sobald John von der Treppe runterkam, wäre er leicht zu treffen. Die stumm an der Decke hängenden Giganten der Meere böten ihm dann nicht mehr die geringste Deckung! John stoppte am Ende des Aufgangs, gehetzt spähte er nach oben: keine Spur von dem Angreifer. Das konnte nur bedeuten, dass dieser inzwischen selbst an der letzten Treppe war. Die Angst begann ihn zu lähmen, doch bevor sie vollständig von ihm Besitz ergriff, sprintete John wieder los. Sein Knie gehorchte ihm nur widerwillig, dennoch, er musste unbedingt die Tür erreichen! Kaum dass John fünf Meter gerannt war, stach ihn etwas in der rechten Schulter. Im ersten Augenblick glaubte er noch, der Bruch vom Unfall meldete sich wieder, doch dann lief warme Flüssigkeit am Arm hinab.

Ivan hielt die Waffe noch immer in Schussposition, er musste diesen John getroffen haben, da bestand kein Zweifel. Doch leider verfehlte die Kugel ihre Wirkung und sein Opfer lief einfach weiter. Die Pistole im Anschlag spurtete Ivan John nach. Ihn trennten nur noch dreißig Meter, so wie es aussah, kam der Mann nicht mehr weit.

Er musste nur verhindern, dass John die Tür erreichte und nach draußen kam!

John sah die rettende Tür, doch da fing diese an zu schwanken – was war los? Gab es ein Erdbeben? Auf einen Schlag sah John nichts mehr, er spürte nur noch, wie er hart auf dem Boden aufschlug.

Na endlich! Ivan verzog zufrieden das Gesicht, hatte die Kugel doch noch den gewünschten Effekt erzielt und den Mann zu Boden geschickt. Jetzt musste er ihn nur noch zum Reden bringen und dann nichts wie weg hier. Weiter kam er nicht in seiner Überlegung. Auf einmal zischte es laut. Noch bevor er realisierte, woher das Geräusch kam, knallte es mörderisch, es blitzte gleißend hell auf und dann krachte es noch einmal so laut, dass Ivan sofort die Orientierung verlor. Seine Blase gab nach und er nässte sich ein. Völlig desorientiert hörte er unzählige Männer ihn anbrüllen. Außerstande, die Waffe zu heben, wurde er von vier kräftigen Armen gepackt. Sie fegten ihm die Beine weg und er landete hart auf dem Gesicht. Sie rissen ihm die Arme nach hinten, schlugen ihm die Waffe aus der Hand und fesselten die Hände anschließend mit Plastikhandschellen auf dem Rücken.

John erwachte von dem Licht einer Taschenlampe, die ihm direkt in die Augen schien. Langsam kehrte sein Bewusstsein zurück, er hörte Walgesänge. Wo war er? Dann drang die Stimme eines Mannes zu ihm: „Hallo, können Sie mich hören?" John nickte, bereute diese Bewegung aber sofort, da ein heißer, stechender Schmerz durch seinen Arm schoss. „Ja, ich höre Sie", flüsterte er mit Sand in der Stimme, „was ist denn passiert?" – „Das müssen wir noch herausfinden, aber wie es aussieht, hat man auf Sie geschossen." John erinnerte sich schlagartig wieder an alles. Erleichterung stieg in ihm auf. Wenn er mit einem Arzt sprach, musste das bedeuten, dass er seinem Verfolger entkommen war. „Wir bringen Sie jetzt ins Krankenhaus. Ich bin sicher, alles wird gut!", versicherte der Notarzt, den Rettungsassistenten dabei mit der Hand winkend. John spürte, wie sich die Trage, auf der er lag, in die Höhe erhob und in Bewegung setzte. Die Walgesänge aus den Lautsprechern begleiteten ihn.

Kevin stand mit Opa und Oma vor dem seeseitigen Haupteingang des Ozeaneums. Ein uniformierter Polizist schrieb Wilhelms Aussage in sein Protokoll. Der Junge hörte, wie sein Großvater mit Stolz verkündete: „Das haben Sie alles meinem Enkel Kevin zu verdanken, er hat als Erster gesehen, dass dieser Mann eine Waffe bei sich trägt." Wilhelm drehte sich zu Kevin um und streckte den Daumen nach oben. Aus der Eingangstür des Ozeaneums schoben Sanitäter einen Mann auf einer Trage heraus. Zügig hoben sie den Verwundeten in den Krankenwagen und fuhren mit Blaulicht davon. Es war aber nicht der Mann mit der Knarre, wo war der abgeblieben? Hatte die Polizei ihn etwa erschossen? Schließlich hatte Kevin gesehen, wie vor zwanzig Minuten drei dunkle Minivans vorgefahren und zehn Männer in schwarzen Uniformen herausgesprungen waren. Die Gesichter der Männer konnte Kevin nicht erkennen, da sie unter ihren Helmen Sturmhauben trugen. Mit offen stehendem Mund schaute er zu, wie diese Hünen mit ihren Maschinenpistolen im Anschlag das Gebäude stürmten. Morgen in der Schule würde er der absolute König sein, wenn er diese Geschichte zum Besten gab. Wann brachten sie den Mann mit der Waffe denn endlich raus?

Doch das SEK ging durch den Hinterausgang, um möglichst wenig Aufmerksamkeit zu erregen. Sie führten den immer noch benommenen Ivan in ihrer Mitte nach draußen. Die Sonne schien Ivan ins Gesicht und blendete ihn, er musste die Augen zusammenkneifen, um sich zu orientieren.

Mit der Festnahme des Verdächtigen war die Aufgabe des SEK hier beendet, um den Rest kümmerte sich die örtliche Polizei. Diese standen bereit für die Entgegennahme des Festgenommenen. Ein Streifenwagen wartete mit laufendem Motor, mit diesem sollte der Mann aufs Revier in der Barther Straße verbracht werden.

Ivan verfolgte, wie die SEKler, die ihn überwältigt hatten, in ihre Minivans stiegen und das Gelände verließen. Er dachte fieberhaft nach. Ohne das Einsatzkommando bestand eine reelle Möglichkeit für ihn zu entkommen! Die uniformierten Polizisten sahen nicht so aus, als seien sie in der Lage, es mit ihm aufzunehmen.

Vorausgesetzt natürlich, er käme aus den Fesseln frei und an eine Waffe.

In Ivans Ausbildung gehörte es zum Training, sich aus Plastikhandschellen zu befreien. Es war an sich sehr einfach: Man riss die gefesselten Hände ruckartig an den Körper, zerbrach so den kleinen Plastikwiderhaken und schon war man befreit. Unter allen Umständen musste Ivan verhindern, dass die Uniformierten ihm Fesseln aus Stahl anlegten, denn die neuen deutschen Handschellen galten als unknackbar. Doch wäre es schlau, hier zu fliehen, wo es doch nur so von Menschen wimmelte?

Sie schoben Ivan zum Streifenwagen, ein Beamter öffnete die Tür, ein weiterer packte ihn am Kopf, um ihn runterzudrücken. Ivan wollte den Kopf freiwillig nach unten bewegen, da leuchtete ein kurzer Lichtblitz auf der Balustrade der Hafeninsel auf. „Das kann nicht …", weiter kam er nicht. Sein Schädel explodierte!

Das Schreien des Polizisten, dessen Hand durchschossen wurde, hörte Ivan nicht mehr, er schlug bereits tot auf der Straße auf. Rasch breitete sich eine gewaltige rote Lache unter ihm aus.

Die Polizisten verwandelten sich für einen Atemzug in Schaufensterpuppen, jeder verharrte wie erstarrt. In ihrer gemütlichen Laufbahn, hier im verschlafenen Stralsund, war ihnen so etwas noch nie untergekommen. Dann schrien sie alle durcheinander. Sie zogen ihre Dienstwaffen und versuchten, sich in Deckung zu bringen. Das Chaos endete erst mit den lauten Kommandos des ranghöchsten Beamten Rudolf Bremer, der sich seiner Verpflichtung erinnerte und die Kollegen zur Ordnung rief. Er beorderte das SEK wieder zurück und leitete eine Großfahndung ein, allerdings ohne eine Ahnung, nach wem sie fahnden sollten.

Kapitel 5

Am frühen Morgen warteten die Gromov-Zwillinge, dass sich Ivan mit ihnen in Verbindung setzte.

Nach einem reichhaltigen Fischfrühstück auf einem der schwimmenden Imbisse trieben sie sich im Hafen herum und benahmen sich wie Touristen. Vitali trug sichtlich gute Laune zur Schau, erzählte seinem Bruder aber nicht, woher diese gute Stimmung stammte.

Dann erregte ein großer Polizeieinsatz rund um das Ozeaneum die Aufmerksamkeit der beiden. Für die Zwillinge lag es auf der Hand, dass dieser mit Ivan in Verbindung stand. Alexej, der, wenn auch nur um elf Minuten, ältere der Brüder, entschied, einen Platz zu suchen, von dem sie das gesamte Gelände hinter dem Ozeaneum einsehen konnten. Vitali, der körperlich Stärkere, baute, nachdem sie Stellung auf der Balustrade der Hafeninsel bezogen hatten, das Spezialgewehr zusammen. Auf den ersten Blick sah diese Waffe nur wie ein Fotoapparat mit einer großen Teleoptik aus. Doch unter der Verkleidung steckte der Lauf eines Präzisionsgewehrs, der in einem dicken Schalldämpfer mündete. Das Gewehr war für spezielle Subsonic-Munition ausgelegt. Diese Unterschallgeschosse sorgten dafür, dass der Dämpfer effektiv arbeitete. Das Plopp, welches die Waffe beim Abfeuern erzeugte, ging normalerweise in den Umgebungsgeräuschen unter. Somit war dieser ‚Fotoapparat‘, das perfekte Instrument für Anschläge am helllichten Tag. Und eines hatte dieses Gewehr dann tatsächlich mit einem Fotoapparat gemeinsam: Es besaß eine starke Zieloptik und es konnte Fotos schießen! Mit diesen Bildern gewänne man allerdings nirgendwo auf der Welt einen Fotowettbewerb; die Bilder dienten einzig und allein dazu, den Moment des Geschosseinschlags ins Ziel zu dokumentieren, um eindeutig zu beweisen, dass der Killer den Auftrag ausgeführt hatte. Durch das Zielfernglas sah Vitali dann, wie das SEK Ivan in Handschellen aus dem Ozeaneum führte. Er zögerte nicht lange und überzeugte seinen Bruder Alexej, dass Ivan Wladimirs Auftrag gefährdete. Vitali erschoss Ivan, dann packte er seelenruhig die ‚Fotoausrüstung' zusammen und die Zwillinge machten sich in Richtung Alter Markt aus dem Staub.

Erst vor dem Rathaus erkannten sie, dass sie Ivan zu voreilig das Hirn weggeschossen hatten. Wie fänden sie jetzt heraus, wer Ivans Zielpersonen gewesen waren? Erst gaben sie sich gegenseitig dafür die Schuld, dann kamen sie zu dem Schluss, dass es für sie zwei Möglichkeiten des weiteren Vorgehens gab: Erstens, es waren zwei Krankenwagen vom Ozeaneum weggefahren, was vermuten ließ, dass Ivan die Zielpersonen verwundet hatte; ergo mussten sie nur in den hiesigen Krankenhäusern nach frisch Eingelieferten suchen. Zweitens gab es die Hoffnung, dass Ivan Aufzeichnungen bei sich führte, die ihnen Hinweise geben konnten. Um daran zu kommen, brauchten sie nur zur Rechtsmedizin zu fahren, in welche die Bullen Ivan mit Sicherheit brachten. Bevor sie die Krankenhäuser abklapperten, wollten sie sich zuerst den toten Ivan vornehmen. Aus Erfahrung wussten die Zwillinge, dass es noch eine Weile dauerte, bis Ivan auf dem stählernen Tisch läge. Um sich die Zeit bis dahin zu vertreiben und um den Polizisten aus dem Weg zu gehen, von denen es hier garantiert bald wimmelte, verzogen sie sich ins Kino; dort suchte mit hoher Wahrscheinlichkeit keiner nach ihnen.

Johanna verdrehte die Augen. Wie konnte es passieren, dass mitten in der Stadt ein Mann erschossen wurde, der auch noch in Polizeigewahrsam stand? Sie verfluchte einmal mehr ihren Kollegen Polzin, der einfach krankfeierte. Selbst wenn ein Dutzend Polizisten bei dem Mord anwesend waren; dennoch, oder gerade deswegen, wurde es ein Fall für die Kripo und damit für sie. „Irgendwann leg ich Polzin um!", murmelte Johanna vor sich hin. Ihr Fahrer schaute sie befremdet an. Sie blies pfeifend Luft aus ihrem Mund, dann schloss sie die Augen. Nicht, dass der Kollege, der sie fuhr, gleich meldete, wenn sie so etwas von sich gab.

Von der vergangenen Hektik spürte man am Tatort nichts mehr. Die Leiche lag mittlerweile unter einer Abdeckung, ein Sichtschutz hatte die Aufgabe, die Blicke neugieriger Gaffer abzuhalten. Johanna stieg aus dem Wagen und lief zu Rudolf Bremer, der die Leitung vor Ort innehatte. Der kleine Mann schaute missmutig zu ihr. „Was machst du denn hier, is nicht der Polzin dran heute?" – „Bohre nur in der Wunde", reagierte sie sarkastisch, „der feiert heute blau. Also, wie ist es passiert?", kam sie zur Sache. Ob Lust oder nicht, es blieb ihr doch sowieso nichts anderes übrig, als ihre Arbeit zu erledigen. Bremer zeigte auf die festungsgleiche Balustrade der Hafeninsel. „Der Schütze muss da oben gestanden haben, glatter Kopfschuss, und Werner Stein hat's auch erwischt. Dem haben sie die Hand mit durchschossen." – „Was für eine Scheiße ist das denn?", rutschte es Johanna kopfschüttelnd heraus. „Habt ihr schon was von der Fahndung? Ich meine, irgendjemand muss doch was gesehen haben, schließlich muss der Schütze ja ein Gewehr dabei gehabt haben, und so was fällt doch in einer Stadt wie Stralsund auf!" Bremer schüttelte den Kopf, „Nee, hier sind nur überall die drei Affen unterwegs, nichts hören, nichts sehen …" – „… und nichts sagen, ich verstehe schon", fiel sie ihm ins Wort. „Dann zeig mir mal das Opfer." Bremer ging mit ihr in das kleine Zelt, das über der Leiche stand.

Kevin staunte nicht schlecht, als er seine Ninjutsu-Mentorin im Polizeizelt verschwinden sah. Er wollte zu ihr hinlaufen, um Johanna die Sache mit dem Mord auf dem Boot zu erzählen. „Kann ich mal schnell der Polizei was sagen gehen?", fragte er deshalb die Großeltern. Doch diesmal schüttelte Wilhelm seinen Kopf: „Wir haben denen schon alles erzählt, was du gesehen hast", und mit einem Blick zu Ursula fügte er hinzu: „Außerdem, denke ich, dass es für heute genug Aufregung für uns alle war!" – „Aber ich ..." – „Nichts, aber! Wenn du meinst, dass es wichtig ist, was du zu sagen hast, schreib es auf und schicke der Polizei einen Brief!", unterbrach ihn der Großvater, der jetzt langsam ungehalten wurde. Kevin wusste nicht, dass der sich nur um die Oma sorgte. Ihr schien die Aufregung des heutigen Vormittags nicht gutgetan zu haben: Rote hektische Flecken im Gesicht standen im starken Kontrast zu ihrer blassen Haut. „Na gut", gab Kevin kleinlaut bei. Er musste also bis morgen warten, bis er Johanna wieder zu Gesicht bekam, denn einen Brief wollte er ganz sicher nicht schreiben.

Lindas DLRG Sitzung hatte länger gedauert, als sie gehofft hatte. Schnell radelte sie durch die Stadt, um endlich nach Hause zu kommen. Beim Anblick der Menschenmassen, die sich um das Ozeaneum versammelt hatten, staunte sie nicht schlecht. Linda stieg von ihrem Fahrrad und schloss es an einen Laternenpfahl an. Dann drängelte sie sich durch die Gaffer, um besser sehen zu können. Aber außer einer gewaltigen Anzahl von Polizeifahrzeugen und einem mobilen Zelt entdeckte sie nichts. Linda wandte sich an eine ältere Dame, die, ebenso wie sie, auf das Szenario starrte. „Wissen Sie, was passiert ist?", fragte sie. Die Frau drehte sich zu ihr um, ihr Blick ging durch sie hindurch, es kam aber kein Wort über ihre Lippen.

Stattdessen wendete sie sich um und verschwand durch die Menge. Was war das denn? Da stand Linda in einer Gruppe von geschätzt vierhundert Menschen und sie traf ausgerechnet auf die einzige Irre.

Was Linda nicht wusste, die Frau war keineswegs verrückt. Die Arme war die Eigentümerin der Pension, in der Ivan übernachtet hatte. Die Frau hatte mit angesehen, wie die Polizei ihren Gast aus dem Ozeaneum brachte und wie eine Kugel den Kopf des Mannes zerfetzte. Geschockt blieb sie nach dem Anschlag einfach stehen, die Gaffer stellten sich später zu ihr. Erst Linda erweckte sie aus ihrer Schockstarre.

Da Linda aber immer noch nicht wusste, was da unten vor sich gegangen war, fragte sie nun einen jungen Mann, der neben ihr stand. Dieser war wesentlich auskunftsfreudiger und erzählte Linda alles, was er selber durch die Gerüchte, die kursierten, erfahren hatte: „Im Ozeaneum hat es eine Geiselnahme gegeben", fing er an, „doch dann ist das SEK gekommen und hat den Laden aufgemischt", fuhr er fort. Linda wollte nicht glauben, was er da erzählte. Eine Geiselnahme, hier in Stralsund, unmöglich! Mit dem Blick nach unten auf das Polizeizelt fragte sie weiter: „Und was ist in dem Zelt?" – „Der Anführer der Geiselnehmer, wollte fliehen, da hat ihn der Polizei-Sniper mit einem finalen Rettungsschuss ausgeknipst!", erzählte er weiter den unreflektierten Blödsinn. Linda nickte. „Danke!" Dann drängelte sie wieder zurück durch die Menge.

Der Mann, der ihr die hanebüchene Auskunft gegeben hatte, zog indes sein Handy raus, wählte und schwadronierte nach ein paar Sekunden los: „Du wirst nicht glauben, was hier abgeht …"

John spürte den rechten Arm nicht. Er starrte auf das Ding, das jetzt in weißen Verbänden auf seinem Bauch lag. So intensiv er es auch versuchte, er brachte nicht einmal den kleinen Finger dazu, wenigstens ein bisschen zu wackeln. Im Augenblick fühlte er sich wie Uma Thurman im Film *Kill Bill*, die nach einer langen Phase im Koma versucht, ihre Beine wieder zu aktivieren. Der Arzt, der ihn operiert hatte, kam zur Tür herein und unterbrach den Film, der in seinem Kopfkino ablief. „Bevor ich Feierabend mache, wollte ich noch mal nach Ihnen schauen. Ich bekomme ja nicht jeden Tag einen Mann mit einer Kugel im Körper unters Messer. Im Ernst, Sie waren mein Erster!" John lächelte ihn schwach an. „Wenn Sie wollen, Sie können in meine Heimat kommen, da bekommen Sie genug davon." Der Arzt schüttelte den Kopf, „Nein, danke, darauf kann ich verzichten, aber ich sehe schon, es geht Ihnen wieder besser." John nickte. „Ja, vielen Dank!" – „Bitte, ist doch mein Job!", damit drehte der Chirurg sich um und ging zur Tür. John fiel noch etwas ein: „Doktor, kann ich die Kugel haben?" Der Arzt blieb im Türrahmen stehen. „Tut mir, leid, die hat jetzt die Polizei, ist ein Beweisstück, sagen die." – „Okay, dann halt nicht", murmelte John enttäuscht. Der Arzt verabschiedete sich und verließ das Zimmer.

John richtete seine Aufmerksamkeit wieder auf seinen Arm. Er starrte auf den Finger und getreu seinem filmischen Vorbild suggerierte er sich: „Wackel mit dem kleinen Finger, wackel mit dem kleinen Finger!"

Johanna rückte ihren Stuhl zurecht und ließ sich darauf fallen. Die Ermittlungen am Tatort brachten sie nicht weiter. In der ganzen Gegend gab es nicht eine Überwachungskamera, von welcher sie Bilder auswerten lassen könnte. Johanna ergriff den Stapel der ausgedruckten Papiere und schaute auf das oberste Blatt. Ein Name fiel ihr dabei sofort ins Auge: Kevin! Hieß nicht der kleine dicke Junge so, der neuerdings versuchte, Ninjutsu zu erlernen? Bevor sie dazu kam, den Bericht zu lesen, klingelte das Telefon auf ihrem Tisch. „Ja", maulte sie wenig begeistert von der Störung. Sie lauschte einen Moment in den Hörer und beendete das Gespräch genauso knapp, wie sie es begonnen hat: „Danke!" Dabei war es eine gute Nachricht vom Krankenhaus: Die beiden Angeschossenen befanden sich außer Lebensgefahr. Das ersparte ihr eine Menge Arbeit, denn sonst klebten ihr noch ein, wenn nicht zwei Morde mehr am Hals. Sie wandte sich wieder der Aussage von Kevin zu, da klopfte es an der Tür. Johanna schniefte durch die Nase. *Können die mich endlich mal in Ruhe lassen*, dachte sie, sagte aber: „Ja bitte?" Die Tür öffnete sich und ein kleiner, untersetzter Mann in einem froschgrünen Angelanzug betrat den Raum. „Entschuldigung, wenn ich störe, aber an der Rezeption war niemand und die Tür stand offen." *Das war ja wieder typisch, jetzt muss ich auch noch Pförtner spielen*, schoss es ihr durch den Kopf. „Und worum geht's?" Ihre unfreundliche Art schüchterte den Mann ein und er begann stotternd: „Also ich, ich, mhm." – „Also was?!", fuhr ihn Johanna an. Plötzlich ging eine Wandlung in dem Mann vor, war er eben noch schüchtern und kleinlaut, platzte es jetzt aus ihm heraus: „Warum sind Sie denn so grantig, ich muss das hier nicht tun! Ich dachte, es ist meine Bürgerpflicht zu melden, dass ich ein herrenloses Fischerboot gefunden habe. Aber hier bei euch Bullen scheint es ja wohl keinen zu interessieren." Damit drehte er sich um und verließ das Büro. Johanna war von der Wende in diesem kurzen Gespräch geplättet: Der Mann hat Humor, platzte mir nichts, dir nichts in ihr Büro, um sie dann anzuscheißen. *Moment! Hat er eben gesagt herrenloses Fischerboot?* Johanna sprang auf und rannte dem Mann hinterher. Kurz vor dem Ausgang des Gebäudes erwischte sie ihn. „Halt, warten Sie!", rief sie ihm nach.

Der kleine Mann drehte sich überrascht um, Johanna sah ihm an, dass er nicht mehr glaubte, hier noch etwas auszusagen. „Was für ein Boot haben Sie gefunden und wo?", wollte Johanna deutlich freundlicher von ihm wissen. „Na, so ein kleines Boot halt, mit dem wir zum Angeln rausfahren. Ich hab mir nur gedacht, nicht dass der Angler ertrunken ist, wo doch noch sein ganzes Zeug drauf war. Und was ich auch komisch fand, da war Blut auf dem Boot und ich bin sicher, dass es kein Fischblut ist!" Johanna zückte bei diesen Worten sofort ihr Handy und wählte die Nummer der KTU-Bereitschaft. „Macht euch auf den Weg, wir haben das Boot von unserem toten Angler gefunden!" Dann zwang sie sich zu einem Lächeln und fragte den Mann vor sich: „Wo ist das Boot?"

Die Armbanduhr zeigte neun Uhr morgens. Britney drehte sich auf die Seite, um aus dem Fenster zu schauen und den Anblick des Meeres zu genießen. Doch da, wo sie den Blick auf den Pazifik wähnte, starrte sie nur auf eine Wand. Schlagartig erinnerte sich Britney, wo sie sich aufhielt. Sie schaute auf ihr Smartphone und erschrak, es war keineswegs erst neun Uhr morgens! Sie richtete sich auf und schüttelte den Kopf. Sie hatte doch echt vergessen, ihre Armbanduhr auf die hiesige Zeit einzustellen. Britney stand auf, sich ärgernd, dass sie den ganzen Tag verschlafen hatte und dafür sicherlich bis lange in der Nacht wach bliebe. Wo war eigentlich John? „John, John …", rief sie in die Stille der Wohnung. Doch es kam keine Antwort. „Es ist Sonntag, also, wo bist du?", grummelte sie vor sich hin. Dann stieg Hunger in ihr auf. Sie lief in die Küche und fing an, die Schränke zu durchwühlen. Doch mehr als ein paar Reste in einer Müslischachtel fand sie nicht. „Du brauchst echt ne Frau, John McFerrow!", schniefte sie enttäuscht, sich die kümmerliche Mahlzeit in eine

Schüssel schüttend. Milch fand sie im gähnend leeren Kühlschrank keine und so aß sie die Cerealien trocken. Ihr Handy klingelte. Schnell griff sie danach, dabei noch einen Mundvoll Cornflakes hinunterwürgend. Sie sah Johns Nummer. „Hi, John!", sagte sie hastig – zu hastig! Sie bekam einen Brösel in ihre Luftröhre und begann, wie wild zu husten.

John hörte das röchelnde Bellen am anderen Ende. „Britney, bist du okay?" Doch vorerst vernahm er nur, wie sie verzweifelt versuchte, wieder Luft zu bekommen. Da John ihr nicht helfen konnte, hielt er das Telefon vom Ohr weg und schaute aus dem Fenster. Er zermarterte sich die ganze Zeit den Kopf, was dieser Mann im Ozeaneum von ihm gewollt haben könnte. Warum hatte er auf ihn geschossen und warum von einem Kästchen gesprochen, welches John angeblich besaß? Doch er konnte sich die Fragen nicht beantworten, er besaß keine Kästchen und erst recht keins, das ihm nicht gehörte.

Endlich schaffte es Britney, das verschluckte Cornflakesteilchen aus ihrer Luftröhre herauszuhusten. Ihre Augen tränten und sie fühlte sich erschöpft von dem Hustenanfall. Sie riss sich zusammen und versuchte einen neuen Anlauf, „John, wo steckst du? Ich finde es nicht nett, dass du mich den ganzen Tag hast schlafen lassen! Ich bin extra den weiten Weg zu dir gekommen und du lässt mich einfach allein!"

John hatte Britney schonend beibringen wollen, dass er im Krankenhaus lag, aber ihr Redeschwall ließ ihm keine Wahl. „Ich bin angeschossen worden!", fiel er trocken in ihren Satz hinein.

Britney holte gerade wieder tief Luft, um John weiter Vorwürfe zu machen, da kamen seine Worte langsam bei ihr an. „Du bist was?" – „Angeschossen." Sie schlug die Hand vor den Mund, „Oh, mein Gott!", presste sie heraus. „Wie schlimm ist es?" John strich mit der linken Hand über die Schulter. Im Moment verspürte er dank der Betäubung noch keine Schmerzen. „Ich denke, es ist halb so wild. Die Operation ist gut verlaufen. Die Ärzte hier sind echt gut!" John hörte, wie Britney aufatmete. „Da bin ich aber erleichtert! Wann kann ich dich besuchen? Und soll ich deine Mamma anrufen?" – „Bloß nicht, die macht sich nur wieder Sorgen. Außerdem befürchte ich, dass am Ende die ganze Insel hier auftaucht, wenn sie es allen erzählt." Britney überging diese Spitze. „Du hast mir noch nicht gesagt, wann ich zu dir kann!" – „Bestimmt morgen, wenn ich da nicht sogar schon rauskomme", murmelte John etwas undeutlich vor sich hin. Insgeheim hoffte John, dass er Kathrin wieder sah, und er wollte auf keinen Fall, dass die beiden Frauen sich über den Weg liefen! Nicht auszudenken, was passierte, wenn dann auch noch Linda dazukäme. Als ob es nicht reichte, dass er zwischen drei Frauen wählen musste, nein, es musste ja auch noch unbedingt ein Verrückter mit einer Knarre auf ihn losgehen. „Britney, ich bin echt fertig. Ich ruf dich an, sobald ich weiß, wie es mit mir weitergeht." – „Okay, gute Besserung!", hörte er sie noch sagen, dann legte er auf.

Britney kratze sich am Hinterkopf. So etwas hatte sie nicht vorhergesehen. Sie war der Überzeugung gewesen, dass John sie nur sehen musste und er sofort wieder mit ihr zusammen sein wollte. Doch da hatte sie sich getäuscht! Und was bedeutete es, dass er angeschossen worden war? War er hier in Deutschland etwa in kriminelle Machenschaften verwickelt? Der zurückkehrende Hunger unterbrach Britneys Gedanken. Sie suchte nach einem Zweitschlüssel, fand ihn im Flur, griff nach ihrer Gucci-Handtasche und verließ die Wohnung, um in der Stadt etwas Vernünftiges zu essen. An der Haustür angekommen stieß sie fast mit einer jungen Frau zusammen, die ihr Fahrrad an die Hauswand anlehnte. „Excuse me", entschuldigte sich Britney und lief in Richtung Stadtmitte.

Linda schaute der Frau hinterher. „Das war doch ...", murmelte sie, sich über die zwei Wörter der Frau wundernd. *Der englische Akzent klang doch wie der von John.* Dann schüttelte sie ihre Verwirrung ab, trat an das Schild und suchte nach der Klingel ohne Namen darauf. Mit vor Aufregung zitternder Hand drückte sie den Kopf, schließlich wusste John nicht, dass sie vor der Tür stand. Nach dem fünften Klingeln stellte sie fest, dass dies eine blöde Idee gewesen war. Es herrschte wunderschönes Wetter und John hing sicherlich nicht zu Hause rum. Wie ein Typ, der die Zeit sinnlos mit Konsolenspielen verplemperte, sah er ganz und gar nicht aus. Ein wenig enttäuscht griff sie nach ihrem Mobiltelefon und wählte Johns Nummer. Aber auch hier antwortete er nicht. „Na, dann nicht", murmelte sie mit hängenden Schultern. Sie schloss ihr Fahrrad los, schwang sich darauf und fuhr davon.

John gab in diesem Moment seine Aussage bei der Polizei zu Protokoll. Genauer gesagt saß dafür neben dem Bett Frau Hauptkommissarin Johanna Sophia Elisabeth von Windheim, wie sie sich ihm vorgestellt hatte.

Sie verwendete ihren vollen Namen oft nur, damit sich die zu vernehmenden Personen ein wenig kleiner fühlten. Johanna spürte allerdings gleich, dass ihr Spiel diesmal nicht aufging. Der Amerikaner hatte vermutlich den Namen nicht einmal richtig verstanden. Diese Erkenntnis löste eine leichte Frustration bei ihr aus. Dementsprechend mies gelaunt begann sie die Befragung von John McFerrow. Die Tatsache, dass der Angeschossene die US-Staatsbürgerschaft besaß, hatte Argwohn in ihr geweckt. Erst wurde auf einen US-Bürger aus Hawaii geschossen und nur wenige Augenblicke später bekam der Schütze selbst eine Kugel in den Kopf, solch einen Zufall gab es nicht! Und jetzt wollte ihr dieser Cowboy vormachen, dass er nicht wusste, wieso der Mann hinter ihm her gewesen war. „Also noch mal: Was für ein Kästchen haben Sie?"

John verdrehte die Augen. „Nein, ich habe kein Kästchen. Der Mann hat doch nur behauptet, dass ich eins hätte." Wollte die Frau ihm etwas in die Schuhe schieben? „Aber wieso schießt der Mann dann auf Sie, wenn Sie doch nichts von ihm haben?", bohrte Johanna weiter. John überlegte, sollte er nicht besser einen Anwalt oder zumindest einen Dolmetscher hinzuziehen? Hier schien ein gewaltiges Missverständnis vorzuliegen! Doch Johanna befragte ihn nicht weiter. Sie gab vorerst auf, ohne die Identität des getöteten Schützen zu kennen, kam sie nicht vorwärts. Zudem flüsterte ihr Bauch jetzt, dass der Mann von dieser ominösen Insel O'ahu unschuldig war. Das alles besserte ihre Laune natürlich nicht. Sie stand auf und sagte mehr fürs Protokoll: „Ich muss Sie bitten, sich die nächsten Tage zu unserer Verfügung zu halten." John schaute sie an und blickte dann überdeutlich zur rechten Schulter, die in einem dicken Verband steckte. „Lässt sich einrichten, Sie finden mich maximal im Fitnesscenter, beim Bankdrücken." Johanna verzog ihr Gesicht, verarschte der Typ sie gerade? Sie wollte etwas entgegnen, ließ es aber, da ihr Handy klingelte. Sie ging, den Anruf annehmend, ohne eine weitere Verabschiedung, aus dem Zimmer.

Im Gang der Krankenstation verdüsterte sich ihre Miene noch mehr; die Fahndung nach dem Todesschützen zeigte bisher keinen Erfolg. Je länger es dauerte, desto geringer die Chance, ihn überhaupt noch

zu erwischen. „Danke, ich komme erst mal ins Büro",
beendete sie das Gespräch und eilte den Gang hinunter.

Beate Mitscherling betrat den Flur ihrer Wohnung.
„Hallo, Thomas, ich bin wieder da", trällerte sie gut
gelaunt. Der Kurzurlaub mit ihren Freunden war zauberhaft
gewesen. Sie hatte sich außerdem vorgenommen, den Knatsch mit ihrem Mann zu beenden. Beate
stutzte, aus der Wohnung kam keine Antwort. Ihre
Stirn kräuselte sich, er saß doch nicht wieder unten im
Keller und goss sich heimlich Schnaps hinter die Binde?
Wut stieg in ihr auf. Sie stürmte hinunter, um ihn in flagranti
zu erwischen. Doch gleich beim Einschalten des
Kellerlichts sah Beate, dass da etwas nicht stimmte. Die
Holztür zum Verschlag sechzehn stand offen und das
Vorhängeschloss lag zerbrochen am Boden. Vorsichtig
öffnete sie die Tür weiter, bis sie in das Kellerabteil
hineinschauen konnte. Auf dem Fußboden lag ein
Stapel   zusammengebundener   Briefe.   Verwundert
bückte sie sich und hob ihn auf. Neugierig zog Beate
den obersten Brief heraus und öffnete ihn. Sie legte
ihre Stirn in Falten, denn sie entzifferte nur mit Mühe
die alte deutsche Sütterlinschrift, aber was sie las, ließ
ihr eine Gänsehaut entstehen: „Heute haben wir wieder
drei Kameraden verloren. Es ist so unendlich kalt hier
und ich frage mich, wann endlich die versprochene
Verstärkung eintrifft. Das Geschützfeuer kommt immer
näher. Und ich weiß nicht einmal, ob dieser Brief dich
jemals erreicht. Aber egal was auch geschieht, meine
Liebe zu Dir wird ewig sein, auch wenn ich morgen
für Volk und Führer falle! Dein Dich immer liebender
Erwin." Beate vergaß, warum sie in den Keller gegangen
war. Sie schaute auf den Umschlag und entzifferte
die Feldpostadresse: Stalingrad. Sie sah die Briefe weiter
durch und nahm einen zur Hand, der nicht geöffnet
worden war. Ein alter Reichsstempel auf dem Umschlag

besagte: „Zurück an den Absender". Beate wusste nicht, ob es richtig war, dennoch riss sie ihn vorsichtig auf. Diesmal hatte eine weibliche Hand das Schreiben verfasst. Der Brief war nicht lang und die Schrift war sauber und deutlich geschrieben. „Stralsund, 3. Februar 1943", fing sie an zu lesen. „Mein liebster Erwin, ich habe jetzt seit drei Monaten nichts mehr von Dir gehört und ich weiß nicht, ob Du überhaupt noch am Leben bist ..." Beate holte mehrmals tief Luft, bevor sie weiterlas. „... aber in meinem Herzen wirst Du immer am Leben sein, egal was kommt. Ich schwöre Dir hiermit einen heiligen Eid, daß ich nie einen anderen Mann heiraten werde, solltest Du im Feld bleiben! Deine Dich auf immer liebende Margarete." Beate rollte eine Träne die Wange hinab. Sie ahnte, wie die Geschichte ausgegangen war. Der zurückgesandte Brief erklärte alles. Sie legte die Papiere schniefend auf die Arbeitsplatte. Beate kehrte zurück in die Gegenwart und erinnerte sich daran, weshalb sie überhaupt in den Keller gegangen war. Wo war Thomas? Und wer war hier warum eingebrochen? Urplötzlich schoss Angst in Beate auf – was, wenn ihrem Mann etwas zugestoßen war?

Sie wollte sofort zur Polizei zu gehen, auf den Einfall, sie einfach anzurufen, kam sie in ihrer Aufregung nicht. Sie löschte das Licht im Keller und ging hinaus.

Die Zwillinge standen ein wenig verloren auf dem Klinkgelände in Greifswald. Zur Tarnung hatte Alexej sich einen Blumenstrauß gekauft. Sie sahen damit aus wie Besucher, die nicht genau wussten, wohin sie mussten. Und das traf auch zu, trotz intensiver Internetrecherche hatten sie keine Ahnung, wo die Rechtsmedizin untergebracht war. Alexej schaute zu Vitali: „Gib du unserem Wladimir Bescheid, ich werde mal fragen." – „Aber ..." – „Was, aber, willst *du* lieber die Leute ansprechen? Ich denke, mein Deutsch ist eindeutig besser als deins!" Was definitiv stimmte. Bevor Alexej mit dem lukrativen Geschäft angefangen hatte, Menschen für Geld zu töten, hatte er deutsche Sprache und Literatur studiert. Sein Bruder dagegen hatte Automechaniker gelernt, womit sie beide ein unschlagbares Team ergaben; Alexej war der Kopf und Vitali die Hand. Vitali wählte eine Nummer mit dem Handy, er beging allerdings nicht die Dummheit, Wladimir direkt anzurufen, nein: In Polen stand ein Server, der die Anrufe annahm und anonym weiterleitete, ohne dass jemand das Gespräch zurückverfolgen konnte. Allerdings dauerte es mehr als eine Minute, bis die Verbindung über diesen Weg stand. Alexej ging derweil auf einen Mann in einem weißen Kittel zu, der ihm bedeutend genug erschien, um ihn nach dem Weg zur Rechtsmedizin zu fragen. „Entschuldigen Sie einen Moment, können Sie mir bitte weiterhelfen?", sprach er in einwandfreiem Deutsch. Der Angesprochene blieb stehen: „Ja, bitte?" – „Wir suchen die Pathologie. Wissen Sie, wo wir die finden?" Der Mann im Kittel schaute auf den Blumenstrauß in Alexejs Hand. „Und wofür brauchen Sie die?" Auf diese Frage war Alexej nicht vorbereitet. „Hmh, ich ..." – „Das geht mich ja auch nichts an. Die Rechtsmedizin ist genau hier." Damit deutete er auf das Gebäude, vor dem sie die ganze Zeit standen. „Oh, wie dumm von mir", ärgerte sich Alexej, da er sinnlos Aufsehen erregte. „Die ist jetzt aber für Publikumsverkehr geschlossen", hörte er den Weißkittel noch sagen, bevor dieser ihm zunickte, weiterging und in der Rechtsmedizin verschwand.

Vitalis Verbindung baute sich endlich auf und er hörte Wladimirs sonore Stimme. Kurz und knapp lieferte Vitali den Bericht ab: „Unser Cousin ist unpässlich, er hat irgendwie seinen Kopf verloren."

Wladimir schloss die Augen. Er hatte solch eine Nachricht befürchtet. Er hatte Ivan gemocht, aber für die große Sache mussten Opfer gebracht werden. „Und das Geschenk?", fragte er. „Wie sind dran, heute Abend besuchen wir unseren Cousin, er hat uns bestimmt aufgeschrieben, wo wir es abholen können!" –

„Gut, macht keinen Fehler, nicht, dass es euch wie eurem Cousin ergeht!" Damit legte er auf.

Vitali überhörte beflissen die Drohung, solche Ansagen hörte er zu oft, und mit der Zeit hatte er es sich abgewöhnt, darüber nachzudenken. Im Zweifel entledigten sein Bruder und er sich immer noch ihrer Auftraggeber, bevor diese es schafften, an sie heranzukommen. Vitali steckte das Handy weg, drehte sich zu Alexej und schaute ihn fragend an. Der nickte nur und deutete auf das Gebäude, vor dem sie standen. „Wann?", fragte Vitali. „Sobald es dunkel ist!"

Kathrin saß müde an ihrem Küchentisch und versuchte ihren Lebensgeistern mit einem Kaffee neuen Schwung zu verleihen. Sie fühlte sich wie durch einen Fleischwolf gedreht. Es schauderte ihr, wenn sie daran dachte, dass sie die nächste Nacht wieder Dienst schieben musste. Noch grausiger kam ihr der Gedanke vor, am kommenden Montag, ohne vorher zu schlafen, in die Tagschicht zu wechseln. Wehmütig schaute sie zu ihrem Handy, das zum Aufladen auf der Küchenzeile neben der Kaffeemaschine lag. Bisher hatte niemand versucht, sie zu erreichen. Wie schön wäre es doch gewesen, wenn auf dem Anrufbeantworter eine Nachricht von John auf sie gewartet hätte! Kathrins Tasse war leer, sie erhob sich träge, um nachzugießen. Sie stellte den Pott neben das Handy, ergriff die Kaffeekanne und goss sich den Rest ein. Sie war viel zu übermüdet, um mitzubekommen, wie ihre Tasse überlief. Hektisch suchte sie nach einem Lappen, fand einen und wischte fahrig den Tisch ab, wobei sie ihre Kaffeetasse umstieß. Der Kaffee ergoss sich über die Arbeitsplatte und damit natürlich auch über ihr Handy. „Oh Scheiße!", entfuhr es ihr. Kathrin griff nach dem Telefon und wischte mit dem Ärmel ihrer hellen Bluse die Flüssigkeit ab. Allerdings lief etwas von dem Kaffee in die Ladebuchse, und da das Telefon noch zum Laden am Strom hing, knallte es plötzlich und Funken sprühten aus dem Handy. Erschrocken ließ Kathrin das Mobiltelefon fallen, dieses schlug hart auf dem Küchenboden auf und das Display verwandelte sich in ein abstraktes Kunstwerk bizarrer Linien und Kreise. Gleichzeitig verstummte das Küchenradio und auch alle anderen Elektrogeräte im Raum schalteten sich aus. Das bekam Kathrin allerdings nicht mit, sie starrte nur entsetzt auf ihr Handy. „Oh nein", lamentierte sie und bückte sich nach dem zerstörten Gerät. Ihre Müdigkeit verschwand auf einem Schlag, dieser Schreck übertraf die Wirkung eines jeden Kaffees auf der Welt. Ihr Verstand setzte wieder ein und arbeitete rational. Kathrin schloss die Augen. *Wo ist mein Ersatzhandy?* Im Geiste ging sie alle Stellen durch, an denen sie es verstaut haben könnte. Da fiel es ihr ein. Sie ging in den Flur und kramte in der Kommode, darin fand sie in der Tat ihr altes Smartphone. Erleichtert holte sie es heraus. Ihr Blick fiel dabei auf eine Bluse, die unordentlich neben der Kommode lag. Sie hob sie auf und wollte sie an die Garderobe hängen, da hörte sie, wie etwas zu Boden rutschte. Sie bückte sich und sah das kleine Kästchen, welches sie am Moorteich gefunden hatte. Kathrin hob es auf. *War es nicht vorher in Ölpapier eingewickelt? Komisch, richtig verschlossen ist es auch nicht.* Sie öffnete den Deckel und runzelte die Stirn. In einem Fach fehlte eines der Fläschchen. *Ist das rausgefallen oder war es schon leer?* Kathrin kniete sich hin und schaute unter ihre Kommode. Verwundert zog sie ein Messer und zusammengeknülltes Ölpapier hervor. Doch von einer weiteren Phiole fehlte jede Spur. Auch in und hinter der Tasche, in der sie das Leergut sammelte, fand sie nichts. Für einen Moment stand Kathrin regungslos im Flur. *Nicht das Lydia …* Doch sie wischte den Gedanken beiseite. Ach, was soll's, wahrscheinlich hatte das Fläschchen schon immer gefehlt. Sie zuckte leicht mit den Achseln, dann legte sie das Kästchen auf die Kommode und ging mit ihrem Ersatzhandy zurück in die Küche. Dort fummelte sie die SIM-Karte aus ihrem zerstörten Telefon und freute sich, dass diese auch in ihr altes Handy passte. Von jetzt an war sie zwar wieder erreichbar, aber sie selbst besaß nur die Telefonnummern, die sie vor zwei Jahren in ihrem Mobiltelefon abgespeichert hatte. Johns Nummer hatte sie damit definitiv verloren! Resignierend murmelte sie: „Dann ist das halt so, entweder er meldet sich oder er war eh nie für mich bestimmt!" Sie glaubte ihren Worten aber selbst nicht. Kathrin warf einen Blick auf ihre Armbanduhr und zog gleich darauf Luft durch die geschlossenen Zähne, höchste Eisenbahn, ins Krankenhaus zu fahren! Sie packte ihre Sachen und verließ eilig die Wohnung, die nun wieder in den Besitz der Stille zurückfiel. Es fehlte das sonst allgegenwärtige leise Summen des Kühlschranks, Kathrin hatte die Sicherung für die Küche nicht wieder eingeschaltet.

Kevin saß gelangweilt vor dem Computer. Selbst sein geliebtes *Minecraft*-Spiel begeisterte ihn im Moment nicht. Er sicherte den Spielstand und schaltete den Rechner aus. Ein paar Minuten starrte er auf den dunklen Monitor, dann wusste er, was er machen wollte: joggen gehen!

Als er noch Fußball gespielt hatte, war er ein guter Sprinter, aber das war vor drei Jahren und fünfzehn

Kilogramm Fett gewesen. Kevin wühlte im Schrank nach den Sportsachen, fand sie allerdings nicht. Er tippelte zur Tür, öffnete sie und rief: „Oma, hast du meine Sportklamotten gesehen?" Nach einem kurzen Moment hörte er die Antwort aus der Küche. „Natürlich, die hängen auf der Leine, ich denke aber, dass die schon trocken sind, warum fragst du?" – „Ach, nur so", nuschelte er hinunter. „Du hast doch erst morgen wieder Sport", ließ Ursula aber nicht locker. Kevin ging nach unten und lief der Oma, die aus der Tür trat, direkt in die Arme. „Soll ich sie dir reinholen?", fragte sie ihn. Er nickte.

Wenige Minuten später stand die Großmutter mit der Sportkleidung über dem Arm vor ihm. „Hier bitte." – „Danke!", entgegnete Kevin, griff die Sachen und rannte die Treppe hinauf. Einen Augenblick später war er umgezogen, er rief durch die Tür zur Küche: „Ich bin gleich wieder da, ich geh nur ein wenig laufen." Damit verschwand er aus der Tür.

Opa Wilhelm blickte beim Geräusch der schlagenden Tür vom Sudoku hoch. Verschmitzt lächelte er Ursula an. „Aus dem Jungen wird wieder eine richtige Sportskanone!" Dann trank er einen Schluck aus dem Bierglas. Ursula lächelte melancholisch zurück. „Ja, genau wie sein Vater."

Wilhelm stand vom Stuhl auf und setzte sich zu seiner Frau auf die Eckbank. Dann nahm er sie in den Arm und drückte sie ganz fest an sich. Sagen musste er nichts, er wusste, dass sie ihren Sohn genauso vermisste wie er.

Wladimir stand am Ufer der Newa und schaute entnervt auf die Uhr. Es passte ihm nicht, so lange auf Informationen warten zu müssen. Seitdem die Zwillinge ihm mitgeteilt hatten, dass Ivan ausgeschaltet war, wuchsen die Bedenken in ihm, ob es eine gute

Entscheidung gewesen war, die zwei loszuschicken. Überhaupt fühlte es sich zunehmend so an, als wäre seine Haut zusammengeschrumpft. Dieses Gefühl kannte er bisher noch nicht. Wladimir war sich all die Jahre sicher gewesen, dass es das Richtige war, was er vorhatte. Doch unterdessen bohrten sich langsam Zweifel in seine Eingeweide wie Holzwürmer in ein morsches Brett. Wladimir drehte sich um und schaute den Menschen zu, die sich, trotz der späten Stunde, am Ufer der Newa tummelten. Noch am heutigen Morgen war er bereit gewesen, all diese Seelen für die Sache zu opfern. Doch Ivans Tod hatte Spuren in ihm hinterlassen. Er grübelte, wie er damit zurechtkäme, wenn er erst den Tod von Tausenden, ja Millionen von Mitbürger auf dem Gewissen hätte?

Langsam setzte er sich in Bewegung in Richtung des Hotels. Er musste die Angelegenheit in Stralsund zu Ende bringen, da bestanden keine Zweifel. Hielt er erst den Erreger in den Händen, konnte er immer noch entscheiden, was er damit anstellte. Auf jeden Fall galt es zu verhindern, dass die Tschetschenen die Waffe ohne seinen Einfluss in ihre Klauen bekamen! Ein Plastikball kullerte vor seine Füße und riss ihn aus den Gedanken. Wladimir bückte sich und hob den mit bunten Bildern bedruckten Ball auf. Da hörte er die Stimme eines kleinen Jungen hinter sich: „Kann ich ihn bitte wiederhaben, es ist meiner." Wladimir drehte sich um und lächelte das Kind an: „Klar doch, hier fang!" Er warf den Ball in einem hohen Bogen auf den Knirps zu. Der Ball war noch in der Luft, da hörte Wladimir ein ihm nur zu gut bekanntes Geräusch. Ohne nachzudenken, warf er sich zu Boden. Dort, wo er eben noch gestanden hatte, platzte der Stein der Balustrade ab. Dann begann ein Stakkato von Maschinengewehrfeuer. Wladimir robbte hinter die einzige Erhöhung, die der Weg ihm bot, ein kleiner steiniger Absatz, der den Weg vom Rasen trennte. Aus den Augenwinkeln sah er, wie die Menschen in der Umgebung in Panik davonrannten. Die Projektile pfiffen dicht über seinem Kopf hinweg oder ließen die Erde vor ihm aufspritzen wie schwere Regentropfen, die eine Pfütze aufwühlten. Dann hörte der Kugelhagel mit einem Schlag auf. Zwei Wagen preschten mit quietschenden Reifen davon. Langsam erhob er sich wieder und klopfte den Schmutz ab. „Dilettanten", flüsterte er. Sie hatten ihn nicht erwischt. Dieser Anschlag bedeutete, dass seine tschetschenischen ‚Freunde' soeben die Vereinbarung mit ihm gekündigt hatten! Wladimir konnte nicht mehr zurück ins Hotel, diese Mistkerle wussten mit Sicherheit, wo er wohnte. Das bereitete ihm jedoch keine Kopfschmerzen, er hatte für diesen Fall vorgesorgt und bereits eine weitere Wohnung für sich angemietet. In der Ferne hörte Wladimir das Heulen der Sankt Petersburger Polizeifahrzeuge. Er beschleunigte den Schritt, da blieb er wie versteinert stehen. Sein Blick fiel auf ein Bündel, was nicht allzu weit entfernt von ihm auf dem Boden lag. Er lief hin und bückte sich. Vor ihm lag der kleine Junge, dem er vor wenigen Sekunden noch den Ball zugeworfen hatte, und starrte ihn mit weit aufgerissenen Augen an. Der Glanz, der eben noch diese Augen erfüllte, war erloschen. Aus einem winzigen Loch in der Stirn des Kindes rann ein wenig Blut, der Junge musste sofort tot gewesen sein! Wladimir streichelte über das Gesicht, dann legte er ihn behutsam wieder zu Boden. Eine Gruppe Passanten, mittlerweile aus der Schockstarre erholt, näherte sich. Wladimir warf einen letzten, traurigen Blick auf das erste ungewollte Opfer seines Planes, dann eilte er davon.

Johanna stierte in ihren leeren Kaffeepott, dann hinüber zur Kaffeemaschine. *Warum kommt diese verflixte Kanne nicht einfach zu mir rüber?* Aber da so etwas nur in Zeichentrickfilmen funktionierte, stand Johanna selber auf und schlich hin. Die braune Brühe schwappte in ihre Tasse und Johanna ging noch einmal im Geiste den KTU-Bericht durch. Das Boot, welches heute gefunden worden war, musste dem toten Angler gehören. Zumindest deuteten die Hinweise, das Blut, das am Boden des Bootes klebte, daraufhin. Das Einzige, worauf sich Johanna noch keinen Reim machen konnte, waren winzige DNA-Spuren am Griff des Fischeimers, die nicht vom Opfer stammten. Selbstverständlich konnten diese Überreste von jedem Menschen stammen, die jemals den Eimer angefasst hatten. Doch Johanna arbeitete schon zu lange bei der Polizei, um noch an Zufälle zu glauben. Über die Zulassungsnummer des Angelbootes ermittelte die Kripo den Eigentümer und von diesem erfuhren sie, dass das Boot von einem Thomas Mitscherling gemietet worden war. Die Streife, die auf Johannas Anweisung sofort zur Adresse des Ermordeten fuhr, klingelte allerdings vergeblich.

Ein Kollege lief aus der Tür des Großraumbüros, und da ein Fenster offen stand, zog es und die Papiere auf Johannas Schreibtisch verteilten sich im ganzen Büro. „Danke!", raunzte sie ihm hinterher. Johanna bückte sich, um ihre Arbeit einzusammeln, da hörte sie den Namen Mitscherling durch die sich langsam schließende Tür. Sie guckte durch das kleine Fenster zum Empfang, dort stand eine Frau in den Vierzigern, sich unsicher an ihrer Handtasche festhaltend. Johanna ließ die Blätter am Boden liegen und ging hinaus in den Vorraum.

Beate Mitscherling erklärte dem Uniformierten hinter der Anmeldung, was sie bei sich zu Hause vorgefunden hatte: „Ja, wenn ich es Ihnen doch sage, der Keller ist aufgebrochen!" – „Und, vermissen Sie etwas?", wollte der gelangweilte Beamte wissen. „Nein, das ist doch gerade das Seltsame, mein Mann hat da nie etwas Wertvolles reingetan." Johanna trat hinter die Frau, sie räusperte sich. „Habe ich Ihren Namen richtig gehört, Sie heißen Mitscherling?" Die Angesprochene drehte sich ein wenig erschrocken um. „Ja, wieso? Ich heiße Beate Mitscherling." Johanna nickte dem Kollegen hinterm Empfang zu. „Ich übernehm mal." Dann sagte sie an Beate gewandt: „Würden Sie bitte zu mir hereinkommen?!" Diese sah verwirrt zwischen dem Mann in Uniform und der in Zivil gekleideten Frau hin und her. „Natürlich, worum geht's?" – „Setzen Sie sich erst einmal an meinen Schreibtisch, da erkläre ich's Ihnen." Dort angekommen wies Johanna auf den Stuhl neben ihrem Arbeitsplatz: „Bitte, nehmen Sie Platz!" Beate tat, wie ihr geheißen, und setzte sich. Dabei sah sie das Namensschild, welches vor ihr stand. „Kriminalhauptkommissar Johanna S. E. v. Windheim", las sie leise.

Johanna ramschte die Papiere vom Boden zusammen, setzte sich ebenfalls und kratzte sich am Hals. Den Teil, der jetzt kam, hasste sie am meisten an ihrem Job. „Sind sie die Ehefrau von Thomas Mitscherling?" Beate nickte. „Frau Mitscherling, ich muss Ihnen ein Foto zeigen, Sie müssen mir sagen, ob dies Ihr Mann ist." Sie kramte in der Mappe vor sich. Beate rutschte unruhig auf ihrem Stuhl hin und her: Was bedeutete dies alles? Wieso wollte diese Frau, dass sie sich ein Foto anschaute? „Es tut mir leid", fuhr Johanna fort, „es kann sehr unangenehm werden." Endlich fand sie ein Foto des toten Anglers, auf dem man zwar das Gesicht, aber nicht die aufgeschlitzte Kehle sah. Vorsichtig, für ihre Verhältnisse fast zärtlich, legte sie das Bild vor die Frau. Beate sah das Bild und erkannte sofort ihren Mann. Aber wie sah er aus? Die Augen weit aufgerissen, die Haut blass, seine Haare glänzten vor Nässe und klebten am Kopf. Noch nicht verstehend, was sie da sah, nickte sie. „Ja, das ist Thomas, aber wieso ..." Dann verstummte sie. Mit einmal verstand sie: Ihr Thomas war tot! Für Beate hörte die Welt auf zu existieren; alles um sie herum verschwamm; sie hörte nicht einmal, wie sie anfing zu schreien.

Die Frau vor Johanna warf sich auf den Boden, wälzte sich hin und her und schrie dabei, als verbrannte sie bei lebendigem Leibe. Johanna stürzte zu ihr, um sie zu beruhigen. Es gelang ihr nicht. Auch die hinzueilenden Kollegen waren erfolglos: die Frau war wie von Sinnen. Es blieb Johanna nichts anderes übrig, sie rief einen Rettungswagen. Keine fünf Minuten später wurde Frau Mitscherling sediert auf einer Trage hinausgeschoben. Die Kollegen schauten Johanna entsetzt an, sie fragten sich, was sie mit der Frau angestellt hatte. Diese blickte indes noch griesgrämiger als sonst, sie fühlte sich ungerecht behandelt. Gewiss, sie war nicht unbedingt berühmt für ein sanftes Händchen, aber diesmal hatte sie ausnahmsweise nichts getan. Johanna verspürte den Drang, für heute alles hinzuschmeißen, in die nächstgelegene Kneipe zu rennen und sich dort einen ordentlichen Drink zu gönnen. Doch auf Johanna wartete in der Greifswalder Rechtsmedizin das zweite Opfer, um das sie sich noch kümmern musste.

Vitali steckte das Handy grinsend ein. „Alles klar, Bruderherz, wir müssen ihnen nur noch die Adressen geben, dann fahren wir entspannt nach Hause. Seine Leute sind schon unterwegs." Alexej nickte. „Wie viel?" – „Sie zahlen jetzt das Vierfache! Sie bedanken sich, dass wir es Ivan besorgt haben. Und wir brauchen uns auch keine Sorgen um Wladimir zu machen, um den kümmern sie sich auch." Alexej fühlte sich nicht wohl bei dem Gedanken, ihren Auftraggeber aufs Kreuz zu legen, aber bei dem Betrag, den sie jetzt bekämen, konnten sie ein Auge zudrücken. „Dann hoffen wir mal, dass Ivan auch schön brav war und alles für uns aufgeschrieben hat!" Vitali nickte, er war nicht unschuldig daran, dass sie die Entscheidung, Ivan zu eliminieren, so rasch gefällt hatten. Der tschetschenische Kontaktmann hatte ihnen dazu geraten, war Ivan doch ein loyaler Gefolgsmann von Kostrakowitsch und damit eine Gefahr für ihre eigene kleine Mission. Die Zwillinge ahnten nicht und wollten es auch gar nicht wissen, worum es Wladimir oder den Tschetschenen überhaupt ging.

Alexej sah auf die kleine Uhr in ihrem Mietwagen, den sie am Tag zuvor mit gefälschten Ausweispapieren angemietet hatten. Es war kurz nach sieben. Vitali klappte den Sitz nach hinten und schloss die Augen, Alexej wollte es ihm gleichtun, da brummte das Handy. Er schaute auf das Display: Wladimir Kostrakowitsch versuchte, ihn zu erreichen. Für einen kurzen Moment wollte er den Anruf annehmen, aber warum Zeit verschwenden und mit einem toten Mann sprechen? Alexej wartete, bis das Vibrieren aufhörte, dann steckte er den Apparat in die Tasche und schloss die Augen. Wladimir wollte zwar nicht das Schlimmste annehmen, aber er glaubte zu wissen, warum die Zwillinge nicht mehr an ihr Handy gingen: Diese miesen Ratten hatten ihn verkauft! Wenn das stimmte, war Ivan nicht auf seine, sondern auf die Anordnung der Tschetschenen hingerichtet worden. Auch wenn das nichts an Ivans Tod änderte, er fühlte sich ein wenig besser bei dem Gedanken, das nicht auf dem Gewissen zu haben. Wladimir zuckte zusammen, durch die dünne Holztür im Hausflur hörte er ein Geräusch. Hastig griff er nach der Pistole, die auf dem kleinen Tisch vor ihm lag, und entsicherte sie. Er verharrte mit der Waffe im Anschlag, bis die Schritte sich wieder entfernten. Wladimir sicherte die Pistole und legte sie zurück. Mit der linken

Hand fuhr er sich übers unrasierte Kinn. Er ärgerte sich, dass seine Nerven so blank lagen. Dabei brauchte er sich im Augenblick keine Sorgen zu machen, denn es wusste niemand von dieser Kellerwohnung, selbst Ivan war ahnungslos gewesen.

Wladimir durchdachte seine Optionen: Sollte er die Sache einfach auf sich beruhen lassen und sich ins Ausland absetzen? Dann wäre er aber verantwortlich für den Tod unzähliger Russen, hatte er doch die Waffe in die Hände der Terroristen gespielt. Oder sollte er selbst nach Stralsund fahren und sich dort mit den Tschetschenen rumschlagen? Die dritte Möglichkeit, den russischen Geheimdienst FSB, die Nachfolgeorganisation des KGB, einzuschalten, schied für ihn von vornherein aus. Diese Genugtuung wollte er Präsident Wolodjin unter keinen Umständen gönnen! Wladimirs Kopf begann zu schmerzen, er rieb sich die Schläfen, doch er fand kein Ergebnis. Immer, wenn er die Augen schloss, sah er das Bild des kleinen toten Jungen vor sich auftauchten. Wladimir ging zum Kühlschrank und holte eine volle Flasche Wodka heraus. Er gab sich diesmal nicht einmal die Mühe, die ölige Flüssigkeit in ein Glas zu gießen, er setzte die Flasche an und trank mit gierigen Schlucken, bis sie halb leer war. Dann warf er sich auf das Feldbett, lehnte sich an die Wand und wartete, bis die Wirkung des Alkohols eintrat.

Für Kathrin hatte der Dienst heute wesentlich entspannter angefangen als am Tag zuvor. So blieb Zeit, sich für ein paar Minuten mit einer Kollegin zu unterhalten und mit ihr über den neuesten Tratsch auszutauschen. Kathrins Knie begannen zu zittern, als sie erfuhr, dass es eine Schießerei im Ozeaneum mit einem Toten und zwei Verletzten gegeben hatte. Erschrocken fragte Kathrin, wer der Tote sei, das konnte die Kollegin ihr allerdings nicht sagen. Nur dass es ein Amerikaner war, der eine Kugel in die Schulter bekommen hatte, und dass dieser bei ihnen im Krankenhaus lag!

Kathrin hielt es nicht mehr auf ihrer Station aus. Sie wollte sich sofort zur chirurgischen Abteilung aufmachen. Doch bevor sie wegkam, sprang der Fahrstuhl auf und eine Schwester aus der Notaufnahme brachte eine Frau, offensichtlich mit einem Nervenzusammenbruch. Genervt übernahm Kathrin die schlafende Frau und fuhr sie leise in ein freies Zimmer. Sie stellte sie vorsichtig ab, ging hinaus und wollte die Tür hinter sich schließen, da flüsterte die Frau: „Ich bin schuld, ich habe meinen Mann auf dem Gewissen. Ich bin an allem schuld!" Kathrin drehte sich zu ihr um. Davon, dass die Patientin eine Mörderin sein sollte, hatte ihr keiner etwas gesagt. „Ich hätte ihn nie so hart anfassen dürfen, ich hätte ihn nie alleine lassen dürfen, ich hätte …" Dann erstarben ihre Worte in einem leisen Schluchzen. Obwohl Kathrin nichts mehr ersehnte, als endlich John zu besuchen, siegte ihr Mitgefühl und sie ging zurück ans Bett der Frau. Vorsichtig griff sie nach ihrer Hand. „Was ist denn passiert?", fragte sie zaghaft. Die Augen der Frau drehten sich langsam zu ihr. Wie aus weiter Ferne schauten sie zu ihr. „Die haben meinen Mann umgebracht, die haben Thomas ermordet." Kathrin spürte, wie die Frau ihre Hand fest drückte. „Das ist schrecklich, aber sie können da doch bestimmt nichts dafür", versuchte sie, die Frau zu beruhigen. Doch diese ließ sich nicht davon abbringen. Wispernd kam es aus ihr heraus: „Dabei hat er doch nie etwas Böses getan, er ist doch immer nur mit dem Barkas durch die Gegend gefahren und hat Wohnungen ausgeräumt. Ich hätte ihn nicht alleine lassen dürfen, dann wäre das alles nicht passiert! Ich habe mich nicht einmal richtig bei ihm verabschiedet!", wieder schluchzte sie. Kathrin furchte ihre Stirn, hatte die

Frau gesagt, dass ihr Mann mit einem Barkas durch die Gegend fuhr? Was für ein verrückter Zufall, wenn sie ausgerechnet von dem Mann sprach, dem sie geholfen hatte, die Tonne wieder auf die Ladefläche zu stellen. Ihre Neugierde erwachte. „Wie hieß denn ihr Mann?", fragte sie vorsichtig. „Thomas, Thomas Mitscherling. Er hat doch niemandem etwas getan ..." Kathrin spürte, dass die Frau sich erneut aufregte und zu hyperventilieren ansetzte. „Ich bin gleich wieder da!", rief sie und rannte aus dem Zimmer. Im Schwesternzimmer rief Kathrin die Patientenakte von Frau Mitscherling auf und schaute nach, welche Verordnung der diensthabende Arzt aus der Notaufnahme vorgesehen hatte, für den Fall, dass die Frau wieder austickte. Rasch holte sie das Medikament aus dem Schrank. Noch im Laufen begann sie, die Ampulle aufzubrechen und die Spritze aufzuziehen. Keinen Moment zu früh, Beate Mitscherling lag bereits mit verkrampften Händen im Bett. Die Pfötchenstellung zeigte Kathrin, dass die Frau die Hyperventilation nun erreicht hatte. Unverzüglich setzte sie die Beruhigungsspritze und nur wenige Augenblicke später entspannte sich der Körper von Frau Mitscherling und sie schlief ein. Kathrin streichelte die Hand der Frau. Dann fiel ihr wieder der Mann mit dem Barkas ein, sie erinnerte sich an den Moment, in dem sie den Ehemann der Frau getroffen hatte – genau an diesem Tag hatte sie auch John das erste Mal gesehen. Und noch etwas erschien ihr merkwürdig. Nicht nur, dass der Mann mit dem Barkas ermordet worden war, auch war auf John geschossen worden. Sie wollte unbedingt mir ihm reden! Kathrin verließ das Krankenzimmer, ging ins Schwesternzimmer und steckte das Mobilteil des Stationstelefons ein, für den Fall, dass ein Patient Hilfe benötigte, dann eilte sie zur Chirurgie.

Johanna parkte ihren Wagen direkt vor der Rechtsmedizin. Dass auf dem Parkplatz ein Reservierungsschild für einen Professor stand, ignorierte sie geflissentlich. Sie ärgerte sich immer noch gewaltig über ihre Kollegen im Revier, dass sie die zwei Männer in Kleinwagen übersah, die unweit von ihr parkten.

Alexej schaute der Frau hinterher, die gerade das Haus der Rechtsmedizin betrat. „Die würd ich auch mal ficken", verkündete er. Vitali grinste nur: „Dein Geschmack ist echt schräg. Die ist doch viel zu herb!" – „Du hast keine Ahnung, wenn es um Frauen geht. Genau diese Frauen sind die Besten im Bett!" Vitali schüttelte den Kopf: „Du kannst sie gerne haben, meine Frauen müssen etwas anders gebaut sein", er zog die Konturen einer vollbusigen Frau nach. „Dann ist das ja geklärt", lachte Alexej, „so kommen wir uns wenigstens nie ins Gehege!" Dann schaute er auf die Uhr. „Wenn das Schätzchen wieder draußen ist, gehen wir rein!" Vitali runzelte die Stirn, „Ich dachte, wir gehen rein, wenn es dunkel ist." –„Ich hab keine Lust mehr zu warten! Außerdem möchte ich weit, weit weg sein, wenn deine neuen Freunde in die Stadt kommen." Vitali nickte. „Da hast du recht, besser ist es." Alexej öffnete sein Fenster, holte eine Schachtel Zigaretten hervor, drückte den Anzünder des Autos hinein, wartete, bis er wieder heraussprang, und zündete sich genüsslich die Kippe an.

Unterdessen stand Johanna vor dem toten Körper Ivans. Von dessen Gesicht war nicht viel übrig geblieben und so konzentrierte sie sich auf das Tattoo auf dem rechten Oberarm der Leiche. „Was könnte das bedeuten?", fragte Johanna Doktor Jürgen Schneider, den Rechtsmediziner, der neben ihr stand. „Der Wolf? Ich hab's gegoogelt. Wenn der Mann tatsächlich Russe war, dann könnte es heißen, dass er als Auftragsmörder unterwegs war." Johanna nickte und schaute sich um. „Wo sind seine Sachen?" Schneider zeigte auf eine Plastiktüte, die auf einem kleinen, fahrbaren Tisch lag. Sie ging hin und holte den Inhalt heraus. Außer dem Pass, etwas Geld und einer Zigarettenschachtel hatte er nichts mit sich geführt. Ivans Waffe war selbstverständlich sichergestellt worden. Johanna blätterte durch den Pass, sie hätte nicht sagen können, ob dieser echt oder gefälscht war, darum kümmerten sich demnächst Spezialisten. Sie wollte die Gegenstände wieder in der Tüte verstauen, da fiel ihr auf der Zigarettenschachtel das Gekritzel auf: eine Rufnummer, der Name eines Krankenhauses sowie die Namen einer Frau und eines Mannes. Es überraschte sie nicht, John McFerrows Namen zu lesen. Die Telefonnummer weckte ihr Interesse, sie hatte eine Stralsunder Vorwahl! Johanna fotografierte mit ihrem Telefon die Zigarettenschachtel. In diesem Moment rief Doktor Schneider sie. Johanna legte ihr Handy neben die Tüte und trat zu dem Mann. „Hier, an der Hand ist eine winzige Verletzung, ich kann allerdings noch nicht sagen, woher die stammt." Johanna nickte. „Die DNA habt ihr schon genommen?" – „Klar, wie immer. Ich denke, morgen Vormittag liegt die Sequenz vor." – „Gut. Ich bin hier fertig, ich höre morgen …?" Kopfnickend bestätigte der Rechtsmediziner: „Auf alle Fälle, ich bin hier auch fast durch." – „Danke!" Sie versuchte sich an einem Lächeln und ging hinaus.

Kevin war fast drei Stunden unterwegs und es begann mittlerweile, dunkel zu werden. Nicht, dass er die ganze Zeit gejoggt wäre, im Gegenteil: Er hatte bereits nach fünfhundert Metern festgestellt, dass es mit der Kondition nicht weit her war. So fing er an, immer ein paar Minuten zu laufen und dann wieder zu gehen. Außer Puste setzte er sich auf eine Bank und starrte auf den Sund hinaus. Im Augenblick stierte er auf die Stelle, an der ein Mensch ermordet worden war. Wer kann das gewesen sein? Kevin durchdachte noch einmal die Erlebnisse vom Ozeaneum und erinnerte sich, wie seine Bujinkan-Freundin in dem Polizeizelt verschwand. Er spürte einen unangenehmen Geschmack im Mund, wenn er nur daran dachte, dass er einfach zu feige gewesen war, zur Polizei zu gehen.

Mit einem Ruck erhob er sich. „Dann geh halt jetzt hin!", motivierte er sich. Er wollte nicht mehr bis morgen warten!

Kurze Zeit später stand er vor dem Polizeirevier in der Barther Straße. Im Unterschied zu altehrwürdigen Amtsgebäuden, die einem allein durch ihr Aussehen Furcht einflößten, hatte man hier eher Angst, dass der alte DDR-Plattenbau über einem zusammenbrach. Dies war aber nicht der Grund, warum Kevin plötzlich zögerte. Er verstand es selbst nicht, aber im Bauch grummelte es, als hätte er zu viele Brausestäbchen auf einmal gegessen. Er fasste den Türgriff an und stellte fest, dass seine Hand völlig verschwitzt war. Er wollte sich wieder umdrehen und gehen, da schwang die Tür von innen auf und ein uniformierter Polizist stand vor ihm. „Was ist, junger Mann? Rein oder raus!" – „Rein", stammelte Kevin und ging an dem Mann vorbei, ohne ihn anzuschauen. Der Polizist drehte sich nicht nach ihm um, er hatte Feierabend und wollte nach Hause, um endlich ein Bier zu trinken.

Kevin stand vor der Anmeldung. Der Mann, der dahinter saß, bemerkte ihn nicht, die Sonntagszeitung fesselte ihn.

Ich wusste doch, dass es falsch ist, herzukommen, schoss es ihm durch den Kopf. Dennoch hüstelte Kevin, damit man ihn endlich wahrnahm. Der Mann hinter der Scheibe hob den Kopf, legte die Zeitung hin und schaute ihn an. „Was willst du denn hier?", fragte er. Kevin spürte, wie sich sein Hals zusammenzog, er brachte kein Wort heraus. „Junger Mann, ich habe gefragt, was du möchtest, oder verstehst du mich nicht?" Kevin nickte zum Zeichen, dass er ihn verstand, dann brach es endlich aus ihm heraus. „Ich muss Johanna sprechen, es ist wichtig!" – „Du meinst Johanna von Windheim?", fragte der Polizist zurück. Kevin wusste nicht, wie Johanna mit Nachnamen hieß, nickte aber. „Ja, genau die." – „Die is nicht da, du kannst auch mir erzählen, was du ihr sagen willst, ich geb's dann weiter." Doch Kevin schüttelte den Kopf. „Ich kann es nur ihr sagen, können Sie sie nicht anrufen und ihr sagen, dass ich hier auf sie warte? Sie kennt mich!" Der Polizist schien nicht besonders begeistert davon, wählte aber über die Kurzwahl eine Nummer. Kurz darauf legte er wieder auf. „Tut mir leid, sie ist im Augenblick nicht erreichbar." Kevin zog enttäuscht die Unterlippe nach unten – da überwand er sich endlich, und dann so etwas. „Schade, dann sagen Sie ihr doch bitte, dass ich da war, Sie kann mich zu Hause anrufen. Sagen Sie ihr bitte: Es ist sehr, sehr wichtig!" Der Polizist schnappte sich einen Zettel und einen Stift: „Na, dann schieß los!" Kevin gab ihm die Telefonnummer der Großeltern, dann beeilte er sich, nach Hause zu kommen.

Johanna fuhr gedankenversunken auf der Landstraße sechsundneunzig nach Stralsund. Sie zermarterte sich den Kopf, wieso der Mann, der wie ein Amokläufer im Ozeaneum herumgeballert hatte, selbst erschossen worden war. Wie lautete der Name der Frau auf der Zigarettenschachtel? Johanna erinnerte sich nicht, sie wollte nach ihrem Handy greifen, um sich das Foto noch einmal anzuschauen. Beim Griff in ihre leere

Jackentasche stöhnte sie: „So eine Scheiße!" Nach einem kurzen Blick in den Spiegel riss sie das Lenkrad herum, ohne dabei die Geschwindigkeit zu drosseln. Ihre Reifen quietschten und das Heck des Wagens brach aus und schleuderte herum. Johanna fing das Fahrzeug geschickt wieder ein. Das erste Mal an diesem Tag huschte der Schatten eines Lächelns über ihr Gesicht.

Alexej nickte seinem Bruder zu. „Los, es wird Zeit." Dieser nickte ebenfalls und lud die Waffe durch. Vitali liebte die alte Makarov, es störte ihn nicht, dass er aus weiterer Entfernung mit ihr nicht gut traf, denn bisher hatte er alle Opfer damit aus nächster Nähe erschossen. Auch Alexej zog den Schlitten seiner Pistole nach hinten und lies ihn nach vorn gleiten. Die Waffe war bedeutend jünger als die seines Bruders; er bevorzugte die Jarygin PJa, die er sich auf dem Moskauer Schwarzmarkt besorgt hatte.

Beide stiegen aus ihrem Fahrzeug, sie verschlossen es nicht, um im Ernstfall schneller abhauen zu können. Das Klinikgelände leerte sich mittlerweile, nur vereinzelt sah man noch Besucher auf dem Heimweg. Zügig gingen die Zwillinge auf das Gebäude der Rechtsmedizin zu und verschwanden darin.

Doktor Jörg Schneider schloss die Klappe der Kühlzelle, in die er soeben Ivan geschoben hatte. Durch das Glas erkannte man nur noch den Plastiksack, in dem der leblose Körper bis zur Einäscherung bleiben würde. Der Rechtsmediziner begann, den Gummikittel aufzumachen. Ein Geräusch hinter ihm erschreckte ihn, hastig drehte er sich um und sah zwei Männer vor sich, die ihn freundlich anlächelten. Seine Nackenhaare richteten sich auf. Er erkannte die beiden: Sie hatten ihn am Nachmittag auf der Straße angesprochen. „Tut mir leid, meine Herren, wie ich Ihnen schon gesagt habe, die Pathologie ist heute für den Publikumsverkehr geschlossen." Die Zwillinge nickten: „Das haben wir verstanden, wir sind aber kein Publikum, wir sind Verwandte eines Kunden von Ihnen, er wurde erst heute eingeliefert", kam es aus dem Mund von Alexej. Schneiders Hals trocknete schlagartig aus: Wenn der Tote von der russischen Mafia ist, dann sind es die beiden auch! Sein Blick wanderte zum Ausgang. Doch die Kerle versperrten den Weg. „Was wollen Sie?", fragte er. „Wir möchten nur einen kurzen Blick auf das Eigentum unseres Cousins werfen, dann verschwinden wir und Sie können Ihren Feierabend genießen. Also, wo sind die Sachen?" Obwohl der Rechtsmediziner nicht gewillt war, diesen Männern auch nur irgendetwas zu geben, schweiften für einen Moment seine Augen zu dem kleinen Tischchen, auf dem die Sachen noch so lagen, wie sie Johanna hinterlassen hatte. Vitali folgte diesem kurzen Blick und wieselte sofort hinüber. Ohne zu zögern, wühlte er in den Sachen des Toten. Alexej wendete für einen Moment den Blick zu Vitali. Diese Chance wollte sich Doktor Schneider nicht entgehen lassen, er sprintete los – mit dem Ergebnis, direkt in einen schmerzhaften Haken zu stürmen, den Alexej ihm in den Magen verpasste. Wie ein leerer Kartoffelsack fiel Schneider in sich zusammen. Kurz darauf blickte er in den Lauf einer Pistole. „Na, na. Wer wird denn hier Dummheiten machen? Wie sind doch gleich wieder weg!" Inzwischen hatte Vitali gefunden, wonach er gesucht hatte. Er zeigte die Zigarettenschachtel, auf die Ivan alle Infos gekritzelt hatte. „Gut, ruf sie an, dann sind wir raus", sagte ihm sein Bruder auf Russisch. Vitali griff nach dem Handy – eine Minute später stand die Verbindung. Er nannte das Krankenhaus und die Namen von John und Kathrin. Dann legte er auf. „Lass uns gehen!", forderte Alexej. Sein Zwillingsbruder kam zu ihm und schaute hinab auf Doktor Schneider, der sich noch immer am Boden krümmte. Vitali richtete die Waffe ebenfalls auf den Rechtsmediziner. „Darf ich?" – „Ach, das ist es nicht wert, ich weiß etwas Besseres!", gab Alexej mit einem diabolischen Grinsen zurück. Er ging zur Wand mit den Kühlfächern, entriegelte eine Tür und riss sie auf. „Bring ihn her, er kann ruhig mal merken, was seine Kunden so alles durchmachen." Vitali grinste. „Super Idee, warum bin ich nicht darauf gekommen?" Er beugte sich nach unten, packte Schneider am Arm und zog ihn unsanft hoch. Dieser starrte mit weit aufgerissen Augen auf die geöffnete Klappe. Auf einen Schlag hatte er das Gefühl, Fieber zu bekommen. Er wusste, wenn sie ihn darin einschlössen, erfröre er, spätestens nach vier Stunden wäre er tot. Ein verzweifelter Versuch, sich gegen Vitali zu wehren, endete mit einem schmerzhaften Schlag auf die rechte Niere. Die Kraft verließ ihn und er spürte noch, wie der andere Zwilling ihn ebenfalls packte und die beiden ihn zu den Kühlfächern zerrten. Da hörte er eine Stimme. Die Männer ließen ihn los und er fiel erneut auf die kalten Kacheln.

„He, was wird das hier?", fragte Johanna barsch. Dann ging alles rasant vonstatten.

Alexej schoss sofort auf die Frau, die in der Tür stand. Er erkannte sie wieder: Es war die Süße, mit der er am liebsten Körperflüssigkeiten getauscht hätte. Da sie aber am Sonntag in der Rechtsmedizin erschien, musste sie ein Bulle sein; er zögerte nicht und wollte sie umlegen.

Johanna warf sich instinktiv zur Seite, in der Luft zischte etwas Heißes an ihrem Kopf vorbei. Sie kam auf dem Boden auf und rollte über die Schultern ab.

Beim Ninjutsu-Training hatte sie sich jedes Mal gefragt, welchen Sinn die Rollen haben, doch ihr Trainer sagte immer nur: „Eines Tages wirst du es wissen!" Ob ihr Meister diese Situation gemeint hatte oder einfach nur fernöstlich-philosophisch daherredete, war ihr in diesem Augenblick aber egal!

Noch während sie abrollte, zog sie ihre Waffe aus dem Holster. Auch wenn es nicht unbedingt der Polizeiverordnung entsprach, Johanna trug ihre Pistole stets durchgeladen und drückte jetzt nur noch den Sicherungshebel nach unten, um feuern zu können.

Dass sich die Frau wie eine Verrückte auf den Boden warf, kam für Vitali völlig unvorbereitet. Er schoss zwar wie Alexej ebenfalls sofort auf die Frau, sein Schuss schlug aber nur in den Glasschrank hinter ihr ein und pulverisierte einen darin aufbewahrten Schädel aus einem ungeklärten Mordfall.

Johanna hatte Alexej aus dem Blick verloren, dafür stand aber der andere Zwilling direkt in ihrem Schussfeld. Sie streckte die Hand aus und drückte ab. Ihr Projektil fuhr dem Mann unterhalb der Achselhöhle in den Oberkörper, dort angekommen zerfetzte es erst die linke, dann die rechte Herzkammer. Das Herz hörte sofort auf, den Körper mit Blut zu versorgen. Ohne auch nur noch ein Wort zu sagen, brach Vitali zusammen. Sein toter Leib kam direkt vor den Augen des entsetzten Doktor Schneider auf. Der Anblick von Leichen gehörte zwar zu seinem Alltag, aber in der Regel waren diese bereits eine Weile tot, wenn sie zu ihm kamen.

Alexej feuerte auf die Stelle, an der die Frau eben noch gestanden hatte, sein Geschoss prallte am dort stehenden Stahlschrank ab und flog sirrend durch den Raum, um die Schreitischlampe zu zerlegen. Dann hörte er, wie sein Bruder Vitali zu Boden fiel. Alexejs Blick ging für einen Moment hinunter, Bestürzung überkam ihn: Eine sich rapide vergrößernde Blutlache breitete sich unter seinem Ebenbild aus. Die kurze Fassungslosigkeit verwandelte sich in rasende Wut. Mit Augen, die aus ihren Höhlen zu drängen schienen, riss er die Waffe herum und suchte die Frau, die soeben seinen geliebten Zwilling getötet hatte. Langsam ging er vorwärts, bereit, im Bruchteil einer Sekunde abzudrücken.

Johanna hatte die Unachtsamkeit ihres Gegners genutzt und ihre Position gewechselt. Ohne ein Geräusch zu verursachen, war sie in die andere Ecke des Raumes gerollt und kauerte sich nun hinter einem Seziertisch in Deckung. Alexej suchte daher in der falschen Richtung nach der Frau, er vermutete, dass sie links von ihm auf der Lauer lag. Die Waffe bewegte sich in einem Halbkreis vor ihm hin und her, bereit abzudrücken, sobald sich das Biest zeigte, um den Bruder zu rächen. An Liebesspiele mit dieser Frau dachte er schon lange nicht mehr.

Johannas Schussfeld war einladend offen, der Mann stand jetzt mit der rechten Seite zu ihr gedreht. Sie legte an, zielte auf seinen Kopf, hielt aber inne. Er nutzte ihr lebendig mehr! Johanna musste hier einen Fall aufklären, und Leichen sprachen leider nicht mehr. Sie warf einen schnellen Blick neben sich: Auf dem Seziertisch lag, sauber aufgereiht, eine Reihe diverser Gerätschaften, deren Bestimmung es war, menschliche Körper in ihre Einzelteile zu zerlegen. Johanna langte nach einer Kelle, die in der Regel dazu diente, den Mageninhalt verstorbener Personen auszuschöpfen. Da sie nicht an den Griff rankam, musste sie den unteren Teil des Instruments ergreifen. Ekel stieg in

Johanna auf und sie hoffte inständig, dass die Kelle bereits desinfiziert war und sie nicht in etwas Feuchtes griff. Zu ihrer Erleichterung fühlte sie nur das kalte, trockene Metall. Sie packte die Schöpfkelle und warf sie hinter den Rücken des Mannes in die andere Ecke des Obduktionssaals.

Alexej hörte ein schepperndes Geräusch und fuhr herum. Ohne zu zögern, drückte er ab. Die Kugel schlug in *Erwin* ein, ein Skelett, das an der Wand für Ausbildungszwecke stand. Das Schulterblatt des Gerippes zersplitterte in tausend Teile und der Rest fiel in sich zusammen, wie wenn man bei einer Marionette die Fäden durchtrennte. Davon unbeeindruckt rückte Alexej, die Waffe im Anschlag, langsam in Richtung des zerstörten Skeletts vor.

Johanna steckte ihre Pistole ins Holster zurück und begann, sich dem Mann leise von hinten zu nähern.

Alexej trat an die Überbleibsel von *Erwin* heran, da entdeckte er eine Schöpfkelle, die am Boden hin und her wackelte. Er war auf einen der ältesten Tricks hereingefallen, seit es Indianerfilme gab! Alexej schnellte herum. Etwas packte seine Waffe, ein Faustschlag traf ihn unters Kinn und hob ihn aus. Er krümmte den Finger, die Pistole gab noch einen Schuss ab, dann verklemmte sich die nächste Patrone im Auswurf.

Johanna hatte sich von hinten, tief gebückt angepirscht. Der Mann vor ihr drehte sich um, sie richtete sich blitzartig auf und ergriff mit der linken Hand den Schlitten der Waffe, damit diese nicht mehr automatisch repetierte. Mit ihrer rechten Faust verpasste sie ihm im gleichen Augenblick einen Schlag unter das Kinn, hinter dem die gesamte kinetische Energie ihres

Körpers steckte. Ihr Trainer hatte diese Technik immer „Kleiner Ninja – großer Ninja" genannt. Auch wenn Johanna spürte, dass sie den Mann voll erwischt hatte, wusste sie, dass ein Schlag noch lange nicht ausreichte.

Alexej war benommen von dem Haken der Frau, er hatte aber im Leben zu viele Schlägereien mitgemacht, um davon zu Boden zu gehen, auch hielt ihn der Rachedurst auf den Beinen. Er drückte den Abzug der Pistole, doch sie klemmte. Ohne zu zögern, ließ er die Waffe fallen, griff zur Wade und zog aus dem dort angebrachten Holster ein Kampfmesser heraus. Dieses schwang er in einer fließenden, fast eleganten Bewegung und versuchte, damit den Hals der Frau aufzuschlitzen.

Johanna handelte rein instinktiv, sie verspürte plötzlich den Drang, sich abzuducken. Keinen Augenblick zu früh! Die Klinge des Messers fuhr nur wenige Zentimeter über ihrem Kopf hinweg. Johanna sprang zurück. Der Mann erholte sich schneller von dem Kinnhaken, als sie es für möglich gehalten hatte, und rückte auf sie vor. Dabei bewegte er das Kampfmesser in einer rasanten, einer Acht gleichenden, kreisenden Bewegung vor sich her – unmöglich für sie, den Arm zu packen. Immer wieder fuhr die Schneide wie ein wütender Stachel einer Wespe auf sie zu. Johanna wich zurück, bis ihre Bewegung durch die Wand ein jähes Ende fand. Ein höhnisches Grinsen legte sich über das Gesicht des Angreifers, jetzt hatte er sie! Da beging er einen entscheidenden Fehler: Seine Bewegung wurde zu regelmäßig, zu berechenbar! Johanna adaptierte seinen Rhythmus, und als er das Messer nach einer Stichattacke wieder nach hinten zog, trat sie zu. Gleich darauf sprang sie zur Seite.

Der Tritt erwischte Alexej im Magen, er glaubte, sich übergeben zu müssen. Er würgte, doch die Wut gab ihm Kraft und er griff erneut an. Die Frau vor ihm besaß eine fantastische Ausbildung! Dass die deutsche Polizei solch eine hervorragende Nahkampfschulung erhielt, überraschte ihn. Die Bewegungen der Frau erinnerten ihn an Systema, einer Kampfkunst, die von den Kosaken abstammte. Er selbst hatte es nie für nötig gehalten, so etwas zu erlernen, er vertraute immer nur auf seine Kraft. Die Frau kam mit ihrem Sprung zu Seite nicht weit, sie knallte mit dem Rücken an einen Seziertisch, Alexej glaubte, ein leichtes Flackern in ihren Augen zu erkennen. Die Chance! Er stieß mit einem direkten Stich in Richtung ihres Herzens.

Johanna übersah den Tisch und war für einen Lidschlag verwirrt, wieder nicht nach hinten ausweichen zu können. Es blieb ihr nicht viel Zeit, sich zu sammeln, der Mann griff mit einem kerzengeraden Florettstich an. Johanna reagierte, ohne zu überlegen. Ihr Trainer hatte tausendmal gesagt, dass es ein Geschenk wäre, wenn ein Gegner so dumm sei und mit einem geradlinigen Stich angriff. Endlich verstand sie, warum!

Johanna wich im letzten Moment zur Seite aus, ihre linke Hand packte das Handgelenk des Mannes und ihre rechte Faust schlug auf dessen Handrücken. Mit diesem Hieb traf Johanna einen Nervenpunkt: Seine Hand öffnete sich reflektorisch und das Messer fiel. Doch damit endete der antrainierte Bewegungsablauf noch lange nicht! Johanna, immer noch mit der linken Hand das Handgelenk des Mannes haltend, drehte ihren Körper zügig um die eigene Achse. Dabei ließ sie ihre Hand vom Gelenk aus höher zur Hand des Angreifers rutschen.

Bilderbuchmäßig führte sie auch noch die rechte Hand hinzu, legte diese an die Handkante des Angreifers.

Ein stechender Schmerz durchzuckte Alexejs Handgelenk, dann gab es einen Ruck. Seine Wirbelsäule verdrehte sich, er verlor das Gleichgewicht und flog im nächsten Moment im hohen Bogen durch den Raum. Er krachte mit voller Wucht auf den Rücken, der Aufschlag presste ihm die Luft aus den Lungen. Alexej keuchte, vor seinen Augen flimmerte es, er konzentrierte alle Kraft und versuchte aufzustehen, da riss ihn die Frau erneut am Arm.

Johanna dachte nicht daran, den Mann wieder auf die Füße kommen zu lassen. Sie hielt immer noch seinen rechten Arm fest. Diesen drängte sie jetzt nach unten, rutschte einen kleinen Schritt an ihn heran, sodass ihr linkes Schienbein an seinem Oberarm anlag. Dann drückte sie den Arm etwas nach unten und führte ihn in einer Kreisbewegung zu Seite, wobei sie ihr Bein als Hebelpunkt verwendete.

Für Alexej fühlte es sich an, als ob die Frau ihm den Arm brechen wollte. Ihm blieb nichts anderes übrig, er musste dem Druck nachgeben und sich auf den Bauch legen. Er spürte, wie die Frau sich auf seinen Kopf und seine Schulter kniete. Dann legte sich etwas Kaltes, Hartes um sein Handgelenk. Verzweifelt wollte er verhindern, dass die Frau ihm auch noch den anderen Arm mit der Handschelle fesselte.

Davon ließ sich Johanna nicht beeindrucken. Der Mann unter ihr versuchte, den rechten Arm weg von ihr zu bringen, was ihm allerdings nur kurz gelang. Dadurch, dass sie mit ihrem Knie auf seinem rechten

Schulterblatt kniete und den Arm hebelte, verfügte er nur über einen minimalen Bewegungsspielraum. Um die Sache abzukürzen, schlug Johanna mit der Faust einmal kurz auf seine linke Niere. Reflexartig schoss die andere Hand wieder nach hinten, um das empfindliche Organ zu schützen. Diesen Moment nutzte Johanna, sie ergriff die Hand und schon klickte die zweite Handschelle.

Jetzt erst merkte sie, wie sie die Aktion gefordert hatte. Sie schnappte nach Luft, dann fiel ihr Blick auf den Rechtsmediziner, der sie bewundernd anblickte. „Sind Sie okay?", fragte sie ihn. Der Mann nickte und erhob sich langsam. Sein Kittel war voller Blut, auf Johannas besorgten Blick hin beruhigte er sie: „Das ist nicht von mir, keine Sorge, das ist von seinem Bruder." Johanna nickte, dann fragte er sie: „Warum sind Sie noch mal hergekommen? Ich meine, ohne Sie wäre ich in ein paar Stunden tot gewesen." – „Mein Handy, ich hab mein Handy vergessen. Können Sie es mir bitte geben? Ich hab's gerade so bequem hier", dabei auf den Mann deutend, auf dem sie saß. Doktor Schneider nickte. „Wo?" Johanna deutete auf den Haufen mit den Sachen des toten Ivan. „Ich denke, da müsste es liegen." Er ging zum Beistelltisch und fand das Handy unter der Tüte liegend vor. Er reichte es ihr. Johanna wählte die Nummer ihrer Zentrale und forderte Verstärkung an, um das Chaos, welches sich hier bot, aufzunehmen. Die ganze Zeit blieb sie auf dem Gefangenen sitzen, sie wollte kein Risiko eingehen, denn für heute reichte ihr die Action. Doch noch war ihr keine Ruhe vergönnt. Doktor Schneider teilte ihr bekümmert mit: „Die haben die Daten von der Zigarettenschachtel an irgendjemand weitergegeben, bevor Sie gekommen sind. Ich denke, darum werden Sie sich kümmern müssen!"

Kapitel 6

Kathrin stand am Bett und betrachtete den schlafenden John. Vorsichtig strich sie über sein Haar. Nur der Verband an der Schulter bewegte sie dazu, ihn schlafen zu lassen. Die Geschichte vom toten Thomas Mitscherling, die sie ihm anvertrauen wollte, konnte auch noch bis morgen warten. Kathrin unterdrückte den Drang, sich einfach zu ihm ins Bett zu legen, um sich an ihn zu kuscheln. Sie seufzte nur leise, schlich zur Tür, griff nach der Klinke, da hörte sie Johns Stimme: „Kathrin, bist du das?" Kathrin drehte sich um und eilte zu ihm zurück. Lächelnd stand sie am Bett – unfähig zu sprechen. John lächelte ebenfalls, nach einer Weile durchbrach er die Stille: „Es wird langsam zur Gewohnheit, mmh?" Kathrin nickte. „Hat den Anschein ..." – „Ich wollte morgen mit dir essen gehen, aber daraus wird nichts, nicht wahr?" – „Was nicht ist ...", antwortete sie verlegen. Dabei schrie alles in ihr – ja, ja, ja! Dann fiel ihr ein, weshalb sie zu John gegangen war. „Weißt du, warum der Mann auf dich geschossen hat?" – „Ehrlich? Ich hab keinen blassen Schimmer." Kathrin setzte sich neben ihn auf die Kante des Bettes. „Erinnerst du dich noch an den Mann, mit dem du beinah zusammengestoßen wärst?" John nickte: „Wie könnte ich nicht? Schließlich habe ich dich an diesem Tag kennengelernt", und auch Linda, fügte er im Geist hinzu, fragte aber: „Was ist mit ihm?" – „Er ist ermordet worden." Johns Müdigkeit verschwand schlagartig. „Was ist er?" – „Irgendjemand hat ihn umgebracht, ich habe seine Frau, ich meine seine Witwe auf der Station, sie ist völlig durcheinander." John setzte sich auf, so weit es der Arm erlaubte. „Das ist jetzt ein seltsamer Zufall, meinst du nicht?" – „Genau deswegen bin ich zu dir gekommen." John schaute sie mit hochgezogen Augenbrauen an. „Nur deswegen?"

Kathrins Nase fing wieder wie verrückt an zu jucken. „Nein, natürlich nicht, als ich hörte, dass du derjenige warst, der im Ozeaneum angeschossen wurde, wollte ich gleich zu dir, doch dann kam die Frau." In Johns Gesicht spiegelte sich die Anstrengung, mit der er nachdachte, dann konstatierte er langsam: „Wir haben ihm geholfen das Fass wieder aufzuladen, mehr nicht. Danach hab ich ihn nie wiedergesehen." Kathrin nickte, „Ich auch nicht." – „Aber nach einem Fass hat der Typ mich nicht gefragt." – „Du meinst den, der auf dich geschossen hat?" – „Ja, bevor er wie ein Wilder auf mich losging, hat er mich was gefragt." – „Was denn?", fragte Kathrin angespannt. „Er wollte ein Kästchen von mir, aber ich schwöre bei Gott: Ich weiß nicht, was er damit meinte!" – „Und fragen können wir ihn auch nicht mehr." John guckte verwirrt, „Klar, der ist sicher über alle Berge." Kathrin schüttelte den Kopf, „Hat man's dir noch nicht erzählt?" – „Was denn?" – „Er ist tot." – „Was? Wie?" – „Nachdem ihn die Polizei verhaftet hatte, hat ihm jemand eine Kugel in den Kopf gejagt." Johns Gesicht spiegelte seinen Unglauben, bisher war er davon ausgegangen, dass sich sein Peiniger aus dem Staub gemacht hatte. „Das ist krass!", fiel ihm dazu nur ein. Jetzt erst kamen seine Worte bei ihr an. „Was, hast du gesagt, wollte er von dir?" – „Ein Kästchen." Kathrin durchschoss eine Hitzewelle, dann bekam sie eine Gänsehaut. John bemerkte, wie sie erblasste. „Was ist? Was hast du?" Sie starrte John lange an, dann flüsterte sie leise: „Ich glaube, ich weiß, was die suchen." Sein Blick verriet, dass er überhaupt nichts verstand. „Ich denke, ich habe das Kästchen sogar bei mir zu Hause!" Kathrin stand vom Bett auf. Sie schlang ihre Arme um sich, sie fror bei dem Gedanken, dass sie die Nächste sein könnte, auf die es irgendein verrückter Killer abgesehen hätte. „Ich versteh nicht, wieso hast du das Kästchen?" Kathrin erzählte ihm die Geschichte, wie sie es am Moorteich gefunden hatte. Sie begann bei den Blutegeln und endete damit, wie sie es heute erst wiederentdeckt hatte. Sie berichtete ihm von den neun Ampullen mit kyrillischen Buchstaben. *Bin ich im falschen Film?*, fragte sich John, dann drängte er Kathrin. „Damit musst du unbedingt zur Polizei gehen! Das ist die einzige Chance, dass du nicht auch noch da hineingezogen wirst!" Kathrin sagte nickend: „Du hast recht, gleich morgen erledige ich die Sache!" In diesen Moment klingelte das Mobilteil in ihrer Tasche. Beide schraken bei dem Ton zusammen. Kathrin schaute auf das Display. „Du, ich muss auf Station. Hast du was dagegen, wenn ich später noch mal vorbeikomme?" John schüttelte den Kopf. „Ich bitte darum, ich glaube, dass ich jetzt sowieso nicht mehr schlafen kann!" Kathrin hauchte ihm einen Kuss auf die Wange und rannte aus dem Zimmer.

Auf ihrem Weg zurück bekam sie bruchstückhaft mit, wie die Frau an der Rezeption versuchte, einen Vertreter der Presse am Telefon abzuwimmeln. „Nein, ich werde Ihnen keine Auskunft über unseren Patienten geben. Es ist mir egal, ob Sie von der Zeitung sind! Nein, ich habe nicht gesagt, dass er hier ist, hallo?" Dann war Kathrin außer Hörweite, allerdings schenkte sie dem, was sie da gehört hatte, keinerlei Bedeutung. Endlich auf ihrer Station angekommen eilte sie in das Zimmer, aus dem der Alarm gekommen war, doch der Patient schlief bereits wieder friedlich. Kathrin schaute auf die Uhr, sie würde John noch eine Stunde Zeit geben, dann wollte sie noch mal zu ihm gehen.

Britney hatte den Tag in der Stadt verbracht. Da sie noch nie zuvor in Europa, geschweige denn in Stralsund gewesen war, fand sie es spannender, als sie befürchtet hatte. Inzwischen waren ihre Füße pflastermüde und sie war froh, sich gleich auf Johns

Sofa schmeißen zu können und nicht mehr laufen zu müssen. Britney schloss die Haustür auf, und kaum im Hausflur, wurde sie von Frau Sonneck in Beschlag genommen, die aus dem Keller kam und mit einem Glas eingeweckter Erdbeeren nach oben wollte. „Das ist ja schrecklich, ich meine, das, was ihrem Cousin zugestoßen ist!", sprudelte es aus der Vermieterin heraus. Britney verstand nur Bruchstücke von dem, was die Frau von sich gab. Auch vergaß sie fast, dass sie sich der Frau gegenüber als die Cousine von John ausgegeben hatte, dennoch nickte sie: „Yes, thank you", gab sie zurück, bemüht, schnell nach oben zu gelangen. Doch Frau Sonneck ließ sich nicht so einfach abschütteln und folgte ihr. Sie nutzte die Zeit, die Britney benötigte, den Schlüssel herauszuholen und die Tür aufzuschließen, um sie weiter vollzulabern. „Da hat der junge Mann endlich mal eine Freundin und dann schießt man auf ihn. Die ganze Stadt spricht von nichts anderem mehr!" Mit einem Mal stutzte Britney, sie hatte ein Wort gehört, das sie kannte – meinte die Frau, John hätte ein Girlfriend? Neugierig drehte sie sich um. „Oh, how is his …", sie merkte, dass die Frau sie anstarrte, wie ein Schaf vor der Schlachtung, darum versuchte sie, ihre winzigen Deutschkenntnisse aus dem Schnellkurs im Flieger zu aktivieren. „Wie Freundin?", brachte sie mit gebrochenem Deutsch heraus. „Ach, das wussten sie noch gar nicht? Na, hoffentlich habe ich ihrem Cousin nicht die Überraschung verdorben. Die Freundin ist so eine süße Blondine", plapperte Frau Sonneck weiter. Auch wenn sie nichts verstand, spürte Britney, wie eine Welle voller Eifersucht durch ihren Körper schoss. Deswegen verhielt sich John also so abweisend! Endlich ging die Tür auf, sie drehte sich noch einmal kurz zur Vermieterin: „Thank you, muss schlafen mich."

Sie huschte in die Wohnung und ließ die Frau mit ihrem Einweckglas stehen. Frau Sonneck schüttelte verwundert den Kopf und stampfte nach oben.

Britney lehnte sich von innen gegen die Tür. In ihren Augen sammelten sich Tränen. Frust, Wut und Hilflosigkeit breiteten sich in ihr aus. Allerdings war sie wütender auf sich als auf John. Natürlich dauerte es nicht lange, bis ein attraktiver Typ wie John eine andere fand! Sie merkte, wie eingebildet sie gewesen war. Britney wischte sich die Tränen ab. Dann ging sie in die Küche. Sie musste jetzt etwas trinken und das war sicher kein Wasser!

Wladimir lag mit geöffneten Augen auf der schmalen Pritsche, die er hier sein Bett nannte. Diese Komfortlosigkeit störte ihn nicht, hatte er doch in den Jahren im Gefängnis weit unbequemer geschlafen. Welcher Tag war morgen? Es fiel ihm beim besten Willen nicht ein. Nur dass der Plan gründlich daneben gegangen war, wusste er. Dabei hatte doch alles so einfach geklungen: Wladimir hätte Yersinia freigesetzt – binnen weniger Wochen wäre die schrecklichste Pandemie in Russland ausgebrochen, die es je gegeben hatte. Diese hätte das Land ins Chaos gestürzt und Wolodjin wäre zum Teufel gejagt worden, wenn er nicht schon an der Seuche gestorben wäre. Dann wäre Wladimirs Stunde gekommen, er hätte das Gegenmittel reproduzieren lassen und wäre als Heilsbringer erschienen – ein Heilsbringer, der zudem noch ein Nachfahre des letzten Zars war! Doch nun war, außer hätte und wäre, nichts übrig von seinem Plan!

Doch in gewisser Weise freute er sich darüber, dass er die biologische Waffe nicht einsetzen konnte. Der Tod des kleinen Jungen hatte ihm gezeigt, dass sein

Hass auf Präsident Wolodjin zwar unermesslich war, dieser aber dennoch nicht ausreichte, um unzählige unschuldige Menschen zu töten. Im Gegenteil, er sorgte sich, was mit seinen Landsleuten geschähe, wenn diese tschetschenischen Terroristen die Ampullen in die Finger bekämen. Wladimir dachte obendrein an die Einwohner von Stralsund, denn diese Extremisten setzten den Erreger ohne Skrupel auch dort frei, falls sie in Schwierigkeiten gerieten! Er richtete sich schlagartig auf. Andrea! Seine ehemalige Freundin aus der DDR kam ihm in den Sinn. Zwar war die Beziehung schon seit Jahren Geschichte, aber der Gedanke, dass ihr seinetwegen etwas widerfuhr, entfachte den Beschützerinstinkt in ihm. Er musste sie warnen! Alle Vorsicht außer Acht lassend, wählte Wladimir aus dem Gedächtnis ihre alte Telefonnummer. Aber bereits beim ersten Ton hörte er die Ansage: kein Anschluss unter dieser Nummer. Frustriert legte Wladimir auf. Dann öffnete er den Internetbrowser auf dem Handy, surfte zu einer Personensuchmaschine und gab den Namen Andrea Domsken ein. Unsicher darüber, ob sie immer noch so hieß, wollte er es zumindest versuchen. Auf einer Plattform, spezialisiert darauf, mit ehemaligen Klassenkameraden in Kontakt zu kommen, fand er sie. Andrea hieß durch Heirat mittlerweile Gross mit Nachnamen. Auch wenn ihn ein bisschen Wehmut befiel, er freute sich für sie. Er wählte die Nummer, die er neben ihrem Profil fand. Nach wenigen Sekunden meldete sich eine Männerstimme: „Gross." – „Kann ich bitte Andrea sprechen?" – „Wer ist da?" – „Sagen Sie ihr, Wladimir möchte sie sprechen, ich bin ein alter Freund von ihr." Er vernahm, wie der Mann rief: „Andrea, Telefon, ist für dich." Dann hörte er sie: „Ja, bitte?" – „Ich bin's, Wladimir." Seine Wangenmuskeln arbeiteten vor Anspannung. Nach einem Moment der Stille sagte sie: „Du hast Nerven, weißt du, wie lange es her ist?" Damit hatte Wladimir gerechnet. „Ja, und es tut mir leid, dass ich mich nicht mehr gemeldet habe. Aber du musst mir jetzt zuhören! Verschwinde aus Stralsund, so schnell wie möglich. Ich bin nicht in der Lage, es dir jetzt zu erklären, aber etwas Schreckliches kann passieren! Nimm deine Kinder mit, ich nehme an, du hast welche, deinen Mann und informiere von mir aus alle deine Freunde, aber verschwinde!" – „Bist du verrückt geworden?", hörte er die Antwort seiner ehemaligen Freundin. „Erst verschwindest du einfach so, meldest dich dann überhaupt nicht mehr und dann rufst du Jahre später an und sagst, ich soll mir nichts, dir nichts aus der Stadt verschwinden. Hast du eine Ahnung, wie sich das für mich anhört?" Wladimir stöhnte leise vor sich hin, er wollte Andrea retten, auf Vorwürfe ihrerseits hatte er keine Lust. „Ich kann es nur noch einmal wiederholen, verschwinde! Ich melde mich bei dir, wenn alles vorbei ist!" Damit legte er auf. Er hoffte, dass sie den Ratschlag beherzigte und Stralsund so schnell wie möglich verließ, wenn nicht, dann konnte er nur beten, dass die Tschetschenen den Lungenpesterreger nicht gleich in der kleinen Hansestadt losließen! Er legte auf und wählte eine neue Nummer. Die Stimme der Auskunft meldete sich. „Können Sie mich bitte mit dem Flugscheinverkauf von Aeroflot verbinden, danke!"

Wladimir wollte verschwinden, gleich morgen früh würde er das Land verlassen!

Linda starrte auf ihr Handy, inzwischen zählte sie nicht mehr, wie oft sie versucht hatte, John zu erreichen. Irgendetwas stimmte da nicht! Was, wenn John in die Schießerei im Ozeaneum verwickelt gewesen war? Nervös stand sie auf und lief durch ihr Zimmer wie ein Löwe durch den Käfig. Dann blieb sie stehen: Sie musste sich Gewissheit verschaffen, sie würde es einfach bei ihm zu Hause versuchen. Wenn er nicht da wäre, könnte sie immer noch die Krankenhäuser anrufen und nach ihm suchen. Linda schaltete den Fernseher aus, löschte das Licht und verließ ihre Wohnung.

Johanna rieb sich die ausgetrockneten Augen. Ihre Tränendrüsen schienen den Dienst eingestellt zu haben. Egal wie oft sie zwinkerte, das Brennen ließ einfach nicht nach. Seit gut einer Stunde versuchte sie, irgendetwas aus diesem Russen herauszuholen. Doch Alexej glotzte sie nur mir hasserfüllter Mine an, ohne ein Wort zu sagen. Obwohl sie selbst fließend Russisch sprach, hatte sie einen Dolmetscher kommen lassen. Das Risiko, dass später vor Gericht behauptet würde, der Angeklagte hätte sie nicht richtig verstanden, konnte sie nicht eingehen.

Alexej folgte ihr in der Tat ohne Probleme, doch um nichts in der Welt würde er mit ihr kooperieren. Der Hass gegen diese Frau kannte keine Grenzen. Diese Amazone hatte seinen Bruder getötet! Sobald er eine Gelegenheit dafür bekäme, ließe er sie büßen! Die Worte Johannas rückten in weite Ferne, Alexej grinste bösartig, er malte sich in den grellsten Farben aus, wie er sie langsam zu Tode quälte.

Johanna hatte fürs Erste genug, sie brauchte dringend frische Luft und sie musste aufs Klo. Der Gefangene würde ihr nichts verraten, zumindest nicht gleich. Sie sah den Hass in den Augen des Mannes lodern, der sie von Minute zu Minute feindseliger anstarrte. Sie konnte es ihm nicht verdenken; immerhin war sie es, die seinen Zwilling getötet hatte. Johanna drehte sich zu dem anderen Beamten, der sich neben dem Dolmetscher noch im Raum befand:

„Ich brauch ne Pause. Lassen Sie ihn nicht aus dem Blick! Keine Sekunde, haben Sie mich verstanden?" Der Angesprochene verdrehte die Augen, was sollte schon passieren? Der Mann vor ihm war immerhin mit Handschellen an den Tisch gefesselt. „Keine Sorge, der läuft nicht weg, ist gute deutsche Wertarbeit!"

Schief grinsend deutete er auf die Fesseln. Johanna erwiderte nichts und ging hinaus.

Auf dem Weg zur Toilette kam ihr der Kollege von der Anmeldung entgegen und hielt ihr einen Zettel hin. „Hier, da war ein Junge da, der unbedingt mit dir sprechen wollte." – „Was hat er denn gewollt?" – „Keine Ahnung, das wollte er nur dir sagen und niemand anderem!" Johanna ließ sich die Notiz geben und lass den Namen: Kevin. Sie steckte das Papier ein, nickte dem Mann zu: „Okay, danke!"

Nach dem Toilettengang spritzte sie sich kaltes Wasser ins Gesicht, um wieder wach zu werden. Dann setzte sie sich an ihren Schreibtisch, startete das E-Mail-Programm, legte den Zettel vor sich und wählte Kevins Nummer.

Dieser lag im Bett und dämmerte bereits in einen verrückten Traum hinüber. Das Licht ging an und sein Großvater steckte den Kopf zu Tür herein. „Kevin? Kevin!" Kevin rieb sich die Augen und setzte sich im Bett auf. „Ja, was ist?" – „Da ist eine Frau von der Polizei am Telefon, sie sagt, du wolltest sie sprechen." Schlagartig verschwand die Müdigkeit. Kevin sprang aus dem Bett und lief rasch am Opa vorbei hinunter zum Telefon.

Johanna hörte die Stimme des Jungen, dem sie beim Ninjutsu geholfen hatte. „Danke, dass Sie mich anrufen!" – „Kevin, ich hoffe, es ist etwas Wichtiges und du willst nicht mit mir über dein Training reden! Außerdem duzen wir uns, schon vergessen?" – „Keine

Angst, es geht um den Mann der am Ozeaneum erschossen worden ist."

Johanna richtete sich gespannt in ihrem Schreibtischstuhl auf. „Was weißt du von ihm?!"

Kevin freute sich, dass er mit seiner Vermutung richtig lag und sie ihm zuhörte. Hinter ihm standen derweil die Großeltern und hörten gespannt zu. „Ich habe diesen Mann schon einmal gesehen." – „Ja, ich habe den Bericht gelesen. Du warst der Erste, der mitbekommen hat, dass er eine Waffe mit sich führte, aber das weiß ich doch schon!", bemühte sich Johanna, nicht genervt zu klingen. „Nein, das meine ich nicht, ich habe ihn schon vorher einmal gesehen! Und ich habe, als ich mit dem Stock am Strand trainiert hab, außerdem auch noch gesehen, wie jemand einen Mann auf dem Sund ins Wasser gestoßen hat." Johannas Müdigkeit verflog völlig. „Okay, erzähl!", forderte sie ihn auf. Da fing Kevin an, ihr alles zu berichten, was ihm in der letzten Zeit aufgefallen war. Angefangen bei dem Unfall, bei dem eine Tonne von der Laderampe eines Autos gefallen war und wie eine Frau und zwei Männer sie wieder aufgeladen hatten. Weiter davon, dass der Mann mit dem Fass im gleichen Haus wohnte wie sein Freund Oleg. Er erzählte auch, dass der junge Mann, der mithalf, die Tonne aufzuladen, genau der war, hinter dem der Mann mit der Waffe her gewesen war.

Johanna traute ihren Ohren nicht, der Junge stellte mit dieser Erzählung den Zusammenhang zwischen den Taten her, nach dem sie die ganze Zeit gesucht hatte: Der tote Angler und der junge Hawaiianer hatten sich gekannt! Als Kevin ihr dann auch noch erzählte, dass der Mann aus dem Ozeaneum gestern bei Thomas Mitscherling vor dem Haus gestanden hatte, war ihr klar, wer den Angler ermordet haben musste! „… und dann hab ich dem Mann gesagt, dass der Nachbar von Oleg mit dem alten Auto zum Angeln gefahren war und er ihn vielleicht am Hafen finden könnte", schloss Kevin die Erzählung. „Wenn du mir jetzt auch noch sagst, warum der Schütze aus dem Ozeaneum selbst erschossen wurde, knutsch ich dich beim nächsten Training", murmelte Johanna leise vor sich hin. Doch ihm blieb diese Erfahrung erspart, er war fertig. „Das war alles, wenn ich noch was sehe, sag ich es!" – „Danke Kevin, du hast mir sehr geholfen, wir sehen uns beim Training!" Damit legte sie auf. Ihr Blick fiel auf eine Mail aus dem KTU-Labor. Der DNA-Test hatte ergeben, dass die Spuren, die am Eimergriff auf dem Boot von Thomas Mitscherling gefunden wurden, zu dem Erschossenen passten. Sie saß einfach nur so da und stierte vor sich hin. Das *Wer* hatte sich beantwortet, jetzt musste sie nur noch das *Warum* herausfinden. Sie löste sich aus ihrer Starre und schaute auf die Wanduhr: kurz nach zweiundzwanzig Uhr. Ob sie jetzt noch ins Krankenhaus fahren konnte? Sie musste unbedingt noch einmal mit diesem John reden. Nachdem sie erfahren hatte, dass er den toten Angler gekannt hatte, interessierte es sie brennend, was John McFerrow über ihn, und noch mehr, was er über diese Frau sagen konnte, die bei dem mysteriösen Fass geholfen haben sollte.

Johanna wurde schlagartig durch einen lauten Knall aus ihren Gedanken zurückgeholt. Ein Schuss aus einer 9-Millimeter-Pistole! Sie griff nach ihrer Dienstwaffe und stürmte in Richtung des Geräusches. Johanna erreichte den Gang, der zu dem Verhörzimmer führte. Dessen Tür stand sperrangelweit offen. Mit der Waffe eng an ihren Oberkörper gepresst, damit niemand sie ihr einfach aus der Hand schlug, spähte sie in den Raum. Der Verhaftete war verschwunden! Dort, wo vorhin die Handschellen am Tisch festgemacht waren, hing nur noch eine Öse lose herab. Am Boden lagen zwei bewegungslose Körper, sonst war der Raum leer. Johanna wieselte hinein, hastig bückte sie sich zu dem Mann, der ihr am nächsten lag. Es war ihr Kollege, der noch vor wenigen Minuten getönt hatte, dass der Gefangene doch bestens am Tisch gefesselt sei und nichts anrichten könne. Ihm war nicht mehr zu helfen; ein kleines rundes Loch über dem rechten Auge und die Blutlache hinter dem Kopf sprachen Bände. Johanna hörte ein leises Stöhnen, das vom Dolmetscher kam. Dieser war nicht angeschossen, sondern nur niedergeschlagen worden. Eine hühnereigroße Beule zierte die linke Schläfe des Mannes. „Können sie mich hören?", fragte Johanna. Dieser nickte, wenn auch nur minimal. „Hilfe wird gleich kommen!", versicherte sie, griff nach ihrem Handy und wählte die 112. Sie hörte die Stimme der Notrufzentrale. Da stellten sich ihre Nackenhaare auf. Johanna wollte sich umdrehen, doch zu spät! Sie spürte den kalten Stahl eines Pistolenlaufs an ihrem Genick, dann griff eine Hand nach ihrer Waffe und zerrte sie weg. Nachdem ihre Pistole scheppernd in der Ecke des Raums landete, hörte sie: „So, meine Süße, was willst du wissen?" Johanna sah voraus, was als Nächstes kam: Er beichtete ihr alles, um sie dann genauso skrupellos zu erschießen wie ihren Kollegen. Sie verspürte keine Angst, sie fühlte sich nur wie in einer der unzähligen Trainingssituationen. Johanna wusste, dass es eine Chance gab, wenn auch nur eine winzig kleine. Um Zeit zu schinden, fragte sie: „Warum haben Sie den Mann vor dem Ozeaneum erschossen?" – dass er und sein Bruder die Täter waren, darin bestand für sie kein Zweifel. „Ach, Ivan, der hat die ganze Aktion in Gefahr gebracht mit dieser dämlichen Nummer im Museum." – „Was für eine Aktion?", fragte Johanna weiter, noch schien der Mann in Plauderlaune. „Neugierig, was? Na, dir nützt es ja sowieso nichts mehr. Unser Auftraggeber hatte diesem Ivan eine Aufgabe erteilt. Es geht um irgend so eine Biowaffe, damit will er ganz Europa ausrotten." – „Dann sterben Sie auch. So dumm können Sie doch nicht sein!", warf Johanna ein. „Keine Sorge, Schätzchen, ich bekomme so viel Geld von unserem neuen Partner, damit fliege ich bis ans andere Ende der Welt." Der Druck der Waffe verstärkte sich minimal, dennoch spürte Johanna es. Jetzt kam der Augenblick, in dem der Mann abdrücken wollte! Ansatzlos, genau wie unzählige Male geübt, schoss ihre rechte Hand hoch und packte die Waffe.

Gleichzeitig riss sie ihren Kopf in die entgegengesetzte Richtung. Keinen Augenblick zu früh, der Schuss krachte und das Projektil schlug knapp neben ihr in die Wand ein.

Alexej fluchte, weil ihn die Frau zum zweiten Mal heute übertölpelte. Er drückte den Abzug, um gleich noch einmal zu schießen. Doch da Johanna den Schlitten der Pistole festhielt, verklemmte sich die Hülse der abgeschossenen Patrone und zusammen mit der automatisch nachrückenden Munition blockierte die Waffe hoffnungslos. Noch bevor Alexej kapierte, wie ihm geschah, drehte sich Johanna um und entriss ihm die Pistole. Dann flog ihr rechtes Bein auf ihn zu, der Tritt draf ihn hart am Bauch und stieß ihn nach hinten. Er knallte mit dem Rücken an die Wand und rutschte zu Boden. Sofort begann er, sich wieder aufzurappeln.

Johanna sprang nach dem Tritt einen Schritt zurück. Dabei hatte sie allerdings nicht an ihren toten Kollegen hinter ihr am Boden gedacht. Sie stolperte über ihn und fiel ebenfalls hin. Ohne Zeit damit zu verschwenden, sich abzufangen, konzentrierte sie sich im Fallen nur darauf, die Waffe wieder einsatzfähig zu machen. Mit ihrer linken Hand zog sie den Schlitten der Pistole zurück. Dadurch wurden die klemmenden Geschosse ausgeworfen und eine neue Patrone rutschte in den Schacht nach. Noch bevor Johanna auf den Fußboden aufschlug, hielt sie eine schussbereite Waffe in der Hand.

Alexej stand auf und stürzte sich, wie ein vom Wahnsinn Besessener, auf die Frau. Er dürstete nach Rache, er wollte diese Frau töten, sie musste für den Tod seines Bruders bezahlen! Die Polizistin fiel vor ihm auf den Rücken. Triumphierend hechtete er mit einem weiten Sprung auf sie zu. Da blieb die Zeit für Alexej stehen, mit einem Mal erkannte er kristallklar, dass er seinen letzten Fehler gemacht hatte, als er die Frau nicht gleich erschossen hatte. Er sah noch, wie sie die Waffe durchlud und wie ein greller Blitz aus dem Lauf der Pistole fuhr. Dann endete seine Existenz.

Johanna zog rasch die Beine an. Der Mann krachte leblos vor ihr auf den Boden. Sie starrte in die geöffneten Augen des Toten, in denen das Bewusstsein, versagt zu haben, für immer eingebrannt war. Dann schrien mehrere Männer, die lautstark, die Waffen im Anschlag, in den Raum stürmten. Johanna verkniff sich den Kommentar nicht: „Ach, die Herren der Schöpfung sind auch schon da?" Die Polizisten hielten inne, sie erkannten, dass Johanna die Lage bereits unter Kontrolle hatte. Sie wischte sich den Schweiß aus dem Gesicht, der sich trotz aller Coolness dort angesammelt hatte. „Ich hoffe, ihr habt an einen Sani gedacht, der Dolmetscher braucht dringend Hilfe!" Damit stand sie auf, lief hinüber und hob ihre Dienstpistole auf, kontrollierte sie auf sichtbare Schäden, und steckte sie ins Holster. Johanna kämpfte erneut gegen den Drang, alles liegen zu lassen und in ihre Stammkneipe zu gehen, um sich dort ein oder zwei Bier hinter die Binde zu kippen. Sie musste ins Krankenhaus fahren und aus diesem John alles rausquetschen, was er wusste! Und hatte dieser Russe nicht eben etwas von einem neuen Partner gesagt? Wenn es den wirklich gab, dann schwebte John McFerrow erneut in Gefahr!

Britney amüsierte sich. Sie schaute ihre Lieblingsserie *NCIS* und kam nicht darüber hinweg, wie ihre Serienhelden mit deutschen Stimmen sprachen. In der Werbepause stand sie auf, sie schwankte und stieß beim Hochkommen mehrere leere Flaschen Bier um, die sich zu ihren Füßen angesammelt hatten. Sie wankte ins Bad und schlief fast auf der Toilette ein, da klingelte es. Erst nach einer Weile drang die Information zu ihr durch, dass jemand vor der Tür stand. In der Annahme, es sei John, torkelte sie durch den Flur und öffnete.

Linda war überrascht. Eine dunkelhaarige Frau mit einer ordentlichen Bierfahne stand schwankend vor ihr in der Tür. „Hallo, ist John da?", fragte sie ein wenig zurückhaltender, als sie es selbst von sich gewohnt war.

Britney musterte die Blondine mit schief gehaltenem Kopf. Das ist also die Neue, sickerte es ihr langsam ins Bewusstsein. Dabei spürte sie, was sie selbst erstaunte, keine Eifersucht, sondern nur Neugierde. Wie selbstverständlich rief sie: „No, come in!", dann ließ sie ihre Nebenbuhlerin in der offenen Tür stehen und ging zurück in Johns Wohnzimmer.

Linda zog die Augenbrauen hoch. Was soll das denn jetzt wieder bedeuten? Sie betrat die Wohnung und zog die Tür hinter sich zu.

Im Wohnzimmer fläzte sich Britney auf die Couch und starrte in den Fernseher. Linda stand ein wenig verloren im Raum. „Drink?", fragte Britney, ohne den Blick von der Flimmerkiste zu lösen. „Ja, bitte", antwortete Linda, obwohl sie nicht wirklich Lust auf Bier verspürte. Britney bückte sich, zog eine der letzten vollen Flaschen hervor, öffnete sie und reichte sie hinüber. Sich bedankend griff Linda danach und kippte einen großen Schluck hinunter. Die nächsten Minuten waren nur die Dialoge aus dem Fernseher zu hören. Nach einer Weile reichte es ihr: „Ich bin übrigens Linda, ich bin die ..." – „I know, du bist new Girlfriend of John", und nach einem kurzen Seufzer: „I am his ex. Ich hier, weil ich haben will ihn back ." Das kam so emotionslos, dass Linda nicht glauben wollte, was sie soeben gehört hatte. „Und, hat die Ex auch einen Namen?", fragte sie provozierend, jetzt selbst ins Englische wechselnd. Jetzt drehte Britney ihren Kopf zu ihr. „Sicher ich bin Britney, hat nichts erzählt?" Linda schüttelte den Kopf. „Nein, tut mir leid, aber so lange sind wir auch noch nicht ..." Sie stoppte, was laberte sie da? Sie hatte erst einmal mit John herumgeknutscht und behauptete jetzt, sie sei seine Freundin. „Wo ist er überhaupt?" In Britneys Gesicht tauchte der Schimmer eines Triumphs auf. „Oh, du weißt es nicht?" – „Nein, ich hab ihn den ganzen Tag nicht erreicht." Britney spürte, wie sich Hoffnung durch ihren betrunkenen Geist schlängelte. Wenn John die Neue nicht anrief, konnte es doch nur bedeuten, dass er es nicht ernst mir ihr meinte. „Auf unseren ...", dabei zog sie das *unseren* in die Länge, „... John ist geschossen worden." – „Was?!", entfuhr es Linda. „Wie das denn?" Ihre Angst war also nicht unbegründet gewesen, dann war John derjenige, auf den im Ozeaneum geschossen worden ist. „Wie geht es ihm, in welchem Krankenhaus liegt er, ist er bei Bewusstsein?", sprudelte es jetzt aus ihr heraus.

Britney merkte, dass sich Linda ernsthaft um John sorgte. Sollte sie diese Blondine nicht besser anlügen? Sie holte aber nur kurz Luft und erzählte ihr alles, was sie selber wusste. Wobei sie vollständig in ihre Muttersprache verfiel. Mit den Worten: „… und dann hat er gesagt, keiner soll ihn stören!", endete sie.

Linda ließ sich neben Britney auf die Couch fallen. „Ich hoffe, es ist noch genug Bier da!" Sie setzte an und trank die Flasche halb aus. Diese Nachricht musste sie erst einmal verdauen.

Britney empfand auf einen Schlag Sympathie für die blonde Deutsche, obwohl sie nicht wusste, wieso.

„Nein, aber John hat auch Whiskey, ich denke, es ist genug für uns beide da." Damit streckte sie ihr die Flasche entgegen und stieß mit Linda an.

Kathrin hatte es noch nicht wieder geschafft, zu John zu gehen. Ihre Patienten vereitelten jeden Versuch, den sie startete. Es war inzwischen kurz vor dreiundzwanzig Uhr und es schien endlich Ruhe einzukehren. Zur Sicherheit ging sie von Krankenzimmer zu Krankenzimmer und überprüfte, ob wirklich alle schliefen. Zuletzt betrat sie den Raum von Beate Mitscherling. Diese lag schlummernd in ihrem Bett. Kein Wunder, mit der Menge Beruhigungsmittel in ihrem Blutkreislauf musste sie noch mindestens acht Stunden schlafen. Einen Moment verharrte sie noch, den Blick auf diese Frau gerichtet, deren Leben sich so abrupt verändert hatte, dann schlich sie hinaus, vorsichtig die Tür hinter sich schließend. Kathrin stellte die Rufanlage im Schwesternzimmer erneut auf das Mobilteil um und steckte dieses ein. Sie warf noch einen kurzen Blick in den Spiegel, dann flitzte sie los.

Nachdem John eine Weile vergebens auf Kathrin gewartet hatte, war er eingeschlafen. Als die Tür sich öffnete und ein Lichtschein auf sein Gesicht fiel, erwachte er allerdings sofort. „Da bist du ja endlich!" Er wollte ihr noch sagen, wie sehr er sich freute, dass sie wieder hier war, da bemerkte er, dass Kathrin noch jemand mitgebracht haben musste. Dass er sich komplett irrte, merkte er erst, als ein Mann an sein Bett trat. Und dieser Mann war nicht allein! Um ihn herum verteilten sich vier weitere Gestalten im Raum. John wunderte sich, warum er ihre Gesichter nicht sah, bis er erkannte, dass sie alle Balaklavas trugen. Seine linke Hand griff instinktiv nach dem Rufknopf über dem Bett. Zu seiner Verwunderung hielt ihn keiner davon ab. John drückte den Knopf und das Zeichen überm Bett, das anzeigte, dass der Ruf rausgegangen war, leuchtete auf. „Wir möchten, dass du uns hilfst!", sprach ihn jetzt einer der Vermummten leise und freundlich an. John hörte einen leichten fremdländischen Akzent, konnte ihn aber keiner Nationalität zuordnen. Er schluckte, sein Hals fühlte sich staubtrocken an. „Helfen? Und wobei?" – „Ein Freund hat uns gesagt, dass du in den Besitz eines kleinen Kästchens gelangt bist, und dieses brauchen wir. In unseren Händen wird es einer guten Sache dienen." Schon wieder dieses Ding, was war daran oder darin nur so wichtig, dass alle Welt auf der Jagd danach war? „Gut, Sie wissen, wo es ist." – „Das hab ich nicht gesagt, ich habe keine Ahnung, was Sie von mir wollen …" Dann hielt er inne, sein Gesichtsausdruck verriet ihn bei dem Gedanken an das Kästchen. John wollte weitersprechen, da öffnete sich die Tür. Die Männer fuhren herum, wenige Augenblicke später hörte John, wie Kathrin versuchte, sich gegen sie zu wehren. Die Männer hatten sie gepackt und zerrten sie zum Bett. „John, was wollen die?" Doch anstelle von John antwortete der Anführer der Vermummten: „Sie brauchen keine Angst zu haben, wir wollen weder etwas von Ihnen noch von Ihrem …", er hielt kurz inne, „… Freund, nehme ich an. Er soll uns nur das kleine Kästchen geben, dann sind wir auch schon fort, Ihnen wird nichts passieren. Ich verspreche es." Die Blicke von John und Kathrin trafen sich. Kathrin setzte an, um etwas zu sagen, doch John kam ihr zuvor: „Das Kästchen ist bei mir!", fuhr es aus ihm heraus. „Sie sind ein schlauer Mann", hörte John den Typen sagen. „Stehen Sie auf und ziehen Sie sich etwas an." John bemühte sich, aufzustehen, dann trat ihm ein Pferd gegen die Schulter, zumindest fühlte es sich so an. Einen Schmerzlaut ausstoßend ließ er sich wieder nach hinten fallen. Der Anführer drehte sich zu Kathrin um. „Helfen Sie ihm, Sie sind doch Krankenschwester!" Kathrin beugte sich zu John hinunter und fasste ihm vorsichtig unter die Achseln, dabei flüsterte sie leise: „Warum hast du das gesagt? Wenn sie herausfinden, dass du gelogen hast, dann …" – „Ich habe nicht gesagt, dass Sie hier ein Date haben!", unterbrach der Mann sie barsch. Kathrin fuhr herum und funkelte ihn finster an. „Sparen Sie sich diese Blicke für Ihre Kinder, Sie wollen doch mal Kinder bekommen, oder?" Der Ton hatte jede Freundlichkeit verloren. Die anderen Männer fragten ihren Anführer etwas in einer Sprache, die sie noch nie zuvor gehört hatte. Der Angesprochene erwiderte etwas, dann wandte er sich an Kathrin: „Mein Kampfgenosse hat mich gefragt, warum wir Sie nicht hier töten, wir brauchen Sie doch nicht, meint er. Ich hab ihm gesagt, dass wir keine Barbaren sind. Ich hoffe, Sie sind nicht so dumm und bringen meine Männer dazu, das Gegenteil zu beweisen!" Kathrin nickte erschrocken. Sie drehte sich wieder zu John und mit ihrer Hilfe schaffte er es, aus dem Bett zu kommen und sich anzuziehen.

Der Krankenhausflur lag still und verlassen da. Sie gingen am Schwesternzimmer vorbei, und sofort verstand John, warum vorhin auf seinen Alarmruf niemand reagiert hatte: Der Körper der Nachtschwester lag unnatürlich verrenkt am Boden. Hoffentlich ist sie nur bewusstlos, ging es John durch den Kopf.

Kathrin zuckte zusammen, das Stationstelefon in ihrer Tasche klingelte. Bevor sie darauf schauen konnte, griff einer der Männer danach und schleuderte es auf den Laminatboden, um es dort mit einem festen Tritt zu zerstören. Kathrin schloss die Augen, ihr wurde schlecht bei dem Gedanken, dass ihre Patienten keine Hilfe bekämen. Der Stress, der sie erwartete, weil sie sich nicht auf Station aufhielt, machte es nicht besser. Doch würde sie den Ärger überhaupt noch erleben? Was hatten diese Männer mit ihnen vor? Sie erreichten die Tür zum Treppenhaus, unsanft stießen die Vermummten sie vorwärts.

Johanna parkte ihren Wagen direkt neben dem Eingang des Krankenhauses, direkt vor dem blauen Schild mit dem Rollstuhlfahrer darauf. Sie betrat die Vorhalle, hinter ihr hörte sie, wie ein Wagen ansprang. Neugierig drehte sie sich um: Ein dunkler Van fuhr vom Parkplatz und verschwand in der Finsternis. Wer fuhr um diese Zeit hier weg? Die Rezeption war nicht besetzt. Da Johanna wusste, wo John McFerrows Zimmer lag, störte sie dies nicht.

Auch der Gang auf Johns Station gähnte vor Leere, nur die Neonröhren summten leise vor sich hin, der natürliche Zustand einer nächtlichen Krankenhausstation. Johanna ging, ohne sich bei der Nachtschwester anzumelden, zu Johns Zimmer. Sie runzelte die Stirn: Die Zimmertür stand offen.

Hier stimmt was nicht! In einer gleitenden, schnellen Bewegung griff sie nach ihrer Waffe. Mit der anderen Hand schob sie die Tür auf, wartete eine Sekunde, dann sprang sie mit der Pistole im Anschlag in den Raum. Selbst im fahlen Mondlicht, das durch das Fenster hereinfiel, erkannte sie, dass sich außer ihr niemand in diesem Raum aufhielt. Dennoch schaltete sie das Licht an und blickte sich um. Der Kleiderschrank stand offen und war leer. Langsam schob Johanna ihre Knarre wieder ins Holster. Sie trat auf den Flur hinaus. Hatte dieser John die ganze Zeit falsch gespielt und steckte hinter allem? Wenn ja, musste sie verhindern, dass er das Land verließ. Aus dem Schwesternzimmer drang ein leises Stöhnen an ihr Ohr. Johanna rannte hin und fand die Nachtschwester am Boden liegend. Diese hielt ihre Hand an die Schläfe, ihre Augen irrten verwirrt hin und her. Johanna beugte sich zu ihr hinunter, ohne den Eingang aus dem Blick zu lassen. „Kommen Sie, ich helfe Ihnen." Sie packte sie unter den Armen und setzte sie auf. „Wie ist die Nummer der Notaufnahme?" Die Angesprochene schaute sie nur abwesend an und antwortete nicht. Johanna verspürte keine Lust auf ein langes Frage-und-Antwort-Spiel, darum griff sie nach ihrem Handy und wählte den Notruf. Der Dispatcher glaubte, sie wollte ihn verarschen, als sie ihm erklärte, dass sie Hilfe auf der chirurgischen Abteilung des Krankenhauses benötigte. „Das ist mir egal, was Sie glauben. Dann rufen Sie gefälligst in der Notaufnahme an und sagen denen, dass eine Kollegin von ihnen dringend Hilfe braucht. Haben Sie mich verstanden?" – „Ja, ist ja gut, ich kümmere mich darum." Sie legte auf und drehte sich zur Schwester um, die kurz davor war, wieder umzukippen. Johanna schüttelte sie sanft. „Hilfe ist unterwegs. Können Sie mir sagen, wer das war? War es der Patient von 107?" Doch die Nachtschwester verdrehte die Augen. „Nein", flüsterte sie, „Männer mit Skimasken." Sie stöhnte, dann sprang Johanna noch rechtzeitig nach hinten, die Frau übergab sich in einem hohen Schwall. Johanna kannte diese Symptome: Die Frau hatte eine gehörige Gehirnerschütterung. Sie schaute sich um und sah eine Box mit Taschentüchern, griff danach und reichte der Frau ein paar. Die Fahrstuhltür öffnete sich geräuschvoll. Johanna richtete die Pistole auf den Eingang des Schwesternzimmers. Ein Notarzt und ein Sanitäter kamen hereingeeilt und zuckten beim Anblick der Waffe zurück. „Keine Angst, ich bin die Gute", Johanna steckte die Knarre weg. „Ihre Kollegin hier braucht Hilfe." Sie stand auf, damit der Weg für die Helfer frei wurde. Die Männer eilten herein, dabei stieß der Arzt mit dem Fuß gegen einen Gegenstand am Boden, der scheppernd durch den Flur rutschte. Johanna ging interessiert zu dem Ding, das jetzt an der Wand zum Liegen kam, und hob es auf. Sie betrachtete das Mobilteil eines Telefons, oder besser das, was davon übrig war. Auf der Rückseite klebten die Überreste eines Aufklebers mit dem Aufdruck: Station 3. Johanna drehte sich zu dem Notarzt, dieser legte, zusammen mit dem Sanitäter, die Nachtschwester auf eine Trage. „Entschuldigung, welche Station ist das hier?" – „Die Sieben, warum?" Johanna gab ihm darauf keine Antwort, sondern fragte weiter: „Was ist die Drei?" – „Die Psychiatrische, warum?" – „Wo finde ich die?" – „Durch die Haupthalle und dann im anderen Flügel im ersten Stock, warum?" Doch auch diesmal antwortete sie ihm nicht. Stattdessen rannte sie los.

Stumm starrten die Patienten vor sich hin. Ein Mann weinte leise, eine Frau versuchte, einen unerträglichen Juckreiz loszuwerden, der ihren Kopf befallen hatte. Über fast allen Zimmern leuchtete das Rufzeichen. Johanna stürmte in den Flur zur Station drei und blieb, über den Tumult erschrocken, stehen. Sie fasste sich wieder und rannte, ohne sich um die Patienten zu kümmern, ins Schwesternzimmer. Dass der Raum leer war, überraschte sie nicht. Schnell inspizierte Johanna das Zimmer. Auf dem Computer war noch die Patientenakte von Beate Mitscherling geöffnet. „Was'n Zufall", murmelte sie. Sie öffnete den Schrank, in dem sie die Privatsachen der diensthabenden Schwester vermutete. „Bingo", entfuhr es ihr, als sie der Handtasche gewahr wurde. Sie öffnete diese, entdeckte das Portemonnaie und fand darin, wonach sie suchte. Johanna hielt den Personalausweis von Kathrin Hillmer in der Hand, drehte ihn um und sah sich die Adresse an. „Dann hoff ich mal, dass du die Frau bist, von der Kevin erzählt hat!" Sie schrieb sich die Anschrift auf und wollte wieder los. Da packte sie etwas an der Schulter. Sofort griff Johanna mit der linken Hand zu und dreht sich herum, den Arm des vermeintlichen Angreifers am Handgelenk hebelnd. Doch sie ließ die Hand gleich wieder los. Vor ihr stand ein blasser Mann, im Schlafanzug, der sie mit übergroßen Augen aus einem dürren Gesicht anschaute. Der Mann sagte nichts, starrte einfach nur vor sich hin. „Entschuldigung, ich dachte …" Sie bemerkte, dass es sinnlos war, mit diesem Patienten zu sprechen. Stattdessen griff sie nach dem Telefon im Schwesternzimmer. Sie drückte die Kurzwahltaste der Zentrale. Nach einer gefühlten Ewigkeit, in der sie dem irren Glotzen des Mannes ausgesetzt war, meldete sich eine verschlafene Stimme: „Ja?" – „Kriminalpolizei, Sie müssen unbedingt jemand auf die Station drei schicken, die Nachtschwester ist leider abhandengekommen!" Der Mann in der Zentrale wollte ansetzen und sie fragen, ob sie noch ganz dicht sei, da legte sie auf. Sie musste ein anderes Problem lösen: Wenn sie sich nicht irrte, waren diese Kathrin und John entführt worden! Jetzt reimte sich Johanna auch zusammen, wer vorhin mit dem dunklen Van davongefahren war: Kathrin, John und deren Entführer!

Der dunkle Van kam vor Johns Haus zum Stehen. Auf dem Beifahrersitz drehte sich der maskierte Anführer zu den beiden Entführten um. John hatte inzwischen herausgefunden, wie der Vorname des Mannes lautete. Auch wenn er die Sprache der Kidnapper nicht verstand, ein Wort hörte er immer wieder, wenn die Verbrecher den Kopf der Bande ansprachen: Usam. Dieser Usam richtete das Wort an John und Kathrin: „In wenigen Minuten habt ihr es überstanden, du kommst jetzt mit uns nach oben, deine Freundin wartet hier so lange. Du gibst uns das Kästchen, dann verschwinden wir aus eurem Leben." Mit angedeutetem Schelm in der Stimme fügte er noch hinzu: „Ihr könnt dann später euren Enkeln erzählen, was für ein verrücktes Abenteuer ihr erlebt habt." Bisher hatte es John erfolgreich geschafft, die Fragen zu verdrängen, doch mit einem Mal stiegen sie in ihm empor: Was passierte, wenn die Männer herausbekamen, dass er gelogen hatte? Was, wenn er ihnen gleich die Wahrheit erzählte und kundtat, dass die Box nicht bei ihm, sondern bei Kathrin war? Warum er vorhin spontan gesagt hatte, sie sei bei ihm, wusste er selbst nicht genau. Womöglich weil er naiv hoffte, dass die Kidnapper Kathrin dann in Ruhe ließen. John wollte weiter auf Zeit spielen. Er würde sich dumm stellen und so tun, als habe er vergessen, dass das Kästchen gar nicht mehr bei ihm war. Mit einem mulmigen Gefühl im Magen stieg er aus, umzingelt von vier Männern. Kathrin schaute ihm unsicher hinterher, bis ihr Bewacher die Tür des Vans schloss und John im Haus verschwand.

Johanna verfluchte sich selbst. Aus Schludrigkeit hatte sie es versäumt, ein mobiles Blaulicht in ihren Wagen zu legen. Ohne dieses traute sie sich jetzt nicht, so richtig Gas zu geben. Doch im Augenblick schlich sie sowieso, sie musste Nachdenken. Wo brachten die Entführer die beiden hin? Und warum? Hatte es mit dem mysteriösen Kästchen zu tun, von dem dieser John berichtet hatte? Wenn ja, bestand immerhin die vage Möglichkeit, dass die Entführer mit den beiden zu deren Wohnungen fuhren, um das Ding in ihren Besitz zu bekommen. Wo sollte Johanna es zuerst versuchen? Bei Kathrin oder bei John? Ene, mene, muh und raus bist du – sie entschied sich, erst mal die Adresse von John anzusteuern. Sie fummelte ihr Handy heraus und wollte die Einsatzzentrale anrufen, damit man ihr Verstärkung dorthin schickte, da hörte sie die Stimme des Dispatchers aus dem kleinen Funkgerät auf ihrem Beifahrersitz. „Alle Einsatzkräfte werden in die Zentrale beordert, die 052 wurde auf die höchste Stufe gesetzt, es wird vermutet, dass ein 045 in Verbindung mit einem 028 vorliegt. Ich wiederhole. Alle Einsatzkräfte …" Johanna hörte schon nicht mehr zu. Sie griff erneut nach dem Handy und drückte die Kurzwahltaste für die Rufnummer ihres Vorgesetzten. Dieser schlief normalerweise um diese Zeit, aber wenn die Alarmstufe auf den höchsten Level gesetzt war, musste er wach sein. Er hob nach dem zweiten Klingeln ab. „Sagen Sie jetzt nicht, dass Sie krank sind!", bellte es aus dem Telefon. „Heiße ich etwa Polzin?", blaffte sie zurück. „Wie Sie sicher gesehen haben, bin ich heute schon die ganze Zeit im Dienst, obwohl es mein freier Tag ist!" An der Pause, die er einlegte, bevor er antwortete, erkannte sie, dass er noch nicht im Bilde über das war, was heute alles in Stralsund passiert war. „Und warum rufen Sie dann an? Machen Sie, dass Sie herkommen, in einer Viertelstunde ist

Lagebesprechung!" – „Ich kann nicht", entgegnete sie ihm, „ich bin einer potenziellen Entführung auf der Spur, also sagen Sie mir, wieso wird eine Warnung vor einem Sprengstoffanschlag herausgegeben?" Sie hörte ihren Vorgesetzten durch die Nase schnauben. „Am späten Nachmittag ist ein Anruf von einer Frau Andrea Gross hereingekommen, sie hat erzählt, dass sie einen seltsamen Anruf von einem ehemaligen Freund aus Russland erhalten hätte. Der Mann hatte sie aufgefordert, Stralsund so schnell wie möglich zu verlassen, da hier bald etwas Schreckliches eintreten würde." – „Und darum macht ihr die ganze Mannschaft verrückt?" Johanna zog ihre Mundwinkel abwertend nach unten. „Das war so klar, dass das von Ihnen kommen musste", brummte der Einsatzleiter, „wir hätten die Sache sicher nicht so ernst genommen, wenn die Frau uns nicht gesagt hätte, wo ihr russischer Freund früher gearbeitet hatte." – „Und wo war das?" Ihr Chef pausierte kurz, um seinen Worten eine größere Bedeutung zu verleihen. „Er war beim KGB und hatte früher irgendwas mit dem Bioforschungslabor auf der Insel Riems zu tun gehabt." Das saß! So skeptisch Johanna bisher gewesen war, auf einmal ergaben die Ereignisse des Tages einen Sinn. All die Toten, all die seltsamen Gestalten, die plötzlich in Stralsund auftauchten. Es hing mit dieser Warnung zusammen! „Dann reden wir hier aber nicht von einem Sprengstoffanschlag, richtig? Sie befürchten den Einsatz einer biologischen Waffe?!" – „Gut, dass Sie selber drauf gekommen sind, Sie hätten es sonst bei unserer Notfallbesprechung erfahren." Johanna starrte für einen Moment stumm auf die nächtliche Chaussee, die nur von ihren Scheinwerfern erhellt wurde. Sollte sie von ihrer Vermutung erzählen? Wenn sie falsch lag, sicherte ihr das den Spott der Kollegen. „Hallo, sind Sie noch da?" Johanna gab sich einen Ruck. „Chef, es kann sein, dass mein Entführungsfall damit zu tun hat."

Dann fing sie an, ihm alles zu erzählen, was sie herausbekommen hatte und was sie daraus schlussfolgerte. Zu ihrer Erleichterung gab ihr Chef zurück: „Das klingt einleuchtend für mich, wohin fahren Sie? Wir dürfen kein Risiko eingehen, ich schicke Ihnen das SEK zur Verstärkung. Unternehmen Sie nichts, bevor die Truppe da ist!" – „Ich bin in zehn Minuten bei der Adresse dieses John McFerrow, wann kann das SEK eintreffen?" – „Ich fürchte, nicht vor Ablauf einer Stunde, die müssen erst alle aus dem Bett geholt werden und der Helikopter braucht seine Zeit vom Flughafen Rampe zu uns." Johanna hätte sich die Frage auch selbst beantworten können, sie schniefte durch die Nase und maulte zynisch: „Wenn es dann nicht schon zu spät ist!" – „Trotzdem, Sie machen keinen Alleingang, ich schicke Ihnen aber schon einmal alle verfügbaren Streifenwagen zu Ihrer Unterstützung." Wenigstens etwas! „Gut, ich melde mich, sobald es irgendwas Neues gibt!" Damit legte sie auf und gab Gas. Dass sie die erlaubte Geschwindigkeit um das Doppelte überschritt, war ihr auf einmal egal.

John schloss die Tür zur Wohnung auf. Die Schlüssel in der Hand klapperten, als wollten sie das Haus vor der Gefahr warnen, die soeben die Treppe hinaufstieg. John zögerte einen Moment, bevor er hineinging. Das passte dem Mann, der hinter ihm stand, überhaupt nicht, und so gab er John einen Stoß, der ihn gegen die gegenüberliegende Wand im Flur schleuderte. John prallte unsanft mit der bereits lädierten Schulter auf und stöhnte vor Schmerz. Usam schien das zu missfallen, er bellte ein kurzes Kommando, bei dem John einen weiteren Namen verstand: Abdulkerim.

Die Männer traten in die Wohnung, drückten die Tür hinter sich zu und schauten sich um. „Wo ist unsere

Box?" – „Im Wohnzimmer", log John. „Ja, worauf wartest du noch?" John rieb sich die Schulter, es fühlte sich klebrig an. Shit, die Schusswunde war wieder aufgeplatzt. Die Entführer interessierte dies allerdings weniger. Für den Kleinsten von ihnen bewegte sich John zu langsam. Er griff hinter sich, zog ein langes Kampfmesser aus dem Hosenbund und hielt es John vor die Nase. Dieser Anblick genügte! John beeilte sich, ins Wohnzimmer zu kommen. Er trat durch die Tür und zuckte erschrocken zurück. In der ganzen Anspannung hatte er eines völlig vergessen: Britney war bei ihm zu Hause! Dies war aber nicht die einzige Ursache für sein Erschrecken: Auf der Couch lümmelten mit Gläsern in der Hand zwei Frauen, die ihn anglotzten, als stiege er soeben von einem Einhorn. Selbst der Anblick von vier weiteren Männern mit Skimaske auf dem Kopf, die hinter John den Raum betraten, änderte nichts am Gesichtsausdruck der Frauen. „Hi, Jungs", lallte Linda ihnen entgegen. Jetzt roch John die Fahnen der Mädels und am Boden sah es aus wie nach einem Rockfestival.

Sie mussten den gesamten Biervorrat geplündert haben und taten sich jetzt an seinem Whiskey gütlich.

Für einen Augenblick war selbst Usam sprachlos, fing sich jedoch rasch: „Lassen Sie sich von uns nicht stören!" Dann forderte er von John: „Wenn du jetzt bitte so freundlich wärst!"

Johns Lider flatterten, er schaute die betrunkenen Frauen an, vor seinem geistigen Auge sah er sich auf einem Surfbrett stehen, vor ihm ein spitzer Felsen, der aus der Brandung lugte, hinter ihm eine Gruppe hungriger Bullenhaie. Es fiel ihm schwer zu entscheiden, was er im Augenblick als bedrohlicher empfand: die bewaffneten Entführer oder die Tatsache, dass die neue

Eroberung Linda auf seine Ex Britney getroffen war und die beiden sich, dem Anschein nach, ganz gut verstanden. Johns Hals fühlte sich mittlerweile so trocken an wie die Sahara. Jetzt hatte er nicht nur Kathrin in Gefahr gebracht, nein, auch Linda und das andere angetrunkene Huhn, das seine Ex war! Wenn das Pech anhielt, dann trafen Linda und Britney auch noch auf Kathrin, die unten im Van gefangen wartete. Mit diesen Gedanken im Hinterkopf drehte er sich zurück zu den Männern. „Sorry, ich hab ganz vergessen, dass ich das Kästchen Kathrin mitgegeben habe, es ist nicht hier." Für einen Moment hörte man nur noch das leise Summen des Kühlschranks in der Küche. Dann brach ein Stimmengewirr los. Usam übersetzte seinen Männern. Linda sprang auf, soweit sie dies in ihrem Zustand bewerkstelligen konnte, und kam zu John. „Wer ist Kathrin?", fragte sie. Auch Britney wankte auf ihn zu und lallte: „Kathrin?"

Zwei der Männer zogen ihre Waffen und stürzten sich auf John. Sie zerrten ihn hinunter auf die Dielen. Erst jetzt schienen auch die betrunkenen Mädels zu kapieren, was hier abging. Britney kreischte wild drauf los, Linda dagegen versuchte, einen der Vermummten wegzuzerren, der John einen Fußtritt in den Bauch verpasste. Der Mann ließ sich davon aber nicht beeindrucken; mit einer rasanten Drehbewegung schlug er nach Linda und erwischte sie voll am Kopf. Durch den Alkohol sowieso nicht so standfest, stolperte diese nach hinten und fiel zu Boden, wo sie regungslos liegen blieb. John bekam inzwischen einen weiteren Tritt, diesmal in den Rücken. Wie eine Welle siedend heißes Wasser schoss es in ihm hoch. Britney hörte nicht auf, hysterisch zu kreischen. Usam packte sie von hinten, drehte sie um und verpasste ihr einen Schlag mit der flachen Hand ins Gesicht. Doch statt zu verstummen, stürzte sie sich wie eine Furie auf Usam. Sie packte ihn am Kopf und riss ihm die Skimaske herunter. Zum Vorschein kam das unscheinbare Antlitz eines jungen dunkelhaarigen Mannes, blass und verpickelt. John kassierte weitere Tritte und stellte beim Anblick des Gesichtes von Usam entsetzt fest, dass dies ihr Todesurteil bedeutete. Sie konnten ihn ab sofort identifizieren! Usam starrte Britney finster an, schlug ihre Hände beiseite, die sich an seinem Hals zu schaffen machten, und verpasste ihr einen Tritt in den Unterleib. Nach Luft japsend knickte sie ein und landete neben Linda, die langsam wieder zu sich kam. Usam hob die Balaklava auf und zog sie übers Gesicht. Dann brüllte er ein Kommando. Die zwei Männer gehorchten und hörten auf, auf John einzutreten. Ein weiterer Befehl und sie zerrten John auf die Füße. „Das war eine Lektion dafür, dass du uns belogen hast! Und jetzt fahren wir zu Kathrins Wohnung, um deiner selbst willen, solltest du sicher sein, dass unser Ziel diesmal das richtige ist!" John nickte, dann versuchte er, den Rücken zu strecken, doch jedes Mal krampften die Muskeln zusammen. Usam gab John einen Stoß in Richtung Tür. Dieser erstarrte, einer der Kerle holte einen Revolver hervor und zielte auf Linda. Doch Usam bellte erneut einen Befehl. Die Waffe sank nach unten und die Männer griffen sich die Frauen und zerrten sie hoch. Sie packten sie von hinten an den Haaren, so hart, dass Britney aufschrie, der Maskierte hatte ihr beim Zugreifen ein Büschel herausgerissen, und schoben sie vor sich her.

An der Wohnungstür angekommen öffnete Usam diese leise und spähte hinaus. Im Hausflur brannte kein Licht, kein Geräusch war zu hören, so gab er das Signal zum Aufbruch. Die Gruppe hatte das Haus bereits verlassen, da lugte der Kopf von Johns Vermieterin eine

Treppe höher um die Ecke. Vorsichtig trat die Frau langsam einen Schritt vor. Ihre Hände zitterten, sie steckte sie in ihren rosa Morgenmantel.

Kathrins Hände dagegen trieften schweißnass. Sie traute sich aber nicht, sie an ihrem Kittel abzuwischen, aus Angst, ihr Bewacher könnte diese Geste falsch interpretieren. Die Eingangstür des Hauses öffnete sich, neben John führten die Vermummten jetzt auch noch zwei Frauen vor sich her. Kathrin hob ihre Brauen. Was war da oben geschehen? Wer war das? John lief seltsam gekrümmt, das T-Shirt war an der rechten Seite dunkelrot gefärbt und er zog ein Bein hinkend nach. Blaue Flecken verunstalteten die Gesichter der Frauen, die ihre Köpfe seltsam schief hielten. Zuerst erkannte Kathrin nicht warum, dann sah sie, dass die Entführer sie an den Haaren gepackt vor sich her schoben.

Die Tür des Vans schnellte auf und die Männer stießen Linda, Britney und John hinein, bevor sie selbst einstiegen. Usam, der Einzige, der Deutsch sprechen konnte, beugte sich zu Kathrin. „Deine Adresse! Solltest du Spielchen vorhaben, frag deinen Freund …" Er ließ den Rest des Satzes offen. Kathrin sah die Blessuren auf Johns Gesicht und gab ohne zu zögern dem Mann ihre Anschrift preis. Linda und Britney, die sich ihre schmerzenden Kopfhäute rieben, blickten ob des Anblicks einer weiteren Frau mit großen, fragenden Augen zu John. Dieser erwiderte den Blick und versuchte, trotz der Schmerzen, die seinen Körper in Wellen durchfluteten, entschuldigend zu lächeln. So hatte er sich das Aufeinandertreffen der Frauen selbst in der wildesten Fantasie nicht vorstellen können. Der Van setzte sich in Bewegung. John betrachtete das Haus, in dem er lebte, mit der quälenden Frage im Bauch, ob er es jemals wiedersehen würde.

Johannas Wagen hielt genau an der Stelle, an der eine Minute vorher noch der Van geparkt hatte. Sie schaute zum Haus, dann hinter sich. „War ja klar", maulte sie vor sich hin, „von der Kavallerie ist mal wieder nichts zu sehen." Sie trommelte kurz auf ihrem Lenkrad herum. Dann zog sie ihre Waffe heraus und kontrollierte, wie viel Munition ihr noch zur Verfügung stand. Die Pistole kam normalerweise so selten zum Einsatz, dass sie nie ein Ersatzmagazin mit sich führte. Sie zählte fünf Patronen. „Na ihr, dann hoff ich mal, ich brauch heute nicht mehr." Zur Antwort kullerte ihr eine Patrone aus der Hand und landete im Fußraum. Stöhnend bückte sie sich nach unten und hob sie auf. Wieder hochgekommen verharrte sie. Im ersten Stock des Hauses vor ihr ging ein Licht an. Johanna schaute auf ihre Uhr: dreiundzwanzig Uhr zwanzig; das SEK träfe frühestens gegen Mitternacht ein, und wann die versprochenen Streifenwagen ankamen, stand in den Sternen. Sie drückte die fünf Patronen wieder in das Magazin, schob es in die Waffe, zog den Schlitten zurück und ließ ihn los. Das metallische Klacken und der nach hinten gekippte Hammer zeigten ihr, dass die Pistole jetzt scharf war. Sie entspannte den Hahn langsam und ließ ihn, ohne ein Geräusch zu verursachen, nach vorn gleiten. Den Sicherheitsbügel behielt sie in Feuerstellung, dann steckte sie die Waffe in ihr Holster. Johanna öffnete die Tür und stieg aus.

Auf dem Weg zum Haus drehte sie sich suchend nach allen Seiten um. Die Haustür war nicht abgeschlossen. Johanna drückte sie auf und stieg, ohne Licht anzuschalten, in den ersten Stock. Dort angekommen erkannte sie im fahlen Mondlicht einen kleinen Zettel an der Tür. Handschriftlich war der Name McFerrow darauf gekritzelt. Auch diese Tür stand ein wenig offen. Johanna zog ihre Waffe hervor und spannte das Schlagstück wieder. Sie drückte die Pistole an ihre

Brust. Beide Ellenbogen eng an den Körper gelegt schob sie die Eingangstür wachsam auf. Im Flur brannte Licht und aus dem Wohnzimmer hörte sie ein Geräusch. Sich nach hinten kurz absichernd schlich sie weiter. An der Wohnzimmertür angekommen hielt Johanna noch einmal kurz inne. Sie holte tief Luft, dann trat sie mit einem kräftigen Tritt die Tür ein, sprang mit der Waffe im Anschlag in den Türrahmen und ging gleichzeitig in die Knie. „Hände hoch, Polizei!", brüllte sie.

Mindestens vier leere Bierflaschen fielen zu Boden und die Hälfte davon zerbrach laut scheppernd. Eine Frau in einem rosa Morgenmantel schnellte erschrocken herum und riss ihre Hände hoch. Johanna ließ langsam die Waffe sinken. „Was machen Sie hier?", fragte sie, sich bewusst, dass die Frage dämlich klingen musste. „Ich, ich, ich …", stotterte die Frau. „Ja?", unterbrach Johanna diese mühsamen Sprechversuche. „Ich wollte nur etwas aufräumen, dann wollte ich die Polizei rufen." – „Na, die is ja nu da, was wollten Sie der Polizei denn sagen?" – „Ich bin die Vermieterin von dem netten Amerikaner und …" – „Das wollten Sie der Polizei sagen?" Johanna schüttelte den Kopf, „Jetzt entspannen Sie sich! Wollen Sie sich vielleicht hinsetzen?" Die Frau nickte und sank auf die Couch. Sie strich sich unbeholfen den Morgenmantel glatt und fing mit zitternder Stimme an zu erzählen: „Ich hatte mir gerade den *Tatort* angeschaut gehabt und muss wohl dabei eingeschlafen gewesen sein. Ich war wach geworden und hatte eigentlich vor, ins Bett gehen. Mein Mann schläft um diese Zeit immer schon, müssen Sie wissen." Johanna wollte die Frau gerade auffordern, bei der Sache zu bleiben, da fuhr diese fort: „Wie ich so ins Bad gegangen bin, da hab ich hier unten einen Riesenradau gehört gehabt. Da wollte ich den jungen Mann fragen, was los war. Er ist sonst nämlich nicht so, müssen sie wissen." Johanna unterdrückte ein Gähnen, sie spürte, dass der Tag doch recht lang geworden war. Währenddessen erzählte die Vermieterin unablässig weiter. „Ich hab meinen Bademantel angezogen und bin runtergegangen, da hörte ich, wie Frauen schrien und es klang, als hätte da jemand jemand geschlagen. Da hab ich mich nicht getraut gehabt, an der Tür zu klingeln. Und dann sind sie alle rausgekommen." Johanna hakte nach: „Alle?" – „Ja, das ist eine ganze Gruppe gewesen." – „Können Sie die beschreiben?" – „Ja, da war der junge Herr McFerrow, seine Cousine aus Amerika und seine neue Freundin. Sie müssen wissen, mein Mann und ich ..." – „Bitte! Wer waren die anderen? Wie sahen die aus?" Die Frau schüttelte den Kopf. „Das kann ich Ihnen nicht genau sagen, die hatten alles so Masken aufgehabt", sie presste die Lippen aufeinander, um diese gleich wieder aufzureißen. „Na, so wie die Verbrecher bei *Aktenzeichen XY.*" Johanna schniefte durch die Nase. Sie lag also richtig mir ihrer Vermutung, dass John und die Krankenschwester entführt worden waren. Und wie es schien, befanden sich noch zwei weitere Personen in der Gewalt der Kidnapper. Die Frage, die sich stellte: Hatten sie hier gefunden, wonach sie suchten? Wenn ja, warum sollten sie dann die Entführten immer noch mitschleppen? Es konnte nur einen Grund geben: Die biologische Waffe befand sich noch nicht in den Händen der Verbrecher! Doch warum schleppten die Entführer neben John noch die Krankenschwester Kathrin Hillmer mit? Was war bei dem mysteriösen Aufeinandertreffen von John McFerrow und dem ermordeten Thomas Mitscherling geschehen? War die Hillmer die Frau, von der Kevin erzählt hatte? Ein Geräusch riss sie aus ihren Gedanken. Johanna fuhr herum, die Waffe in Anschlag bringend und dabei auf die Knie gehend. „Wow, wow, wow!", schrie der Polizist vor ihr erschrocken. Johanna entspannte sich, ihre Verstärkung in Form von zwei

Uniformierten war endlich eingetroffen. „Sind die Herren auch schon da?" – „Wir sind so schnell gekommen, wie wir konnten!" – „Schon klar." Johanna schielte auf die Brötchenkrümel auf der Uniform des Polizisten. „Dann mal mir nach! Mein Verdacht hat sich bestätigt, es handelt sich tatsächlich um eine Entführung im Zusammenhang mit der Bio...", sie unterbrach sich und mit einem Blick zu der Frau auf der Couch fuhr sie fort: „... mit dem 0-45er" – „Und wo geht's jetzt hin?", wollte der Brötchenesser wissen. „Fahren sie mir einfach hinterher!" Damit rannte sie an den beiden vorbei aus der Wohnung. Frau Sonneck blieb regungslos auf der Couch sitzen und starrte den Polizisten hinterher, bis sie die quietschenden Reifen der Polizeifahrzeuge hörte. Dann stand sie auf, wie im Trancezustand sammelte sie die Bierflaschen ein.

Kathrin öffnete die Tür zum Hauseingang. Sie ekelte sich vor dem nach Knoblauch stinkenden Atem des Mannes hinter ihr. „Schneller!", herrschte Usam sie an. Dieses Mal ließen die Entführer bis auf den Fahrer niemanden im Wagen zurück. Kathrin fühlte den harten Lauf einer Waffe in ihrem Rücken.

John presste sich die linke Hand auf die Schulter. Die Blutung schien inzwischen gestoppt zu haben, nur der im Rhythmus des Pulsschlags pochende Schmerz begann, ihm den Verstand zu rauben. Seine Bewacher stieß ihn rücksichtslos nach vorn, er stöhnte und übersah in der Dunkelheit die erste Treppenstufe, stolperte und fiel gegen das Geländer.

Linda guckte besorgt zu John. Sein sonst so braun gebranntes Gesicht hatte mittlerweile die fahle Farbe der Flurwand angenommen, soweit sie es im blassen Licht des Mondes erkennen konnte. Neben ihr stießen sie Britney vorwärts. *Wenigstens zerren die nicht schon wieder an unseren Haaren,* gewann Linda der Situation das Beste ab.

Britney bekam nicht mehr mit, was um sie herum passierte. Sie fror, trotz der warmen Mailuft. Sie spürte das geronnene Blut auf ihrer Lippe, es fehlte ihr aber an Spucke, um sie anzufeuchten. Sie redete sich immer wieder ein, dass dies nur ein Albtraum sei und sie jeden Moment daraus erwachte.

Der Pulk kam vor Kathrins Tür an. Deren Hände zitterten bei dem Versuch, den Schlüssel ins Schloss zu stecken. Grob schob Usam sie beiseite und zog ihr den Schlüsselbund aus der Hand. Die Tür schwang auf, stockfinster lag die Wohnung vor ihnen. „Los, du zuerst, mach das Licht an!", kommandierte Usam Kathrin hinein. Sie ging und tastete nach dem Lichtschalter. Sie betätigte ihn, doch außer dem Schaltergeräusch geschah nichts. Sie versuchte es noch zweimal: klick, klick. Doch das Licht ging nicht an. Usam drängte nach und schubste sie weiter in den Raum hinein. Dabei kam Kathrin mit dem Rücken an ihrer Flurkommode zu stehen. Sie griff nach hinten, um sich zu schützen, und bemerkte, dass sie das kleine Kästchen, das sie am Nachmittag dort hingelegt hatte, in der Hand hielt. Sollte sie es einfach übergeben, in der Hoffnung, dass dann der Spuk endlich ein Ende hätte? Wer sagte aber, dass die Verbrecher sie dann nicht gleich umlegten? Kathrins Hände entwickelten ein Eigenleben und versteckten das Kästchen unter ihrem Schwesternkittel. Keine Sekunde zu früh! Einer der Männer, den Usam Khalid nannte, hielt eine LED-Taschenlampe in der Hand und leuchtete sie an. „Wo ist es?", fragte Usam. Kathrin schluckte. Ihr Blick fiel auf die drei anderen Gefangenen, die mittlerweile neben ihr standen. Sie erkannte deren Gesichter nicht deutlich, wusste aber, dass diese sie andersherum im Licht der Taschenlampe gut sahen. Usam dauerte es zu lange. Er fasste Britney, die ihm am nächsten stand, und hielt ihr seine Waffe an den Kopf. „Ich habe genug von euren Spielchen. Sag mir, wo das Kästchen mit den Lungenpestampullen ist, oder ich blase ihr das Hirn raus!" – „Ich sag es Ihnen doch, lassen Sie sie los. Bitte!", schrie Kathrin verzweifelt. *Hatte sie richtig gehört, Lungenpest?*

Usam ließ Britney los, diese rannte zu John, der sie in seinen gesunden Arm nahm. Kathrin schielte kurz zu ihrer Küchentür. Wenn sie schnell wären, könnten sie über die Treppe flüchten, die vom Balkon hinunterführte. Es musste ihr nur gelingen, die Vermummten lange genug aufzuhalten. „Ich hab die Kiste hier", hauchte sie mit hohler Stimme. Im Schein der Taschenlampe langte Kathrin nach der Bluse, die an der Garderobe hing. „Hier bitte!" Noch ehe Usam reagierte, warf sie das Kleidungsstück in seine Richtung, allerdings nicht direkt auf ihn, sondern auf den Mann, der die Lampe hielt. Der Mann versuchte, die Bluse zu fangen, dabei ging für einen winzigen Augenblick das Licht der Taschenlampe aus. Kathrin schrie auf: „Los, kommt, hier entlang!" Damit rannte sie in Richtung Küche. Die anderen brauchten eine Sekunde, um zu reagieren. Dann sprinteten sie ihr hinterher. John zerrte Britney mit sich, diese stand noch immer zu sehr neben sich, um mitzubekommen, was um sie herum passierte. Durch die von Kathrin geöffnete Küchentür fiel ein leichter Lichtschein herein, sodass John und Linda sahen, wohin sie laufen mussten. In diesem Augenblick knallte es. Linda hörte das schrille Surren einer wilden Hornisse, welche nur wenige Zentimeter von ihrem Kopf entfernt vorbeizufliegen schien. Sie zuckte zusammen, wollte stehen bleiben, doch da griff eine Hand nach ihr und zerrte sie in die Küche. John schlug die Tür hinter sich zu und schloss sie hektisch ab.

Kathrin suchte verzweifelt nach dem Schlüssel für die Balkontür. Sie legte ihn normalerweise oben auf die Anrichte, damit ihre Nichte Lydia ihn nicht in die Finger bekam. Da ihre Hände immer noch zitterten, als hätte sie den ganzen Tag mit einem Presslufthammer gearbeitet, dauerte es viel zu lange, bis sie den Schlüssel fand und die Tür aufschließen konnte.

Britney stand, die Augen starr in die Ferne gerichtet, neben der Küchentür. Sie zuckte nicht einmal zusammen, als ein Projektil neben ihr durch die Tür schlug; das dünne Holz stellte kein Hindernis dar. Kathrin schaffte es: Die Balkontür stand offen. „Los schn…", weiter kam sie nicht. Ein gewaltiger Schlag traf sie auf der Brust. Alles drehte sich um sie herum, als sie zu Boden ging. Sie hörte noch, wie die anderen um sie herum aufschrien, dann gingen die Lichter für sie aus.

Vor Johns Augen brach Kathrin zusammen. Er sprang zu ihr, um ihr zu helfen. In der Dunkelheit sah er allerdings nicht, dass eine Wasserlache am Boden schwamm, die aus dem abgetauten Kühlschrank stammte. John rutschte darauf aus. Seine Beine hoben ab und er prallte auf den Rücken, durch den Oberkörper raste ein apokalyptischer Schmerz und ihm blieb sofort die Luft weg.

Linda schaute zu den beiden, die am Boden lagen, dann zu Britney, die, einer Wachsfigur gleich, an der Wand stand und sich nicht von der Stelle bewegte. Sollte sie ihre Chance nutzen und über die Treppe fliehen? Oder sollte sie den anderen helfen? Sie blieb!

Und bückte sich zu Kathrin, auf deren Oberkörper sich inzwischen ein dunkler Fleck abzeichnete. Sie schnappte sich die Küchenrolle und presste sie auf Kathrins Brust. In diesem Augenblick flog die Küchentür laut krachend aus den Angeln. Die Entführer stürmten herein, blieben aber sofort stehen. „Ich hätte wirklich nicht geglaubt, dass ihr so dämlich seit!", blaffte Usam sie an. Dann sah er das kleine Kästchen, dass Kathrin bei ihrem Sturz verloren hatte. Er griff danach, während die anderen die Waffen auf John und die Frauen gerichtet hielten. Usam öffnete die Box. Im Mondlicht glitzerten ihm die neun Fläschchen entgegen. Er zog die Maske ab und wischte sich mit dem Ärmel den Schweiß aus dem Gesicht. Auf Tschetschenisch befahl er seinen Handlangern: „Wir haben die Waffe, erschießt sie!" Die Männer richteten jetzt ihre Pistolen auf die Köpfe von Linda, Britney, John und Kathrin. Dabei bekam Linda als Einzige bewusst mit, was um sie herum geschah. Sie schloss die Augen.

Johanna gab Gas. Das Navi zeigte noch drei Minuten bis zum Ziel. Was, wenn sie bei dieser Kathrin Hillmer ankam und niemand war da? Sie schniefte. Nicht auszudenken, wenn sich alles als Fehlalarm entpuppte.

Ihr Chef ließe sie dann hundertprozentig die nächsten Wochen den Verkehr regeln, selbst wenn er dafür erst Ampeln ausschalten müsste.

„Nach zweihundert Metern haben sie ihr Ziel erreicht, das Ziel liegt auf der rechten Seite", meldete sich die Navigationsstimme. Doch bevor Johanna dort ankam, erspähte sie den Van, der vor dem Haus parkte. Mit rutschenden Reifen stellte sie sich sofort quer vor den Kleinbus, in dem eine Person saß. Johanna zog ihre Waffe und sprang heraus. „Hände hoch, wo ich sie sehen kann! Polizei!", brüllte sie. Reifen quietschten: Die Streifenwagen blockierten geistesgegenwärtig mit ihren Fahrzeugen den Weg hinter dem Van. Die Uniformierten sprangen mit gezogenen Waffen aus ihren Wagen und umstellten den Van. Der Mann darin hob langsam die Hände. Sein Blick schweifte nur für einen winzigen Augenblick zu der AK-47, die neben ihm zwischen den Sitzen klemmte.

„Halt, wartet!", schrie Usam den Männern zu, die kurz davor waren, abzudrücken. Er hatte das Blaulicht bemerkt, das vor dem Haus zum Stehen kam. „Die Bullen sind da!"

Linda öffnete die Augen wieder. Wieso drückten die nicht ab? Da entdeckte sie den pulsierenden blauen Lichtschein an der Küchenwand. In diesem Augenblick keimte Hoffnung in ihr auf, doch noch heil aus der Sache herauszukommen. Doch die Freude hielt nur für kurze Zeit an. Usam brüllte einige Befehle und zog dabei die Sturmhaube wieder auf. Die Männer griffen Linda erneut in ihr langes blondes Haar und zerrten sie hoch. Auch Britney erging es nicht besser.

John kam wieder zu sich. Warum agierten die Geiselnehmer plötzlich so hektisch? Da hörte er eine Frauenstimme auf der Straße schreien: „Hände hoch, wo ich sie sehen kann! Polizei!" Er erkannte die Stimme sofort wieder: Es war die Polizistin, die ihn am Nachmittag verhört hatte. Einer der Peiniger packte John derb am verwundeten Arm. Ohne auf sein Stöhnen zu achten, zogen sie ihn auf die Füße. Die Männer schauten auch kurz zu Kathrin, ließen sie aber liegen.

Usam stellte sich hinter John, drückte ihm den Lauf seiner Pistole in den Rücken und schob ihn durch die Balkontür ins Freie.

Johanna wartete, bis der Fahrer langsam aus dem Wagen stieg. Sie erkannte dessen Gesicht nicht, die Balaklava verbarg es, aber sie bekam mit, wie der Blick des Mannes plötzlich über sie nach oben ging. Sie vergewisserte sich, dass ihre Kollegen den Fahrer mir ihren Waffen in Schach hielten, dann folgte sie dem Blick. „Scheiße!", entfuhr es ihr: Auf der kleinen Treppe, die aus einer Wohnung im ersten Stock führte, standen vier vermummte Gestalten, die sich hinter einem Mann und zwei Frauen verschanzten. Zwei der Männer hielten ihre Waffen auf die Geiseln gerichtet, die übrigen zielten auf sie und ihre Kollegen. Johanna resignierte, selbst wenn das SEK da wäre, die Konstellation sprach definitiv für die Geiselnehmer! „Machen Sie den Weg frei!", brüllte einer der Vermummten. „Legen Sie Ihre Waffen weg und ziehen Sie sich zurück. Wir lassen die drei dann an einer passenden Stelle frei!"

Johanna schaute sich um. Der Fahrer des Vans hielt noch immer die Hände erhoben. Die Gesichter der Streifenpolzisten glänzten allesamt schweißnass. Die Waffen der Polizisten pendelten zwischen der Treppe und dem Mann am Van hin und her. *Hoffentlich behalten die ihre Nerven*, dachte Johanna und meinte damit beide Seiten. Die Vermummten schubsten ihre Geiseln langsam die schmale Treppe hinunter. Johanna hob ihre Waffe über ihren Kopf und deutete somit an, dass sie diese gleich hinlegen wollte. Gleichzeitig ging sie langsam rückwärts. Aus dem Augenwinkel erkannte sie, dass ihre Kollegen ihr es nachtaten, alle, bis auf einen! Dieser stand starr in einer schulmäßigen Feuerposition, wie auf dem Schießstand.

„Legen Sie Ihre Waffe hin!", schrie Johanna ihn an, doch der Polizist reagierte überhaupt nicht.

Britney fing auf einmal an zu lachen, sie fantasierte. Sie fühlte sich, als wäre sie mitten in einem Film, und glaubte, dass jeden Augenblick ein SWAT-Team heranraste und sie aus der Patsche holte. Sie würde Leroy oder Anthony, den Helden aus ihrer Lieblingsserie *NCIS*, um den Hals fallen, wenn diese sie erretteten. Dann hörte sie auf einmal das Ankommen mehrerer Fahrzeuge. Doch nicht ein amerikanisches SWAT-Team oder ihre Fernsehhelden trafen ein. Es war ein deutsches Sondereinsatzkommando! Die vermummten Polizisten sprangen aus ihren Autos und gingen mit Schnellfeuergewehren in Deckung. Dann krachte es neben Britney.

Usam brüllte seine Männer an: „Schnell, zum Van!" Der Mann, der hinter Britney lief, verlor die Nerven. Er drückte ab!
Einer der Polizisten wirbelte herum und krachte mit hochgerissenen Armen auf die Straße. Ein Lichtblitz fuhr aus der Pistole des Uniformierten, der die ganze Zeit die Waffe im Anschlag gehalten hatte. John hörte ein dumpfes Klatschen hinter sich, ein Projektil schlug in einen menschlichen Körper ein.

Linda schrie auf. Das Blut des Kidnappers spritzte ihr ins Gesicht. Sie hörte dessen Waffe auf die Steine der Treppe aufschlagen, gefolgt von seinem Körper, der wie ein Focksegel, das aus dem Wind gekommen ist, erschlaffte und dann nach unten sackte.

Johanna brüllte: „Los, in Deckung!" Sie selbst rollte mit einer doppelten Seitwärtsrolle über das Kopfsteinpflaster hinter einen geparkten

Kleintransporter auf der anderen Straßenseite. Die Lichter in den umliegenden Häusern gingen an. Hoffentlich sind die Einwohner so schlau und schauen nicht aus dem Fenster! Sie zuckte zusammen, die Heckscheibe über ihr zerplatzte und das Glas rieselte in kleinen Stücken auf sie herab.

Der Fahrer des Vans nutzte die Situation aus. Er riss die Tür des Kleinbusses auf, hechtete hinein, um Sekunden später mit der Kalaschnikow im Anschlag aus dem Fahrerfenster zu zielen. Er zog den Hebel nach hinten und entsicherte die AK-47. Das alles ging so schnell, dass er, noch bevor Johanna reagieren konnte, die erste Salve abfeuerte. Zwei Polizisten schlugen, wie choreografiert, synchron auf dem kalten Kopfsteinpflaster auf. Der Schütze drehte sich um und verwandelte Johannas Wagen, der sofort vom Dampf des zerstörten Kühlers eingehüllt wurde, in einen löchrigen Schweizer Käse. „Du verdammter Wichser!", presste sie zwischen ihren Zähnen hindurch. Die Gruppe mit den Geiseln war inzwischen nur noch fünf Meter vom Van entfernt. Der Fahrer mit der Kalaschnikow richtete die Waffe in ihre Richtung. Johanna ihrerseits legte ihre Pistole auf ihn an, brachte Kimme und Korn mit seinem Kopf in Deckung und drückte ab.

Der Fahrer wurde zurückgeschleudert. Der Fluch, den Usam ausstieß, endete erst mit dem Aufreißen der Fahrertür. Dabei hielt er John die ganze Zeit als menschlichen Schutzschild vor sich. Usam zog den toten Fahrer herunter, ließ ihn achtlos auf die Straße fallen, schob John auf die Beifahrerseite, startete den Wagen und fuhr los. Nur mit Mühe bewerkstelligte es die letzten beiden Entführer, noch ins Auto zu springen. Der Kleinbus besaß einen PS-starken Motor, so schaffte Usam es spielend, Johannas demolierten

Wagen zur Seite zu schieben. Dann gab er Vollgas. Die Reifen drehten durch und hinterließen einen dunklen Streifen auf der Straße.

Johanna sprang auf. Im Laufen schrie sie zu dem einzigen noch stehenden Kollegen: „Schauen Sie oben nach, ob noch jemand da ist. Aber seien Sie um Gottes willen vorsichtig!" Sie sprang in den Streifenwagen, der am wenigsten abbekommen hatte, und jagte dem Van hinterher. Im Rückspiegel sah sie die Männer des SEK vorrücken. „Na, ihr habt euch ja mit Ruhm bekleckert ...", spottete sie zynisch in den Spiegel. Dann trat sie das Gaspedal durch, der Wagen schleuderte, doch sie zwang ihn wieder in die Spur zurück. Johanna schaltete die Sirene ein. Die Geiselnehmer sollten durchaus wissen, dass sie hinter ihnen her war!

Kathrin tobt mit ihrer Nichte Lydia durch ihre Wohnung. Da öffnet sich unvermittelt ein Loch im Boden und Kathrin fällt, der Fall hört nicht auf und sie fällt, fällt und fällt. Um sie herum ist es dunkel, immer noch stürzt sie. Wo falle ich hin? Kathrin will schreien, doch es gelingt ihr nicht. Auf einmal endet der Sturz, einen Atemzug lang liegt sie auf einer weichen Wolke. Es ist absolut still um sie herum. Urplötzlich drückt etwas unmenschlich, ja unerträglich Schweres auf ihre Brust. Unter gewaltigen Anstrengungen dreht Kathrin den Kopf und starrt nach vorn. Auf ihr sitzt Lydia, nicht die niedliche kleine Lydia, sondern eine von der Größe der Freiheitsstatue. „Schau mal, was ich hier habe!", hört sie ihre Nichte mit donnernder Stimme befehlen. Hinter ihrem Rücken taucht eine Glasphiole von der Größe eines Schiffes auf. Kathrin will sie anschreien: „Nein! Das darfst du nicht haben!", aber sie bekommt keine Luft, das Gewicht der übergroßen Lydia presst ihr die Lunge zusammen. Dann löst sich alles in einem weißen Nebel auf und an Lydias Stelle tritt ein das Universum ausfüllender Lichtschein.

„Wir verlieren sie!", schrie der Rettungsassistent mit Blick auf das EKG dem Notarzt zu, der Kathrin einen Tubus in die Luftröhre schob. „Machen Sie weiter, ich bereite den Defi vor!" Der Arzt versuchte, sich die Anspannung nicht anmerken zu lassen. Ebenso wenig wie der Sanitäter, der Kathrins Brustkorb mit kräftigen Druckbewegungen bearbeitete. Kurz darauf rief der Arzt: „Weg vom Patienten!" Der Sanitäter reagierte sofort und ging zur Seite. Mit geübten Handgriffen klebte der Doktor die Pads auf ihren Oberkörper. Er schaltete das Gerät ein und ging ebenfalls einen Schritt zurück. Kathrins Körper bäumte sich durch den Stromschlag auf. Ohne auf das EKG zu schauen, befahl der Arzt: „Los, machen Sie weiter!" Der Rettungsassistent kniete sich wieder zu ihr und setzte die Herzmassage fort. Jetzt erst schaute der Arzt auf das EKG, es zeigte endlich einen stabilen Herzrhythmus. „Sie können aufhören. Alles für den Transport vorbereiten!"

Usam warf einen gehetzten Blick in den Rückspiegel. Er entspannte sich, nur ein Polizeiwagen verfolgte sie. Aber seine Ruhe hielt nicht lange an. Was, wenn es eine Finte war und sie fuhren direkt in eine Straßensperre?

Und genau darum kümmerte sich im Augenblick Johanna, die am Funk des Streifenwagens mit der Zentrale sprach: „Ja, wie ich gesagt hab. Der Wagen ist jetzt auf dem Grünhufer Bogen in Richtung Süden unterwegs. Wir müssen ihn aufhalten, bevor er auf die Autobahn fährt! Am besten schließen Sie die Auffahrten!" – „Wir kümmern uns drum!" – „Verstanden. Ende!" Was hatten die Männer vor ihr vor? Mit ihrem Van kämen sie nicht allzu weit. Für eine Flucht waren die Autobahnen Richtung Berlin und Hamburg einfach zu leicht abzusperren. Aber sie hatten die Geiseln noch immer in ihrer Gewalt! Und wenn es stimmte, dass sie jetzt im Besitz einer biologischen Waffe waren, dann konnten die sich auch irgendwo in Stralsund verschanzen. Von dort aus das Virus oder das Bakterium freisetzen, wann immer sie es wollten.

Wenn dieser Fall eintrat, würden sie es schaffen, die ganze Stadt zu evakuieren? Johanna hatte keine Antwort auf diese Frage.

Linda linste vorsichtig herum. John saß starr neben Usam, der mit der rechten Hand lenkte und mit der linken eine Waffe auf John richtete, was John daran hinderte, dem Mann die Pistole aus der Hand zu schlagen, falls er sich das überhaupt traute. Britney starrte nur apathisch geradeaus, sich dabei leicht hin und her wiegend, wie ein Kind, das sich selbst zum Einschlafen bringen will. Mit ihr konnte Linda nicht rechnen. Dann warf sie vorsichtig einen Blick zu den Männern auf der Rückbank. Der Vermummte, der hinter Britney saß, war bei der Schießerei verletzt worden. Sein Kumpan kümmerte sich um ihn und presste einen Verband auf dessen Brust. Geschieht dir recht! Es blieben also nur noch zwei Entführer übrig. Dass sie von diesen Waffen rücksichtslos Gebrauch machten, hatten sie soeben eindrucksvoll bewiesen. Was befand sich so Wichtiges in dem kleinen Kästchen auf der Ablage vor Usam, dass die Männer dafür über Leichen gingen?

John konnte man es zwar nicht ansehen, aber er grübelte ebenfalls. Wie rettete er das Leben der Frauen? Den Fahrer anzugreifen, beutete Selbstmord. Dieser bräuchte nur den Finger zu krümmen und schon wäre er Geschichte. Da fiel ihm ein, was er einmal in einer Sendung über Entführungen gesehen hatte. „Ich bin John, John McFerrow", fing er an, in der Hoffnung eine persönliche Bindung aufzubauen und es dem Mann schwerer zu machen, ihn zu töten. „Das sind meine Freunde Linda und Britney. Und ich frage micht, wieso Sie so gut Deutsch sprechen."

Usam reagierte nicht auf Johns Worte, er schaute gespannt auf die Straße. In der Ferne tauchten zwei weitere Blaulichter auf, die sich rasant näherten.

Johanna fluchte beim Anblick der zwei Wagen. „Verdammte Scheiße, was machen die da?" Sie griff zum Funkgerät. „Zentrale, bitte kommen!" – „Zentrale hört." – „Mir kommen gerade zwei Streifen entgegen. Ich habe doch ausdrücklich gesagt, dass sie die Auffahrten sperren sollen, nicht, dass sie denen Wagen entgegenschicken!" – „Das haben wir auch … Moment, die sind nicht von uns. Das sind Greifswalder Kollegen, die zur Verstärkung angefordert wurden." – „Dann pfeifen Sie die, verdammt noch mal, zurück!" Doch der Van reagierte bereits auf die Streifenwagen: Statt wie bisher geradeaus in Richtung Autobahn zu fahren, nahm er links die Abfahrt auf die Rostocker Chaussee, die er nach Osten fuhr.

Usam riss das Lenkrad scharf herum, die Insassen des Kleinbusses flogen zur Seite. Das Kästchen auf dem Armaturenbrett rutschte nach rechts und blieb auf der Beifahrerseite liegen. Usam würdigte ihn im Augenblick allerdings keines Blickes. Er starrte nur auf den Rückspiegel, in dem er die hysterisch blinkenden Lichter der drei Streifenwagen sah.
Der Vermummte hinter Britney stöhnte, der bewusstlose Terrorist war in der Kurve auf ihn gekippt und hatte dafür gesorgt, dass ihm die Pistole aus der Hand gerutscht war. Usam schob den Verletzten zurück und bückte sich nach seiner Waffe.

Linda sah ihre Chance gekommen. Sie schaute zu Britney, zu John und hoffte, dass sie die Gelegenheit auch erkannten oder sich wenigstens nicht zu blöd anstellten und alles vermasselten! Linda wollte sich von hinten auf den Fahrer werfen, in der Hoffnung, dass John den Augenblick nutzen konnte und dem Mann die Waffe entriss. Doch sie dachte viel zu lange darüber nach, was sie alles tun könnte; der Mann hinter ihr kam wieder nach oben und richtete die Pistole erneut auf sie. Frustriert ließ sie sich in ihren Sitz zurückfallen.

John fragte sich, was Linda ihm mit ihrem Blick sagen wollte, was hatte sie vor? Der Wagen fuhr mit gut 150 Sachen durch die Stadt. Ein Unfall bei dieser Geschwindigkeit würde sie genauso umbringen wie die Kugeln der Verbrecher. Usam holte ihn aus den Gedanken, er antwortete auf seine Frage, als hätte John sie eben erst gestellt. „Ich habe Germanistik in Deutschland studiert. Und ich würde dich auch töten, wenn du mein Freund wärst! Hier geht es nicht um dich oder mich, hier geht es um die Sache." – „Welche Sache ist es denn?", fragte John in der Hoffnung, dennoch eine emotionale Barriere gegen eine Tötung aufzubauen. „Mein Volk will frei sein. Seit endlosen Jahren werden wir von dem barbarischen Regime der Russen unterdrückt. Erst war es die Sowjetunion, jetzt ist es Wolodjin, der sich aufführt wie ein neuer Zar." John nickte, er gab vor, Verständnis zu haben. „Woher kommt ihr?" – „Tschetschenien!", antwortet Usam stolz. „Und mit dem Zeug, das in der Box ist", sagte John auf das Kästchen deutend, „wollt ihr all dies verändern?" Er schüttelte skeptisch den Kopf. „Wir werden den Russen ihre eigene Medizin zu schlucken geben. Die Krankheit, die da drin ist, haben die selbst entwickelt, und jetzt werden sie daran krepieren!" Damit beendete Usam das Gespräch. John warf einen verstohlenen Blick zu Linda. Diese starrte ihn entsetzt an. Sie brauchten bei ihren Entführern nicht mit Gnade zu rechnen! Wenn die Terroristen bereit waren, eine todbringende Krankheit einzusetzen, um Millionen Menschen zu töten, warum sollten sie dann mit drei Geiseln anders umgehen?

Linda schaute aus dem Fenster, sie rasten am Hauptbahnhof vorbei und über den Tribseer Damm. Das ergab für sie überhaupt keinen Sinn. Wo wollten die Entführer hin? Um auf die Autobahn zu kommen, war das der längste und bei einer Verfolgung wohl auch dümmste Weg.

Johanna, die zwei Greifswalder Streifenwagen im Schlepptau, fragte sich ebenso, wie der Plan der Entführer aussah. Ab und an schaute sie aus dem Fenster nach oben. Die Zentrale hatte ihr Unterstützung aus der Luft angekündigt. Aber noch entdeckte sie keinen Helikopter. Der Van vor ihr bog in die Karl-Marx-Straße, da schoss es wie eine heiße Welle durch Johanna. Was, wenn die überhaupt nicht auf die Autobahn nach Süden oder Westen fahren wollten? „Verdammt, dass ich daran nicht gedacht hab!", sie griff erneut zum Funk.

Der Einzige, der nicht zweifelte, über das, was er tat, war Usam. Er hatte im Vorfeld alle möglichen Fluchtwege durchdacht und auch damit gerechnet, dass der Weg nach Berlin versperrt sein würde, wo es ein Leichtes gewesen wäre, unterzutauchen. Usam ging jetzt zu Plan B über, dafür mussten sie nur noch nach Dänholm gelangen. Im alten Jachthafen wartete ein kleines Schnellboot auf sie. Wären sie erst einmal an Bord, hätten ihre Verfolger keine Chance mehr, sie einzuholen, daran glaubte er fest!

Johanna schmiss das Funkgerät zu Seite. Es war genau das gemacht worden, was sie veranlasst hatte: Sämtliche verfügbaren Kräfte postierten sich an den Autobahnauffahrten in Richtung Süden. Ihre einzige Verstärkung war die Besatzung der Wagen hinter ihr! Johanna kannte die Kollegen aus Greifswald nicht, aber diese waren bestimmt nicht darauf trainiert, mit solch einer Geiselsituation professionell umzugehen. Der Van vor ihr bog in die Werftstraße ein. Johanna schwante es, was die Männer vorhatten. Von den Inseln Dänholm und Rügen herunter kamen sie nur mit einem Flugzeug oder viel wahrscheinlicher mit einem Boot. Auch wenn sie es nur vermutete, sie langte nach dem Funkgerät auf der Beifahrerseite. Mit kurzen Worten forderte sie die Zentrale auf, die Wasserschutzpolizei und die Küstenwache zu alarmieren.

John und Linda wussten nicht, dass sie das Gleiche dachten. Diese Wahnsinnigen mussten unter allen Umständen gestoppt werden, selbst wenn es ihr eigenes Leben kostete! John schaute zum Fahrer: Usam starrte nach vorn. Im Glauben, unbeobachtet zu sein, bewegte John langsam die linke Hand in Richtung des Kästchens vor ihm. Da hörte er Usams Stimme: „Denk nicht mal daran!" John zuckte zurück. „Ich wollt es mir nur mal anschauen. Ich hatte noch nie etwas in der Hand, was die Welt verändern könnte." – „Und so wird es auch bleiben!" Inzwischen jagten sie über den Platz des 17. Juni. Dass Usam die ganze Zeit auf der falschen Fahrbahnseite fuhr, störte ihn nicht. Kurz vor Mitternacht lag die Straße wie ausgestorben da. Auf einen Schlag wurde es gleißend hell, ein Licht flammte vor ihnen auf und näherte sich rasend schnell. Unfreiwillig hielten alle im Van die Hände vor ihre Augen, Linda schrie entsetzt auf, jeden Augenblick würde es einen Zusammenstoß geben! Doch bevor es krachte, hob das Licht ab und flog über sie hinweg. Usam fing sich, er brüllte dem Mann hinter Britney ein Kommando zu. Dieser holte eine Kalaschnikow unterm Sitz hervor, schlug mit deren Schaft die Scheibe ein und begann, sich aus dem Fenster zu zwängen.

Johanna verfolgte mit, wie der Helikopter über den Van flog. Jetzt kehrte er um und jagte dem Wagen nach. Ihre Augen verengten sich, ein Vermummter hing aus dem Fenster. Der Pilot des Hubschraubers schien der Gefahr nicht gewahr zu sein, er schloss weiter dicht zum Van auf. Der Mann an der AK-47 benötigte nur einen Feuerstoß, um die Maschine vom Himmel zu holen. Das Cockpit des Helikopters bekam die komplette Salve ab. Ohne Übergang kippte der Hubschrauber zur Seite und schlug einen Augenblick später auf den Bahngleisen ein, die auf die Brücke zuführten. Der Heckmotor wühlte, in ekstatischer Eleganz, den Erdboden auf, bis er zum Erliegen kam. Die Hauptrotorblätter hackten, übergroßen Schwertern gleich, auf die Schienen ein, rissen ab und flogen laut metallisch summend durch die Gegend.
Johanna schrie erschrocken auf, sie sah die Teile auf sich zurasen und riss das Lenkrad herum. Da krachte es mehrmals, ein Rotorblatt senste das Blaulicht vom Dach, ein zweites kappte den rechten Außenspiegel. Das dritte schlug nur wenige Zentimeter von ihrem Kopf entfernt in die Windschutzscheibe ein, wo es emsig vibrierend stecken blieb.

Johanna brachte den Wagen wieder unter Kontrolle, gab dem Rotorblatt einen schiefen Blick und guckte dann nach vorn, wo der Van in diesem Moment auf die alte Rügenbrücke fuhr.

Linda sah das dunkle Wasser. *Das ist es, wenn ich es schaffe, dass wir irgendwie ins Wasser fahren, dann kann ich die Situation ändern!* Sie spähte nach hinten: Der Schütze mit dem Maschinengewehr hing immer noch aus dem Fenster. Der Mann daneben lag mit geschlossenen Augen auf dem Sitz, hoffentlich bewusstlos. Es blieb also nur Usam übrig, der ihr im Augenblick gefährlich werden konnte.

John sah aus den Augenwinkeln, wie Linda sich langsam nach vorn bewegte. Er reimte sich zusammen, was sie ausheckte, ließ sich aber nichts anmerken.

Der Van erreichte die Mitte der Brücke. Mit einem Satz packte Linda Usam von hinten und schlang ihre Arme um seinen Hals, wie bei einem Ertrinkenden, der sich wehrte, von ihr gerettet zu werden. Usam rechnete nicht mit einer Attacke, zumindest nicht von einer der Frauen. Dass John den Helden spielen könnte, darauf hatte er sich eingestellt, aber nicht auf einen Angriff von hinten! Reflexartig griff er mit der rechten Hand nach Lindas Arm. Dabei ließ er das Lenkrad los und der Wagen zog sofort nach links auf die Mittelleitplanke zu. Mit der anderen Hand, in der er die Pistole hielt, fuchtelte er unkontrolliert herum, bis sich ein Schuss löste.

John zuckte zurück, die Scheibe neben ihm zerbröselte in tausend kleine Stücke. Vor Johannas Augen driftete der Van plötzlich nach links ab und schoss auf die Seitenabsperrung der Brücke zu. Der Schütze am Fenster verlor die Kalaschnikow und hielt sich verkrampft an der Dachreling fest.

Linda hielt Usam weiter in ihrem festen Rettungsschwimmergriff und ließ auch nicht los, als

Usam ihr in den Arm biss. Da versuchte John, Usam die Waffe zu entreißen, erreichte sie aber nicht, zu wild fuchtelte dieser damit herum.

Britney hielt sich angespannt an ihrem Sitz fest, unfähig in irgendeiner Form Hilfe zu leisten, bis sie wahrnahm, wie der bis dahin bewusstlose Mann hinter ihnen die Augen öffnete, sich langsam aufrichtete und den Revolver zitternd auf Linda richtete. Aus ihrem Dämmerzustand erwacht, hechtete sie sich auf den Arm des Terroristen und riss ihn zur Seite. Ein Schuss brach aus der Waffe und traf den Mann, der gerade versuchte, wieder in den Wagen zu klettern. Erschlaffend verlor der den Halt und kippte nach außen auf die Straße, wo er sich noch etliche Male überschlug, bis er regungslos liegen blieb.

Johanna zwang ihren Wagen zur Seite, um nicht über den Mann auf der Fahrbahn zu donnern. Sie holte zum Van auf und sah, wie im Inneren des Kleinbusses ein heftiger Kampf tobte.

John gab seine Versuche auf, an die Waffe zu gelangen, stattdessen packte er das Lenkrad und bemühte sich, den Wagen zurück in die Spur zu zwingen. Dadurch kam er allerdings Usam gefährlich nahe. Dieser nutzte die Gelegenheit und schlug mit der Pistole nach John und traf ihn am Kopf. Vor dessen Augen blitzte es kurz auf, dann kippte er zur Seite – nicht ohne den Lenker mit in seine Richtung zu ziehen. Der Wagen drehte sich sofort in einer scharfen Kurve nach rechts.

Johanna trat hektisch auf die Bremse. Der Van vor ihr fing an, sich zu drehen. Wie in Zeitlupe verfolgte sie mit, was sich vor ihr abspielte.

Der Wagen touchierte mit dem rechten Kotflügel zuerst die Absperrung. Der Aufprall warf Linda nach vorn. John schlug mit dem Kopf auf den Airbag, der sich, von Raketentreibstoff angetrieben, im Bruchteil einer Sekunde aufblies. Usam erging es noch schlechter: Da er, anders als John, nicht angeschnallt war, verlor er beim Aufprall auf seinen Lenkradairbag umgehend das Bewusstsein. Britney schleuderte gegen die Seitenscheibe, die dadurch einen Riss bekam. Sie wurde ebenfalls ohnmächtig und Blut sickerte aus einer Platzwunde. Linda schlug hart gegen den Fahrersitz, spürte dabei einen metallisch-stechenden Schmerz in ihrer Schulter, blieb aber bei klarem Verstand.

Johanna verfolgte mit, wie sich der Van vor ihr zur Seite drehte, dann, einem Hochspringer gleich, der sich über den Latte wälzte, abhob, sich nach rechts wendete, um danach, mit dem Dach nach unten, über die Absperrung zu fliegen.

Linda hielt instinktiv die Arme über ihren Kopf, als sich ihre Welt anfing zu drehen. So verhinderte sie, dass sie, wie Britney, mit dem Kopf im Dachhimmel des Wagens, der jetzt ja unten war, aufprallte. John hing in den Sitzgurten, seine Arme baumelten herab wie bei einer abgelegten Stoffpuppe. Linda fiel aus der Zeit; unendlich langsam sah sie, dass Britney blutete und wie der Vermummte hinten auf den Dachhimmel aufschlug; sein Kopf verdrehte sich dabei um 180 Grad wie im Film *Der Exorzist*; auf der Straße sah sie drei Streifenwagen anhalten.

Die Polizisten sprangen aus ihren Autos und rannten los; das kleine Kästchen rutschte am Dachhimmel entlang und berührte ihre Hand.

Johanna beobachtete den Sturz des Vans, sprang aus dem Auto und schrie dabei den Uniformierten zu: „Aktiviert sofort die Rettungskette!"

Sie erreichte den Rand der Brücke, starrte hinab und sah den Wagen auf der Wasseroberfläche aufschlagen.

Lindas normales Zeitgefühl setzt mit dem Einschlagen des Kleinbusses ins Wasser wieder ein.

Durch Johns Körper ging ein Hieb, der Sicherheitsgurt grub sich tief in die rechte Schulter und riss die Schusswunde komplett wieder auf, der Schmerz brachte ihn zu sich. Er brüllte laut auf, doch sein Schrei ging im Donner des Aufpralls unter.

Johanna rannte zurück zu ihrem Polizeiauto, knallte den Rückwärtsgang rein und raste davon.

Die Polizisten schauten ihr nach, ohne eine Idee, wohin sie mit dem Rotorblatt in der Scheibe wollte.

Es wurde sofort stockdunkel. Der Wagen versank in den Wellen. Das kalte Wasser schoss hinein, Linda hielt instinktiv die Luft an. Durch die vielen geöffneten oder kaputten Fenster hatte das Nass leichtes Spiel, den Van zu fluten. Unaufhaltsam sank das Auto und traf letztlich auf dem Grund der Ostsee auf. Sie tastete sich in der Finsternis nach vorn, bekam Haare von Britney zwischen die Finger und griff zu. Mehrfach schlug Linda mit dem Kopf gegen die Kante des Fensters, bevor es ihr gelang, aus dem Wagen herauszukommen. Sie wollte mit kräftigen Schwimmzügen nach oben tauchen, ihr rechter Arm streikte aber, nur mühsam schaffte sie es, ihn zu bewegen. Es fing an, in ihrer Lunge zu brennen. In der Hoffnung, mit der rechten Hand wenigstens Britney zu halten, wechselte sie die Seite und streckte den linken Arm nach oben, um mit ihm zu schwimmen.

Johanna sprang aus dem Polizeiauto, erschrak für einen Moment über den Knall einer heftigen Explosion, die den bisher brennenden Polizeihubschrauber zerfetzte. Sie warf sich zu Boden, über sie hinweg rasten Trümmerteile, die kurz darauf hinter ihr in den Sund prasselten. Johanna sprang auf, kletterte über die Absperrung und rannte die Böschung hinab. In der Dunkelheit übersah sie dabei einen Betonklotz, stolperte und fiel kopfüber nach vorn. Sie krümmte ihren Körper, zog den Kopf an die Brust und rollte ab. Nie wieder wollte sie sich beim Training aufregen, wenn der Meister am Anfang die Fallschule durchführte, schwor sie sich in diesem Augenblick. Sie kam wieder auf die Füße und hastete bis ans Ufer. Sie richtete ihren Blick nach oben, dorthin, wo die Polizisten standen und nach unten auf die Stelle schauten, an der der Wagen im Wasser versunken war und Blasen aufstiegen. Dann starrte Johanna in die Schwärze des Sunds, erkannte aber nichts. Sie zog ihre Schuhe aus, warf ihre Jacke weg, legte die Waffe ab und rannte ins Wasser. Sekunden später umfasste sie die Kälte, ihr Körper zuckte zusammen. Die Zähne fest zusammenbeißend schwamm sie mit kräftigen Zügen in Richtung der Untergangsstelle.

Jede Faser in Lindas Körper brannte. Vor ihren Augen tanzten Sterne in bunten Kreisen. Ich schaffe das nicht! Eine Stimme in ihr schrie: „Lass sie los, lass sie los!", aber ihre rechte Hand hielt Britney verkrampft fest, sie führte ein eigenes Leben. Auf einmal spürte Lindas linker Arm keinen Widerstand mehr. Dann schaffte es auch ihr Kopf! Mit gierigen Atemzügen füllte sie ihre Lunge, zog dabei Britney an die Oberfläche, drehte sich auf den Rücken, legte sie sich auf den Bauch und strampelte wie ein Frosch, um mit ihr ans Land zu kommen. Eine Frauenstimme rief: „Hallo, hier lang, ich bin hier!"

Linda sah zwar nicht, woher die Stimme kam, änderte aber ihren Kurs in die Richtung.

Johanna vernahm ein keuchendes Atmen und schwamm hin. Das Klatschen der Schwimmbewegung kam immer näher. Plötzlich erhellte ein Lichtschein die Wasseroberfläche. Einer der Greifswalder Polizisten brachte einen Suchscheinwerfer in Position. „Hier bin ich", brüllte Johanna die Frau an, die vor ihr schwamm und eine weitere Person hinter sich herzog. „Gut, nehmen Sie sie! Ich muss wieder runter! John ist noch da drin!" Ohne zu zögern, übernahm Johanna die dunkelhaarige Frau. Sofort zog sie das Gewicht der Frau nach unten, sie hatte die Lage völlig falsch eingeschätzt! Mit gewaltiger Kraftanstrengung kämpfte sie sich nach oben und schaffte es, mit der Frau zu schwimmen.

Lindas rechter Arm fühlte sich taub an. Dennoch schwamm sie zügig zu der Stelle, an der sie das versunkene Auto glaubte. Sie schaute nach oben, über sich sah sie einen Polizisten, der, wie sie hoffte, an der Absturzstelle stand. Sie atmete dreimal tief ein und tauchte ab.

John zerrte verzweifelt am Sicherheitsgurt. Doch der verletzte Arm hinderte ihn daran, sich selbst zu befreien. Er galt als geübter Apnoetaucher, für die drei Minuten, die er die Luft anhalten konnte, beneideten ihn seine Freunde immer. Doch die einhundertachtzig Sekunden verstrichen. In Johns Lunge wütete ein Feuer, zumindest empfand er es so. Er sah Sterne und spürte das unbändige Verlangen, Luft zu holen. So fühlte es sich also an zu sterben.

Johanna kam am Ufer an. Erschöpft ließ sie die Frau los und fiel selbst neben sie. Doch nur für den kurzen Augenblick, den sie brauchte, um wieder zu Atem zu kommen. Dann beugte sie sich über die Dunkelhaarige. Da sie weder Puls noch Atmung bei ihr feststellte, begann sie mit der Herzdruckmassage. Johanna versuchte, sich zu erinnern, wie oft sie pressen und wie oft sie beatmen musste. Ein uniformierter Kollege kam zu ihr nach unten gerannt. „Die Rettungswagen müssen gleich da sein!", schrie er ihr zu, dann schob er sie beiseite. „Ich mach weiter, ich war Sanitäter beim Bund." – „Danke!", antwortete sie erleichtert. Doch statt sich auszuruhen, lief sie wieder ins Wasser und schwamm erneut nach draußen.

Jetzt war es also so weit: John konnte nicht mehr! Verwundert stellte er fest, wie eine immense Ruhe ihn erfasste. Er wollte es schnell hinter sich bringen, einmal kräftig Einatmen, um damit die Lunge mit Wasser zu füllen. Da griff etwas nach dem Gurt und schlagartig kehrte der Überlebensinstinkt zurück. Der Sicherheitsgurt löste sich und eine Hand packte ihn am Arm. Der Schmerz, der dadurch ausgelöst wurde, fuhr so tief in ihn hinein, dass er losschrie und so die letzte Luft aus seiner Lunge entwich. Er spürte nur noch, wie er sich aufwärts bewegte und das kalte Wasser in ihn eindrang, dann wurde es noch dunkler, als es die ganze Zeit schon gewesen war.

John wog doppelt so viel wie Britney, zumindest fühlte es sich so an für Linda. Sein bewusstloser Körper musste von irgendetwas festgehalten werden! Das Feuer breitete sich erneut in Lindas Lungen aus. Aber um nichts in der Welt wollte sie ihn loslassen! Sie strampelte mit ihren Beinen, wie sie es noch nie zuvor getan hatte.

Johanna hörte, wie etwas an die Oberfläche kam. Sie änderte ihre Richtung und kraulte hin. „Kommen Sie zu mir, ich übernehme wieder!", gab sie stoßweise von sich. Innerlich verfluchte sie den Kollegen, der den Suchscheinwerfer ausgerechnet jetzt auf das Ufer gerichtet hielt. „Hören Sie mich?", schrie sie erneut, da sie noch keine Antwort bekam. Da schlang sich ein kräftiger Arm um ihren Hals. „Lassen Sie los, so kann ich …", weiter kam sie nicht, ein zweiter Arm krallte sich ebenfalls in sie und drückte sie unter das Wasser. In diesem Augenblick schwenkte der Scheinwerfer wieder zu ihr herüber. Bevor sie das erste Mal unterging, sah sie eine kleine Kiste in der Hand des Mannes, der sie ertränken wollte. Mit irrsinniger Anstrengung gelang es ihr, wieder an die Oberfläche zu kommen. Doch der Griff lockerte sich nicht, ganz im Gegenteil, jetzt drückte er sie nicht nur nach unten, nein, der Mann hatte seine Arme um ihren Hals gelegt und würgte sie zusätzlich. Ihr blieben nur wenige Sekunden, um aus dieser Todesfalle herauszukommen. Wieder drückte er sie nach unten. Doch dieses Mal wehrte sie sich nicht dagegen, sie nahm Schwung und tauchte tiefer, als der Mann sie presste. Dann drehte sie ihren Kopf nach links, sie spürte sofort, wie der Druck auf ihren Kehlkopf nachließ. Sie holte aus und mit aller ihr zur Verfügung stehenden Kraft rammte sie ihren Ellenbogen in den Solarplexus des Angreifers. Dies wiederholte sie noch zweimal, bis sie spürte, wie der

Würgegriff sich lockerte. Doch noch löste er den Griff nicht vollständig. Jetzt schlug sie in mit der linken Faust zwischen seine Beine. Mit dem dritten Schlag erzielte sie Wirkung. Der Körper des Angreifers krümmte sich, der Arm wurde locker und sie kam frei. Wie ein Delfin schoss sie an die Oberfläche, wo sie gierig nach Luft schnappte. Da griff der Mann erneut an, diesmal von vorn. Sie erkannte die Fratze des Angreifers nicht, eine triefnasse Sturmhaube klebte davor. Ein zweites Mal überrumpelte er sie nicht. Johanna packte seine rechte Hand, die versuchte, ihre Kehle zu ergreifen, und setzte einen Hebel an. Die Wirkung trat augenblicklich ein. Der Mann schrie vor Schmerz auf und ging unter. Johanna wartete einen Moment, dann verringerte sie den Druck. Der Mann kam sofort wieder hoch. Mit der anderen Hand, mit der er das Kästchen festhielt, schlug er nach ihr. Doch Johanna sah die Bewegung kommen, sie wich mit ihrem Oberkörper aus, blockte ihn am Unterarm und entwendete ihm die Kiste. Der Mann versuchte erneut, sie zu schlagen. Da holte Johanna mit dem Kästchen aus und schlug zu. Sie traf ihn an der Schläfe. Augenblicklich versank der Mann in der Tiefe. Durch den Schlag sprang die Box auf. Die Ampullen gingen ebenfalls unter, als wollten sie dem Maskierten Gesellschaft leisten. Johanna legte sich auf den Rücken und ließ sich treiben, bis sie wieder genügend Kraft verspürte, ans Ufer zu schwimmen.

Britney hustete, dann erbrach sie in einem enormen Schwall das Wasser, welches sie geschluckt hatte. Der Polizist, der sie bis dahin wiederbelebte, richtete sich auf, wischte sich den Schweiß aus dem Gesicht und lächelte sie erleichtert an. Britney schaute verwirrt und hustete erneut. Von der Böschung kamen jetzt mehrere Sanitäter und Feuerwehrmänner gerannt, sich den Weg mit Taschenlampen ausleuchtend. „Hierher!", rief der

Uniformierte ihnen zu. Die Sanitäter schleppten Tragen herbei. Sie setzten eine davon ab und griffen beherzt zu. Der Polizist schilderte dem medizinischen Personal, welche Maßnahmen er bisher ergriffen hatte. Die Sanis hoben Britney an und streiften ihr eine Sauerstoffmaske übers Gesicht. Mit zitternder Hand hielt sie diese kurz fest, drehte sich zu dem Mann um, der sie beatmet hatte, und hauchte: „Thank you." – „Bitte", sagte der Polizist und fügte verlegen hinzu, „wir können ja vielleicht Mal was zusammen trinken?" Britney nickte schwach lächelnd, dann trug man sie nach oben.

Vierzig Meter entfernt kämpfte Linda um Johns Leben. Nachdem sie es endlich geschafft hatte, ihn an Land zu bringen, fing sie an, seinen Brustkorb zu bearbeiten. Dreißigmal drückte sie ihn mit ihrer linken Hand, dann sah es aus, als küsse sie ihn zweimal leidenschaftlich, tatsächlich spendete sie aber ihren Atem. Erneut startete sie die Herzdruckmassage. Linda verzweifelte, sie fürchtete, dass nach den ganzen Anstrengungen ihre Kraft nicht mehr ausreichte, um das Herz zu erreichen. Mit einmal zogen kräftige Hände sie weg. Ein Notarzt und zwei Sanitäter stürzten sich auf John und übernahmen die Wiederbelebung. Linda selbst blieb apathisch sitzen, bis jemand eine Wärmefolie über sie legte und ihr half aufzustehen. Auf dem Weg nach oben kam sie an einer anderen Frau vorbei, die ebenfalls in eine goldglänzende Folie gewickelt war. Linda erkannte in ihr die Frau, die ihr im Wasser geholfen hatte. Dankend nickte sie ihr zu.

Johanna grüßte zurück. In ihrer Hand hielt sie noch immer das leere Kästchen. Sie drehte sich um und schaute auf den dunklen Sund, auf dessen Grund die Ampullen mit den todbringenden Bakterien lagen.

Eine halbe Stunde später erhellte das grelle Licht der Polizeilampen das Fleckchen Wasser unter der Brücke. Auf dem Sund wimmelte es jetzt von Schiffen, wie sonst nur während der Heringsernte. Doch anstelle kleiner Anglerboote wuselten Wasserfahrzeuge der Wasserschutzpolizei und Rettungskutter der Deutschen Gesellschaft zur Rettung Schiffbrüchiger hin und her. Taucher suchten in der Finsternis den Grund ab, um die Leichen der beiden Terroristen zu bergen. Und sie suchten noch etwas, dass sie nach nach oben bringen mussten. Zuerst bargen die Taucher den Mann, der sich beim Unfall das Genick gebrochen hatte, doch vom Anführer der Truppe fehlte jede Spur!

Wie zwei weiße Punkte leuchteten die Augen eines Mannes auf, der sich von der Insel Dänholm aus das Geschehen auf dem Wasser anschaute. Sein Gesicht war nicht zu erkennen. Usam hatte es mit Erde geschwärzt und um die Stirn, da wo ihn der Schlag mit Kiste getroffen hatte, hatte er Stoff seines schwarzen Hemdes gebunden. Die Augen verengten sich zu schmalen Schlitzen, er hörte, getragen vom Wind, wie einer der Taucher rief: „Ich hab sie, alle neun!" Die Hoffnung, selbst zurückzukommen und wenigstens eine der Phiolen zu bergen, löste sich in Luft auf. Frustriert ließ er sich auf den Rücken fallen. Er hatte versagt! Die Kälte der durchnässten Kleidung spürte er nicht, ein unbändiges Verlangen nach Rache, einem Hunger gleich, erhitzte ihn. Er musste sie büßen lassen für den Tod seiner Kameraden, für den Verlust der Hoffnung, die er der Heimat bringen wollte. Er würde sie töten, jeden Einzelnen von ihnen. Und er wusste genau, wo er damit anfangen musste!

Kapitel 7

Wladimir schlenderte die Straße entlang. Nach außen hin erschien er gelassen. Doch im Innersten brodelte es, wie noch nie in seinem Leben. Er hatte sich nicht getraut, ein Taxi zu bestellen. Auch auf der Straße wollte er keines anhalten, überall vermutete er Agenten des FSB. Der kleine Koffer, den er bei sich trug, begann ihm schwer zu werden. Aber Wladimir wollte durchhalten, er musste es nur zum Flughafen schaffen, sich dort möglichst der Überwachung entziehen und dann noch mit dem gefälschten Pass an Bord des Fliegers kommen. Erreichte er erst einmal das Ausland, fände er sicher Mittel und Wege, um sich dem Geheimdienst und auch seinen tschetschenischen ‚Freunden' zu entziehen. Wladimir blickte auf die Armbanduhr: Er musste sich ranhalten, der Flughafen war noch etwas mehr als zwanzig Kilometer entfernt. Mit einem wehmütigen Blick auf das Mariinski-Theater wechselte er die Straßenseite.

Kathrin riss die Augen auf. Wo bin ich? Einen Versuch, sich aufzurichten, brach sie sofort ab, ein elektrisierender Schmerz schoss durch ihre Brust. Sie wollte schlucken, doch der trockene Sand, den sie in ihrem Mund haben musste, hinderte sie daran. Dann erst begriff sie, dass ein Gegenstand in ihrem Mund steckte. Die Erinnerung an das, was geschehen war, setzte schlagartig ein. *Ich bin im Krankenhaus.* Kathrin vernahm das gleichmäßige Piepsen eines EKGs. *Ich bin auf der Intensivstation und ich bin intubiert. Ich lebe noch – das ist doch schon mal was!* Sie drehte ihren Kopf zur Seite, was ihr, nach einer gefühlten Ewigkeit, auch gelang. Überall sah sie technische Geräte, über lange Leitungen mit ihrem Körper verbunden. Auf einem Beistelltischchen lag eine vorbereitete Spritze.

Sie wollte mit ihrem Blick weiterwandern, da kam die Erinnerung an die übernatürlich große Lydia aus ihrem Traum in ihr hoch. Was bedeutete diese Vision? Sie zermarterte sich ihren schmerzenden Kopf, bis eine vage Erkenntnis entstand: In dem Kästchen mit den Ampullen war ein Fach frei gewesen! Was, wenn Lydia bei ihrer neugierigen Spielerei die Box gefunden, sie ausgepackt und sich eine Phiole genommen hatte? Damit wäre das zusammengeknüllte Ölpapier erklärt. Was, wenn Lydia mit einer Ampulle spielte und dabei das Glas zerbrach …? Kathrin schauderte es bei dem Gedanken. Der Lungenpesterreger träte aus und Lydia würde sterben und nicht nur sie, alle Menschen, die in der Nähe waren! Sie wollte schreien, doch der Tubus in ihrem Hals verhinderte dies. Unter enormen Schmerzen schaffte sie es, mit ihrer rechten Hand den Pulsmesser von ihrem linken Ringfinger zu ziehen. Es trat der Effekt ein, den sie erreichen wollte: Der Alarm gellte auf und einen kurzen Augenblick später kam eine Schwester hereingestürzt. Verwundert blieb diese stehen, sie sah den starrenden Blick der Patientin.

Kathrin versuchte, etwas zu sagen, brachte allerdings nur ein Stöhnen hervor. Zum Glück verstand die Intensivschwester ihren Beruf. Sie griff zu einem Telefon in der Tasche und rief den diensthabenden Arzt, der sofort herbeieilte.

Einige schmerzhafte Minuten später hatten sie Kathrin vom Tubus befreit, sie sagte, wenn auch nur leise hauchend: „Meine Nichte, die Ampulle, Polizei." Weder der Arzt noch die Schwester konnten etwas damit anfangen, da sie aber wussten, dass Kathrin bei einer Schießerei verwundet worden war, überlegten sie nicht lange und riefen die Polizei an.

Johanna war bisher nicht in ihr Bett gekommen. Nachdem sie geduscht hatte, schlief sie, nur mit ihrem Bademantel bekleidet, im Sessel ein, in dem sie jetzt das schrille Klingeln ihres Handys weckte. Völlig schlaftrunken ging sie ran. „Ja." Sie hörte mit geschlossenen Augen zu. „Verstanden, ich fahre hin", antwortete sie, obwohl sie hart gegen den Drang ankämpfen musste, sich wieder hinzulegen und weiterzuschlafen. Sie wankte in die Küche, warf ihre Kaffeemaschine an, packte den Filter komplett voll, füllte aber nur Wasser für eine Tasse ein. Johanna ließ den Kaffee vor sich hin blubbern, verschwand in ihrem Schlafzimmer, um kurz darauf angezogen in die Küche zurückzukehren. Sie goss den braunen Aufguss in eine Tasse und verzog beim ersten Schluck angewidert das Gesicht. Leise fluchte sie vor sich hin: „Was hab ich nur im vorigen Leben falsch gemacht?" Johanna trank die Brühe bis auf den letzten Schluck aus, schüttete noch ein Glas Wasser hinterher, um den Geschmack herunterzuspülen, und verschwand dann aus der Wohnung.

John erwachte aus einem traumlosen, chemieinduzierten Schlaf, sein erster Gedanke galt Kathrin. Sein Puls schnellte bei der Erinnerung an die letzten vierundzwanzig Stunden in die Höhe. Das Bild der blutenden Kathrin, das Wasser, das ihn zu ertränken versuchte, und der Druck auf der Brust, als er zurück ins Reich der Lebenden geholt wurde. All dies würde ihn noch lange verfolgen, da war John sich sicher. Er strich sich über die rechte Schulter, der Verband daran saß bombenfest und war trocken. Er setzte sich langsam auf und betrachtete das Zimmer. Es war dasselbe, aus dem er letzte Nacht so unsanft entführt worden war. Wackelig auf den Beinen stand er auf und schleppte sich, nur mit einem Flügelhemd bekleidet, auf den Flur hinaus.

Kevin hetzte die Straße entlang. Opa Wilhelm predigte ihm immer, dass das Zuspätkommen eine der größten Sünden sei, und genau dies würde ihm heute passieren, wenn er nicht rannte, was das Zeug hielt. Wieso er vergessen hatte, den Wecker einzuschalten, war ihm schleierhaft.

In der Eile übersah er das Mädchen, das ihm mit der Mama an der Hand entgegenkam, und rempelte sie an. Die Kleine stürzte fast zu Boden, doch ihre Mutter fing sie auf. Das Mädchen drehte sich um und rief ihm aufgebracht hinterher: „Pass auf, du Penner!" Das wiederum gefiel der Mutter überhaupt nicht, sie blieb stehen und beugte sich zu ihr hinab. „Lydia! Ich möchte nicht, dass du so sprichst!" – „Ja, Mama, aber er ist nun mal ein Penner!" – „Lydia!" Die Angesprochene verzog schmollend ihren Mund. „Er hat sich nicht einmal entschuldigt!" – „Ja, das war auch nicht richtig von ihm, aber es gibt dir noch lange kein Recht, so zu sprechen." Damit zog sie ihre Tochter weiter. Lydia trottete unwillig hinterher. Da weiteten sich die Augen des Mädchens, ein schrecklicher Gedanke durchzuckte sie. Ihre linke Hand verschwand in ihrer Jackentasche. Lydias Gesicht hellte sich wieder auf, ihr Schatz war noch heil.

Johanna eilte den Gang auf der Station entlang, dem Zimmer von Kathrin Hillmer entgegen. Sie war zu müde, um den Elektriker genauer anzuschauen, der, wie es schien, an einer Steckdose im Flur herumschraubte.

Das Erste, was Johanna in Kathrin Hillmers Zimmer zu sehen bekam, war die breite, mit einem weißen Verband verzierte Rückenpartie eines Mannes.

John hielt die Hand der schlafenden Kathrin. Er drehte sich bei dem Geräusch um und erkannte die Polizistin sofort wieder. „Hallo, das ging aber schnell!"

Johanna winkte ab. „Wie geht es ihr?" – „Sie ist drüber, ich meine über den Berg, das sagen zumindest die Ärzte."

Der ‚Elektriker' war verzückt – er musste seine Opfer nicht erst suchen, sie kamen alle von allein zu ihm! Um die zwei anderen Frauen wollte Usam sich kümmern, wenn er die drei hier getötet hätte. Er griff in die Werkzeugbox und holte ein langes, silbrig glänzendes Kampfmesser hervor und verbarg es am rechten Unterarm. Mit einem schnellen Blick über die Schulter checkte er die Lage, erhob sich und schritt auf Kathrins Zimmer zu, da hörte er hinter sich jemanden rufen: „Können Sie mal kommen, bitte!" Stocksteif blieb er stehen, doch die Frau ließ nicht locker. „Hallo, Herr Elektriker, ich meine Sie." Usam schloss für einen Moment die Augen, atmete ruhig ein und aus, dann drehte er sich langsam um. „Ja, bitte?" Er lächelte die Krankenschwester an, die mit ihrem Körper die komplette Tür zum Schwesternzimmer ausfüllte. „Mein Schreibtischlampe is kaputt, schauen Sie sich das mal bitte an." – „Klar, mach ich." Freundlich lächelnd ging er auf sie zu, bereit, mit dem Messer zuzustoßen.

„Was hat sie erzählt?", wollte Johanna von John wissen. Dieser zuckte mit den Schultern. „Mir nichts, ich hab nur mitbekommen, dass die Schwestern sehr aufgeregt waren, Kathrin hatte wohl einen schrecklichen Traum." Johanna nickte in der Hoffnung, dass die ganze Aktion sich nicht als Luftnummer entpuppte. Sie trat näher ans Bett und berührte Kathrin behutsam an der Schulter.

Diese schlug langsam die Augen auf und sah zwei neugierige Gesichter über sich.

Usam krabbelte unter den Tisch der Stationsschwester und erkannte sofort das Problem. Er drückte den losen Stecker in die Steckdose und die Schreibtischlampe leuchtete auf. Usam kam grinsend wieder hoch, „Schön, dass ich helfen konnte." Die Schwester schaute verlegen zur Seite. „So, ich muss dann mal, ich habe heute noch eine Mordsarbeit vor mir!" Damit drängelte Usam sich an der Frau vorbei, die sich, wie er erfreut feststellte, an ihren Schreibtisch setzte und eine Patientenakte am Rechner aufrief. Mit aufmerksamem Blick trat er hinaus in den leeren Flur. Unauffällig eilte er zurück an die Tür, von der er vor wenigen Augenblicken weggeholt worden war. Langsam begann er sie zu öffnen.

Keine der Personen im Raum bemerkte, dass hinter ihnen die Tür aufging und ein Kopf vorsichtig hineinschaute. „… und darum habe ich Angst, dass Lydia sich eine Ampulle geschnappt hat. Sie ist wie eine kleine diebische Elster."

Usam zuckte zurück. Sein Herzschlag schoss auf einen Schlag hoch. Es gab wieder Hoffnung! Vorsichtig drückte er die Tür zu und presste ein Ohr daran, um weiter zu lauschen.

„Ich werde es auf alle Fälle nachprüfen!" Johanna stand auf. „Wo ist ihre Nichte jetzt?" – „In der Kita, nehme ich an. Am Knieperdamm."

Usam drehte sich um, er musste auf alle Fälle vor dieser Polizistin dort sein. Wenn er das schaffte, dann ergäbe sich der Rest von ganz allein.

Die Tür flog auf und Johanna kam schnellen Schrittes heraus, doch Usam war bereits verschwunden.

John griff nach Kathrins Hand, die ihn fragend anschaute. „Wer bist du, John McFerrow?", fragte sie mit einem leicht wehmütigen Blick. John schaute verlegen nach unten. Er hatte sich wie ein Schwein benommen, als er das Spiel mit den drei Frauen spielte. Ehrlich antwortete er: „Ich weiß es nicht mehr." Kathrin drehte ihren Kopf beiseite. In John erwachte indes ein kleiner Hoffnungsschimmer: Sie ließ seine Hand nicht los!

„Nein, Sie haben richtig verstanden! Ja, den Katastrophenschutz!", forderte Johanna entnervt von der Zentrale. Warum setzte der nicht gleich alle Hebel in Bewegung, anstatt mir ihr zu diskutieren? Dabei warnte sie ihn doch vor der Möglichkeit eines verheerenden Seuchenausbruchs! In fünf Minuten erreichte sie den Kindergarten und Johanna beschlich das ungute Gefühl, dass sie dort wieder auf sich allein gestellt war!

Usam stand im Eingangsbereich der Kita und schaute den wuselnden Zwergen zu, die ihrer Tagesbeschäftigung konzentriert nachgingen. Die Kinder warfen ihm ab und an einen kurzen Blick zu, ließen sich aber durch ihn nicht vom Spielen abbringen. Usam bückte sich zu einem Mädchen. „Weißt du, wo ich Lydia finde?", fragte er es. Doch bevor die Kleine antwortete, hörte er die scharfe Stimme von Eva Nowak, der Leiterin der Kindertagesstätte, hinter sich. „Was machen Sie da?" Usam drehte sich um und setzte ein strahlendes Lächeln auf. „Oh, Entschuldigung, ich hätte wohl besser gleich zu Ihnen kommen sollen. Ich bin der Onkel von Lydia." – „Lydia wer?", fragte die Kindergärtnerin skeptisch zurück. „Lydia Hillmer", schoss er einen Versuchsballon ab, denn er hatte nicht die leiseste Ahnung, wie Kathrins Nichte mit Nachnamen hieß.

Frau Nowaks Augen verengten sich. Es gab hier keine Lydia Hillmer, sie kannte aber die Tante von Lydia Fritsche, deren Nachname Hillmer lautete. Sie gab sich Mühe, ihm von ihrem Mistrauen nichts anmerken zu lassen. „Ach, und was wollen Sie von ihr?" – „Sie hat dummerweise etwas von meinem Schreibtisch mitgenommen, ich denke zum Spielen. Ich brauche das aber heute unbedingt. Sie soll es mir einfach wiedergeben und schon bin ich verschwunden." Eva nickte. „Gut, ich denke, sie spielt draußen. Warten Sie bitte hier, ich hole sie." Frau Nowak drehte sich um und verschwand um die Ecke.

Usam sah ihr hinterher, da zog etwas an seiner Hose. Das kleine Mädchen, welches er gefragt hat, wo Lydia sei, schaute ihn an. „Lydia spielt alleine, sie ist im Kuschelzimmer. Sie lässt keinen mit ihrem Schatz spielen", fügte sie traurig hinzu. Usam nickte ihr lächelnd zu: „Danke, du bist ein Engel!" Er strich ihr kurz über das blonde Haar, dann lief er in die gleiche Richtung wie zuvor die Kindergärtnerin.

Frau Nowak stand am Telefon. „... bitte, Sie müssen sofort herkommen, ich befürchte ...", weiter kam sie nicht. Eine Hand bedeckte von hinten ihren Mund. Evas Augen erstarrten, eine Klinge legte sich an ihre Kehle. „Sie machen einen guten Job. Ich weiß das zu würdigen. Aber wollen Sie wirklich sterben? Ich will nur etwas, das mir gehört. Sie kooperieren und ich verspreche, dass keinem Kind etwas zustößt, und auch Ihnen nicht!" Soweit es ihr der Griff erlaubte, nickte Eva. Usam senkte das Messer und löste die Hand von ihrem Mund. „Machen Sie keinen Unsinn!", drohte er, sie dabei durchdringend anschauend. „Und jetzt gehen wir in den Kuschelraum!"

„Wir haben ein 0-36 in der Kita am Knieperdamm, wer ist in der Nähe?", kam es aus dem Lautsprecher.

Hektisch ergriff Johanna das Funkgerät. „Ich bin gleich da. Ich vermute, es steht im Zusammenhang mit den Vorfällen von letzter Nacht! Bitte schicken Sie alle verfügbaren Kräfte und das SEK! Und sorgen Sie dafür, dass die nicht erst wieder erscheinen, wenn alles vorbei ist! Und denken Sie an den Katastrophenschutz! Windheim Ende!" Ohne die Antwort abzuwarten, hängte sie auf. Der Kindergarten kam in Sichtweite und sie fuhr rechts ran. Sich umschauend stieg sie aus, näherte sich der Kita bis auf hundert Meter und verschwand dann im Gebüsch. Sie wollte die Lage in der Kita von der Rückseite der Anlage sondieren.

Frau Nowak betrat mit einem fremden Mann das Zimmer. Lydia zuckte zusammen. Sie hatte mit Puppen einen Kreis gebildet, in dessen Mitte ihr Schatz lag. Hastig legte sie einen Teddy auf die Ampulle und drehte sich zu den beiden um. Warum lächelte Frau Nowak nicht wie sonst immer? „Lydia, mein Schatz", begann Eva, „dieser Mann sagt, du hättest etwas von ihm weggenommen." Lydia schüttelte übertrieben ihren Kopf. „Das stimmt nicht, ich hab nix genommen! Wer ist der Mann?" Die Erzieherin vor sich hertreibend kam Usam heran. „Meine Kleine. Du hast etwas von deiner Tante Kathrin weggenommen, das will ich haben!" – „Ich habe gar nichts …", doch ein kurzer Blick zum Teddy verriet sie. Usam schob Lydia zur Seite und hob das Stofftier hoch. Da lag sie, die letzte Ampulle mit der tödlichen Lungenpest. Lydias Augen füllten sich mit Tränen. Der Mann griff nach ihrem Schatz und hielt ihn gegen das Licht.

Johanna blieb wie angewurzelt hinter einem Baum stehen. Das ist jetzt nicht wahr! Der Entführer, der Mann, der versucht hatte, sie zu ertränken und von dem alle annahmen, dass er tot sei, stand vor ihr an der Scheibe. Er hielt etwas in der Hand, das wie ein Diamant im Sonnenlicht funkelte. „Scheiße, er hat es!", murmelte Johanna. Sie hob ihre Waffe und zielte auf den Kopf des Mannes, ließ ihren Zeigefinger aber lang ausgestreckt am Lauf liegen. Hinter dem Terroristen stand eine Frau, sollte der Schuss dessen Kopf durchschlagen, tötete das Projektil sie ebenfalls! Der Mann drehte sich abrupt um: Ein hysterisches Jaulen von Polizeisirenen, dass sich rasant näherte, war der Auslöser. Blitzschnell versteckte sich Johanna hinter dem Baum und ließ enttäuscht ihre Waffe sinken. Eine einfache Lösung rückte soeben in weite Ferne.

Lydia kullerten immer noch Tränen an den Wangen hinab. Der Mann packte sie unsanft am Arm. „Los, du kommst mit!", brüllte er sie an und zog dabei eine Pistole aus seinem Hosenbund. Sie guckte zu Frau Nowak und erkannte etwas in deren Gesicht, was sie so noch nie bei ihr gesehen hatte: Ihre Erzieherin hatte Angst! Der Griff an ihrem Arm tat weh, aber Lydia schrie nicht auf, sie biss sich auf die Unterlippe. Sie wusste, dass sie jetzt keinen Laut von sich geben durfte. In ihrem kleinen Köpfchen hetzten die Gedanken hin und her. Ob diese ganze Aufregung mit dem Schatz zu tun hatte, den ihr der böse Mann weggenommen hatte?

Die drei kamen in den Flur, wo die anderen Kinder noch nichts von der Gefahr ahnten. Usam hob die Waffe nach oben und kreischte: „Los, alle in das Zimmer rein und hinlegen!" Dann feuerte er einen Schuss in die Zimmerdecke, der Gips platzte ab; für einen Moment schneite es in dem Raum. Die Kinder um ihn herum schrien, weinten oder standen steif vor Schreck einfach nur da. „Ihr sollt verdammt noch mal in das Zimmer reingehen und euch hinlegen!

Und hört auf, so rumzubrüllen!" Damit schoss er ein zweites Mal nach oben.

Johanna erstarrte. Aus dem Kindergarten drangen Schüsse. Ich muss diesen Irren stoppen! Da hörte sie ein Geräusch. Sie drehte sich blitzschnell um und nahm die Pistole in Anschlag. Vor Johanna stand ein schwarz vermummter Mann, ebenfalls eine Waffe auf sie gerichtet, nur, dass es ein Gewehr mit einem extrem langen Lauf war. „Ach, Sie sind es", hörte Johanna den Mann sagen. Sie erkannte ihn an der Stimme. „Mann, Joachim, geht's noch spannender?", fragte sie ironisch. Der Mann ging nicht darauf ein. „Hast du was gesehen?" – „Ja, und ich hätte die Sache schon beendet, wenn unsere Kollegen hier nicht mit ganz großem Tamtam angekommen wären!" – „Tja, so ist das Leben. Hast du eine Idee, wo ich mich platzieren kann?" Johanna nickte und deutete zu dem Baum, hinter dem sie bis eben selbst gestanden hatte. „Dort hast du einen super Blick in eins der Spielzimmer. Er versammelt die Kinder da." – „Er? Ist es nur einer?" Johanna zuckte mit den Schultern. „Ich denk schon, aber man weiß ja nie …" Joachim nickte zustimmend, dann bewegte er sich lautlos vorwärts. „Noch was", stoppte ihn Johanna, „knall mich bitte nicht ab, wenn ich da reingehe!" Sie glaubte, ein Grinsen unter seiner Maske zu erkennen. „Schaun ma mal", damit drehte er sich um und begann, auf den Baum zu klettern.

Alle Kinder und die anderen beiden Erzieherinnen lagen inzwischen auf dem Boden. Nur Lydia und Frau Nowak standen noch. „Was ist? Habt ihr Todessehnsucht?", herrschte Usam die beiden mit vorgehaltener Waffe an. „Und jetzt Ruhe! Ich muss nachdenken!"

Wieso war die Polizei so schnell auf der Bildfläche erschienen? Und wie käme er hier wieder raus?

Frau Nowak ließ sich zitternd auf ihre Knie hinab. Da hielt er sie auf. „Halt! Mach zuerst die Vorhänge zu! Und beeil dich!" Die Erzieherin nickte bibbernd und ging zum Fenster.

Joachim hatte sich gerade auf dem Baum eingerichtet und erspähte durch den oberen Teil des Fensters den Mann, der zwischen den am Boden liegenden, weinenden Kindern stand. Der Geiselnehmer befahl einer Frau etwas, worauf diese anfing, die unteren Vorhänge zuzuziehen. Joachim griff zum Funkgerät und erstattete der Einsatzleitung Bericht über die Situation. Dabei vergaß er auch nicht zu erwähnen, dass sich Hauptkommissarin von Windheim im Garten herumtrieb. Dann machte er es sich, so gut es ging, gemütlich. Es würde ein langer Tag werden.

Johanna rannte um die Ecke des Gebäudes; vor ihr lag jetzt der großzügig ausgestattete Spielplatz des Kindergartens. Sie spurtete zu dem hölzernen Piratenschiff, das mit bunter Schrift den Namen Klaus Störtebeker trug. Sie sprang dahinter, dort starrten sie drei Augenpaare erschrocken an. „Es ist okay, ihr braucht vor mir keine Angst zu haben", lächelte sie, „ich bin die Polizei." Die Knirpse nickten erleichtert. „Bleibt ganz ruhig hier und bewegt euch nicht von der Stelle. Hier bei Klaus Störtebeker seid ihr in Sicherheit!" Die kleinen Mädchen bejahten. Johanna strich einer von ihnen über das blond gelockte Haar, dann lugte sie aus der Deckung zum Gebäude. Die Räume, die sie von hier aus einsehen konnte, waren leer, und eins der Fenster stand offen. Dorthin sprintete Johanna und wollte gerade hineinklettern, da summte ihr Mobiltelefon. Das Display zeigte die Nummer des Einsatzleiters.

Johanna zögerte einen Moment, dann schaltete sie das Gerät aus und stieg in das Zimmer hinein.

Lydia lag noch nicht am Boden. Usam tigerte mit der Waffe hinter ihr herum. Das kleine Mädchen schien er vergessen zu haben. Das Telefon im Nachbarzimmer klingelte. Usam verzog grinsend das Gesicht. Er drehte sich zu Lydia. „Du bist jetzt ein liebes Kind und gehst nach nebenan ans Telefon. Dann fragst du die Polizei, was sie will. Kannst du das?"

Sie nickte. „Dann Abmarsch!" Die Kleine rannte aus dem Zimmer, gefolgt von den Blicken der Erzieherinnen und der anderen Kinder.

Johanna blickte in den Gang. Ein Mädchen lief zielgerichtet über den Flur und verschwand in dem Zimmer, aus dem das Klingeln eines Telefons erscholl. Am anderen Ende des Ganges entdeckte sie eine offene Tür und für einen kurzen Augenblick sah sie auch den Terroristen mit der Pistole in der einen und der Ampulle in der anderen Hand durch den Raum wandern. Sollte sie einfach zu ihm stürmen, um ihn dann mit einem schnellen Schuss außer Gefecht zu setzen? Vor ihrem inneren Auge ging Johanna die Situation durch. Sah ihn wie in Zeitlupe getroffen zu Boden gehen, da fiel ihr etwas in ihrer Vision auf: Die Hand des Mannes öffnete sich, eine kleine Phiole fiel heraus und schlug auf dem Parkett auf. Das Glas zerbrach und der Inhalt verflüchtigte sich in einer giftgrünen Dampfwolke.

Johanna ließ sich an die Wand hinter der Tür fallen. Sie durfte den Mann auf keinen Fall erschießen, schlimmer noch, sie musste auch noch verhindern, dass er von ihren Kollegen erschossen wurde! Sie kramte ihr Handy heraus und schaltete es ein. Eine schier endlose

Zeit verging, bis sich das Gerät wieder einloggte. Sie wählte die Nummer des Einsatzleiters. „Klein", meldete dieser sich, um gleich aufzubrausen. „Was denken Sie sich eigentlich? Was treiben Sie alleine im Kindergarten, wissen Sie überhaupt ...", weiter ließ ihn Johanna nicht kommen. „Sie dürfen den Mann nicht erschießen, haben Sie mich verstanden?" – „Wollen Sie mir jetzt Befehle erteilen?! Ich sag Ihnen jetzt ..." – „Der Mann besitzt eine Ampulle mit der Biowaffe, wenn Sie ihn erschießen, kann es passieren, dass es freigesetzt wird! Hier sind gut und gerne vierzig Kinder. Ich muss Ihnen doch nicht erklären, was das bedeutet, oder?" Für einen Moment wurde es still. Johanna hörte, wie ihr Chef durch die Nase schniefte. „Was schlagen Sie vor?" – „Ich hole mir die Ampulle, wenn ich sie habe, können Sie mit ihm machen, was Sie für richtig halten!" – „Und wie wollen Sie das anstellen?", kam es skeptisch zurück. „Ich lass mir was einfallen." Damit beendete sie das Gespräch. So einfach, wie sie das sagte, würde es bestimmt nicht. Ihr fiel im Moment beim besten Willen nichts ein, was ihr in dieser Situation helfen konnte. Gedankenverloren griff sie nach einer blonden Barbiepuppe, die vor ihr auf dem Boden lag, und strich ihr das Haar glatt.

Joachim, der Scharfschütze auf dem Baum, sprach in sein Funkgerät. „Hab die Zielperson erfasst, warte auf Anweisungen!" Er konnte nur den Kopf des Mannes sehen, doch diesen sah er klar und deutlich in der Mitte des Fadenkreuzes. Der Punkt lag genau im Dreieck zwischen den Augen und dem Mund des Terroristen, dieser wäre nicht einmal in der Lage, den Schuss zu hören, da war sich Joachim sicher. Um so mehr überraschte die Antwort ihn: „Nicht schießen, halten Sie das Feuer. Nicht schießen, haben Sie verstanden?!" – „Verstanden, halte Feuer." Er streckte den Zeigefinger wieder aus, der bis dahin am Abzug gelegen hatte. „Ihr habt sie doch nicht mehr alle!", flüsterte er vor sich hin, den Mann dabei nicht aus den Augen lassend. Dieser drehte sich jetzt um und schaute zur Tür, durch die ein kleines Mädchen hereinkam. Der Geiselnehmer bückte sich zu dem Kind und verschwand damit aus dem Schussfeld.

„Was will die Polizei?", fragte Usam nach vorn gebeugt Lydia. „Sie wollen wissen, was *Sie* wollen, haben sie mir gesagt. Und ob Sie sich nicht schämen, ein kleines Kind ans Telefon zu schicken." Usam lachte auf. „Das haben die gesagt?" Lydia nickte. „Gut. Du wirst wieder ans Telefon gehen! Die werden sicher gleich wieder anrufen. Dann sagst du ihnen Folgendes: Ich möchte einen vollgetankten Bus vor die Tür, mit einer Frau als Fahrer, diese soll nur einen Bikini anhaben." – „Das können Sie doch nicht von der Kleinen verlangen!", mischte sich eine aufgewühlte Frau Nowak in das Gespräch ein. „Lassen Sie mich das erledigen!" Usam fuhr unbeherrscht herum. „Wenn ich das gewollt hätte, hätte ich Sie gefragt! Wenn hier noch einer unaufgefordert quatscht …", er schweifte mir der Waffe über die Kinder und zielte schließlich auf den Kopf der Erzieherin, „peng." Frau Nowak verstand, was er damit zum Ausdruck bringen wollte, und senkte ihren Blick. Usam drehte sich wieder zu der Kleinen. „Hast du dir gemerkt, was ich will?" – „Ja, einen Bus mit einer Fahrerin in Badeklamotten." – „Gut, und sag ihnen noch etwas." – „Ja, was?" – „Wenn sie machen, was ich sage, wird hier keinem etwas zustoßen, wenn nicht, dann überlebt hier keiner!" Erschrocken nickend lief Lydia hinüber in den Raum der Kindergartenleiterin.

Johanna verfolgte, wie das Mädchen wieder über den Gang flitzte. Der Mann richtete sich auf und streifte erneut um die Geiseln herum. Einer spontanen Eingebung folgend wartete sie ab, bis er aus ihrer Sicht gelaufen war, dann spurtete sie hinüber zu der Kleinen.

Lydia erschrak. Hinter ihr stürzte eine Frau zu Tür herein. Diese bedeutete ihr, indem sie ihren Zeigefinger auf die Lippen legte, dass sie still sein sollte. Lydia nickte.

„Gut", flüsterte Johanna. „Ich bin hier, um euch zu helfen." Wieder nickte die Kleine. „Was sollst du hier machen?" Ebenfalls flüsternd antwortet Lydia ihr und erzählte, was der Mann von ihr forderte. Bei den Worten: „… sonst will er alle töten!", begann sie zu weinen. Johanna strich ihr über den Kopf, wie sie es eben noch bei der Barbiepuppe getan hatte. „Keine Angst, ich pass schon auf, dass euch nichts passiert!" Da klingelte das Telefon. Lydia schaute fragend zu Johanna, die nickte dem Mädchen zu. Lydia ging ran und gab noch einmal alles wieder, wie es Usam verlangt hatte. Dann legte sie auf. „Hör zu", wisperte Johanna. Lydia schaute aufmerksam zu ihr, dann fuhr die Polizistin fort: „Du gehst jetzt rein und sagst ihm, dass alle seine Forderungen erfüllt werden. Er solle aber, als Geste des guten Willens, ein paar Kinder freilassen." – „Aber das haben die am Telefon gar nicht gesagt", widersprach Lydia. – „Ich weiß, die haben sicher nur gesagt, dass sie darüber nachdenken werden." Lydia nickte, „Ja, genau." – „Du sagst es aber bitte trotzdem, ich habe nämlich einen Plan!" Damit log sie, denn sie fing erst langsam an, einen zu entwickeln. „Wo bleibst du, Mädchen?", hörten sie Usam rufen. „Komm sofort wieder rüber, du willst doch nicht, dass ich jemandem wehtue?" Lydia schaute Johanna mit flehenden Augen an, der Blick sagte alles: Bitte hilf uns! Dann lief sie hinüber. Johanna guckte ihr hinterher, drehte sich um und betrachtete das Telefon. Sie zog ihr Handy heraus und tippte die Nummer ab, die auf dem Apparat stand.

Usam lachte auf. Lydia erzählte ihm, er solle doch ein paar Kinder gehen lassen, um seinen guten Willen zu zeigen. „Die haben echt zu viele Filme geschaut", schniefte er. Dann schaute er sich im Raum um. Auf der anderen Seite, wenn er fünf Kinder hinausließ, hätte er immer noch ausreichend Druckmittel zur Verfügung. Er betrachtete die Kinder, zwei von ihnen hatten sich vor Angst in ihre Hosen gepisst. Er deutete auf die beiden. „Ihr da, aufstehen." Dann suchte er sich noch drei weitere aus, diesmal diejenigen, die ihn aggressiv anschauten. Wenn er die rausschickte, hätte er die Stinker und die möglichen Ärgermacher los. „Lauft nach draußen, sagt der Polizei, das ist die einzige gute Geste, die sie von mir erwarten können. Wenn der Bus nicht in einer Stunde da ist, werde ich anfangen, Galgenraten zu spielen!" Die Kleinen verstanden nicht, was er damit sagen wollte. „Jetzt schert euch raus!" Doch die Kinder standen wie angewurzelt da und schauten zu Frau Nowak. Diese nickte ihnen zu. „Geht schnell raus Kinder, die Polizei …" Ohne Vorwarnung trat Usam ihr ins Gesicht. „Ich habe dich gewarnt!", schnauzte er die nun Bewusstlose an. „Hier spricht keiner ohne meine Erlaubnis!" Einer der kleinen Jungs guckte ihn trotzig an, dann ergriff er die Initiative und fasste zwei der anderen Kinder an den Händen und zog sie mit sich aus dem Raum.

Joachim schniefte vor Wut, er hatte durch das Zielfernrohr mitbekommen, was der Mann mit der Frau am Boden anstellte. Er legte den Finger an den Abzug und überlegte für einen Augenblick, ob er nicht den Befehl missachten und der Sache ein für alle Mal ein Ende bereiten sollte. Aber da erhob sich eine kleine

Gruppe von Kindern und verließ den Raum. Joachim entspannte sich wieder. Er griff in die Jackentasche und fischte einen Energieriegel hervor.

Johanna lächelte das erste Mal an diesem Tag. Ihr Plan ging auf, der Terrorist ließ die Kinder frei. Es blieben aber immer noch zu viele Geiseln übrig. Johannas Handy summte, sie bekam eine SMS. Sie las die Nachricht: Waren *Sie* das?, fragte sie der Einsatzleiter. Sie schickte ihm nur ein Smiley zurück. Johanna wusste, dass es nur dann Probleme für sie gäbe, wenn irgendjemandem etwas zustieß. Wenn sie es schaffte, alle Kinder und die Erzieherinnen zu befreien, würden die Vorgesetzten über ihren Alleingang hinweggesehen. Wenn nicht – dann wäre ihr eine Stelle bei der Verkehrspolizei sicher. Johanna wischte diese Gedanken beiseite, eine Erinnerung forderte ihre Aufmerksamkeit: Ihr Ninjutsu-Meister hatte ihr einmal erzählt, wie die historischen Ninjas sich einst verkleidet in Burgen feindlicher Daimyos, der Fürsten Japans, eingeschlichen hatten!

Usam betrachtete ungeduldig die Armbanduhr. Langsam mussten die Bullen doch reagieren, immerhin hatte er fünf von den Bälgern die Freiheit geschenkt. Sein Blick verdüsterte sich, er schaute auf die Geiseln und überlegte, wen er zuerst liquidieren sollte, falls die Forderungen nicht rechtzeitig erfüllt wurden. Frau Nowak kam langsam wieder zu Bewusstsein und stöhnte leise. Usam verzieh ihr nicht, dass sie die Cops angerufen hatte. Für ihn trug sie die Schuld an der Situation, sie würde er als Erste abknallen, das stand fest! Fast erleichtert hörte er das Klingeln im Nachbarraum. „Los Kleine, an die Arbeit!" Lydia erhob sich und verließ erneut das Zimmer.

Im Erzieherzimmer angekommen kicherte Lydia; Johanna stand verkleidet vor ihr. Sie hatte einen Kittel und ein altes Kopftuch gefunden. Johanna bemerkte ihren Blick. „Lachen kannst du später. Jetzt hör mir zu!", damit beugte sie sich hinunter und flüsterte ihr etwas ins Ohr.

Lydia trat wieder ins Zimmer, wo Usam sie nervös erwartete. „Was haben sie gesagt?" – „Der Bus ist auf dem Weg, Sie sollen nur nicht durchdrehen, alles wird so gemacht, wie Sie es wünschen." Langsam gefiel ihm die Kleine, sie wollte er zuletzt umbringen. „Gut, setzt dich wieder hin!" Doch Lydia blieb stehen. „Was ist?" – „Ich soll von Frau Müller aus fragen lassen, ob sie jetzt nach Hause gehen kann, sie ist fertig mit dem Putzen." Frau Nowak und die anderen Erzieherinnen horchten auf, doch Usam übersah deren Überraschung. „Was?!" Dann drehte er sich zur Tür. „Frau Müller, kommen Sie sofort hier rein!", brüllte er. Einen kurzen Augenblick später tauchte der ins Kopftuch verhüllte Kopf von Johanna auf. „Ja, bitte?", stammelte sie langsam wie einst Forrest Gump im Film. „Kommen Sie herein!" – „Hereinkommen", wiederholte sie, dann trippelte sie ungeschickt in den Raum.

Joachim pfiff leise durch die Zähne: „Das glaub ich jetzt nicht", zischte er, als er Johannas Aufmachung sah. Er packte den Schaft des Gewehres fester und legte den Zeigefinger an den Abzug; gleich musste es losgehen.

Johanna hielt den Kopf gesenkt, sie hoffte, dass der Mann sie nicht zu früh erkannte, jedenfalls nicht, bevor sie an der bestmöglichen Position für ihren Plan stand. „Ich … bin … fertig. Nach Hause", stotterte sie, weiterhin in ihrer Rolle der behinderten Putzfrau. Usam übernahm ihre Art zu sprechen: „Du nix nach Hause, du hinlegen." Doch Johanna tat so, als verstünde sie ihn nicht. „... Fenster ... schmutzig?", damit griff sie in ihre Tasche und lief auf die Fensterfront zu. „Fenster ... schmutzig ... muss putzen", plapperte sie weiter, dann zog sie die Vorhänge auf. „Mach die verdammten Vorhänge wieder zu, sonst knall ich dich ab!" Schrie Usam. Erschrocken drehte sich die *Putzfrau* zu ihm um.

Joachim schluckte. „Das gibt's doch nicht!", staunte er bewundernd. Auf Johannas Rücken klebte ein Zettel. Darauf stand: *Sobald er die Waffe hebt, schieß, Joachim!* Das Papier war nur so groß wie eine Streichholzschachtel, aber durch das Zielfernrohr konnte es der Scharfschütze gut lesen. „Eines muss man dir lassen, du bist echt verrückt!" Dann drückte Joachim die Sprechtaste des Funkgerätes. „Habe Sichtkontakt zu Hauptkommissarin von Windheim, sie fordert mich auf, die Zielperson zu eliminieren, sobald diese die Waffe hebt. Bitte um Bestätigung." Es kam ihm vor wie eine Ewigkeit, bis er eine Antwort erhielt. Johanna stand mittlerweile mit dem Rücken am Fenster. „Feuern Sie nach eigenem Ermessen! Feuer nach eigenem Ermessen! Einsatzleitung out!" Joachim atmete tief durch, jetzt war es also so weit, er musste nur noch warten, bis der Geiselnehmer die Waffe hob.

Johanna hoffte inständig, dass Joachim ihre Botschaft las, sonst war sie eine tote Frau! Sie stand genau zwei Meter weg von Usam, der immer lauter schrie. „Ich habe gesagt, du sollst die Vorhänge wieder zu machen! Du verblödete Kuh. Zu machen!" – „Warum sollte ich das tun?", konterte Johanna, nicht mehr die Rolle der armen Putzfrau spielend. Usam horchte auf. Die Stimme kannte er. Die Frau hob ihren Kopf, in diesem Augenblick verstand Usam, wer vor ihm stand. Er riss die Waffe hoch. „Du verdammte Hu...", weiter kam er nicht. Bevor sich sein Finger krümmen konnte, splitterte die Scheibe und in seinem Gesicht, genau zwischen den Augen, tauchte plötzlich ein winziger roter Punkt auf. Usam hielt in der Bewegung schlagartig inne. Die Waffe fiel aus der Hand, aber auch die linke Hand entspannte sich und die kleine Phiole löste sich daraus. Johanna hechtete los, wie ein Torwart, der den Ball aus der Ecke fischen wollte. Die Ampulle war nur noch zehn Zentimeter vom Parkettboden entfernt. Sobald sie aufschlug, würde der Inhalt austreten und die todbringende Seuche freisetzen!

Johanna landete am Boden. Sie öffnete ihre rechte Hand – sie war leer! Erschrocken schaute sie auf die Stelle, an der sie das zerborstene Glas vermutete. Doch da lag nichts!

„Willst du meinen Schatz haben?", hörte sie jetzt Lydia sagen, die ihr das Glas hinhielt. Johanna atmete erleichtert auf, nicht mehr sicher, ob ihr Plan wirklich gut gewesen war. „Ja, sehr gerne." Sie ergriff vorsichtig die Ampulle aus Lydias Hand, dann wandte sie sich an die Erzieherinnen: „Bringen Sie die Kleinen raus. Es ist vorbei!" Die Frauen erhoben sich und forderten die Kinder auf, mit ihnen zu kommen, dabei darauf bedacht, dass diese nicht auf die Leiche des erschossenen Terroristen blicken konnten. Johanna drehte sich zum Fenster um und streckte den Daumen nach oben.

Joachim nickte ihr zu. Auf das, was als Nächstes auf ihn zukäme, freute er sich nicht. Er würde endlose Berichte schreiben und noch endlosere Befragungen über sich ergehen lassen müssen. In diesem Augenblick nahm er sich vor, Johanna zum Essen einzuladen, dies wäre das Mindeste, was sie ihm nach dieser Aktion schuldete.

Epilog

Linda zog gierig den Fahrtwind ein, der ihr ins Gesicht blies. Was hatte sie sich nur gedacht? Es musste ja so kommen! Kaum verliebte sie sich in einen Typen, entpuppte der sich als Dreckskerl. Tränen rannen an ihren Wangen hinab und machten es ihr unmöglich weiterzufahren. Sie hielt am Straßenrand und stieg vom Moped. Wütend riss sie den Helm vom Kopf und schleuderte ihn ins Gras. Dann hockte sie sich hin und starrte ins Leere. Sie verlor jegliches Zeitgefühl, irgendwann landete wenige Meter von ihr ein Graureiher und begann, den Boden nach Futter abzusuchen. Linda wischte sich die Tränen aus dem Gesicht und betrachtet fasziniert das Tier. Der Reiher ließ sich von ihrer Anwesenheit nicht beeindrucken. Was reg ich mich überhaupt auf? Jahrelang habe ich mit den Kerlen gespielt und jetzt weiß ich, wie sich das anfühlt. Sie grinste beim Anblick des Reihers. Zum Vögeln finde ich schon jemanden, die Hauptsache ist doch: Ich bin noch am Leben!

Kevin stand mit Oleg vor dem Eingang der Schule. „Echt jetzt, das hast du alles erlebt?", fragte staunend Oleg seinen Freund. „Klar, und das Beste ist, die Polizistin ist meine Freundin! Ich habe sie beim Ninjutsu Training kennen gelernt." – „Und du verarschst mich sicher nicht?" – „Sicher!" Doch bevor Oleg weitere Fragen stellen konnte, klingelte es. Die beiden griffen nach ihren Taschen und gingen mit den anderen Schülern in das Schulhaus. In der Tür hielt Oleg Kevin noch einmal an. „Meinst du, ich könnte mal mit zu Training kommen?" Jetzt war es an Kevin zu fragen: „Willst du mich jetzt verarschen?" – „Nein, Ehrenwort! Aber wenn ich bei dir mitmache kann, dann könnte ich ein Rettungsschwimmender Ninja werden.

Wie klingt das?" – „Cool, wenn du mich fragst!" Damit verschwanden sie lachend im Schulgebäude.

Johanna ließ die Finger über der Tastatur kreisen. Diesen Teil ihres Jobs hasste sie am meisten! Berichte zu schreiben, kotzte sie mindestens ebenso an, wie ein freundliches Gesicht ihren Kollegen gegenüber zu zeigen. Es würde viel Zeit dabei draufgehen; in den letzten Stunden war einfach zu viel passiert. Bestimmt müsste sie auch noch vor Gericht aussagen, dafür sorgten die vielen Toten, an denen sie nicht unbeteiligt war, wie sie sich eingestand. Das Einzige, worauf sie sich freute, war das Essen, zu dem sie Joachim eingeladen hatte. Er war einer der wenigen Kollegen, den sie sympathisch fand. „Johanna", holte sie die Stimme ihres Tischnachbarn in das Büro zurück. „Ja?", knurrte sie, ohne aufzublicken. „Hier ist jemand am Telefon, sie fragt, wie gut dein Russisch ist." – „Verarschen kann ich mich alleine!", gab sie gereizt zurück. „Mir doch egal, ich stell den Anruf durch." Damit drückte der Kollege Johannas Rufnummer und einen kurzen Augenblick später klingelte es auf ihrem Schreibtisch. „Ja bitte?" – „Einen Moment, ich verbinde Sie mit dem Präsidenten", sagte eine Frauenstimme mit hörbarem Akzent am anderen Ende. Johanna runzelte die Stirn, wollte sie hier irgendeiner für dumm verkaufen? Da hörte sie die Stimme eines Mannes, den sie bisher nur aus dem Fernsehen kannte. „Frau von Windheim, im Namen des russischen Volkes und natürlich auch in meinem Namen bedanke ich mich für den Dienst, den sie meiner Heimat geleistet haben. Sollten Sie irgendwann einmal meine Hilfe benötigen, ich stehe in Ihrer Schuld!" Johanna schluckte trocken. Völlig fassungslos hörte sie weiter zu. Sie hielt den Hörer noch in der Hand, als das Gespräch längst zu Ende war. Sie ließ den Hörer auf den Apparat fallen und stierte regungslos vor sich hin.

Ihr Kollege bemerkte das. „Alles okay? Wer war'n das?" Johanna, die anfing zu realisieren, was soeben passiert war, drehte sich zu ihm um und antwortete trocken: „Sergej Wolodjin, wer sonst?" Mit dem Anflug eines Lächelns wandte sie sich wieder ihren Berichten zu.

Wladimir legte den gefälschten Pass auf den Schalter der Ausreisekontrolle. Der Beamte warf einen gelang-weilten Blick darauf, zog ihn durch das Lesegerät und starrte anschließend auf die Anzeige des Gerätes. Wladimir spürte, wie sich ein Schweißtropfen von sei-ner Stirn löste und langsam über die Schläfe nach unten ran. Da gab ihm der Schalterbeamte den Pass zurück; ohne jeden Kommentar. Wladimir nickte dankend, steckte das Dokument in seine Brusttasche und betrat das Terminal. Im Duty-free-Shop kaufte er sich eine Zweiliterflasche Wodka, er wollte etwas aus der Heimat dabeihaben, die er mit großer Sicherheit nie wieder sehen würde.

Der Luxus der ersten Klasse entsprach genau seinen Vorstellungen. Auch wenn er nicht mehr zum Zar gekrönt werden würde, so reiste er wenigstens wie einer. Kaum dass er sich in den geräumigen Sessel fallen gelassen hatte, eilte eine Stewardess zu ihm und fragte: „Was darf ich Ihnen zu trinken bringen?" – „Wodka mit Eis, bitte!" Wenige Minuten später hielt er das kalte Getränk in der Hand. Er prostete aus dem Fenster, bevor er das Glas mit einem Schluck leerte, dann winkte er der netten Bedienung zu und bedeutete ihr, das Glas nachzufüllen. Die Frau nickte beflissen und trat an ihn heran. Auf einmal verschwamm sie vor Wladimirs Augen. Vom Magen ausgehend breitete sich ein Feuer aus, das lavaartig durch seinen ganzen Körper strömte und ihn verbrannte. Wladimir wollte schreien – so sehr er sich auch bemühte, er brachte es nicht fertig, Luft zu holen.

Bevor die Welt für immer dunkel wurde, begriff er, dass er verloren hatte. Sie hatten ihn vergiftet!

Die Stewardess lächelte, als wäre nichts geschehen. Sie hob das Glas auf, das aus Wladimirs toten Händen gefallen war, und ließ es in ihrer Jacke verschwinden. Sie zog eine Decke aus der Gepäckablage und deckte den leblosen Körper von Wladimir Kostrakowitsch damit zu, so erweckte er den Eindruck eines schlafenden Passagiers.

Die Stewardess verließ das Flugzeug, holte ihr Handy heraus und sendete eine Nachricht, die nur ein Wort enthielt: Erledigt.

Ende